카이사르
1

카이사르

Caesar

COLLEEN
McCULLOUGH

1

콜린
매컬로
지음

강선재·신봉아
이은주·홍정인
옮김

교유서가

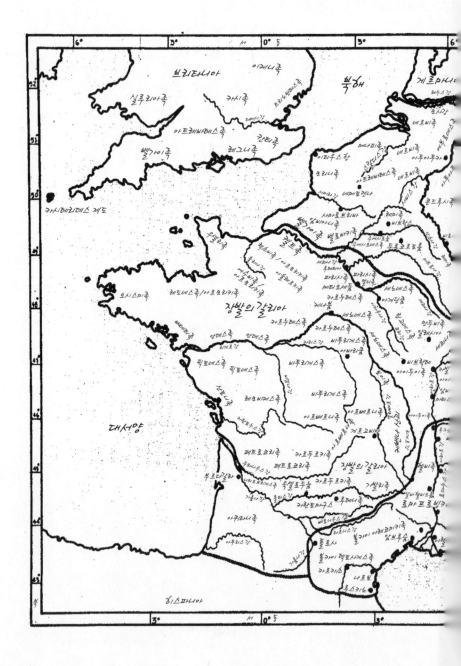

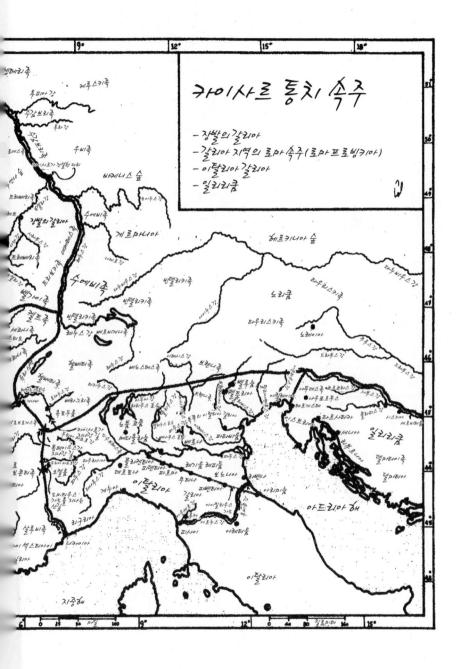

카이사르 통치 속주

- 장발의 갈리아
- 갈리아 지역의 로마속주(로마프로빙키아)
- 이탈리아 갈리아
- 일리리쿰

카이사르
주사위를 던져라

MASTERS OF ROME
Caesar
1
CONTENTS

친절하고 지혜롭고 현명하며 윤리적이고 도덕적인

참으로 좋은 사람,

조지프 메를리노에게

브리타니아

기원전 54년 11월

Nov. 54 B.C.

가이우스 율리우스 카이사르

카이사르가 주요 부대들을 이끌고 브리타니아에 가 있는 동안에는 꼭 긴급한 전갈만 그리로 보내라는 명령이 있었다. 심지어 원로원 명령서도 카이사르가 돌아올 때까지 갈리아 본토의 이티우스 항에서 기다려야 했다. 지금 카이사르는 세리카만큼이나 신비에 싸인 그곳, 세상의 서쪽 끝에 자리한 브리타니아 섬으로 그의 두 번째 원정을 나간 터였다.

하지만 이것은 로마의 일인자―이자 카이사르의 사위―인 폼페이우스 마그누스의 편지였다. 따라서 카이사르 군대의 로마 통신참모부 소속 가이우스 트레바티우스는 폼페이우스의 인장이 박힌 기다란 원기둥 모양의 작고 붉은 가죽통을 카이사르가 브리타니아 원정을 마치고 와서 볼 편지함에 넣지 않았다. 그 대신 한숨을 푹 내쉬고, 평생 동안 주로 앉아서 또는 먹으면서 시간을 보낸 탓에 그의 발목과 마찬가지로 살이 통통하게 오른 두 발을 딛고 자리에서 일어섰다. 문밖에 나서니 군 정착지 정경이 한눈에 들어왔다. 지난해 사용한 숙영지의 뼈대를 그대로 두고 크기만 키워 새로 조성한 곳이었다. 따분한 풍경! 끝없이 줄지어 선 목조 주택들과 잘 다져진 흙길과 드문드문하게 하나둘 자리한 상점들. 나무 한 그루 없이 어디를 보아도 반듯반듯 가지런하기만 했다.

여기가 로마라면 가마에 앉아 편하게 갈 텐데. 트레바티우스는 기다란 프링키팔리스 가도를 따라 터벅터벅 걸으며 혼자 생각했다. 하지만 카이사르의 숙영지에 가마 따위는 없었으므로, 촉망받는 젊은 변호인 가이우스 트레바티우스는 별수 없이 제 발로 걸어야 했다. 짜증이 솟구쳤다. 변호인으로서 이제 막 주목받기 시작한 그가 자신의 경력을 위해 할 수 있는 일이 포룸 로마눔을 두 발로—또는 가마를 타고—활보하는 게 아니라 고작 전장의 군인들을 위해 일하는 거라니. 그렇다고 계급이 낮은 다른 사람을 불러서 심부름을 보낼 수도 없었다. 평소 카이사르는 자신의 궂은일을 남에게 맡겼다가—군대에서 쓰는 속된 말로—'조질' 가능성이 조금이라도 있을 때는 반드시 스스로 처리하라고 엄하게 단속했다.

아, 귀찮아! 귀찮아, 귀찮아! 트레바티우스는 그냥 사무소로 되돌아가버리려다, 왼손을 왼쪽 어깨에 걸친 토가 주름에 끼우고 근엄한 자세를 취한 뒤 다시 어기적어기적 걷기 시작했다. 티투스 라비에누스가 그 옆에 느긋하게 서 있는 말의 고삐를 구부린 팔에 걸치고 숙소 벽에 한가로이 기대 서 있었다. 금색을 비롯해 현란한 색으로 치장한 덩치 큰 갈리아인과 한담을 나누는 중이었다. 최근에 아이두이족 기병대 지휘관으로 임명된 리타비쿠스였다. 두 사람은 전임 아이두이족 기병대 지휘관의 비참한 말로를 아직도 이야기하는 모양이었다. 그는 바다 건너 브리타니아까지 끌려가기 싫어서 도망쳤다가 라비에누스에게 붙들려 참수되었다. 이름이 독특하고 멋졌는데, 뭐였지? 둠노릭스. 둠노릭스……. 카이사르와 어느 여자에 대한 소문과 연관 있는 이름 같은데,

맞나? 갈리아에 온 지 얼마 되지 않은 트레바티우스는 아직 이런 사정에 어두웠다.

갈리아인과 즐겁게 담소를 나누다니 역시 라비에누스답다. 저치야말로 진짜 야만인이지! 라비에누스는 생김새가 로마인 같지 않았다. 까맣고 짧은 고수머리. 거무튀튀한 살결과 기름이 번들대는 커다란 모공. 잔혹하고 냉정한 검은 눈동자. 셈족을 닮은 매부리코와 칼로 쨘 듯 펑퍼짐하게 벌어진 콧구멍. 독수리. 라비에누스는 독수리였다. 군단의 깃발 아래가 그가 속한 곳이었다.

"살 빼려고 걷기 운동하나, 트레바티우스?" 야만족 로마인이 활짝 웃으며 말했다. 옆에 서 있는 말의 이빨만큼 큼직큼직한 치아가 훤하게 드러났다.

"부두에 내려갑니다." 트레바티우스가 품위를 갖춰 대답했다.

"무슨 일로?"

당신과 하등의 상관도 없는 일이라고 쏘아주고 싶어 입이 근질댔지만, 트레바티우스는 억지 미소를 지으며 대답했다. 어찌됐든 장군이 없을 때는 라비에누스가 대장이었다. "못을 나르는 부속선을 잡으려고요. 카이사르에게 전달할 편지가 있습니다."

"누가 보낸 거지?"

갈리아인 리타비쿠스가 눈을 빛내며 대화에 귀를 기울였다. 라틴어를 아는 모양이었다. 아이두이족 사이에서는 특이한 일이 아니었다. 수세대 전부터 로마 치하에 있었으니까.

"나이우스 폼페이우스 마그누스입니다."

"아!" 라비에누스가 가래침을 칵 뱉었다. 수년간 갈리아인들과 더불어 지내며 생긴 버릇이었다. 역겨워.

라비에누스는 폼페이우스라는 이름을 듣고 대화에 흥미를 잃은 듯 어깨를 으쓱하고 다시 리타비쿠스 쪽으로 돌아섰다. 아, 당연하다! 폼페이우스의 전처 무키아 테르티아가 놀아난 남자가 바로 라비에누스였으니까. 여하튼 키케로가 킬킬대며 단언하기로는 그랬다. 하지만 무키아 테르티아는 폼페이우스와 이혼한 뒤에 라비에누스와 결혼하지 않았다. 그는 결혼상대로는 부족한 남자였으니까. 그녀는 젊은 스카우루스와 재혼했다. 뭐, 최소한 그 당시에는 '젊은' 남자였다.

가쁜 숨을 몰아쉬며 트레바티우스는 계속 걸었다. 이윽고 프링키팔리스 가도 맨 끝의 숙영지 출입문을 빠져나와 이티우스 항에 들어섰다. 고기잡이 마을치고 지나치게 거창한 이름이다. 여기 거주하는 갈리아인인 모리니족은 여길 뭐라고 부를까? 카이사르는 군 책자에 이곳의 지명을 단순히 '여정의 끝'으로 표기했다. 아니, '여정의 시작'이었나? 아무려면 어떤가.

땀이 등줄기를 타고 흘러내리며 고급 양모 튜닉을 적셨다. 장발의 갈리아 지역은 날씨가 온화하고 산뜻하다더니 올해는 영 아니다! 무지하게 덥고 습했다. 그러니 이티우스 항은 늘 생선 냄새가 진동했다. 갈리아인들도 그랬다. 그는 갈리아인들이 싫었다. 이 일이 싫었다. 급기야 카이사르까지는 아니어도 키케로도 미워질 지경이었다. 키케로는 지원자가 몰려든 이 자리를 친애하는 친구에게 얻어주기 위해 직접 나서서 영향력을 행사했던 터였다. 앞날이 촉망받는 젊은 변호인 가이우스 트레바티우스 테스타를 위해.

이티우스 항은 티레니아 해안에서 흔히 보이는 작고 쾌적한 바닷가 마을들과 닮은 점이 없었다. 이런 마을이라면 술집 밖에는 포도덩굴이 시원한 그늘을 드리우고, 천년 전 아이네이아스 왕이 트로이아 배에서 뛰어내렸던 시절의 분위기를 여전히 간직하고 있기 마련이다. 노래와 웃음소리와 친밀함. 반면 여긴 강풍과 모래바람과 가죽끈 모양의 잡초로 뒤덮인 모래언덕과 갈매기 수만 마리가 가늘게 토해내는 사나운 울음소리뿐이었다.

그래도 거기, 그가 출항 전에 잡으려던 날렵한 부속선은 아직 선착장에 묶여 있었다. 로마인 선원들은 못 통 십여 개 중 마지막 것을 바쁘게 배에 싣는 참이었다. 부속선에 실을 짐은 그게 전부였다. 아니, 배의 크기를 감안하면 그게 실을 수 있는 전부라고 보는 편이 정확했다.

몇 해 전만 해도 가히 전설적이던 카이사르의 운은 브리타니아에서 수명이 다한 듯했다. 지금까지 지중해 전역에 휘몰아친 그 어떤 바람보다도 강력한 강풍이 두 해 연이어 불어닥치더니 카이사르의 배가 모조리 난파된 것이다. 아, 당시 카이사르는 배 800척을 아주 안전하게 배치했다고 자신했다! 하지만 바람과 조류가—조류같이 낯선 현상에 누군들 제대로 대처했을까?—강하게 일더니 배들을 마치 장난감인 양 집어던져버렸다. 배들이 전부 부서지긴 했지만, 그것들은 여전히 카이사르의 배였다. 카이사르는 고함을 치지도, 악을 쓰지도, 바람과 조류에 저주를 내뱉지도 않았다. 그저 흩어진 조각들을 그러모아 배를 다시 조립했다. 그래서 못이 필요했다. 그것도 수백만 개가. 정교하게 작업할 시간도, 그럴 인재도 없었다. 겨울이 오기 전에 군대를 다시 갈리아 본토로 데려가야 했으니까.

"못질을 해!" 카이사르가 말했다. "대서양을 50킬로미터 헤쳐 갈 정도면 돼. 그 뒤엔 가라앉든 말든 상관없으니까."

로마 통신참모부로서는 일이 편해졌다. 부속선이 이티우스 항과 브리타니아 사이를 오가며 갈 때는 못 십여 통을 실어가고 올 때는 장군의 전갈을 실어왔으니까.

그러고 보니 내가 거길 직접 갈 뻔했지! 트레바티우스는 이렇게 혼 잣말했다. 뜨겁고 습한 날씨에 무거운 토가까지 입었음에도 온몸에 소 름이 쫙 끼쳤다. 처음에 카이사르는 서류를 다룰 사람이 필요하다며 그 를 브리타니아 원정팀에 포함시켰다. 그러나 마지막에 아울루스 히르 티우스가 가고 싶다는 의향을 밝혔으니, 세상의 모든 신들이여, 히르티 우스를 영원히 보살펴주소서! 이티우스 항은 가이우스 트레바티우스 에게 여정의 끝은 될 수 있을지언정 결코 여정의 시작이 될 수는 없 었다.

오늘은 배에 승객이 있었다. 앞서 트레바티우스와 트로구스가 카이 사르의 지시하에 이 승객의 이동 편의를 마련했으므로(카이사르의 요 구가 늘 그렇듯 이번에도 엄청나게 서둘러야 했다) 트레바티우스는 그 갈리아인—정확히 말하면 그 브리타니아인—이 누군지 알았다. 만두 브라키우스, 브리타니아의 트리노반테스족 왕. 로마에 협조한 대가로 카이사르의 허락을 받고 자기 백성들에게 돌아가는 길이었다. 벨가이 계 갈리아인인 그의 푸른 형체는 꽤나 무시무시했다. 이끼 같은 녹색과 어슴푸레한 청색이 교차하는 바둑판무늬 옷차림에 진한 청색으로 복 잡한 무늬를 그려 넣은 피부가 자연스럽게 어우러졌다. 카이사르의 말 로는 브리타니아 사람들이 끝없이 이어지는 숲속에서 적의 눈에 띄지 않기 위해 다들 그렇게 위장하며, 그러면 불과 1미터 앞에서도 보이지 않는다 했다. 게다가 전쟁터에서 상대에게 겁을 주는 효과도 있었다.

트레바티우스는 부속선의 선장—이 호칭이 맞나?—에게 작은 붉은 색 가죽통을 건네고 다시 사무소를 향해 걸었다. 저녁에 먹을 거위 구이 생각을 하니 입안에 침이 고였다. 모리니족은 별반 내세울 게 없지만 거위 요리 솜씨만큼은 온 세상을 통틀어 최고였다. 그들은 거위 목구멍에 달팽이와 빵을 우겨넣고 그 불쌍한 짐승을 계속 걷게 했으므로—어휴, 걷기라니!—부드러워진 살점이 입안에서 사르르 녹아내렸다.

한 줄에 여덟 명씩 앉은 부속선 노잡이들은 호르타토르의 북소리 없이도 일치된 동작으로 지치지 않고 노를 저었다. 한 시간 간격으로 물을 마시고 휴식을 취한 뒤, 출렁이는 배의 바닥에 난 골에 발을 끼우고 다시 등을 굽혔다. 선장은 방향타 역할을 하는 커다란 노와 배에 고인 물을 퍼내는 양동이가 놓인 고물에 앉아 노련한 눈빛으로 양 열을 주시했다.

브리타니아의 높고 웅장한 하얀 절벽이 차츰 가까워지자 배의 이물에 앉은 만두브라키우스 왕의 표정이 더더욱 뻣뻣하고 거만해졌다. 그는 이제 고향으로 가고 있었다. 사실 카이사르가 인질들을 장기적으로 어디에 둘지 정하기 전에 임시로 억류해두는 벨가이족 요새 사마로브리바보다 멀리 끌려간 적은 없었지만.

로마의 브리타니아 원정군 주둔지는 길쭉한 모래밭에 마련되어 있었다. 점점 좁아지는 뒤쪽은 칸티족 영토의 소택지로 이어졌다. 모래밭 뒤로 부서진 배들이—정말 많았다!—버팀대 위에 놓여 있었고, 그 주변을 로마군의 훌륭한 방어시설이 에워싸고 있었다. 도랑, 벽, 목책, 흙벽, 탑, 보루가 저 뒤로 수 킬로미터도 넘게 펼쳐진 듯싶었다.

주둔지 대장 퀸투스 아트리우스가 못과 작은 붉은색 가죽통과 만두브라키우스 왕을 전달받기 위해 기다리고 있었다. 이쪽 세상은 태양의 전차가 이탈리아보다 훨씬 느리게 달렸으므로, 날이 밝으려면 아직 몇 시간은 더 지나야 했다. 함께 대기하고 있던 트리노반테스족 몇 명이 왕을 보고 환호하며 그들 부족의 관습대로 왕의 등을 손바닥으로 두드리고 그의 입에 입맞추었다. 폼페이우스에게서 온 작은 붉은색 가죽통과 왕은 즉시 출발할 예정이었다. 카이사르에게 닿으려면 며칠이 걸릴 터였다. 말들이 왔다. 트리노반테스족과 로마 기병 지휘관이 말에 올라 북문을 통과했다. 그러자 그곳에서 대기하던 아이두이족 기병 500명이 100명씩 다섯 줄로 대열을 정비하고 그들을 둘러쌌다. 기병 지휘관이 대열 앞으로 달려가자 뒤에는 왕과 그의 귀족들만 남았다.

"저들이 우리말을 알아듣지 못하리라고 속단하지 말게." 만두브라키우스가 덥고 눅눅한 공기를 코로 한껏 음미하며 말했다. 고향의 냄새였다.

"카이사르와 트로구스말고는 분명히 모릅니다." 왕의 친척 트리노벨루누스가 말했다.

"속단해선 안 돼." 왕이 재차 말했다. "갈리아에 온 지 이제 5년이 다 되어가는데다 주로 벨가이족과 시간을 보냈어. 여자들도 데리고 살고."

"군인들이나 쫓아다니는 매춘부 년들!"

"여자들이 달리 여자들이겠나. 여자들이 옆에서 끝없이 종알대니 알게 모르게 말을 익혔을 거야."

바퀴 자국이 무수히 난 길이 저멀리 희미해졌다. 기병 대열은 이제 칸티족 소택지 북쪽에 자리한 거대한 떡갈나무와 너도밤나무 숲 앞에 섰다. 아이두이족 병사들이 바짝 긴장해 창을 바로 세우고 검을 매만지며 작은 원형 방패를 들어올렸다. 조심스레 숲을 지나고 나니 밀을 베고 남은 뾰족한 그루터기가 촘촘한 넓은 공터가 나타났다. 공터 중간에 까맣게 타고 뼈대만 남은 집 두세 채가 황갈색 배경과 뚜렷한 대조를 이루었다.

"로마인들이 곡식을 가져갔나?" 만두브라키우스가 물었다.

"칸티족 땅에서 난 것은 전부 쓸어갔습니다."

"카시벨라우누스는?"

"수확할 수 없는 것은 태워버렸습니다. 타메사 강 이북의 로마인들은 배를 곯고 있지요."

"우리 부족 상황은 어떤가?"

"충분히 갖고 있습니다. 로마인들이 가져간 곡식에 대해서는 돈을 받았고요."

"그렇다면 로마인들이 다음에 먹을 곡식은 카시벨라우누스의 창고에서 나오게 하는 게 좋겠군."

트리노벨루누스가 고개를 돌렸다. 저 뒤로 길게 펼쳐진 공터의 황금색을 배경으로, 그의 얼굴과 벌거벗은 상반신에 그려진 파란색 나선형과 소용돌이 문양이 섬뜩하게 빛났다. "카이사르에게 전하를 다시 모셔와달라고 청하면서 앞으로 로마에 협조하겠다고 약속했지만, 적을 돕는 것은 명예로운 행동이 아닙니다. 저희는 전하의 결정을 따르기로 다짐했습니다, 만두브라키우스."

트리노반테스족의 왕이 웃음을 터트렸다. "당연히 카이사르에게 협조해야지! 카시벨라우누스가 실각하면 카시족의 저 넓은 영토와 가축이 전부 우리 소유가 될 거야. 로마인들을 우리한테 유리하게 이용하세."

로마 기병 지휘관이 그들 쪽으로 왔다. 길이 평탄하고 그가 타고 있는 말도 기운이 좋아서, 말이 마치 경쾌한 춤을 추는 것처럼 보였다. "좀더 가면 카이사르가 남겨둔 좋은 야영지가 있소." 그가 아트레바테스족 억양이 밴 벨가이족 언어로 천천히 말했다.

만두브라키우스가 옆의 친척을 향해 눈썹을 치켜세웠다. "내가 아까 뭐랬나?" 그는 그러고 나서 다시 로마인을 보고 물었다. "상태는 온전하오?"

"여기서 타메사 강 사이는 전부 온전하오."

타메사 강은 깊고 넓으며 물살이 센 브리타니아의 큰 강이었다. 하지만 감조구역이 끝나는 지점에 배를 타지 않고 건널 수 있는 구간이 있었다. 이 구간의 북쪽 둑부터 카시족의 영토였지만, 카시족은 굳이 이곳이나 이곳 너머의 새까맣게 타버린 들판을 차지하려 들지 않았다. 로마군 대열은 새벽에 타메사 강을 건너 구릉진 시골길을 달렸다. 언덕에는 여전히 나무가 무성했지만 저지대는 경작지나 목초지로 쓰이고 있었다. 그들은 타메사 강 너머 동쪽을 향해 60여 킬로미터를 더 달려 트리노반테스족의 영토에 당도했다. 카이사르의 주둔지는 카시족과 트리노반테스족의 경계에 자리한 너른 언덕 위에 자리해 있었다. 로마가 이방의 땅에 세운 마지막 보루였다.

만두브라키우스는 그 위대한 자를 아직 한 번도 보지 못했다. 카이사르의 요구에 따라 인질로 보내졌지만, 막상 사마로브리바에 도착하니 카이사르는 알프스 산맥을 넘어 까마득히 먼 이탈리아 갈리아로 떠난 뒤였다. 카이사르는 거기서 곧장 이티우스 항으로 갔다. 곧바로 출항할 생각이었다. 사람들은 그해 여름이 유난히 뜨거울 거라 했고 이는 그 위험천만한 해협을 건너기에 유리한 징조였다. 하지만 일은 계획대로 풀리지 않았다. 트레베리족이 레누스 강 건너편의 게르만족과 접촉을 시도하고 있었고, 트레베리족의 두 정무관—'베르고브레투스'로 불렸다―은 의견 충돌을 벌였다. 킹게토릭스는 로마의 요구를 받아들이자고 주장한 반면, 인두티오마루스는 카이사르가 브리타니아로 가 있는 사이에 게르만족과 세를 합쳐 로마에 맞서는 것만이 답이라고 주장한 것이다. 그러자 카이사르는 직접 4개 군단을 경무장하여 늘 그랬듯이 갈리아인들이 도저히 믿을 수 없을 만큼 빠른 속도로 행군해 나타났다. 반란은 일어나지 않았고, 두 베르고브레투스는 어쩔 수 없이 서로 악수를 나누었다. 카이사르는 인두티오마루스의 아들을 포함해 인질들을 더 거둬들여 이티우스 항으로 돌아갔는데, 이번에는 작은 강풍이 북서쪽에서 스무닷새 동안 쉼 없이 몰아쳤다. 이어 아이두이족의 둠노릭스가 말썽을 일으켰고―그는 이 일로 죽음을 맞았다―결국 이런저런 이유로 함대가 예정보다 두 달이나 늦게 출항하면서 위인은 신경이 잔뜩 날카로워졌다.

카이사르는 여전히 신경이 날카로운 상태였다. 보좌관들은 이를 잘 알고 있었다. 하지만 카이사르가 만두브라키우스를 맞이하러 나왔을 때 카이사르와 매일 접촉하는 사람들말고는 아무도 그런 낌새를 알아채지 못했다. 로마인치고 꽤 장신인 카이사르는 만두브라키우스를 같은 눈높이에서 바라보았다. 하지만 카이사르 쪽이 더 날씬했다. 여느 로마인들처럼 잘 발달한 장딴지 근육이 눈에 띄는 우아한 사람이었다. 로마인들이 늘 말하는 것처럼, 두꺼운 장딴지는 잦은 걷기와 행군의 결과였다. 솜씨 좋은 장인이 만든 듯한 가죽 판갑과 치렁치렁 가죽끈이 매달린 킬트를 입었고, 장검이나 단도를 차지 않은 대신 자신의 높은 임페리움을 드러내는 심홍색 매듭 끈을 판갑 전면에 느슨하게 걸치고 있었다. 여느 갈리아인 못지않은 황금빛 머리칼과 하얀 피부! 숱이 적고 옅은 금빛 머리칼은 정수리에서 앞쪽으로 빗어 내렸고, 눈썹 역시 똑같이 옅은 색이었으며, 피부는 거칠고 주름이 패어 오래된 양피지 색을 띠었다. 입술은 도톰하고 육감적이면서도 장난스러운 구석이 있었고 코는 길고 뭉툭했다. 하지만 카이사르를 알려면 반드시 눈을 보아야 한다고 만두브라키우스는 생각했다. 굉장히 옅은 파란색 눈동자에 검은 띠가 얇게 둘린 그 눈은 마치 상대를 뚫을 듯했다. 냉철하며 모든 것을 다 꿰뚫어보는 듯한 눈빛. 카이사르는 트리노반테스족이 로마에 협력하려는 진짜 이유를 알고 있는 게 틀림없다고 만두브라키우스는 생각했다.

"이곳은 당신 나라이니 내가 당신을 환영하는 것은 앞뒤가 맞지 않군요, 만두브라키우스." 카이사르가 유창한 아트레바테스어로 말했다. "그보다는 당신이 나를 환영해주기를 바라겠소."

"기꺼이 환영하겠소, 가이우스 율리우스."

위인이 건강한 치아를 드러내며 웃음을 터트렸다. "그냥 카이사르로 부르시오. 다들 나를 그냥 카이사르로 알고 있소."

불현듯 어디선가 콤미우스가 나타나 카이사르 곁에 서더니 만두브라키우스를 향해 씩 미소를 짓고 한 걸음 앞으로 나와 그의 양 어깻죽지 사이를 두드렸다. 이어 인사의 뜻으로 입을 맞추려 했지만, 만두브라키우스는 고개를 돌려 피했다. 벌레 같은 놈! 로마의 꼭두각시! 카이사르의 애완견. 콤미우스는 아트레바테스족에게는 왕이지만 갈리아에게는 배신자였다. 카이사르의 지시를 받드느라 발바닥에 불이 나게 돌아다니고 있었다. 카이사르에게 만두브라키우스를 인질로 추천한 것도 그였고, 브리타니아 왕들 사이에 불화를 조장하고 카이사르가 브리타니아에 진출할 발판을 내준 것도 그였다.

로마 기병 지휘관이 앞으로 나왔다. 그는 앞서 부속선 선장이 로마의 신들이 내려준 선물인 양 경건하게 건네주었던 작은 붉은색 가죽통을 카이사르에게 내밀었다. "가이우스 트레바티우스가 전해주었습니다." 그는 카이사르의 얼굴에서 잠시도 눈길을 거두지 않은 채 경례를 하고 뒷걸음질로 물러섰다.

다그다 신이시여, 저들은 이자를 얼마나 사랑하는지요! 만두브라키우스는 생각했다. 사마로브리바에서 사람들이 하는 말은 과연 사실이야. 저들은 이자를 위해 목숨도 바치리라. 그리고 이자는 그 사실을 알고 잘 이용하고 있어. 카이사르가 기병 지휘관에게 미소를 짓고 직접 이름을 불러 대답하는 것을 보라. 기병 지휘관은 이 순간을 두고두고 간직하며 훗날 미래의 손자, 손녀들에게 이야기하겠지. 하지만 콤미우스는 카이사르를 사랑하지 않았다. 장발의 갈리아인이 카이사르를 사랑할 수는 없었다. 콤미우스는 오로지 자기 자신만을 사랑했다. 콤미우스가 노리는 건 정확히 뭘까? 카이사르가 로마로 영원히 떠날 때 갈리아의 지고왕(至高王)이 되는 것?

"이따가 만찬을 들며 이야기 나눕시다, 만두브라키우스." 카이사르는 이렇게 말하고, 작별인사의 뜻으로 작은 붉은색 가죽통을 들어 보이더니 그 자리를 떠나 튼튼한 가죽 막사를 향해 걸어갔다. 막사는 주둔지에 인위적으로 쌓아올린 둔덕 위에 세워져 있었다. 막사 앞에 드높이 걸린 장군의 심홍색 깃발이 바람에 힘차게 펄럭였다.

막사 내부에 구비된 물품은 하급 군관의 숙소와 별반 다르지 않았다. 접이식 의자 및 탁자 몇 개와 순식간에 해체되는 칸막이식 두루마리 보관함. 그중 한 탁자에 장군의 개인 비서 가이우스 파베리우스가 코덱스를 펼친 채 고개를 숙이고 앉아 있었다. 카이사르는 두루마리가 말리지 않도록 손이나 문진으로 고정해야 하는 것을 불편하게 여겨 낱장으로 된 판니우스 종이 사용을 선호했다. 그러다 언젠가부터 낱장을 한데 모아서 왼쪽 여백을 바느질로 엮게 했다. 한 장씩 차례차례 넘기며 서류를 끝까지 훑어볼 수 있게 만들려는 의도에서였다. 그는 이것을 코덱스라고 불렀으며, 이 방식을 사용하면 사람들이 두루마리 형태일 때보다 그 안에 담긴 내용을 더 많이 읽으리라고 단언했다. 또한 각 장의 가독성을 높이기 위해 글씨를 양옆으로 길게 쓰는 대신 3단으로 나누어 썼다. 이 방식을 처음 도입한 것은 그가 반(半)문맹 벌레들의 온상이라고 부르던 원로원에 제출하는 긴급 공문에서였지만, 이 편리한 코덱스 방식은 차츰 카이사르의 서류 전체를 장악해갔다. 하지만 코덱스는 한 가지 심각한 단점이 있어 두루마리를 완전히 대체할 수가 없었다. 자주 사용하면 낱장이 뜯겨나가 쉽게 분실되었던 것이다.

다른 탁자에는 카이사르의 가장 충성스러운 피호민 아울루스 히르티우스가 앉아 있었다. 태생은 초라하지만 능력이 뛰어났던 히르티우스는 자신의 운명을 온전히 카이사르의 별에 걸었다. 체격이 작고 민첩한 그는 문서에 파묻혀 지내는 시간 못지않게 전투와 전쟁의 긴박함도 즐겼다. 그는 카이사르 군대의 로마 통신참모부를 운영하면서, 장군이 이 세상의 서단에 자리한 타메사 강에서 북쪽으로 60여 킬로미터나 떨어진 곳에서도 로마에서 벌어지는 모든 일을 반드시 파악하고 있도록 도왔다.

장군이 막사에 들어서자 두 사람이 고개를 들어 바라보았다. 하지만 둘 다 미소는 짓지 않았다. 장군은 요즘 몹시 날카로운 상태였으니까. 하지만 지금은 기분이 사뭇 다른 듯했다. 장군이 그들을 향해 미소를 짓더니 작은 붉은색 가죽통을 흔들어 보였다.

"폼페이우스에게서 온 편지일세." 장군은 이렇게 말하며 이 방에서 유일하게 아름다운 가구로 향했다. 그의 높은 지위를 상징하는 상아 대좌였다.

"무슨 내용일지 다 아시잖습니까." 이제 히르티우스도 미소를 지었다.

"그렇지." 카이사르가 인장을 뜯고 뚜껑을 비틀어 열었다. "하지만 폼페이우스의 글은 개성이 뚜렷해서 읽기가 재미있어. 요즘은 내 딸과 결혼하기 전처럼 경솔하고 투박하진 않지만, 여전히 자기만의 개성을 간직하고 있지." 카이사르가 가죽통에 두 손가락을 집어넣어 폼페이우스의 두루마리를 꺼냈다. "세상에, 편지가 무척 길군!" 그는 이렇게 소리치더니 허리를 숙여 나무 바닥에 떨어진 다른 두루마리를 집어들었다. "두 통이군." 그리고 각 편지 가장자리를 유심히 살피더니 낮게 중얼거렸다. "하나는 8월, 다른 하나는 9월에 썼어."

카이사르는 상아 대좌 옆에 놓인 탁자에 9월 편지를 올려놓았다. 하지만 8월 편지를 바로 펴지는 않았다. 그는 턱을 들고 막사 출입구의 휘장 사이를 물끄러미 바라보았다. 막사에 빛이 충분히 들도록 휘장은 활짝 젖혀져 있었다.

나는 지금 무엇을 하는 걸까, 밀밭 몇 뙈기와 털북숭이 가축 몇 마리를 놓고 호메로스의 시구에나 등장할 법한 시퍼런 야만족들과 겨루면서? 요즘 같은 시대에 누가 고색창연한 전차를 몰고 전투에 나설까? 으르렁거리는 마스티프 투견과 그를 찬송하는 하프 연주자까지 옆에 신고서?

나는 내가 여기서 무엇을 하고 있는지 안다. 이것은 내 존엄이 시키는 일이다. 지난해에 이 미개한 땅의 미개한 민족은 이 가이우스 율리우스 카이사르를 완전히 물리쳤다고 생각했다. 그들이 카이사르를 이겼다고 생각했다. 나는 아무도 카이사르를 이길 수 없음을 보여주려는 일념으로 이곳에 돌아왔다. 카시벨라우누스로부터 항복을 받고 조약을 체결해내면 나는 즉시 이 미개한 땅을 떠나 다시는 돌아오지 않겠다. 하지만 저들은 나를 기억하리라. 내가 카시벨라우누스의 하프 연주자에게 새로운 소재거리를 주었으니까. 그는 로마의 등장과 전설적인 드루이드의 서방으로 사라진 전차들을 노래하리라. 나는 장발의 갈리아에 돌아가서도 그곳의 모든 이들이 나를—그리고 로마를—인정할 때까지 그곳을 떠나지 않으리라. 왜냐면 내가 로마이니까. 하지만 나보다 여섯 살이 많은 내 사위는 죽었다 깨어나도 절대 로마가 될 수 없다. 그러니 착한 폼페이우스 마그누스여, 문단속 잘하시오. 당신이 로마의 일인자로 남아 있을 기간은 이제 얼마 남지 않았으니. 카이사르가 간다.

카이사르는 자리에 앉아 등을 꼿꼿이 편 뒤 오른발은 앞으로 내밀고 왼발은 상아 대좌의 X자 모양 가로대 밑에 끼웠다. 그리고 폼페이우스 마그누스가 8월에 쓴 편지를 펼쳤다.

이런 소식을 전하기 정말 싫지만, 카이사르, 고등 정무관 선거가 열릴 기미가 아직도 영 보이지 않네. 오, 로마는 계속 존재할 테고 심지어 정부라는 것도 있을 거야. 호민관들은 어찌어찌 뽑았으니까. 서커스가 따로 없었지! 카토가 무대에 올랐네. 처음에는 자기가 평민 출신 법무관임을 내세워 평민회 선거를 막더니, 그다음엔 특유의 듣기 싫은 목소리로 투표용 서판을 일일이 확인하겠다고 엄포를 놓았어. 투표 결과를 조작한 후보를 발견하면 자기가 직접 기소하겠다고 말이야. 후보들은 혼비백산했지!

물론 이 모든 일은 내 어리석은 조카 멤미우스가 아헤노바르부스와 맺은 협약에서 비롯되었다네. 우리 로마 집정관 선거의 역사가 뇌물로 얼룩졌긴 해도, 이렇게 많은 사람이 이렇게 많은 뇌물을 주고받은 선거는 아마 지금껏 없었을 걸세! 키케로는 이번 선거에서 주고받은 돈의 액수가 어찌나 어마어마한지 금리가 4퍼센트에서 8퍼센트로 올랐다고 농을 한다네. 농이긴 하나 아주 틀린 말도 아니지. 내 생각에 이번 선거의 감독을 맡은 집정관 아헤노바르부스는ㅡ아피우스 클라우디우스는 파트리키라서 자격이 없다네ㅡ자기가 선거판을 좌지우지할 수 있으리라고 착각했던 것 같아. 그가 원한 건 내 조카 멤미우스와 도미티우스 칼비누스를 내년 집정관으로 세우는 거였지. 그 작자들ㅡ아헤노바르부스, 카토, 비불루스ㅡ은 요즘도 자네의 속주 관할권과 군사 지휘권을 박탈하기 위해 자넬 기소할 거리를 찾아서 개처럼 똥밭을 쿵쿵거리고 돌아다닌다네. 양 집정관과 호전적인 호민관 몇 명을 자기네 편으로 확보하면 그 목표를 이루기가 훨씬 수월하겠지.

일단은 카토 이야기부터 마무리짓기로 하세. 이것참, 시간이 가면 갈수록 내년 집정관과 법무관을 뽑기는 아예 그른 것 같아. 그러면 최소한 호민관들이라도 있어야 하잖나? 솔직히 고등 정무관들이야 없어도 그만이지. 나랏돈 주머니를 원로원이 꽉 쥐고 호민관들이 필요한 법을 제정해주면, 집정관과 법무관 들을 누가 그리워하겠나? 자네나 내가 집정관이 된다면 모를까. 그거야 두말하면 입 아픈 소리고.

결국 호민관 후보들이 단체로 카토를 찾아가 반대를 철회해달라고 통사정했네. 솔직히, 카이사르, 그 상황에서 카토가 어떻게 자기 마음대로만 했겠나? 그런데 호민관 후보들은 거기서 한 발짝 더 나갔어. 카토에게 새로운 제안을 했지. 카토가 선거 개최에 동의하고 직접 감독까지 맡아주면 후보들이 카토에게 각각 50만 세스테르티 우스씩 맡기겠다고 말이야! 만일 카토가 선거 결과를 조작한 후보를 발견하면 벌금을 매기는 차원에서 그 후보에게는 돈을 돌려주지 말라는 거였지. 카토는 아주 흡족해서 그 제안에 동의했다네. 하지만 영리하게도 돈을 직접 맡지는 않았어. 그 대신 법적 효력이 있는 어음을 받았다네. 그들이 자기를 횡령 혐의로 고발하지 못하도록 말이야. 참 영악하지?

그리고 마침내 투표일이 되었네. 원래 예정일보다 장날이 세 번 더 지났으니 그렇게 많이 늦은 건 아니었지. 카토는 매의 눈으로 투표장을 살폈다네. 자네가 그자 코의 생김새를 떠올려보면 적절한 비유라고 인정할 거야! 결국 카토는 부정행위를 범한 후보를 하나 발견했고, 그에게 사퇴하고 벌금을 내라고 명령했네. 아마도 그는 이 엄청난 부정부패를 목도한 로마 시민들이 하나같이 놀라서 나자빠지리라고 생각했을 걸세. 하지만 상황은 그렇게 돌아가지 않았어. 평민 지도자들은 격분했지. 법무관이 자기 법정에서 재판관 역할을 하지 않고 정식으로 지명되지도 않은 선거 관리관으로 나서는 것은 절대 용납할 수 없는 위법 행위라고 말이야.

상업계의 든든한 기둥인 기사들은 카토의 이름만 들어도 치를 떤다네. 또 상당수 로마인들은 반쯤 벗고 다니며 늘 숙취에 시달리는 그를 미친놈으로 여기지. 어쨌거나 그는 부당취득 법정의 법무관일세! 과거에 속주 총독을 지냈을 정도로 자기보다 위계서열이 높은 자도 서슴없이 자기 재판정에 세운다네! 그러니까 내 전처와 결혼한 스카우루스 같은 자를 말이야! 스카우루스는 아주 유서 깊은 파트리키 가문 사람이잖아! 그런데도 카토가 무슨 짓을 하는지 아는가? 스카우루스의 재판을 아주 끝없이 질질 끌고 있어. 하기야 늘 술에 절어 지내는 그가 재판관으로서 진실을 가릴 수나 있겠나. 재판정에 갈 때 신발도 신지 않고, 토가 안에 튜닉도 안 입고, 눈알이 볼까지 축 처진 모습이라네. 공화정 초기에 귀족들이 신발이나 튜닉을 착용하지 않았다는 건 나도 알겠어. 하지만 타의 모범이 되어야 할 자들이 항상 술에 전 채로 정치 경력을 추구했다는 말은 내 생전 들어보지 못했네.

한번은 내가 푸블리우스 클로디우스에게 카토 좀 괴롭혀달라고 부탁했더니 클로디우스가 정말 시도를 해보긴 했네. 하지만 결국엔 그도 두 손 들었어. 그러고선 나한테 와서 하는 말이, 카토를 정말 괴롭히고 싶으면 갈리아에서 카이사르를 다시 데려오라는군.

푸블리우스 클로디우스는 빌려준 돈을 수금하러 갈라티아로 떠났다가 돌아온 지 얼마 안 되어 지난 4월에 스카우루스의 저택을 무려 1천450만 세스테르티우스에 사들였다네! 요즘 부동산 시세가 가히 환상적이야. 베스타 신녀가 남자와 자보면 어떨까 상상하는 것만큼 짜릿할걸. 요강 딸린 벽장도 50만 세스테르티우스에 팔 수 있을 정도라네. 하지만 스카우루스는 그 돈이 간절히 필요했어. 조영관 재임 시절에 경기대회를 연 이래로 줄곧 쪼들려 지냈거든. 작년 속주에 파견되었을 때 주머니 좀 불려보려다 결국 카토의 법정까지 가게 된 거지. 카토의 법정에서는 일이 더디게 진행되니까, 그가 법무관 직에서 물러나기 전까지는 죽 거기 붙들려 지낼 걸세.

반면 푸블리우스 클로디우스의 주머니에선 돈이 흘러넘친다네. 그가 집을 한 채 더 마련한 건 사실 당연한 일이야. 키케로가 자기집을 개축하면서 건물을 지나치게 높이 올리는 바람에 클로디우스의 집 조망은 엉망이 되었거든. 키케로가 그에게 나름 복수를 한 거야, 그렇지? 키케로의 궁전으로 말할 것 같으면 저급한 취향의 전형일세. 그런 주제에 내 복합건물 극장 뒤편에 붙여서 새로 지은 작고 아담한 빌라를 요트 뒤에 달린 꼬마 돛단배에 빗대더라니까!

보아하니 푸블리우스 클로디우스의 돈은 브로기타로스 왕자에게서 나온 것 같네. 돈을 직접 수금하는 것만큼 짭짤한 게 없다니까. 요즘 같은 시절엔 내가 클로디우스의 표적이 아닌 게 어쩌나 다행인지 모르겠어. 자네가 갈리아로 떠나고 얼마 안 되어 클로디우스와 그를 따라다니는 깡패들이 나를 지치게 하던 그 몇 년간은 도저히 못 버티겠다 싶었네. 집밖에 나설 엄두를 내지 못했어. 하지만 내가 밀로를 고용해서 똑같이 깡패를 몰고 다니게 한 건 분명히 실수였네. 밀로는 그 일로 배에 헛바람이 가득찼어. 그래, 입양되었긴 해도 밀로는 어쨌거나 안니우스 가문 사람이야. 가문의 이름대로 모루를 드는 일이나 하면 딱 알맞을 덩치만 큰 명청이지.

밀로가 어쨌는지 아는가? 날 찾아와서 한다는 말이, 집정관 선거에 출마할 테니 자기를 밀어달래! 그래서 "친애하는 밀로, 그럴 수 없어! 그건 자네와 자네 깡패들이 날 위해 일한다는 걸 세상에 인정하는 꼴이잖나!"라고 말했지. 그랬더니 자기와 자기 깡패들이 나를 위해 일한 건 있는 그대로의 사실인데 그게 무슨 문제냐는 거야. 결국 서로 껄끄러운 말을 주고받고서야 밀로가 물러갔네.

키케로가 자네 사람인 바티니우스의 무죄판결을 끌어내줘서 기쁘네. 법정 재판장이었던 카토는 잔뜩 골이 났을 거야! 자네를 끓는 죽에 처박을 수만 있다면 하데스의 문을 지키는 케르베로스의 머리 하나를 치래도 서슴지 않을 자이니까. 바티니우스 재판에서 이상했던 점은 키케로가 처음에 그를 무척 싫어했다는 거야. 자네한테 수백만을 빚진 탓에 자네 똘마니들까지 변호해야 한다고 우리 위대한 변호인께서 투덜대는 소리를 자네도 들었어야 했는데! 그런데 재판을 진행하며 둘이 자꾸 어울려 지내더니 뭔가 달라졌어. 이젠 서로가 없으면 하루도 못 살 것처럼 구는 여학생들 같다니까. 뭔가 이상한 한 쌍이긴 한데, 둘이 낄낄대는 모습이 퍽 좋아 보이긴 해. 입심 대단한 재담꾼들이 만나서 나날이 기술을 연마하고 있다네.

지금 우린 가장 뜨거운 여름을 보내고 있네. 올해보다 더웠던 때는 없었던 것 같아. 비조차 내리지 않네. 농부들이 힘든 시기를 보내고 있지. 그런데 그 이기적인 인테람나 놈들이 벨리누스 호수에서 나르 강으로 물길을 내서 관개에 이용하기로 했다는군. 문제는 벨리누스 호수에서 물이 사라지자마자 로세아 루라 땅이 다 말라버렸다는 거야. 자네 상상이 가는가? 이탈리아에서 가장 풍요로운 목초지를 망친 걸세! 레아테에서 늙은 악시우스가 나를 찾아와 원로원이 인테람나 사람들에게 호수에 다시 물을 채우라는 명령을 내려줄 것을 부탁하더군. 나는 악시우스의 부탁대로 이 일을 원로원으로 가져갈 생각이야. 필요하다면 내 호민관 하나를 시켜서 법을 제정하게 할 걸세. 자네나 나 같은 군인들은 로세아 루라가 로마 군대에 얼마나 중요한지 알잖아. 그렇게 완벽한 노새들을 그렇게 많이 번식시킬 수 있는 곳이 또 어디 있겠나? 가뭄 문제도 중요하지만 로세아 루라 문제 역시 중요해. 로마에는 노새가 꼭 필요하니까. 하지만 인테람나에는 멍청이들만 득시글하지.

이제 아주 이상한 이야기를 할까 해. 최근에 시인 카툴루스가 죽었네.

카이사르는 나지막이 감탄사를 내뱉었다. 히르티우스와 파베리우스가 카이사르를 흘끗 바라보았지만, 그의 얼굴에 떠오른 표정을 보자 고개를 숙이고 하던 일로 돌아갔다. 눈앞을 뿌옇게 흐리던 안개가 걷히자 카이사르는 다시 편지를 읽기 시작했다.

이 일에 관해 카툴루스의 부친이 쓴 편지가 이티우스 항에서 자네를 기다리고 있을 테지만, 내 생각엔 자네가 사건의 내막을 미리 알고 싶을 것 같아서 말일세. 내가 보기엔 클로디아에게 차인 뒤로 카툴루스는 사람이 영 달라졌더랬어. 카일리우스의 재판에서 키케로가 클로디아를 뭐라고 불렀지? '팔라티누스의 메데이아'랬지. 좋은 표현이야. 하지만 나는 '싸구려 클리타임네스트라'라는 별명이 더 마음에 들어. 정말 클로디아가 욕조에서 켈레르를 살해했을까? 어쨌든 사람들은 그렇게 수군댄다네.

자네가 신임 공병대장으로 마무라를 지명하자 카툴루스가 자네를 겨냥하여 그 사악하기 이를 데 없었던 풍자시를 쓰기 시작했고, 이에 자네가 몹시 격분했었다는 사실을 알고 있네. 이 세상에서 자네를 가장 믿고 따르는 율리아조차도 그 풍자시들을 읽고 깔깔댔지. 율리아 말에 따르면 카툴루스가 자네를 절대 용서하지 않은 이유는 자네가 마무라라는 형편없는 시인에게 능력에 비해 지나치게 높은 자리를 줬기 때문이래. 카툴루스는 내 조카 멤미우스의 보좌관 자격으로 비티니아에서 임무를 마친 후 주머니가 텅 비어서 돌아왔어. 처음에는 재산을 크게 모으리라고 기대하며 떠났는데 말일세. 카툴루스는 가기 전에 나한테 미리 물어봤어야 해. 그러면 내가 멤미우스는 물고기 똥구멍처럼 꽉 막힌 인간이라고 말해줬을 텐데. 반면에 자네 수하의 하급 군관들은 대부분 보수를 후하게 받는다지.

자네가 그 상황에서 잘 처신했음을 아네. 자네야 늘 그렇잖아? 카툴루스의 부친이 자네의 좋은 친구인 게 참으로 다행이었어. 그가 아들을 베로나로 불러서 자기 친구 카이사르에게 공손히 대하라고 말하자 카툴루스는 자네에게 사과했지. 그뒤로 자네는 이 불쌍한 청년의 마음을 완전히 사로잡아버렸어. 자네가 어떻게 그리하는지 모르겠네. 율리아 말로는 타고난 거라더군. 어쨌든 카툴루스는 로마로 돌아왔고 카이사르에 대한 풍자시는 더이상 쓰지 않았지. 하지만 그는 변했어. 내 눈으로 직접 봤지. 율리아는 평소 로마의 모든 시인과 극작가 들에게 둘러싸여 지내거든. 시간을 함께 보내기 좋은 사람들인 걸 인정할 수밖에 없더군. 카툴루스는 내면에 남은 불씨가 없는, 그저 지치고 슬픈 모습이었지. 자살한 게 아닐세. 기름이 다한 등잔처럼 그냥 서서히 꺼졌어.

기름이 다한 등잔처럼……. 종이 위의 글씨가 다시 흐려졌다. 카이사르는 눈가에 고인 눈물이 가시기를 기다렸다.

그러지 말아야 했어. 카툴루스는 취약한 사람이었고, 나는 그 점을 이용했다. 그는 아버지를 사랑하는 착한 아들이었다. 그는 아버지에게 순종했다. 나는 그를 만찬에 초대해 내가 그의 작품을 잘 알 뿐만 아니라 문학적으로 높이 평가하고 있다는 사실을 드러냄으로써 그가 입은 상처를 잘 달래주었다고 생각했다. 참으로 유쾌한 식사였다. 그는 놀랍도록 똑똑했고 나는 그의 그런 점이 마음에 들었다. 하지만 나는 그러지 말아야 했다. 나는 그의 영혼, 그의 존재 이유를 파괴했다. 하지만 내게 달리 어쩔 도리가 있었을까? 그는 내게 다른 선택지를 남기지 않았다. 아무도 카이사르를 웃음거리로 만들어선 안 된다. 설사 그가 로마 역사상 가장 훌륭한 시인이라고 해도. 그는 내 존엄을 깎아내렸다. 로마가 누리는 영광 중 정당한 나의 몫을 깎아내렸다. 왜냐하면 그의 작품은 영원할 테니까. 그가 나를 공개적으로 웃음거리로 만들 바엔 차라리 언급조차 하지 말았어야 했다. 결국 이건 썩은 고기 마무라한테만 좋은 일이 되었다. 형편없는 시인이자 사악한 인간. 하지만 마무라는 내 군대에 물품을 빈틈없이 잘 조달할 테고, 노새몰이꾼 벤티디우스가 그를 잘 감시하겠지.

눈물이 가셨다. 자명한 논리였다. 카이사르는 이제 다시 편지를 읽을 수 있었다.

율리아는 건강하다고 쓰고 싶지만, 사실 많이 안 좋다네. 내가 율리아한테 자식은 더 필요 없다고 했어. 무키아에게서 얻은 두 아들이 건강하고 딸도 파우스투스 술라와 결혼해 잘 살고 있으니까. 파우스투스 술라는 이제 원로원에 들어갔어. 좋은 청년일세. 술라와 닮은 점이 하나도 없긴 하지만. 어쩌면 그게 나은 일일지도 모르지.

하지만 여자들은 아기를 갖는 것에 집착하잖아. 율리아는 이제 임신한 지 6개월쯤 되었네. 내가 집정관에 출마했을 때 끔찍한 유산을 겪은 뒤로 줄곧 상태가 안 좋아. 사랑스러운 나의 율리아! 자네는 내게 보물을 주었네, 카이사르. 이 감사한 마음을 나는 언제까지나 간직할 거야. 크라수스와 속주를 맞바꾼 건 당연히 율리아의 건강 때문이었네. 시리아는 내가 직접 가야 하지만, 히스파니아는 여기 로마에서 율리아 곁을 지키며 보좌관들을 통해 통치할 수 있으니까. 아프라니우스와 페트레이우스는 아주 믿을 만해. 내 허락 없이는 방귀도 뀌지 않지.

내 존경하는 집정관 동료 얘기가 나왔으니 말인데(두번째 임기에는 첫번째 임기에 비해 그와 훨씬 더 잘 지냈다는 건 인정하겠네) 크라수스가 요즘 시리아에서 어떻게 지내는지 궁금하군. 듣기로는 히에로솔리마에 자리한 유대인 대사원에서 2천 탈렌툼에 달하는 금을 빼돌렸다던데. 오, 냄새만으로 황금을 찾아내는 인간을 당할 재간이 있겠나. 나 역시 대사원에 들어가본 적이 있네. 난 그곳이 두려웠어. 세상에 금이 거기에만 있는 것도 아니잖아. 차라리 금을 내주면 내줬지 훔치고 싶은 생각은 전혀 안 들던데.

유대인들은 크라수스에게 정식으로 저주를 내렸어. 게다가 크라수스는 지난 11월의 이두스에 로마를 떠날 때도 카페나 성문 한가운데에서 정식으로 저주를 받았지. 호민관 아테이우스 카피토가 크라수스가 가는 길을 떡하니 가로막고 앉아 머리카락이 쭈뼛 서도록 끔찍한 저주를 읊은 거야. 결국 내 릭토르들을 써서야 카피토를 옮길 수 있었네. 크라수스는 지나치게 많은 사람들로부터 반감을 샀어. 게다가 그는 파르티아인 같은 적들이 얼마나 큰 골칫거리인지 제대로 파악이나 하는지 모르겠어. 아직도 파르티아의 철갑 기병을 아르메니아의 철갑 기병과 같게 생각해. 철갑 기병을 그림으로만 봤을 뿐이니까. 사람이랑 말이 둘 다 머리부터 발끝까지 쇠사슬 갑옷을 걸친 것뿐 아니냐고 할걸. 으으!

며칠 전에 자네 어머니를 뵈었네. 만찬에 오셨지. 참 대단한 여인이셔! 훌륭한 분별력 때문만이 아닐세. 여전히 감탄이 절로 나올 정도로 아름다우시더군. 올해 일흔을 넘겼다고 하시던데 말일세. 전혀 마흔다섯 살 이상으로 보이지 않았어. 율리아가 미인으로 태어난 이유를 알겠네. 아우렐리아도 율리아를 몹시 걱정해. 하지만 원체 속내를 요란스레 드러내는 분이 아니지. 자네도 잘 알 거야.

별안간 카이사르가 웃음을 터트렸다. 히르티우스와 파베리우스는 놀라서 제자리에서 펄쩍 뛰었다. 줄곧 신경이 곤두서 있던 장군이 저렇듯 기분좋게 웃는 모습은 퍽 오랜만이었다.

"아, 이것 좀 들어보게!" 카이사르가 두루마리에서 고개를 들며 외쳤다. "이건 공문에서 아무도 언급하지 않은 이야기야, 히르티우스!"

카이사르는 고개를 숙이고 소리 내어 편지를 읽기 시작했다. 언제 보나 놀라운 능력이었다. 구불구불한 글씨들을 한눈에 판별해 읽을 수 있는 사람을 그들은 카이사르 외엔 알지 못했다.

"그리고 이제," 카이사르가 겨우 웃음을 참으며 읽어 내려갔다. "카토와 호르텐시우스 얘기를 해야겠군. 호르텐시우스는 이제 전처럼 젊지 않아. 루쿨루스의 죽기 전 모습과 약간 비슷해졌지. 이국적인 요리와 포도주 원액과 아나톨리아 양귀비나 아프리카 버섯 같은 이상한 음식을 지나치게 많이 먹어. 오, 요즘에도 법정에 서긴 하지만 변호인으로 전성기를 누리던 시절과는 실력이 판이하게 다르지. 그가 올해 몇인가? 일흔이 다 됐지? 내 기억이 틀리지 않다면 법무관과 집정관을 몇 년 늦게 지냈어. 내가 서른여섯에 집정관 자리에 오르는 바람에 자기 집정관 취임이 일 년 늦어졌다고 아직도 나한테 앙심을 품고 있다네.

어쨌거나 호르텐시우스는 카토가 호민관 선거에서 보인 일련의 행동이 모스 마이오룸의 위대한 승리라고 생각했어. 루키우스 유니우스 브루투스—어째서 우린 항상 발레리우스는 잊어버릴까?—가 공화국 건립의 영광을 누린 이래 최고의 승리였다나. 그래서 호르텐시우스는 카토를 만나러 뒤뚱뒤뚱 걸어가서 그의 딸 포르키아와 결혼하고 싶다고 했네. 몇 년 전 루타티아가 죽은 이래 재혼 생각이 없었는데 카토가 평민들을 다루는 솜씨를 보고 마음이 달라졌다면서 말이야. 호민관 선거가 열린 날 밤에 유피테르 옵티무스 막시무스가 꿈에 나타나서 꼭 마르쿠스 카토 집안과 혼사를 맺으라고 했대나 봐.

물론 카토는 수락할 수 없었지. 내가 열일곱 살 난 율리아와 결혼을 한다고 그가 얼마나 난리를 피웠나. 포르키아는 심지어 그보다도 어린 걸. 게다가 카토는 전부터 포르키아의 결혼 상대로 자기 조카 브루투스를 점찍어뒀잖아. 호르텐시우스도 재산이 상당하지만 어디 브루투스에 비하겠나? 그래서 카토는 거절했네. 포르키아와의 결혼은 안 된다고 말이야. 호르텐시우스는 그러면 도미티우스 가문의 딸들 중 하나와 결혼할 순 없겠냐고 물었어. 아헤노바르부스와 카토의 누이 사이에서 태어난 그 추녀들 말일세. 주근깨투성이에 머리는 마치 장작불 같은 딸들이 몇이나 되더라? 둘? 셋? 넷? 상관없어. 어차피 카토가 그것도 절대 안 된댔으니까."

카이사르가 눈동자를 굴리며 고개를 들었다.

"이야기가 어디로 흘러갈지 종잡을 수 없네요. 여하튼 흥미진진합니다." 히르티우스가 활짝 웃으며 말했다.

"그러게 말일세." 카이사르가 이렇게 말하고 다시 편지를 읽었다. "호르텐시우스는 노예들의 부축을 받으며 비틀비틀 집으로 돌아갔네. 상심이 컸지. 하지만 그는 다음날 다시 카토를 찾아왔네. 기막힌 생각이 떠올랐거든. 호르텐시우스가 물었어. 포르키아나 도미티아와는 결혼할 수 없다고 했으니까, 그 대신 카토의 아내와 결혼해도 되겠느냐고."

히르티우스가 기겁했다. "마르키아요? 필리푸스의 딸 말입니까?"

"맞아, 카토는 마르키아와 결혼했지." 카이사르가 진중하게 대답했다.

"사령관님 조카딸이 필리푸스와 결혼했지요? 이름이 아티아인가요?"

"맞아. 필리푸스는 아티아의 첫번째 남편 가이우스 옥타비우스와 친한 친구였지. 그래서 애도 기간이 지나고 나자 아티아와 결혼했어. 아티아가 결혼할 때 친딸과 친아들뿐만 아니라 의붓딸까지 데리고 들어갔으니, 필리푸스는 마르키아를 기쁜 마음으로 출가시켰을 거야. 그때 필리푸스가 나한테 그랬지. 자기는 딸을 카토에게 내줌으로써 내 진영과 보니파 양쪽에 발을 담근 셈이라고 말이야." 카이사르가 눈가를 닦으며 말했다.

"마저 읽어주십시오." 히르티우스가 말했다. "뒷내용이 궁금해죽겠습니다."

카이사르는 편지를 이어 읽었다. "카토는 좋다고 대답했어! 정말일세, 카이사르, 카토가 좋다고 대답했어! 마르키아가 자기와 이혼하고 호르텐시우스와 재혼하는 걸 허락했단 말일세. 단, 필리푸스도 허락해야 한다는 단서를 붙였지. 두 사람은 그길로 필리푸스를 찾아가서, 마르키아가 퀸투스 호르텐시우스와 결혼해 그 늙은이를 행복하게 해줄 수 있도록 카토와 그녀의 이혼을 허락해달라고 청했어. 필리푸스는 턱을 긁적거리더니 좋다고 했어! 단, 식장에서 카토가 신부의 손을 직접 건네주어야 한다는 단서를 붙여서! 수백만 세스테르티우스를 길에 뿌리듯 모든 일이 너무나도 쉽고 빠르게 진행되었어. 카토는 마르키아와 이혼했고 결혼식장에서 직접 그녀의 손을 호르텐시우스에게 건네주었지. 온 로마가 벌렁 나자빠졌네! 온갖 해괴망측한 일들이 매일같이 벌어지는 세상이지만, 이 카토 · 마르키아 · 호르텐시우스 · 필리푸스 사건은 그 망측한 정도가 로마 역사에서 단연 독보적임을 자네도 인정할 거야. 모두들—나 역시!—호르텐시우스가 자기 재산의 절반을 카토와 필리푸스에게 떼어줬을 거라고 생각하네. 물론 카토와 필리푸스는 그 의혹을 강력히 부정하지만."

카이사르는 무릎에 두루마리를 내려놓고 또다시 눈가를 닦으며 고개를 가로저었다.

"가엾은 마르키아." 파베리우스가 나직이 말했다.

나머지 두 사람이 놀라서 파베리우스를 쳐다봤다.

"그런 식으론 생각 못했군." 카이사르가 말했다.

"뒤쥐처럼 성질이 더러운 여자인가봅니다." 히르티우스가 말했다.

"아니, 그렇지 않아." 카이사르가 이맛살을 찌푸리며 말했다. "마르키아를 직접 본 적이 있네. 그녀가 성년이 되기 직전이었을 거야. 아마 열셋이나 열넷쯤? 그 가문 사람들이 다 그렇듯 살결은 까무잡잡하지만 얼굴이 아주 예뻤지. 율리아와 내 모친은 사랑스럽고 귀여운 여자아이라고 평했어. 당시 필리푸스는 내게 보낸 편지에 마르키아와 카토가 둘 다 서로에게 푹 빠져 있다고 썼지. 루카에서 폼페이우스, 마르쿠스 크라수스와 만나 내 군사 지휘권과 속주 관할권을 유지하는 문제를 의논하던 시기에 받았던 편지야. 마르키아는 원래 코르넬리우스 렌툴루스와 약혼한 사이였는데 그 친구가 죽었어. 그러고 나서 카토가 키프로스를 합병시키고 금과 은이 담긴 보물 상자 2천 궤를 들고 돌아왔고, 필리푸스—그해 집정관이었지—는 카토를 만찬에 초대했어. 마르키아와 카토는 서로 한눈에 반했지. 카토는 마르키아와 결혼하고 싶다고 청했고, 그 때문에 필리푸스 집안에는 한바탕 소동이 벌어졌어. 아티아는 말도 안 된다며 겁을 냈지만, 필리푸스는 양 진영의 경계선에 앉아 있는 것도 나쁘지 않으리라고 생각했다네. 내 조카딸과 결혼한 그가 나의 가장 큰 정적을 사위로 삼은 거야."

"그렇다면 카토와 마르키아 사이가 그뒤로 나빠졌나보군요." 히르티우스가 말했다.

"아니, 그것도 아닌 듯해. 폼페이우스의 표현대로 온 로마가 벌렁 나자빠진 것도 바로 그래서고."

"그러면 카토는 대체 왜 그런 겁니까?" 파베리우스가 물었다.

카이사르가 히죽 웃었다. 보기 좋은 미소는 아니었다. "카토에 대한 내 판단이 옳다면—난 그렇다고 믿지만—그는 행복한 걸 참지 못해. 카토는 마르키아에 대한 열정을 자신의 약점으로 생각했을 거야."

"가엾은 카토!" 파베리우스가 말했다.

"흠!" 카이사르는 다시 8월 편지를 읽어 내려갔다.

지금으로는 이 정도가 전부일세, 카이사르. 퀸투스 라베리우스 두루스가 브리타니아에 상륙하자마자 전사했다니 매우 안타깝네. 자네가 보내는 공문들은 참으로 훌륭해!

카이사르는 8월 편지를 탁자에 내려놓고 9월 편지를 집었다. 8월 것에 비해 크기가 작았다. 두루마리를 펼친 그는 인상을 찡그렸다. 잉크가 채 마르기 전에 물이 엎질러진 듯 몇몇 글자가 번지고 얼룩져 있었다.

막사 안의 공기가 바뀌었다. 밖에서 아직 환하게 빛나던 오후의 해가 돌연 사라진 듯했다. 소름이 돋은 히르티우스가 고개를 들었다. 파베리우스도 몸을 부르르 떨었다.

카이사르의 눈길은 여전히 폼페이우스의 두번째 편지를 향해 있었지만, 그는 마치 얼어붙은 듯 미동도 없었다. 히르티우스와 파베리우스에겐 보이지 않았지만 눈동자 역시 얼어붙은 게 분명했다.

"혼자 있고 싶군." 카이사르가 평소와 같은 목소리로 말했다.

히르티우스와 파베리우스는 아무 말 없이 일어나 막사에서 나갔다. 종이에 올려두고 간 펜에서 잉크 방울이 뚝뚝 떨어졌다.

오, 카이사르, 이 슬픔을 어찌하나? 율리아가 죽었네. 어여쁘고 사랑스러운 내 아가씨가 죽었어. 스물두 살 나이에 죽다니. 내가 율리아의 눈을 감기고 동전을 얹었어. 뱃사공 카론의 배에서 가장 좋은 자리에 앉길 빌며 입에 데나리우스 금화를 넣어주었네.

나한테 아들을 낳아주려다 죽은 거야. 임신한 지 7개월째로 위험한 징조는 전혀 없었어. 줄곧 아프긴 했지. 불평 한 번 안 했지만 난 알고 있었어. 그러다 갑작스레 진통이 와서 아이를 낳았네. 아들이었어. 이틀 살았으니 제 어미보다야 오래 살았지. 율리아는 출혈 끝에 죽었네. 쏟아지는 피를 무엇으로도 막을 수 없었어. 끔찍한 죽음이었지! 거의 마지막 순간까지도 의식이 붙어 있었어. 그저 서서히 기운을 잃으며 창백해졌네. 살결이 너무도 하얬어. 나와 아우렐리아에게 쉴새없이 말을 하더군. 미처 하지 못한 일을 떠올리고, 내게 무언가를 약속해달라고 하고. 개망초가 피려면 아직 몇 달은 더 있어야 하는데 꼭 개망초를 따다가 걸어 말리라는 둥 별별 의미 없는 말들을 했어. 나를 얼마나 사랑하는지 아느냐고, 아주 어릴 때부터 줄곧 사모해왔노라고, 말하고 또 말했어. 내가 자기를 얼마나 행복하게 해주었는지 모른다고, 나와 함께 있으면서 고통스러웠던 적은 단 한 순간도 없었다고. 율리아는 어떻게 그런 말을 했을까, 카이사르? 율리아를 죽음으로 내몬 고통, 그 뼈만 앙상하던 짐승새끼를 빚은 당사자가 바로 나인데. 아들이 죽어버려서 차라리 다행이야. 자네 피와 내 피를 한몸에 가진 사내를 이 세상이 감당할 수 있었겠나. 그 녀석은 세상을 바퀴벌레처럼 한 발로 짓뭉개버렸을 거야.

율리아 생각이 머릿속을 떠나지 않네. 울고 또 울었는데 여전히 눈물이 나. 율리아의 생명이 가장 늦게 꺼진 곳은 그녀의 눈이었네. 크고 새파란 눈동자. 사랑으로 가득했지. 오, 카이사르, 이 슬픔을 어찌해야 하나? 6년이라는 짧았던 세월. 며칠 지나면 나는 쉰두 살이 되는데, 내가 그녀와 함께한 세월은 고작 6년이었어. 항상 내가 먼저 떠나리라고 생각했네. 그 반대가 될 거라고, 그 시기가 이렇듯 일찍 찾아오리라곤 꿈에서도 몰랐네. 아, 우리가 함께 26년을 살았대도 짧게만 느껴졌겠지! 오, 카이사르, 이 고통! 차라리 내가 대신 죽었으면 얼마나 좋았을까! 하지만 율리아는 내게 그녀를 따라서 죽지 않겠다고 엄숙한 맹세를 하게 했어. 그러니 나는 살아야만 해. 하지만 어떻게? 어떻게 내가 살아갈까? 그녀의 기억이 이리도 생생한데! 그녀의 모습, 목소리, 체취, 느낌, 혀끝의 감촉이. 그녀가 내 안에서 리라처럼 울어대는데.

하지만 소용없어. 눈물이 앞을 가려 도저히 글을 쓸 수 없지만 나는 자네에게 모든 걸 알려야 해. 이 편지가 브리타니아까지 전해지리란 걸 아니까. 자네 둘째 외숙부의 아들인 마르쿠스 코타를 시켜서—올해 법무관이 되었지—원로원 회의를 열게 했어. 그리고 원로원 의원들에게 세상을 떠난 내 아가씨를 위해 국장을 치를 수 있게 표결해달라고 청했네. 그런데 그 썩어빠진 개새끼 아헤노바르부스가 안 된다는 거야. 카토도 고관석에서 안 된다고 짖어댔어. 여자에게는 국장을 치러줄 수 없대. 나의 율리아에게 국장을 치러주는 것이 국가를 모독하는 일이래. 사람들이 나를 붙들었어. 안 그랬으면 아헤노바르부스 그 개새끼를 내 손으로 죽였을 거야. 그놈 목을 조르는 상상을 하면 아직도 두 손이 움찔거리네. 원로원은 수석 집정관의 뜻을 절대 거스르지 않는다고 하지. 하지만 이번엔 달랐어. 거의 만장일치로 국장이 결정되었네.

좋은 것은 모두 주었네. 장의사들은 성심껏 일해주었어. 율리아는 너무도 아름다웠지. 피가 다 빠져서 백악처럼 창백한데도 말이야. 장의사들은 그녀의 살결에 은은한 빛을 덧입히고, 율리아의 스물두 살 생일에 내가 선물해준 보석 박힌 빗으로 그 숱 많은 은빛 머리카락을 빗어 그녀가 생전에 즐겨하던 멋진 머리 모양으로 다듬어주었어. 검은색과 황금색 베개를 받쳐 편안한 자세로 관대에 앉혀주니 그 자태는 가히 여신이 따로 없더군. 다른 장례식에서처럼 시신은 저 아래 비밀스러운 구석에 넣어두고 인형을 대신 앉힐 필요가 없었어. 율리아가 좋아하던 연보라색 옷을 입혔어. 내가 그녀를 처음 보고 달밤의 여신 디아나를 떠올렸던 그날 입었던 옷과 같은 색이지.

율리아 조상들의 행렬은 어느 누구의 것보다도 웅장했네. 첫번째 전차에 세워진 익살극 배우 코린나에게 율리아의 이마고를 씌웠어.

내가 세운 극장 꼭대기의 베누스 빅트릭스 신전 베누스 신상에도 율리아의 이마고를 씌웠네. 코린나는 베누스의 황금 원피스도 입었어. 모든 조상들이 모습을 드러냈네. 율리우스 가문 최초의 집정관부터 퀸투스 마르키우스 렉스와 킨나까지. 조상들을 태운 전차 수가 마흔 대였고, 말들은 흑요석처럼 검었지.

나도 그 자리에 있었네. 원래는 신성경계선을 넘어 로마 시에 들어가선 안 되지만 말일세. 30개 쿠리아 소속 릭토르들에게 오늘 하루만큼은 나의 곡물 담당관 자격에 관련하여 특별 임페리움을 지니고 있다고 통보했어. 따라서 내가 속주들을 수락하기 전까지는 신성경계선을 넘는 것이 허용된다고 말이야. 아헤노바르부스는 겁에 질렸는지 나를 막지 않더군.

무엇이 아헤노바르부스를 겁먹게 했을까? 포룸 로마눔에 모인 군중의 규모였지. 카이사르, 그런 광경은 처음 보았네. 장례식에 군중이 그렇게 많이 모인 적은 없었어. 심지어 술라의 장례식 때에도 그 정도는 아니었지. 술라의 장례식에 온 사람들은 하나같이 그의 모습을 보고 기겁했지만, 내 율리아의 장례식에 온 사람들은 하나같이 눈물을 흘렸어. 수천 명이 모였네. 그저 평범한 사람들이었어. 아우렐리아는 율리아가 수부라 지구에서 그들과 더불어 자랐기 때문이라고 하더군. 당시에 그들이 율리아를 아주 좋아했다고. 지금도 그래. 유대인들이 어찌나 많던지! 로마에 유대인이 그렇게나 많은지 미처 몰랐어. 그들의 길고 곱실거리는 머리카락과 수염 때문에 도저히 잘못 볼 수가 없었지. 그래, 자네는 집정관 재임 때 유대인들에게 잘해주었지. 자네 역시 그들과 더불어 자랐으니까. 하지만 아우렐리아는 유대인들이 율리아를 추모하러 온 것은 오로지 율리아 본인을 위해서라고 했어.

고민 끝에 로스트라 연단 추도 연설은 세르비우스 술피키우스 루
푸스에게 부탁했네. 자네는 누굴 선호했을지 모르겠지만, 처음에는
무조건 명연설가를 세우고 싶었어. 하지만 막상 때가 되니 어째 키
케로에게 부탁하지 못하겠더군. 오, 물론 키케로는 수락했을 거야.
자네를 위해서가 아니라면 날 위해서라도. 하지만 키케로의 연설에
는 진심이 담길 것 같지 않았어. 배우 흉내를 내지 않고선 못 배기는
사람이니까. 반면 세르비우스는 됨됨이가 진실하고 또 파트리키잖
아. 연설의 주제가 정치나 배신이 아니라면 오히려 그가 키케로보다
더 뛰어난 웅변가지.

하지만 그런 건 중요하지 않았네. 어차피 추도 연설은 없었으니까.
장례식 초반에 카리나이 지구에서 포룸 로마눔까지 갈 때만 해도 모
든 것이 계획대로 진행되었지. 사람들은 마흔 명의 조상들을 태운
전차를 그야말로 경외하는 눈빛으로 맞이했어. 들리는 소리라곤 그
저 수천 군중의 울음소리뿐이었네. 그런데 율리아를 앉힌 관대가 레
기아를 지나 포룸 로마눔 낮은 구역의 공터에 다다르자 사람들이 돌
연 기겁하면서 막무가내로 비명을 지르기 시작했어. 난 피가 얼어붙
는 것 같았어. 전쟁터에서 만난 야만족의 포효도 두려워하지 않던
내가 말일세. 군중이 물결치듯 관대로 몰려갔어. 아무도 그들을 막을
수 없었네. 아헤노바르부스와 호민관 몇이 군중을 저지하려 했지만
그들은 곧 홍수에 떠내려가는 나뭇잎처럼 옆으로 밀쳐졌지. 사람들
은 관대를 공터 한가운데로 옮겼어. 그리고 별의별 것들을 다 모아
와서 장작 더미를 쌓았네. 신발, 종이, 나뭇조각. 군중 뒤편에서 이런
저런 물건이 자꾸만 머리 위로 전달되어 오더군. 그게 다 어디서 나

는 건지 도무지 알 수 없었어.

그들은 율리아를 바로 그곳 포룸 로마눔에서 화장했어. 아헤노바르부스는 원로원 계단에서 졸도하기 직전이었고, 세르비우스는 로스트라 연단에서 아연실색했네. 배우들 역시 그리로 피신해 있었어. 마치 군단병들에게 목이 베이기를 기다리는 야만족 여자들 같은 모습이었지. 로마 여기저기에서 말이 뛰고 빈 전차가 굴러다녔고, 곡하는 사람들도 아주 멀리는 못가고 베스타 신전 근처에 속수무책으로 모여 있었지.

그런데 이게 끝이 아닐세. 군중 속에 있던 평민 지도자들이 아헤노바르부스를 찾아서 원로원 계단까지 갔어. 그들은 율리아의 재를 로마의 영웅들과 나란히 마르스 평원에 묻어야 한다고 주장했지. 그 자리에는 아헤노바르부스뿐만 아니라 카토도 함께 있었네. 안 돼, 안 돼! 마르스 평원에 여자를 안치한 전례가 없소! 우리들 눈에 흙이 들어가기 전엔 결코 그럴 수는 없소! 정말이지 나는 아헤노바르부스가 뇌졸중을 일으킬 줄 알았네. 하지만 군중은 자꾸만 더 모여들었고, 아헤노바르부스와 카토는 결국 군중에게 굴복하지 않으면 정말로 자기들 눈에 흙이 들어가게 되리란 걸 깨달았어. 그들은 맹세까지 해야 했네.

그리하여 내 소중한 소녀는 마르스 평원의 풀밭에 영웅들과 나란히 안장될 예정일세. 매장을 치를 수 있을 만큼 감정이 가라앉진 않았지만, 그래도 해야지. 자네에게 약속하건대 가장 웅장한 묘가 될 걸세. 안타깝게도 원로원은 율리아를 기념하는 장례 경기대회를 금지했어. 군중 질서가 제대로 유지될지 아무도 확신할 수 없으니까.

나는 내 의무를 다했네. 자네에게 전부 이야기했어. 자네 모친께서 무척 힘들어하시네, 카이사르. 앞서 쓴 편지에서 그분이 절대 마흔다섯 이상으로는 보이지 않는댔지. 하지만 이제는 나이 그대로 일흔 살의 모습이시네. 베스타 신녀들과 자네의 어린 아내 칼푸르니아가 곁을 지키고 있어. 칼푸르니아도 율리아를 그리워해. 둘은 좋은 친구였지. 아, 다시 눈물이 나는군. 이미 바다만큼 눈물을 쏟아냈는데도 말이야. 나의 소녀가 영원히 가버렸어. 이 슬픔을 대체 어찌해야 하나?

이 슬픔을 어찌할까? 너무도 큰 충격에 카이사르는 눈물조차 나지 않았다. 율리아가? 이 슬픔을 대체 어찌해야 하나?

이 슬픔을 이겨낼 수 있을까? 나의 병아리, 나의 완벽한 진주. 내가 마흔여섯이 된 지 얼마 지나지도 않아 내 딸이 출산중에 죽다니. 그애 어미도 내게 아들을 낳아주려다 죽었지. 세상은 수레바퀴처럼 돌고 도는구나! 아, 어머니, 로마에서 어머니의 얼굴을 어찌 마주볼까요? 사람들의 위로를, 사랑하는 자식을 잃은 뒤 찾아오는 시련을 어찌 감당할까? 모두 나를 위로하려 들 테지. 그리고 모두 진심일 터다. 하지만 내가 그것을 어찌 견뎌낼까? 나는 깊은 상처를 지닌 자의 눈빛을 띠게 되겠지. 고통을 겉으로 내보이겠지. 아니, 그럴 수 없어. 내 고통은 온전히 내 것이다. 다른 누구의 것도 아니야. 어느 누구에게도 보일 수 없어. 그애를 마지막으로 본 지 5년째, 이제는 영원히 볼 수 없게 되었구나. 그애가 어떻게 생겼었는지 잘 기억나지 않아. 다만 한 가지 기억하는 것은 내가 그애 때문에 아파본 적이 없다는 것, 가벼운 두통조차 앓은 적이 없다는 사실이다. 사람들은 흔히 말하지. 좋은 사람들은 반드시 일찍 죽는다고. 완벽한 사람들은 노령과 기나긴 삶으로 인한 손상을 절대 겪지 않는다고. 아, 율리아! 이 슬픔을 어찌할까?

카이사르는 고관 의자에서 일어났다. 다리에 감각이 느껴지지 않았다. 8월 편지가 여전히 탁자에 놓여 있었다. 9월 것은 아직 손에 쥔 채였다. 그는 막사의 열린 휘장 사이로 걸어나갔다. 이 세상 모든 것들의 끝에 자리한 미지의 땅, 그 가장자리에 세워진 주둔지에서 카이사르의 군인들이 규율에 따라 분주히 움직이고 있었다. 카이사르의 얼굴은 평온했다. 막사 앞 깃대 앞에서 어정거리던 히르티우스의 눈과 마주쳤을 때도 그의 눈빛은 평소와 다르지 않았다. 차갑다기보다 서늘한 눈빛. 만두브라키우스가 평했듯, 모든 것을 다 꿰뚫어 보는 듯한 눈빛.

"괜찮으십니까, 카이사르?" 히르티우스가 자세를 바로 하며 물었다.

카이사르는 유쾌한 미소를 지어보였다. "그럼, 히르티우스, 아무 문제없네." 그는 왼손으로 햇빛을 가리며 석양을 바라보았다. "저녁때가 지났군. 만두브라키우스 왕에게 만찬을 대접해야지. 자칫 브리타니아 사람들에게 무례하게 보이겠어. 더군다나 우리는 그들의 음식을 그들에게 대접해야 하는 입장인데 말이야. 자네가 먼저 만찬 준비를 시작해주겠나? 나도 곧 가겠네."

카이사르는 왼쪽으로 돌아 장군 막사 옆의 광장으로 갔다. 그곳에서는 젊은 군단병 하나가 아직 연기가 피어오르는 잿더미를 갈퀴로 긁어모으고 있었다. 무슨 잘못을 저질렀는지 모르지만 벌을 받고 있는 게 틀림없었다. 그는 장군이 곁으로 다가오자 다시는 행진중에 실수하지 않으리라고 다짐하며 더 열심히 불씨를 긁어모았다. 키 큰 장군이 자신을 내려다보는 게 느껴졌다. 카이사르와 이렇게 가까이 있기는 처음이었던 그는 잠시 장군의 얼굴을 마주 바라보았다. 그랬더니 장군이 슬며시 웃는 게 아닌가!

"이봐, 싹 다 꺼버리진 마. 불씨가 필요하거든." 카이사르는 일반 사병들이 흔히 사용하는 억양이 강하고 비속어가 섞인 라틴어로 말했다. "무슨 사고를 쳤기에 지독히 더운 날 이런 일을 하고 있어?"

"투구 끈을 매지 않았습니다, 사령관님."

카이사르는 오른손에 작은 두루마리 종이를 쥔 채 허리를 숙이더니, 아직 불씨가 희미하게 남은 나무 조각에 종이 귀퉁이를 갖다 댔다. 불이 붙었다. 카이사르는 몸을 일으켜 세우고 종이를 손가락 사이에 끼운 채 불길이 그것을 모조리 집어삼킬 때까지 기다렸다.

"장비를 절대 소홀히 하지 마. 카시족의 창이 날아올 때 자네를 지켜주는 건 그것뿐이니까." 그는 뒤돌아 장군 막사로 걸어가면서 어깨 너머로 웃으며 말했다. "아니, 그뿐만은 아니지! 자네의 용맹함과 로마인다운 정신이 있으니까. 자네를 승리로 이끄는 건 그것들이야. 하지만 자네의 로마인다운 정신은 그 대갈통에 투구가 단단히 씌워져 있어야 지킬 수 있어!"

젊은 군단병은 불씨는 잊어버리고 입을 떡 벌린 채 장군의 뒷모습만 쳐다보았다. 놀라운 사람이다! 부하가 아닌 민간인을 대하듯 말하다니! 상냥한 말투였다. 속어의 용법도 정확했다. 하지만 장군은 일반 사병 신분으로 복무한 적이 없었다! 그런데도 속어를 어떻게 그리도 잘 알까? 군단병은 환히 미소를 지으며 갈퀴질을 힘차게 마무리하고 잿더미를 발로 꽉꽉 밟았다. 장군은 모든 걸 알고 있었다. 자기 군대에 소속된 백인대장들의 이름을 빠짐없이 알고 있듯이. 그는 카이사르였다.

카시벨라우누스가 이끄는 카시족의 요새는 브리타니아인들에게 난공불락이었다. 가파르지만 부드럽게 둥그스름한 언덕에 조성된 이 요새는 통나무로 보강한 거대한 흙벽에 에워싸여 있었다. 그동안 로마인들은 수 킬로미터 넘게 계속되는 울창한 숲 한가운데에 있다는 이 요새의 위치를 찾아내지 못하고 있었다. 하지만 이날 카이사르 군대는 만두브라키우스와 트리노벨루누스를 길잡이로 대동하고 신속히 그리로 직행했다.

카시족의 왕 카시벨라우누스는 영리한 사람이었다. 첫번째 총력전에서 패배한 뒤—아이두이족 기병대가 카시족의 전차에 대한 두려움을 극복한데다 게르만족 기병대보다 카시족이 더 쉬운 상대임을 알아차린 결과였다—카시벨라우누스는 진정한 파비우스식 지연전술을 채택했다. 그는 보병을 해산시키고 전차 4천 대로 로마의 행군 대열을 그림자처럼 따라다니다 로마인들이 숲속 구간을 지날 때 급습을 가했다. 로마군이 겨우 지나갈 정도로 좁은 공간에서 나무 사이로 전차들이 튀어나왔다. 그들은 항상 카이사르의 보병들을 공격 대상으로 삼았다. 이 보병들은 카시족의 구식 무기에 대한 두려움을 아직 극복하지 못한 터였다.

카시족은 무시무시했다. 그 점은 두말할 나위가 없었다. 전투병은 운전수 오른쪽에 서서 언제든 던질 수 있게 오른손에 창 하나를 쥐고 왼손에도 몇 개를 더 움켜쥐고 있었다. 전투병 오른쪽에 세운 고리버들 벽에는 검이 꽂혀 있었다. 벌거벗다시피 한 몸은 머리부터 발끝까지 진한 파란색 소용돌이무늬로 뒤덮여 있었다. 창이 다 떨어지면 검을 뽑아들고 공중제비를 돌듯 빠르고 민첩하게 돌진해 전차를 끄는 작은 말두 필 사이의 장대 위에 섰다. 전차 운전수가 말을 로마군 가운데로 몰아가면 전투병은 장대 위에서 달리는 말발굽들 사이로 뛰어내렸다. 로마 병사들이 자기네를 향해 달려드는 말을 피해 물러서는 동안 그들은 부상도 입지 않고 종횡무진 공격을 가했다.

그러나 카이사르가 카시족의 요새로 마지막 행군을 나선 이날은 평소 그토록 과묵하고 극기심 강했던 로마 병사들도 브리타니아와 전차들과 부족한 군량에 정말이지 넌더리가 난 상태였다. 뜨거운 날씨는 말할 것도 없었다. 로마 병사들은 원래 열기에 익숙했다. 무더운 계절에도, 한쪽 끝이 갈라진 막대기에 1인당 13킬로그램짜리 군장을 얹어 왼쪽 어깨에 걸치고 어깨의 부담을 덜기 위해 10킬로그램짜리 무릎길이 쇠사슬 갑옷을 장검과 단도가 꽂힌 허리띠와 함께 엉덩이 위로 한데 묶어 매고도, 240킬로미터 정도를 중간에 하루만 쉬고 끝까지 행군할 정도였다. 하지만 그들은 포화 상태에 가까운 습기는 잘 견디지 못했다. 따라서 그들은 이번 두번째 원정길에서 달팽이처럼 느리게 걸었고, 카이사르는 하루에 걸어서 이동할 수 있는 거리를 새로 계산해야 했다. 이탈리아나 히스파니아에서는 더운 날 하루에 최대 50킬로미터까지 이동할 수 있었지만, 브리타니아에서는 하루에 40킬로미터였다.

그래도 이날은 수월했다. 트리노반테스족과 소규모 보병 파견대가 뒤에 남아 주둔지를 지켜준 덕분에 거추장스러운 짐 없이(평소에는 8인대에 한 마리씩 할당되는 노새에 실었다) 투구를 쓰고 필룸창만 쥔 채 행군하면 되었다. 로마군은 만반의 태세를 갖추고 숲으로 진입했다. 카이사르의 지침은 구체적이었다. 절대 물러서지 마라. 말들을 방패로 치고, 운전수의 시퍼런 가슴팍에 필룸창을 관통시켜라. 그런 다음 검을 빼들고 전투병들을 향해 나아가라.

병사들의 사기 진작을 위해 카이사르는 대열 한가운데에서 그들과 나란히 진군했다. 평소에도 먼 곳을 살펴보기 위해 발굽이 갈라진 자기 군마에 올라탈 경우만 빼면 그는 늘 병사들과 함께 걸었다. 하지만 보통은 보좌관과 군관 들이 그의 주위를 에워싸고 있었다. 이날은 달랐다. 카이사르는 앞뒤 병사들과 농담을 나누며 10군단의 하급 백인대장 아시키우스와 나란히 걸었다.

마침내 총길이가 6킬로미터도 넘는 로마군 대열의 뒤쪽에 전차 공격이 가해졌다. 아이두이족 기병으로 구성된 후위대는 멀리 떨어져 있어 신속히 다가올 수 없었다. 전차들이 좁은 도로의 사방에서 돌진해왔다. 하지만 로마 군단병들은 말을 방패로 막고 운전수들에게 일제히 창을 날린 뒤 전투병들을 향해 나아갔다. 아무리 브리타니아가 지긋지긋해도, 카시족 전차 전투병들의 목을 베지 않고는 갈리아로 돌아갈 수 없었다. 일단 거리가 가까워지자 갈리아식 장검은 밑에서 쑤셔넣는 로마의 글라디우스 단검과 상대가 되지 않았다. 전차들은 숲속으로 무질서하게 내빼며 자취를 감추었다.

전투병들이 사라진 요새를 정복하기란 식은 죽 먹기였다.

"갓난쟁이한테서 딸랑이를 빼앗는 것이나 다름없습니다!" 아시키우스가 요새를 공격하기에 앞서 장군을 보고 활기차게 말했다.

카이사르는 성벽의 양옆을 동시에 공격했다. 군단병들은 두 발로, 아이두이족은 말을 타고 함성을 내지르며 담벼락을 뛰어넘었다. 카시족은 사방으로 달아났지만 대부분 붙잡혀 죽었다. 이제 카이사르가 성채의 주인이었다. 막대한 양의 식량 역시 그의 차지였다. 트리노반테스족에게 빌린 곡식을 갚고 브리타니아를 완전히 떠나기 전까지 군대를 먹이기에 충분한 양이었다. 하지만 카시족이 입은 가장 큰 손실은 아마도 전차였을 것이다. 마구가 풀린 전차들이 성채 안에 모여 있었다. 의기양양한 군단병들이 전차들을 부수어 장작불을 크게 피웠고, 함께 왔던 트리노반테스족은 기쁜 마음으로 말을 몰고 떠났다. 다른 전리품은 거의 없었다. 브리타니아는 금이나 은이 풍부하지 않았고, 진주는 더더욱 없었으며, 아르베르니족이 만든 도자기 그릇과 뿔로 만든 잔을 썼다.

이제 장발의 갈리아로 돌아갈 때였다. 추분이 다가오고 있었고(항상 그랬듯 계절이 달력보다 훨씬 뒤처져 있었다), 그 무렵에 부는 무시무시한 강풍을 망가진 로마 선박들이 당해낼 리 없었다. 식량은 확보되었고 카시족의 영토와 가축 대부분은 트리노반테스족의 차지였다. 카이사르는 4개 군단 중 2개 군단은 물자 수송대 앞쪽에, 나머지 2개 군단은 뒤쪽에 배치하고 해안으로 행군하기 시작했다.

"카시벨라우누스를 어떻게 하실 생각입니까?" 가이우스 트레보니우스가 장군과 나란히 걸으며 말했다. 장군이 걸으면 수석 보좌관이라도 말을 탈 수 없었다. 그것은 액운을 자초하는 행동이었다.

"그는 다시 돌아올 걸세." 카이사르가 담담히 말했다. "나는 지체 없이 떠날 테지만, 그전에 반드시 카시벨라우누스에게서 항복과 조약을 받아낼 거야."

"우리가 행군하는 중에 다시 공격해올 거란 말씀이십니까?"

"그렇진 않을 걸세. 요새를 빼앗기면서 병사들을 지나치게 많이 잃었으니까. 천여 명에 이르는 전차 전투병과 전차도 다 잃었네."

"트리노반테스족은 말을 차지하고 잽싸게 떠나더군요. 이번에 엄청난 이득을 봤습니다."

"그러려고 우리에게 협력한 거지. 이보전진을 위한 일보후퇴."

평상시와 다를 바 없어 보이셔. 카이사르를 사랑하고 걱정하는 트레보니우스는 생각했다. 하지만 장군은 분명 달랐다. 카이사르가 태워버린 그 편지에는 대체 무슨 내용이 담겨 있었을까? 보좌관들 모두가 미묘한 변화를 감지했을 무렵 히르티우스가 폼페이우스의 편지에 대해 말했다. 히르티우스나 파베리우스에게 주지 않은 서신을 감히 읽으려는 사람은 아무도 없는데, 카이사르는 군이 폼페이우스의 편지를 불에 태웠다. 마치 배들을 불태우듯이. 어째서?

그뿐만이 아니었다. 카이사르는 면도를 하지 않았다. 평소 몸에 이가 옮는 것을 극도로 두려워한 나머지 겨드랑이와 가슴팍과 사타구니에 난 털까지 전부 뽑는다는 사실을 감안하면 이것은 매우 심상치 않은 일이었다. 그는 극도로 어수선한 상황에서도 면도를 빠뜨리지 않을 사람이었다. 기생충 말만 나와도 정수리의 얼마 없는 머리털이 쭈뼛 서는 게 보일 정도였으니까. 어떠한 환경에서도 깨끗이 세탁한 옷만 입으려 해서 하인들의 혼을 쏙 빼놓는 그였다. 흙에는 벼룩이 산다며 흙바닥에서는 단 하룻밤도 자지 않으려고 해서, 그의 개인 군장에는 항상 장군 막사용 나무 깔판이 들어 있었다. 로마에 있는 정적들이 이 정보를 얼마나 반가워했던지! 그들의 파괴적인 혓바닥은 광택제조차 바르지 않은 평범한 나무판자를 모자이크 장식 대리석으로 둔갑시켰다. 하지만 카이사르는 거대한 거미를 자기 손바닥에 올려놓고 기어다니는 모양이 우스꽝스럽다며 즐거워하기도 했다. 10군단에서 훈장을 가장 많이 받은 백인대장조차 꿈도 못 꿀 대담한 행동이었다. 카이사르는 거미가 깨끗한 동물이며 훌륭한 살림꾼이라고 설명하곤 했다. 하지만 바퀴벌레가 나타나면 그는 어느새 탁자 위로 올라가 있었다. 발로 바퀴벌레를 밟아서 군화 밑창을 더럽힌다는 것은 그로서는 상상할 수 없는 일이었다. 바퀴벌레는 더러운 동물이라고 카이사르는 몸서리치며 말했다.

그런데도 카이사르는 주둔지를 떠난 지 사흘, 문제의 편지를 확인한 지 열하루가 지난 이날까지 면도를 하지 않았다. 가까운 사람이 죽은 것이 분명했다. 그는 상중이었다. 누굴까? 그래, 이티우스 항에 돌아가면 모두가 알게 될 터였다. 하지만 카이사르의 침묵은 그가 이 일과 관련해 다른 사람과 이야기를 나누지 않을 것이며, 나중에 모두가 이 일을 알게 되었을 때도 자기 앞에서 이 일을 입에 올려서는 안 된다고 말하고 있었다. 트레보니우스와 히르티우스는 율리아일 거라고 짐작했다. 트레보니우스는 멍청이 사비누스를 따로 불러 장군에게 조의를 표하지 말라고 미리 경고해야겠다고 생각했다. 만일 그랬다가는 할례를 해주겠다고 을러야지. 그 인간은 대체 뭐에 씌기라도 한 걸까? 카이사르에게 왜 면도를 안 하느냐고 대놓고 묻다니.

"퀸투스 라베리우스 때문일세." 카이사르는 짧게 대답했다.

아니, 퀸투스 라베리우스 때문이 아니었다. 율리아가 분명했다. 아니면 카이사르의 전설적인 모친 아우렐리아거나. 하지만 만일 아우렐리아라면 그 소식을 어째서 폼페이우스가 전했겠는가?

퀸투스 키케로—제 잘난 맛에 사는 로마의 대단한 변호인과 형제 관계로, 다행히 형보다 훨씬 덜 짜증스러운 인간이었다—역시 율리아

일 거라고 추측했다.

"만일 그게 사실이라면, 카이사르가 어떻게 폼페이우스 마그누스를 계속 자기 사람으로 잡아둘까?" 퀸투스 키케로는 보좌관 전용 휴게 막사에서 저녁을 들며 말했다. 카이사르는 지난번에 이어 이번에도 저녁 식사 자리에 오지 않았다.

트레보니우스(출신 가문이 심지어 퀸투스 키케로보다도 초라했다)는 이미 원로원 의원이었고 혼인으로 결합된 정치적 연합관계를 잘 이해했으므로, 퀸투스 키케로의 말뜻을 대번에 알아들었다. 카이사르에게는 로마의 일인자인 폼페이우스 마그누스가 필요했다. 갈리아 전쟁이 끝나려면 아직 한참 더 기다려야 했다. 카이사르가 이 전쟁을 마치려면 두번째의 5년짜리 군사 지휘권을 끝까지 유지해야 했다. 하지만 카이사르는 원로원에서 자기를 노리며 사납게 울부짖는 늑대들 때문에 언제까지나 위태롭게 외줄을 타야 했다. 카이사르를 사랑하고 걱정하는 트레보니우스는, 누구든 간에 카이사르가 받고 있는 것처럼 큰 증오심을 남들에게 불러일으킬 수 있다는 게 믿기지 않았다. 혼자 고고한 척하는 멍청이 카토는 카이사르를 끌어내리려고 발악한 것이 정치 경력의 전부였다. 카이사르의 동료 집정관이었던 마르쿠스 칼푸르니우스 비불루스, 멧돼지 루키우스 도미티우스 아헤노바르부스, 신전의 나무기둥처럼 아둔한 위대한 귀족나리 메텔루스 스키피오 역시 두말할 나위가 없었다.

물론 그들은 폼페이우스도 노렸지만 카이사르에게처럼 이상한 집착을 보이진 않았다. 오로지 카이사르만이 그런 집착을 부추기는 듯했다. 어째서? 오, 그자들이 직접 카이사르를 따라 전쟁터에 나가봐야 해, 그러면 정신을 차릴 텐데! 카이사르의 지휘를 따를 때는 마음속 가장 어두운 곳에서조차 일이 잘못되리라는 의심이 들지 않았다. 카이사르는 아무리 어려운 상황에서도 빠져나갈 방법을 찾아냈다. 그리고 승리했다.

"왜 그들은 카이사르를 괴롭힐까?" 트레보니우스는 화를 내며 물었다.

"이유는 단순해." 히르티우스가 빙그레 웃으며 대답했다. "카이사르가 알렉산드리아의 등대인 반면, 자기네는 프리아포스의 남근 끝에 삐져나온 작은 뱃밥 심지에 지나지 않는 걸 스스로 잘 아니까. 그들이 폼페이우스를 괴롭히는 건 그가 로마의 일인자이기 때문이야. 그들은 로마의 일인자 같은 건 필요 없다고 생각하거든. 하지만 폼페이우스는 기껏해야 피케눔 사람에 딱따구리의 후손일 뿐이야. 반면 카이사르는 로마인이고 베누스와 로물루스의 후손이잖아. 모든 로마인들이 귀족들을 중요하게 여기지. 하지만 일부 로마인들은 그 귀족들이 메텔루스 스키피오 같길 바라. 그런데 카토와 비불루스 같은 자들이 보기에 카이사르는 자기네보다 모든 면에서 우월한 거야. 과거에 술라가 그랬던 것처럼. 카이사르의 출생과 능력이라면 그들을 파리채로 때려잡고도 남지. 그들은 그저 선수를 쳐서 자기네 쪽에서 먼저 카이사르를 때려잡고 싶은 거야."

"카이사르에게는 폼페이우스가 필요해." 트레보니우스가 생각에 잠겨 말했다.

"지금의 임페리움과 속주들을 유지하려면 그렇겠지." 퀸투스 키케로가 텁텁한 시골빵을 3등급 기름에 적시며 말했다. "아, 이티우스 항에 돌아가면 맛있는 거위 구이를 먹겠군!" 그는 대화를 이렇게 마무리지었다.

모래밭이 길게 펼쳐진 해변 주둔지에 군대가 도착했다. 이제는 거위 구이를 먹을 날도 얼마 남지 않은 듯했다. 하지만 유감스럽게도 카시벨 라우누스에게는 다른 생각이 있었다. 그는 남은 카시족 사람들을 모아서 타메사 강 이남의 칸티족과 레그니족을 찾아가 새로운 군대를 조직했다. 하지만 그래봐야 맨손으로 바위 치기였다. 전원 보병뿐이었던 브리타니아인 군대는 로마군의 방어시설에 올라가 맨가슴을 드러내고 당당히 맞섰지만, 결국 군사 연습장에 나란히 늘어선 목표물처럼 날아오는 창을 맞고 쓰러졌다. 브리타니아인은 갈리아인이 배운 교훈을 아직 모르고 있었다. 카이사르는 병사들을 데리고 백병전을 벌이러 주둔지 밖으로 나섰고, 남은 브리타니아인들의 목이 모조리 잘려나갔다. 브리타니아인들은 전쟁터에서 살아남은 자는 추방된다는 오랜 전통을 지켰다. 이 전통 때문에 벨가이족 본토에서는 단일 전투에서 5만여 명이 목숨을 잃었다. 이제 벨가이족은 질 것이 분명하다고 판단되면 곧바로 후퇴하여 후일을 도모했다.

카시벨라우누스는 화해를 청하며 항복했고 카이사르의 요구대로 조약을 맺었다. 그리고 인질을 넘겼다. 때는 달력으로 11월 말, 계절로는 초가을이었다.

군대 철수 작업이 시작되었다. 선박 700여 척을 카이사르가 직접 점검했다. 철수는 두 차례에 걸쳐 진행될 것이었다.

"대충 절반 이상이 쓸 만한 상태로군." 카이사르는 히르티우스, 트레보니우스, 사비누스, 퀸투스 키케로, 아트리우스에게 말했다. "일단 백인대 노새를 제외한 모든 수송 가축과 기병대 전체와 2개 군단이 이티우스 항으로 가고, 나중에 빈 배가 돌아오면 나와 나머지 3개 군단이 철수하세."

명령에 따라 트레보니우스와 아트리우스를 뺀 나머지 보좌관들은 먼저 떠났다.

"사령관님과 함께 남게 되어 영광입니다." 병사들이 물에 배 350여 척을 띄우는 모습을 지켜보며 트레보니우스가 말했다.

카이사르의 특별 주문하에 리게르 강변에서 건조되어 베네티족의 단단한 떡갈나무 배 220척과 맞붙도록 난바다로 보내졌던 선박들이었다. 당시 베네티족은 로마 배를 얕잡아봤다. 소나무 재질의 엉성한 선체, 낮은 이물과 고물, 노가 우습게 보였던 것이다. 목욕통에서 갖고 노는 장난감 배들이로군, 한 방에 끝내주마. 하지만 전투는 그들의 예상과 전혀 다르게 전개되었다.

카이사르와 로마 지상군은 대경기장 관람객처럼 해상전을 구경하려고 리게르 강 하구 북쪽의 높은 절벽으로 소풍을 나갔다. 카이사르의 배들이 날카로운 송곳니를 드러내며 등장했다. 데키무스 브루투스가 지난겨울 동안 공병들을 데리고 미친듯이 선박을 건조하며 길러온 송곳니였다. 베네티족은 무겁고 튼튼한 가죽으로 돛을 만들기 때문에 돛을 오르내리는 줄도 밧줄 대신 쇠사슬로 만든다는 사실을 미리 파악한 데키무스 브루투스는 350여 척에 이르는 로마군 배에 전부 기다란 장대를 장착하고 그 끝에 갈고리를 달아둔 터였다. 로마군은 베네티족 배에 가까이 노를 저어가 선체를 적선에 나란히 위치시키고 장대를 기울여 갈고리를 베네티족 돛 줄에 걸었다. 그리고 다시 힘차게 노를 저어 배를 반대 방향으로 이동시켰다. 곧 베네티족 배의 돛대가 기울면서 선체가 힘없이 뒤집혔다. 로마 배 세 척은 사냥개들이 사슴을 에워싸듯 베네티족 배를 둘러쌌고, 로마군은 적의 배에 올라가 선원들을 죽이고 배에 불을 질렀다. 바람이 잦아들자 데키무스 브루투스의 승리는 완벽해졌다. 도망친 배는 겨우 스무 척이었다.

옆면이 특별히 낮게 제작된 이 배들은 이번에도 아주 유용했다. 본래 겁 많은 동물인 말을 배가 물에 뜨기 전에 태우기란 불가능한 일이었지만, 일단 배를 물 가까이 대고 출렁거림이 줄어들기를 기다려 각 배의 옆면에 길고 넓은 널빤지를 대주니 말들은 겁을 집어먹을 새도 없이 재빨리 뛰어올랐다.

"선창이 없어도 나쁘지 않군." 카이사르가 흡족하게 말했다. "내일 배가 돌아오면 우리도 떠나세."

그러나 다음날 새벽이 밝아올 무렵 강한 북서풍이 불기 시작했다. 카이사르 쪽 바닷가는 풍랑이 심하지 않았지만, 350척의 배는 돌아올 수 없었다.

"아, 트레보니우스, 이 땅에서는 운이 지지리도 따르지 않는군!" 강풍이 분 지 닷새째 되는 날 장군이 수염 그루터기를 박박 긁으며 말했다.

"우리는 일리온 바닷가에서 꼼짝 못하는 그리스인이 되었군요." 트레보니우스가 말했다.

이 말에 장군은 결심한 듯했다. 그는 차가운 옅은 색 눈동자로 보좌관을 쏘아보았다. "나는 아가멤논이 아닐세." 카이사르가 앙다문 잇새로 말했다. "그리고 여기서 10년이나 머무르지도 않을 거고!" 그가 고개를 돌리며 외쳤다. "아트리우스!"

주둔지 대장 아트리우스가 놀라서 달려왔다. "부르셨습니까, 카이사르?"

"여기 남은 배들이 바다를 건널 수 있을까?"

"아마 그럴 겁니다. 40척 정도를 제외하고요."

"그러면 이 북서풍을 이용해보지. 나팔을 울리게, 아트리우스. 40척을 제외한 나머지 배에 모든 인원과 장비를 싣게."

"다 못 태웁니다!" 아트리우스가 기겁해 소리쳤다.

"콩나물시루처럼 꽉꽉 채워. 가다가 옆 사람한테 토악질을 하더라도
어쩔 수 없어. 일단 이티우스 항에 도착하면 갑옷을 입은 채 헤엄치면
될 테니까. 마지막 한 사람, 마지막 발리스타 하나까지 전부 실으면 곧
바로 출항한다."

아트리우스는 마른침을 삼켰다. "무거운 장비 몇 개는 남기고 가야
할지도 모르겠습니다." 그가 조그맣게 말했다.

카이사르가 눈썹을 치켰다. "나는 발리스타 하나도, 공성망치 하나
도, 연장 하나도, 군인 한 명도, 비전투원 한 명도, 노예 한 명도 절대 남
기고 가지 않아. 아트리우스 자네가 하지 못하겠다면 내가 하지."

이것이 빈말이 아님을 아트리우스는 잘 알고 있었다. 또한 장군이
완벽한 효율성과 놀라운 속도로 해낼 일이라면 자기도 해내야 앞날이
밝으리라는 것도 잘 알았다. 아트리우스는 더이상 저항하지 않고 물러
가서 나팔을 울렸다.

트레보니우스가 웃음을 터트렸다.

"뭐가 그리 우스운가?" 카이사르가 차갑게 물었다.

아니, 지금은 장군과 농담을 할 때가 아니다! 트레보니우스는 곧바
로 진지해졌다. "아니요, 카이사르! 아무것도 아닙니다."

이렇듯 출항 결정이 내려진 것은 해가 뜨고 한 시간 정도 지나서였
다. 군인과 비전투원 들은 하루종일 일했다. 해변에서 튼튼한 배를 골
라 카이사르의 소중한 대포와 연장과 수레와 노새를 실었고, 풍랑이 치
는 바다로 직접 배를 민 다음 밧줄사다리를 타고 앞다투어 배에 올랐
다. 일반적으로 한 척당 적재량은 대포나 공병용 장비 한 대, 노새 네

마리, 수레 한 대, 군인 마흔 명, 노잡이 스무 명이었다. 하지만 이날 이 동해야 할 인원은 군인과 비전투원이 1만 8천 명, 노예와 선원이 4천 명에 달해 선박의 일반 적재량을 훨씬 웃돌았다.

"놀랍지 않나?" 해 질 무렵 트레보니우스가 아트리우스에게 물었다.

"뭐가 말인가?" 주둔지 대장이 양다리를 후들대며 물었다.

"사령관님께서 행복해 보이잖아. 지금 마음속에 어떤 슬픔을 품었는 지 모르겠지만, 행복해 보여. 불가능한 일을 해내야 하는 상황이 닥쳤 으니까."

"배가 차는 대로 바로바로 물에 띄우면 좋을 텐데!"

"그럴 리 없지! 올 때도 진영을 갖췄으니 갈 때도 진영을 갖추겠지. 이티우스 항에 우리 배가 입항하는 것을 지켜볼 갈리아 귀족들에게 사 령관이 군대를 완벽하게 장악하는 모습을 보여주려 할 테니까. 카이사 르 같은 사람이 자기 군대가 대열이 흐트러진 채 한 번에 몇 대씩 나눠 들어가게 할 것 같아? 그럴 리 없어! 그리고 사령관님의 판단이 옳아. 우리가 모든 면에서 우월하다는 것을 갈리아인들에게 보여주어야 해." 트레보니우스는 분홍빛으로 물들어가는 하늘을 올려다보았다. "오늘 밤에는 달이 4분의 3 정도 차겠군. 시간에 상관없이 준비가 돼야 출발 할 거야."

예측은 정확했다. 카이사르의 배는 자정에 순류를 타고 어둠 속으로 미끄러져갔다. 고물과 돛대에 매달린 등불이 반짝였다. 등불은 눈물방 울 모양으로 진영을 갖추고 뒤따라오는 배들에게 신호등 역할을 했다.

카이사르는 선미루의 가로대 난간에 기대섰다. 방향타 역할을 하는 두 대의 노를 젓는 두 전문 노잡이들 사이였다. 바다의 칠흑 같은 어둠 속으로 반딧불이 무수히 퍼져나갔다. 브리타니아여, 잘 있어라. 나는 너를 그리워하지 않으리라. 하지만 이제까지 아무도 가보지 않은 저 너머에는 과연 무엇이 있을까? 이것은 작은 바다가 아니다. 대양이다. 위대한 바다의 신 넵투누스가 사는 곳이요, 우리 로마의 지중해 바깥이다. 어쩌면 내가 늙었을 때, 내 혈통과 권력이 요구하는 모든 과업을 끝마친 뒤에, 단단한 떡갈나무로 만든 베네티족의 배에 올라 가죽으로 만든 돛을 올리고 태양의 길을 따라 서방으로 가게 될지도 모른다. 로물루스는 마르스 평원의 염소 늪에서 홀연히 자취를 감춘 뒤로 다시는 돌아오지 않았고, 사람들은 그가 천상의 신이 되었다고 믿었다. 하지만 나는 영원의 안개 속으로 항해해 가리라. 그리고 사람들은 내가 천상에서 신이 되었다고 믿으리라. 나의 율리아가 있는 곳. 사람들은 알고 있었다. 사람들은 율리아를 포룸 로마눔에서 태우고 영웅들 사이에 묻었다. 하지만 나는 일단 내 혈통과 권력이 요구하는 과업을 전부 끝마쳐야 한다.

구름이 빠르게 스쳐갔다. 하지만 달빛은 충분히 환했고 배들은 한데 모여 순조롭게 미끄러져갔다. 한 쪽짜리 아마천 돛들이 해산이 임박한 여자의 배처럼 한껏 부풀었다. 바다를 건너는 데 총 여섯 시간이 걸렸다. 카이사르의 배가 이티우스 항에 도착하자 동이 텄고, 그 뒤로 함대가 여전히 가지런하게 진영을 이루고 있었다. 카이사르의 운이 돌아왔다. 단 한 명의 사람도, 단 한 마리의 가축도, 단 한 문의 대포도 넵투누스에게 희생되지 않았다.

장발의 갈리아
(갈리아 코마타)

기원전 54년 12월부터
기원전 53년 11월까지

Dec. 54 B.C. ~ Nov. 53 B.C.

퀸투스 툴리우스 키케로

"8개 군단이 전부 이티우스 항에 주둔해 있으면 올해가 가기 전에 곡식이 바닥납니다." 티투스 라비에누스가 말했다. "판무관들이 곡식을 많이 구하지 못했습니다. 염장 돼지고기, 베이컨, 기름, 사탕무 시럽, 말린 과일은 많지만 밀, 병아리콩 같은 곡류가 아주 부족합니다."

"그렇다고 군인들한테 빵을 안 주고서 싸우랄 수도 없고." 카이사르가 한숨을 쉬었다. "항상 가뭄은 한꺼번에 여러 군데에서 발생하니 골치가 아프네. 히스파니아나 이탈리아 갈리아도 힘드니까 그런 데서 곡류나 콩류를 사들여올 수가 없어." 그가 어깨를 으쓱했다. "흠, 해결책은 한 가지뿐이군. 겨우내 군단들을 분산 배치하고 내년에 풍작이 들도록 신들께 제물을 바치세."

"브리타니아에서 함대가 망가져서 유감입니다." 퀸투스 티투리우스 사비누스가 분위기 파악을 못하고 말했다. "거기가 덥기는 해도 농작물이 넘쳐났잖습니까. 선박이 전부 온전했으면 돌아올 때 밀을 실어올 수 있었을 텐데요."

나머지 보좌관들이 움츠러들었다. 함대를 안전하게 지키는 것은 카이사르의 의무였기 때문이다. 카이사르가 그 의무를 다하지 못한 이유가 바람과 바다와 조류 때문이긴 했지만, 회의 자리에서 장군에 대한 책망이나 비난으로 비칠 만한 발언을 하는 것은 정치적이지 못했다. 하지만 사비누스는 운이 좋았다. 아마도 카이사르가 그에게 처음 관등 성명을 보고받은 순간부터 그를 입만 나불거리는 멍청이로 여겨왔기 때문일 터였다. 카이사르는 사비누스를 경멸하듯 한번 흘겨보았을 뿐 그 이상 아무 반응도 보이지 않았다.

"한 지역당 한 군단을 주둔시키겠네." 장군이 말을 이었다.

"아트레바테스족의 영토에는 더 두십시오." 콤미우스가 적극적으로 자원하고 나섰다. "저희는 다른 곳보다 피해를 덜 입었습니다. 봄에 밭을 갈고 씨를 뿌릴 때 비전투원들을 일부 빌려주신다면 겨우내 2개 군단의 식량을 지원해드리겠습니다."

이때 사비누스가 비꼬는 기색이 가득한 얼굴로 끼어들었다. "당신네 갈리아인들 중에 신분 높은 자들이 직접 밭을 가는 것을 수치스럽게 여기지 않는다면, 대단위 농업이 뭐 그리 힘든 일이겠소? 쓸데없이 많은 드루이드들을 좀 데려다가 농사를 짓지 그러시오?"

"아주 오래전이 아니고서야 로마에서도 1계급이 직접 밭을 경작하는 것은 본 적이 없네, 사비누스." 장군이 차분히 대꾸하고 콤미우스에게 미소를 보냈다. "좋소! 그러면 사마로브리바를 올해 월동 숙영지로 삼으면 되겠소. 하지만 사비누스를 같이 보내지는 않겠소. 사비누스는…… 에부로네스족의 영토로 가게. 그리고 코타가 권한이 동등한 공동 사령관 자격으로 동행하도록. 아투아투카에 13군단을 데려가서 숙영지를 꾸리게. 그쪽 상태가 좀 열악하긴 하지만 사비누스가 다 잘 해결하리라고 굳게 믿겠네."

모두 얼른 고개를 숙이고 손으로 입을 막으며 웃음을 참았다. 카이사르가 방금 사비누스를 갈리아 최악의 지역으로 쫓아냈기 때문이다. 더구나 그가 끔찍이 싫어하는 동료에게 '권한이 동등한' 공동 사령관 자격을 주어서. 게다가 액운이 낀 숫자가 붙은 그 군단은 거의 다 신병으로 구성되어 있었다. 불쌍한 코타(아우렐리우스 가문이 아닌 아우룽쿨레이우스 가문 출신이었다)가 조금 힘들겠지만, 누군가는 사비누스를 떠맡아야 했으니 불쌍한 코타를 뺀 나머지 사람들은 그저 카이사르가 자기를 고르지 않은 것이 다행스러웠다.

콤미우스 왕의 존재가 사비누스 같은 이들을 불쾌하게 만드는 것은 당연했다. 아무리 고분고분하고 믿을 수 있는 자라고 해도, 어째서 카이사르가 로마군 참모회의에 갈리아인을 참석시키는지 사비누스는 이해할 수 없었다. 회의 주제가 단순히 식량과 숙소에 관한 것이라 해도 마찬가지였다. 만일 콤미우스가 호감이 가거나 매력적인 사람이었다면 이 정도로 불쾌하진 않았을지 몰랐다. 하지만 애석하게도 콤미우스는 호감이 가지도 매력적이지도 않았다. 벨가이계 갈리아인치고 키가 작은데다 이목구비가 몹시 날카로웠으며 행동거지는 어딘가 의뭉스러웠다. 옅은 갈색 머리는 (갈리아인 전사들이 다 그렇듯) 늘 석회수로 감는 탓에 빗자루처럼 뻣뻣해서 말 꼬리가 공중으로 뻗은 듯했고 현란한 바둑판무늬 숄의 선명한 심홍색과 부조화를 이루었다. 카이사르의 보좌관들은 중요 인사들이 있는 자리에 빠지지 않고 나타나는 콤미우스를 아첨꾼으로 치부했다. 하지만 그들은 콤미우스가 벨가이족 중에도 가장 강력하고 호전적인 부족의 왕이라는 사실을 간과하고 있었다. 서북부 지역 벨가이족은 매년 베르고브레투스를 선출하는 부족들과 달리 아직 왕정을 유지하고 있었다. 하지만 벨가이족 왕들은 언제든 귀족들의 도전을 받을 수 있었다. 누가 왕이 되느냐는 세습이 아닌 힘으로 결정되었다. 콤미우스는 오랫동안 아트레바테스족의 왕으로 군림해온 자였다.

"트레보니우스." 카이사르가 말했다. "자네는 10, 12군단과 사마로브리바에서 겨울을 보낼 거야. 군수 물자도 그곳에 보관하겠네. 마르쿠스 크라수스, 자네는 사마로브리바에서 아주 가까운 곳에 숙영지를 마련하게. 40킬로미터 정도 떨어진 벨로바키족과 암비아니족 사이 경계가 좋겠군. 8군단을 맡게. 파비우스, 자네는 이곳 이티우스 항에 7군단을 데리고 주둔하게. 퀸투스 키케로, 당신은 9군단을 데리고 네르비족에게 가주시오. 로스키우스 자네는 평화롭고 조용한 시간을 보내겠군. 종달새5군단을 데리고 남쪽의 에수비족에게 내려가게. 켈트족에게 우리가 그들의 존재를 잊지 않았음을 상기시켜줘야지."

"벨가이족 사이에서 문제가 발생하리라고 보시는군요." 라비에누스가 얼굴을 찡그리며 말했다. "제 생각에도 그동안 지나치게 조용했습니다. 저는 이번에도 트레베리족에게 갑니까?"

"트레베리족 사이에서 지내되 트레브까지는 가지 말고 레미족 가까이 주둔하게. 11군단과 기병대를 맡기겠네."

"그러면 모사 강 연안의 비로두눔 인근에 주둔하겠습니다. 눈이 3미터까지 쌓이지만 않으면 말을 방목할 곳이 많을 테니까요."

카이사르가 일어섰다. 회의가 끝났다는 신호였다. 이티우스 항에 상륙하자마자 보좌관들을 소집한 것을 보면 현재 이곳에 모인 8개 군단이 월동 숙영지로 즉시 이동하기를 원하는 게 분명했다. 어쨌거나 이제는 모든 보좌관들이 망자가 율리아라는 사실을 알고 있었다. 라비에누스를 비롯해 브리타니아에 따라가지 않았던 이들이 받은 편지에 그 소식이 수차례 언급되었던 것이다. 하지만 모두 한마디도 하지 않았다.

"자네는 편안하고 안락하게 지내겠군." 라비에누스가 걸어가며 트레보니우스에게 말했다. 말처럼 커다란 치아가 드러났다. "사비누스는 어쩌면 그리 멍청한지! 그 입만 잘 다물었어도 편한 데가 떨어졌을 텐데. 모사 강 하구 근처에서 겨울을 나보라고 해. 바람은 쌩쌩 불고 바닷물은 넘쳐들고 바위투성이 언덕에 평지라곤 있어봐야 염전 아니면 토탄 습지지. 에부로네스족과 네르비족이 얌전한 날엔 게르만족이 뒤에서 쿵쿵거릴 테고 말이야."

"바다로 나가서 낚시를 할 수 있습니다. 장어도 잡고, 바닷새 알도 먹고요." 트레보니우스가 말했다.

"고맙군. 나는 민물고기로 만족해. 하인들이 닭도 키울 수 있겠지."

"카이사르는 앞으로 말썽이 생길 것으로 확신하고 있어요."

"그런 것일 수도 있고, 아니면 겨울에 이탈리아 갈리아로 가지 않을 구실을 만드는 걸 수도 있고."

"네?"

"트레보니우스, 카이사르는 로마인들과 얼굴을 마주치기 싫은 걸세! 살로나에서 오켈룸까지 가는 곳마다 위로가 쏟아질 테니 행여 평상심이 무너지진 않을까 겨우내 노심초사하며 지낼 것 아닌가."

트레보니우스가 발걸음을 멈췄다. 다소 슬픔에 젖은 잿빛 눈에 놀란 기색이 역력했다. "당신이 그분을 그렇게 잘 아는지 미처 몰랐습니다, 라비에누스."

"장발의 갈리아에 온 이후로 죽 그분과 함께 지내왔어."

"하지만 로마인은 우는 것을 남자답지 않은 행동으로 여기지 않잖습니까!"

브리타니아

북해

카시족

카시족 요새

트리노반테스족

테메사강

칸티족

카이사르의 해안 주둔지

레그니족

페나피족

이티우스 항

게소리아쿠스 항

스칼

모리니족

데메

아트르

사마라강

암비아니족

대서양

마르쿠스 크라수스의 숙영지

사마로브리바

벨로바키족

이사라강

수에

수에시오네스

파리시족

베수비강

레누스강

아울레르키족

로스키우스의 숙영지

룩테티아

파리시족

카르누테스족

카르누테스족

플랑쿠스의 숙영지

게나붐

리게르강

카르누테스족

카르누테스족

비투리게스족

리게르강

비투리게스족

카리스

아바리쿰

카이사르의 브리타니아 원정 (기원전 54년)

● 요새

🅇 보조관 숙영지

Ⓧ 전투

Ⓧ 1 사비누스 · 코타

Ⓧ 2 퀸투스 키케로

Ⓧ 3 라비에누스

0   45

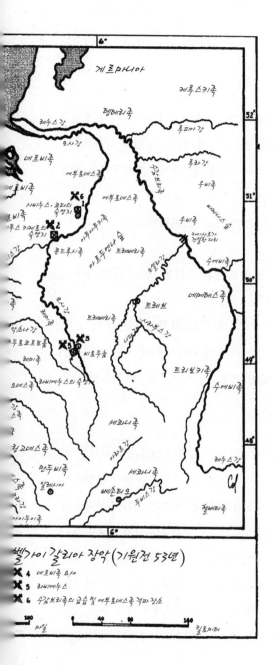

게르마니아

게루스키족

6°

헬베리족

52°

레누스 강

루피아 강

요사강

네르비족

루라 강

에부로네스족

우비족

51°

사비누스. 코타의 수영지

6

에부로네스족

우비족

스키레로의 수영지

2

아투아투카족

콘드루시족

아르두엔나 숲

트레베리족

수에비족

50°

네메레스족

트레베리족

트레브

데레베리족

5

비로두눔

트리빌키족

5

49°

레미족

두로코르토룸

라비에누스의 수영지

수에비족

48°

세과니족

46°

링고네스족

만두비족

알레시아

레누스 강

비손티오

세콰니족

헬베티족

6°

뻴가이 갈리아 장악 (기원전 53년)

X 4 네르비족 요새

X 5 라비에누스

X 6 수감브리족의 급습 및 에부로네스족 격파. 장소

100   0   40   80   140

마일   킬로미터

"그분도 젊을 때는 울었지. 하지만 그때의 그는 이름만 카이사르였어."

"네?"

"카이사르는 더이상 이름만을 뜻하지 않네." 라비에누스가 평소와 달리 참을성 있게 차근차근 설명했다. "이제 하나의 상징이 되었어."

"아!" 트레보니우스가 다시 걷기 시작했다. "데키무스 브루투스가 그립군요!" 그가 불쑥 말했다. "사비누스는 그를 대신하지 못해요."

"돌아올 걸세. 자네들은 가끔 로마를 몹시 그리워하더군."

"당신은 안 그렇지요."

카이사르의 선임 보좌관은 끙 하고 신음 소리를 냈다. "나는 내가 어디에 있어야 편한지 잘 아니까."

"저도 그렇습니다. 사마로브리바! 생각해보십시오, 라비에누스! 저는 뜨끈뜨끈한 방바닥과 욕조가 있는 진짜 집에서 지낸단 말씀입니다."

"시바리스(사치와 향락으로 유명했던 고대 그리스 도시—옮긴이) 사람이 따로 없겠군." 라비에누스가 말했다.

우선 엄청나게 쌓인 원로원 서신부터 처리해야 했다. 카이사르는 이 일에만 꼬박 사흘을 매달렸다. 군단병들이 장군의 목조 주택 바깥에서 분주하게 움직였지만 크게 소란스럽거나 시끄럽지는 않아서 서류작업은 차분한 분위기 속에 진행되었다. 심지어 평소 시큰둥한 트레바티우스까지 꼼짝없이 붙들렸는데, 비서 세 명을 동시에 앉혀놓고 구술하는 카이사르의 습관 때문이었다. 그는 밀랍 서판 위로 고개를 숙인 비서들 사이를 돌아다니며 한 사람에게 한두 문장을 빠르게 말하고 다음 사람에게 넘어가는 식으로 업무를 봤는데, 그런 와중에도 주어나 생각이 뒤엉키는 법이 없었다. 트레바티우스가 카이사르에게 마음을 빼앗긴 것도 바로 이 경이로운 업무 능력 때문이었다. 펄펄 끓는 솥 여러 개를 동시에 능숙하게 다루는 사람을 싫어하기란 어려운 일이다.

하지만 마지막에는 개인적인 서신들도 처리해야 했다. 로마에서 매일매일 더 많은 편지가 쏟아져 들어오는 탓이었다. 이티우스 항에서 로마까지의 거리는 1천 킬로미터가 넘었다. 장발의 갈리아 지역에서 강을 수차례 건너 저 아래 프로빙키아('속주'를 의미하는 라틴어. 지금의 프랑스 프로방스 지역으로 먼 갈리아 지역의 로마 속주를 일컫는다—옮긴이)까지 내려가 도미티우스 가도와 아이밀리우스 가도를 타는 경로였다. 카이사르는 로마와 자신이 있는 곳 사이사이에 전령들을 두어 말이나 배로 오가게 했다. 전령들은 하루에 최소 80킬로미터를 이동해야 했다. 카이사르는 이러한 방식을 통해 로마의 최근 소식을 늦어도 2주 안에 받아볼 수 있었다. 로마에서 멀리 떨어져 있다는 이유로 영향력을 잃어서는 안 되었다. 사실 그의 영향력은 점점 느는 재산에 비례해 날로 증가하고 있었다. 브리타니아에서는 소득이 별로 없었을지 모르지만 앞서 장발의 갈리아에서 재산을 산더미처럼 모은 터였다.

카이사르에게는 부르군두스라는 게르만족 해방노예가 있었다. 카이사르가 열다섯 살 때 가이우스 마리우스가 죽으면서 그에게 물려준 노예였다. 만족스러운 유산이었다. 카이사르가 청소년기를 지내고 성인이 되기까지 부르군두스는 카이사르에게 늘 없어선 안 될 존재였으니까. 불과 일 년 전만 해도 부르군두스는 여전히 카이사르의 곁을 지키고 있었지만 카이사르는 부르군두스의 나이를 고려해 그를 로마로 돌려보냈고, 그는 이제 로마에서 카이사르의 토지와 카이사르의 어머니와 카이사르의 아내를 돌보고 있었다. 부르군두스는 게르만족 중에서도 킴브리족 출신이었고, 마리우스가 킴브리족과 테우토네스족을 섬멸할 당시 아직 어린애였음에도 자기 부족의 이야기를 잘 기억하고 있었다. 부르군두스에 따르면 킴브리족과 테우토네스족은 자기 부족의 보물을 친족 아투아투키족에게 맡기고 그해 겨울을 그들과 함께 난 뒤에 이탈리아를 침략했다. 75만 명이 넘는 성인남녀와 아이들 중 고작 6천여 명만이 마리우스의 대량학살을 피해 아투아투키족의 영토로 살아 돌아왔고, 생존자들은 그곳에 정착해 킴브리족으로서의 정체성을 잃고 아투아투키족으로 살았다. 그리하여 킴브리족과 테우토네스족의 보물도 그곳에 그대로 보관되어 있었다.

카이사르는 장발의 갈리아 원정 두번째 해에 네르비족 영토에 들어갔다. 군사가 보병뿐인 네르비족은 모사 강 연안에 거주했는데 바로 이들 영토의 상류 지역에, 앞서 낭패를 당한 불행한 사비누스가 그보다 더 큰 낭패를 당한 불행한 루키우스 아우롱쿨레이우스 코타와 13군단을 이끌고 가야 할 목적지인 에부로네스족의 영토가 있었다. 로마군과 네르비족 사이에 벌어진 전투는 유명했다. 네르비족은 이 전투에서 살아남아 패배자가 되느니 차라리 죽음을 택하겠다며 끝까지 물러서지 않았다. 하지만 카이사르는 관용을 베풀어 여자와 노약자 들을 무사히 집으로 돌려보냈고 마을도 그대로 두었다.

아투아투키족은 모사 강 연안에서 상류 쪽으로 네르비족 옆에 거주했다. 앞서 벌어진 네르비족과의 전투에서 로마군도 꽤 큰 손실을 입었지만 카이사르는 작전을 중단하지 않고 아투아투키족을 향해 계속 이동했다. 아투아투키족은 아투아투카로 피했다. 거대한 아르두엔나 숲이 내려다보이는 언덕에 자리한 요새 도시였다. 카이사르는 포위전을 벌인 끝에 아투아투카를 차지했다. 그런데 아투아투키족은 네르비족과 달리 모진 운명을 맞았다. 그들은 거짓말을 하며 그에게 속임수를 쓰려고 했기 때문에, 카이사르는 폐허가 된 요새 부근의 들판에 아투아투키족 전원을 모아놓고 노예상에게 통째로 팔아넘겼다. 로마군 물자 수송대 주변을 어슬렁거리던 노예상들 중에서 가장 높은 가격을 부른 자가 그들을 사갔다. 아투아투키족 5만 3천 명은 전부 경매장으로 보내졌다. 가진 재산을 모조리 빼앗긴 채 더러는 당혹한 얼굴로, 더러는 눈물을 쏟아내며 끝없는 악어 대열처럼 길게 늘어서서 다른 부족들의 영토를 지나 마실리아의 대형 노예시장까지 끌려갔고, 그곳에서 다른 노예상들에 의해 나뉘고 선별되어 또다시 팔려나갔다.

영리한 수였다. 당시 다른 부족들은 머릿수가 수천에 달하는 네르비족과 아투아투키족이 로마인들을 꺾는 데 실패했다는 믿기지 않는 소식에 조만간 봉기를 일으키려던 참이었으니까. 하지만 포로로 붙잡혀 걸어가는 악어 대열은 전혀 다른 이야기를 전했고, 결국 봉기는 일어나지 않았다. 장발의 갈리아인들은 과연 이 로마인이라는 자들이 누구인지 궁금해하기 시작했다. 장비를 훌륭하게 갖춘 병사들로 구성된 작은 군대들. 그들은 마치 한몸처럼 움직였다. 대열이 흐트러진 채 함성을 지르며 돌진하지 않았고, 대책 없이 전쟁의 광기에 빠져들지도 않았다. 로마인은 지난 수세대 동안 두려움의 대상이긴 했지만, 지금까지 그것은 실체가 없는 두려움이었다. 카이사르가 나타나기 전까지는 로마인이란 아이들을 으르며 들먹이는 허깨비에 지나지 않았다.

카이사르는 아투아투키족의 요새에서 킴브리족과 테우토네스족의 보물을 찾았다. 그들 부족이 수세기 전에 금, 에메랄드, 사파이어가 풍부한 스키타이인 영토에서 이주하며 갖고 나왔다가 훗날 아투아투카에 보관해둔 수많은 금 공예품과 금괴였다. 노예를 판 수익금 전액은

총사령관에게 권리가 있었지만, 전리품은 총사령관에서 사병에 이르기까지 군대의 모든 구성원과 국고에 소유권이 있었다. 하지만 전리품을 모아 목록을 작성하고 개선식을 치를 날까지 잘 보관되도록 수레에 실어 삼엄한 경비 속에 로마로 보냈을 즈음 카이사르는 이제 자신이 평생 돈 걱정을 할 필요가 없게 되었음을 잘 알았다. 아투아투키족을 노예로 팔고 남은 수익금은 2천 탈렌툼에 달했고, 전리품 중 그에게 돌아올 몫은 그보다 더 많았다. 사병들은 부자가 될 것이었고, 보좌관들은 그 돈으로 집정관까지 오를 수 있었다.

하지만 이것은 단지 시작에 불과했다. 갈리아에서는 은이 생산되었고 케벤나 산괴에서 흘러내리는 강의 흙바닥에서 사금도 채취되었다. 갈리아인은 수공예품 제작 기술이 뛰어나고 대장장이 일도 잘해서 무쇠 테를 두른 바퀴나 잘 만든 나무통만 압수해도 돈이 되었다. 그리고 카이사르가 로마로 보낸 돈은 모조리 그의 공적인 가치와 지위—존엄—를 드높였다.

하지만 율리아를 잃은 고통은 영원히 사라지지 않을 터였다. 카이사르는 크라수스와 달랐다. 돈은 카이사르의 목적이 아니었다. 그것은 존엄을 드높이기 위한 수단일 뿐이었다. 정무관 직의 사다리를 오르며 끊임없이 빚에 시달렸던 끔찍한 몇 년 동안 카이사르가 배운 교훈은 어느 일에서나 무형의 자산인 존엄이 가장 중요하다는 점이었다. 그의 존엄을 드높이는 것은 전부 그의 죽은 딸의 존엄을 드높이는 데 기여할 것이다. 카이사르는 위안을 느꼈다. 카이사르의 노력 덕분에, 그리고 타고난 본능에 따라 세상에 사랑을 불어넣은 율리아 자신의 선행 덕분에 세상은 율리아를 기억하게 되리라. 율리아가 카이사르의 딸이었기 때문이 아니다. 위대한 폼페이우스의 아내였기 때문도 아니다. 그리고 그는 개선장군이 되어 로마로 돌아갈 때 원로원이 율리아에게 허락해주지 않은 장례 경기대회를 직접 개최하리라. 앞서 다른 이유로 원로원에서 당당히 단언했듯이, 카이사르는 그네들의 고환을 군홧발로 전부 밟아 으깨버려서라도 반드시 자신의 뜻을 관철할 터였다.

편지가 많았다. 일부는 주로 사업과 관련된 것으로, 카이사르의 충직한 지지자들인 가데스 출신 히스파니아인 은행가 발부스와 로마인 은행가 가이우스 오피우스에게서 온 서신이었다. 카이사르는 이 두 은행가보다도 약삭빠른 금융의 마술사 가이우스 라비리우스 포스투무스역시 자기 사람으로 만든 터였다. 포스투무스는 앞서 이집트에서 그 나라의 어지러운 공공 회계 제도를 재정비해주었는데, 프톨레마이오스 아울레테스 왕과 그의 알렉산드리아 지역 하수인들은 이 일에 대한 감사의 표시를 그를 발가벗겨 무일푼으로 로마행 배에 태우는 것으로 대신했다. 그런 그에게 재기할 자금을 빌려준 사람이 카이사르였다. 또한 카이사르는 이집트가 포스투무스에게 빚진 돈을 언젠가 직접 돌려받게 해주겠다고 굳게 약속했다.

키케로에게서 온 편지들도 있었다. 동생 퀸투스의 안위를 걱정하는 꼬꼬댁 소리로 가득한 편지였다. 딸을 잃은 카이사르를 따뜻하게 위로하는 말도 있었다. 지나친 허영과 자만에 사로잡혀 있긴 해도 다정하고 속정 깊은 사람이었다.

아! 브루투스에게서 온 편지로군! 내년에 서른이 되니까 곧 재무관 자격으로 원로원에 입성할 터였다. 카이사르는 브리타니아로 떠나기 직전에 브루투스에게 편지를 써서 개인 지명된 재무관 자격으로 자기 참모진에 합류하라고 제안했다. 크라수스의 장남 푸블리우스는 몇 해째 카이사르의 재무관으로 일했고, 올해는 차남 마르쿠스 크라수스가 재무관으로 와 있었다. 둘 다 훌륭한 젊은이긴 했지만, 재무관의 주요 업무는 재정 관리였다. 카이사르는 크라수스의 아들들이라면 당연히 회계 분야에 타고난 재능이 있으리라 짐작했지만, 실상은 생각과 달랐다. 두 청년은 군단을 이끄는 능력은 출중해도 셈은 서툴렀다. 반면 브루투스는 원로원 의원의 옷을 입은 대부호였고, 돈을 벌고 굴리는 데 천부적인 재능이 있었다. 일단 지금은 뚱보 트레바티우스가 회계를 맡고 있긴 했지만, 엄격하게 따지면 회계는 트레바티우스의 업무가 아니었다.

브루투스……. 그토록 오랜 시간이 지났는데도 카이사르는 이 이름을 떠올릴 때마다 여전히 죄책감에 마음 한구석이 따끔거렸다. 브루투스는 율리아를 몹시 사랑했고, 율리아가 결혼 적령기에 도달할 때까지 10년 넘는 긴 세월을 참을성 있게 기다렸다. 그러나 그때 카이사르의 무릎에 신들이 내린 선물이 내려와 앉았다. 율리아와 폼페이우스 마그누스가 서로에게 흠뻑 빠진 것이다. 폼페이우스를 카이사르의 대의에 매어둘 절호의 기회였다. 가장 섬세하고 부드러운 밧줄인 자신의 딸로. 카이사르는 딸을 브루투스(당시에는 세르빌리우스 카이피오라는 입양 가문의 이름을 썼다)와 파혼시키고 폼페이우스와 결혼시켰다. 몹시 난처한 상황이었다. 다른 무엇보다도 브루투스의 상심이 컸다. 브루투스의 모친 세르빌리아는 수년째 카이사르의 정부이기도 했다. 모욕을 당한 세르빌리아의 기분을 달래려고 카이사르는 그녀에게 600만 세스테르티우스짜리 진주알을 주었다.

제안에 감사드립니다, 카이사르. 이렇게 저를 생각해주시고, 제가 올해 재무관 선거에 출마할 나이가 된 것까지 기억해주시니 정말 고맙습니다. 하지만 안타깝게도 선거가 여전히 보류중이어서 내년에 제가 정말 재무관이 될지 확신할 수 없군요. 12월에 트리부스회에서 재무관과 군무관 선거를 연다니 그때쯤에는 가닥이 잡히기를 기대해봐야겠습니다. 하지만 고등 정무관 선거는 열리기 힘들 것 같습니다. 멤미우스가 집정관 후보 사퇴를 못하겠다며 버티고 있고, 카토 외삼촌은 멤미우스가 사퇴하기 전까지는 절대 고등 정무관 선거를 허용하지 않겠다고 단언하고 있으니까요. 사람들이 카토 외삼촌이 마르키아와 이혼한 일을 두고 수군대는 악의적인 소문에는 귀기울이지 마십시오. 카토 외삼촌은 절대 돈에 매수될 분이 아닙니다.

저는 킬리키아 속주의 내년도 신임 총독인 아피우스 클라디우스 풀케르가 개인 지명한 재무관 자격으로 그곳에 따라갈 예정입니다. 그분은 이제 제 장인입니다. 저는 한 달 전에 그분의 장녀 클라우디아와 결혼했습니다. 아주 착한 여자죠.

제게 주신 친절한 제안에 다시 한번 감사드립니다. 저희 어머니는 건강하십니다. 어머니께서도 그리로 편지를 드릴 겁니다.

역시 그런 거였나! 카이사르는 돌돌 말린 편지지를 내려놓으며 눈을 끔뻑였다. 눈물이 고여서가 아니었다. 충격 때문이었다.

6년이 넘는 긴 세월 동안 브루투스는 결혼을 하지 않았어. 그리고 내 딸이 죽자 두 주도 지나지 않아 결혼했고. 그동안 희망을 놓지 않았던 거야. 율리아를 기다렸어. 군사적 명성과 재산말고는 아무것도 내세울 게 없는 늙은이와의 결혼생활에 곧 싫증낼 거라고 믿었겠지. 변변한 출신 배경도, 명망 높은 조상도 없는 늙은이니까. 과연 브루투스는 언제까지 기다렸을까? 궁금하군. 하지만 율리아는 폼페이우스 마그누스에게서 진정한 짝을 찾았고, 폼페이우스 역시 마음이 변치 않았을 터다. 나는 브루투스에게 상처를 준 자신을 늘 혐오해왔지만, 막상 둘을 파혼시키기 전에는 브루투스에게 율리아가 얼마나 중요했는지 미처 몰랐어. 하지만 누가 얼마나 큰 상처를 입든 난 그럴 수밖에 없었지. 포르투나 여신은 생기발랄하고 아름다운 딸을 내게 선물로 주었고, 그 아이는 내게 꼭 필요한 한 사내의 마음을 사로잡았으니까. 하지만 이제 어떻게 해야 폼페이우스 마그누스를 계속 내 편에 둘 수 있을까?

장문의 편지를 열네 통이나 쓴 키케로와 달리, 세르빌리아도 브루투스처럼 단 한 통만을 보냈다. 길이도 짧았다. 세르빌리아가 만졌던 종이가 손에 닿는 기분이 묘했다. 마치 손가락 끝을 통해 흡수되도록 만든 독약에 적신 종이인 것만 같았다. 카이사르는 눈을 감고 세르빌리아를 기억해내려 애썼다. 세르빌리아의 자태, 혀끝에 느껴지던 감촉, 그 파괴적이고 지적이며 날카로운 격정. 세르빌리아를 다시 보면 어떤 기분이 들까? 근 5년이 지났다. 내가 마흔여섯 살인데 비해 그녀는 이제 쉰 살이다. 하지만 지금도 굉장히 매력적이겠지. 평소 외모를 잘 가꾸고, 머리칼은 달이 없는 밤하늘처럼 검으니까. 그녀의 심장처럼. 브루투스가 망가진 것은 카이사르 때문이 아니었다. 그 책임은 명백히 모친에게 있었다.

당신의 제안을 거절하는 브루투스의 편지를 이미 읽었겠지요. 모든 일에 순서가 있는 당신은 항상 남자가 쓴 편지를 먼저 읽으니까요. 어쨌든 나는 파트리키 신분의 며느리를 얻었어요. 내 핏줄이 아닌, 그래서 내 권위와 방식에 익숙지 않은 며느리와 한집에서 지내기가 쉽지만은 않지만요. 하지만 가정의 평화를 위해서는 다행스럽게도 클라우디아는 소심한 생쥐예요. 아마 율리아라면 좀 달랐겠죠. 연약한 구석이 있긴 했지만요. 안타깝게도 그애는 당신의 강철 같은 의지력을 물려받지 못했어요. 그래서 그렇게 죽은 거고요.

브루투스가 클라우디아를 아내로 고른 이유는 단 하나예요. 피케 눔의 벼락출세자 폼페이우스 '마그누스'가 아피우스 클라우디우스의 딸을 자기 아들 나이우스의 신붓감으로 데려가려고 흥정하던 중이었거든요. 폼페이우스의 아들은 무키우스 스카이볼라 가문에서 피의 절반을 물려받았는지 모르지만, 얼굴에도 성품에도 그 가문이 전혀 드러나지 않아요. 한마디로 머리 빈 폼페이우스 마그누스죠. 잘해봐야 파리 날개나 뜯을 걸요. 브루투스는 자기 신붓감을 훔쳐간 자한테서 신붓감을 훔쳐오는 데에 구미가 당겼던 모양이에요. 그래서 그애도 그렇게 했죠. 아피우스 클라우디우스는 카이사르가 아니지만. 그는 작년에 별 볼 일 없는 집정관이었고, 내년에는 불쌍한 킬리키아 속주에서 돈독이 오른 총독 노릇을 하겠죠. 아피우스 클라우디우스는 내 아들 브루투스의 재산과 흠잡을 데 없이 훌륭한 가문, 그리고 폼페이우스 마그누스의 영향력을 저울질했어요. 폼페이우스의 차남 섹스투스가 장남 나이우스보다 더 크게 될 인물이라는 것도 고려했겠죠. 결국 저울추는 브루투스 쪽으로 기울었어요. 폼페이우스 마그누스는 발악을 했고요. 아주 요란스럽기로 유명하잖아요. 율리아는 어떻게 그 성깔을 다 받아냈을까요? 로마 전역에 끔찍한 고함과 비명 소리가 울려퍼졌어요. 그러자 아피우스가 아주 영리한 수를 떠올렸죠. 폼페이우스 마그누스에게 며느릿감으로 차녀 클라우딜라를 제안한 거예요. 아직 열일곱 살도 안 되었지만, 폼페이우스 집안은 갓난쟁이도 마다하지 않기로 유명하잖아요. 그렇게 해서 모두가 행복한 결말을 맞았어요. 아피우스는 부자 사위들을 얻었고(두 사위의 재산을 합치면 국고보다도 많을 걸요), 그의 못생기고 칙칙한 두 딸은 훌륭한 남편을 얻었고, 브루투스는 로마의 일인자를 상대로 작은 승리를 쟁취했죠.

브루투스는 올해 안에 장인과 킬리키아로 떠나고 싶어해요. 그런데 원로원이 아피우스 클라우디우스에게 까다롭게 굴면서 그가 자기 속주로 시기를 앞당겨 미리 떠나는 것을 허락해주지 않으려 해요. 아피우스는 원로원이 계속 이런 식으로 나온다면 쿠리아법 없이 그냥 가겠다고 대응했어요. 무조건 간다고 말예요. 역겨운 내 이부동생 카토가 파트리키들에게 적용되는 특별 혜택이 있다며 시끄럽게 떠들어대지만, 최종 결정은 아직 내려지지 않았어요. 당신이 내 아들에게서 율리아를 빼앗은 일은 내게도 전혀 이롭지 않았어요, 카이사르. 그 일이 있은 뒤로 브루투스가 외삼촌과 찰싹 붙어 지내니까요. 내 아들이 나보다 자기를 더 따른다고 카토가 어찌나 고소해하는지 도저히 그 꼴을 봐줄 수가 없어요.

카토 그놈은 정말 위선자예요. 공화국이니 모스 마이오룸이니 과거 통치계급이 타락했느니 어쩌니 하는 소리를 읊어대면서, 불량한 자기 행실은 어떻게 해서 '올바른 행동'에 속하는지 잘도 구실을 만들죠. 아마도 철학의 미덕은 어떠한 상황에서도 자기 잘못을 변명할 구실을 찾도록 도와주는 데 있나봐요. 마르키아와 이혼한 일만 해도 그래요. 사람들은 누구에게나 가격표가 있다고 하죠. 난 그 말을 믿어요. 노망난 호르텐시우스가 카토의 가격표대로 그놈에게 돈을 지불했으리라는 것도 믿고요. 에피쿠로스주의자인 필리푸스에게는 궁극의 희열에 상응하는 비싼 값을 치렀겠죠.

필리푸스 얘기가 나와서 말인데, 며칠 전 그의 집에서 만찬을 들었어요. 당신 조카딸 아티아가 문란한 여자가 아니라 천만다행이에요. 만찬 내내 의붓아들인 젊은 필리푸스가—아주 잘생겼고 건장하더군요!—아티아를 황소가 울타리 건너 암소를 쳐다보듯 바라보더라고요. 아, 아티아는 시선을 눈치챘죠. 하지만 아무것도 모르는 척하더군요. 앞으로도 아무 반응을 얻지 못할 거예요. 필리푸스가 눈치를 채지 못해야 할 텐데요. 만일 그가 이 사실을 알면 아티아가 찾은 안락한 둥우리는 사나운 불길에 휩싸이고 말 테니까요. 식사가 끝나자 아티아는 자기가 이 세상에서 유일하게 사랑하는 존재를 내게 보여주려고 데려왔어요. 당연히 아들 가이우스 옥타비우스 말이지요. 당신에게는 생질손이 되겠군요. 그날이 그 아이 생일이었으니 정확히 만으로 아홉 살이었어요. 솔직히 놀라운 아이더군요. 아, 우리 브루투스가 그렇게 생겼더라면 율리아가 폼페이우스 마그누스와 결혼하지 않았을 텐데! 아이가 너무 예뻐서 숨이 막힐 지경이었어요. 그리고 완벽한 율리우스 가문의 핏줄이더군요! 당신 아들이래도 다들 믿을 거예요. 이목구비 하나하나가 닮았다는 뜻은 아니에요. 그저 그 아이는, 글쎄, 어떻게 설명해야 할지 모르겠군요. 어딘지 모르게 그 아이에게서 당신이 보여요. 외면이 아닌 내면에서요. 하지만 나는 꼬마 가이우스 옥타비우스가 완벽하지만은 않다는 것을 알아차리고 기뻤어요. 양 귀가 삐죽 서 있더라고요. 아티아에게 아이 머리를 좀 길게 하라고 조언해줬어요.

여기까지가 전부예요. 율리아의 죽음에 조의를 표할 생각은 없어요. 열등한 남자에게서 훌륭한 아이를 얻을 수는 없는 법이니까요. 두 번 시도했지만, 두 번 다 실패했어요. 결국엔 목숨까지 잃었죠. 그애를 동등한 가문의 남자 대신 피케눔의 얼간이에게 시집보낸 건 당신이에요. 그러니 당신 스스로를 탓해요.

어쩌면 세르빌리아와 함께한 수년간 들은 독설이 카이사르를 지금처럼 단단하게 만들었는지도 몰랐다. 그는 세르빌리아의 편지를 내려놓고 손에 남은 감촉을 씻어내기 위해 자리에서 일어났다.

나는 이 여자의 짜증스러운 이부동생 카토보다 이 여자가 더 싫다. 내가 아는 가장 인정머리 없고 잔인하고 모진 여자야. 그런데도 내가 만약 내일 당장 그녀를 만난다면 관계를 다시 시작하겠지. 율리아는 세르빌리아가 뱀이라고 했다. 나는 그날을 똑똑히 기억해. 일리 있는 표현이었어. 그 여자의 아들은 가련하고 한심하고 줏대 없던 소년에서 이제 가련하고 한심하고 줏대 없는 어른이 되었다. 얼굴은 농포 자국들로 엉망이 되었고, 영혼은 세르빌리아라는 하나의 거대한 농포 때문에 엉망이 되었지. 브루투스가 내 재무관으로 오길 거절한 이유는 자기만의 원칙 때문도, 율리아 때문도, 카토 외삼촌의 반대 때문도 아니야. 더구나 브루투스는 돈을 좋아하는데, 내 보좌관들이 여기서 큰돈을 벌었다고 얼마나 크게 떠벌렸느냔 말이다. 아니, 브루투스는 그저 전쟁으로 얼룩진 속주에 오고 싶지 않았던 거야. 여기에선 전투에 참가해야 하니까. 킬리키아는 지금 평화로운 상태야. 거기서 그는 주민들에게 돈을 불법으로 대출해주며 빈둥빈둥 지내겠지. 날아드는 창이나 화살 따위는 에우프라테스 강만큼이나 먼 존재일 테고.

남은 편지는 두 통이었다. 이 두 편지로 하루를 마감하고 하인들에게 짐을 싸라고 명령할 생각이었다. 사마로브리바로 이동할 때였다.

잊어버려, 카이사르! 이제 아내와 어머니의 편지를 읽자. 그들의 애정 어린 글이 세르빌리아의 사나운 독설보다 훨씬 가슴 아프겠지만.

그리하여 카이사르는 다시 앉았다. 아무도 없이 혼자 있는 방의 정적이 그를 감쌌다. 어머니의 편지는 탁자에 두고 아내 칼푸르니아의 편지를 먼저 펼쳤다. 카이사르는 아내를 잘 몰랐다. 로마에서 겨우 몇 달간 같이 산 게 전부였다. 세르빌리아가 600만 세스테르티우스짜리 진주알을 애지중지하는 것 못지않게 카이사르가 준 오렌지색 아기고양이를 아끼고 좋아하던 어리고 수줍은 여자였다.

카이사르, 이 소식을 당신에게 편지로 전하는 사람이 나여야 한다고, 모두가 그렇게 말해요. 아, 하지만 내가 아니었으면 좋겠어요. 내겐 이 소식을 어떻게 전해야 좋을지 판단할 지혜도, 경험도 부족하니까요. 그러니 혹여 나도 모르는 사이에, 안 그래도 힘들 당신을 더욱 힘들게 할지라도 부디 용서해주길 바라요.

율리아가 죽자 어머님은 가슴이 찢어지는 듯 아파하셨어요. 그분은 율리아의 어머니나 다름없는 존재였잖아요. 그분이 율리아를 키웠으니까요. 율리아가 결혼할 때 어머님은 참 좋아하셨지요. 얼마나 행복해하고, 얼마나 기뻐하셨는지.

우리는 베스타 신녀들의 집이기도 한 이곳 관저에서 세상과 동떨어져 생활해요. 포룸 로마눔 한가운데에서 살지만 세상의 흥분과 사건들에 별다른 영향을 받지 않지요. 어머님과 나는 이대로 좋았어요. 추문, 의혹, 비난이 없는 기분좋고 평화로운 여자들만의 영토인 이곳이요. 하지만 율리아는 로마에 올 때마다 우리를 찾아와 그녀가 경험한 넓은 세상에 대해 들려주었죠. 풍문과 웃음과 사소한 우스갯소리를요.

율리아가 죽자 어머님은 가슴이 찢어지는 듯 아파하셨어요. 나는 율리아의 침대 가까이에서 어머님을 지켜보았어요. 율리아뿐만 아니라 폼페이우스를 위해서도 항상 강인한 모습을 보이셨죠. 어찌나 자상하셨는지! 언제나 분별 있는 말씀만 하셨어요. 필요한 순간마다 미소를 보이셨고요. 어머님이 율리아의 한 손을 잡고 폼페이우스가 다른 한 손을 잡아주었어요. 아무것도, 아무도 율리아를 살릴 수 없다고 판단되자 의사들을 내보낸 것도 어머님이었어요. 남은 몇 시간 동안 우리가 조용히 우리만의 시간을 갖도록 해주셨고요. 마침내 율리아가 세상을 떠났을 때, 어머님은 폼페이우스에게 자리를 양보하고 그가 율리아와 둘만의 시간을 갖도록 배려해주셨어요. 어머님은 나를 방밖으로 밀어내더니 집으로 데려오셨어요. 그렇게 우린 관저로 돌아왔지요.

당신도 알겠지만, 걸어서 돌아오는 길은 길지 않았어요. 어머님은 아무 말씀도 없었어요. 그런데 우리집에 들어서자마자 불현듯 큰 소리로 울부짖기 시작하셨어요. 그냥 흐느끼신 게 아니에요. 무릎 꿇고 앉아 악을 쓰셨어요. 눈물이 홍수처럼 쏟아졌고, 주먹으로 가슴을 때리고 머리카락을 잡아 뜯으셨어요. 계속 악을 쓰면서요. 얼굴과 목을 사정없이 긁어서 붉은 피가 흘러내렸어요. 성인 신녀들이 모두 달려나왔어요. 우리도 다 같이 울면서 어머님을 일으켜 세우려고, 어떻게든 진정시켜보려고 했지만 우리 스스로도 눈물을 멈출 수 없었어요. 결국에는 우리도 모두 바닥에 주저앉아 팔로 어머님을, 서로를 부둥켜안고 밤을 새웠어요. 그중에서도 어머님이 가장 크고 괴롭게 울부짖었어요.

하지만 울음은 그쳤어요. 아침이 되자 어머님은 옷을 갈아입고 폼페이우스의 집으로 돌아가 그가 할 일을 제대로 하도록 도우셨어요.

그러고 나서 그 불쌍한 어린것이 죽었어요. 폼페이우스는 아기를 보려고도, 입을 맞춰주려고도 하지 않았죠. 그래서 결국 어머님이 준비를 해서 간소하게나마 장례식을 치렀어요. 아기는 죽은 그날 바로 화장했고, 조문객은 어머님과 나와 성인 베스타 신녀들뿐이었어요. 아기는 이름조차 없었는데, 폼페이우스 가문에서는 셋째 아들의 프라이노멘을 뭘로 하는지 우리 중 아무도 몰랐어요. 장남이 나이우스고 차남이 섹스투스란 건 알지만, 두 이름 다 이미 주인이 있잖아요. 그래서 우리는 퀸투스로 정했어요. 어쩐지 적당하게 들렸죠. 아이의 무덤에는 퀸투스 폼페이우스 마그누스라는 이름이 붙을 거예요. 그 때까지 아이 유골은 내가 맡기로 했어요. 우리 아버지께서 무덤 일을 봐주고 계세요. 폼페이우스는 이 일을 하지 않을 테니까요.

율리아의 장례식에 대해선 쓸 필요가 없겠지요. 폼페이우스가 이미 썼다고 알고 있어요.

하지만 어머님은 가슴이 찢어지는 듯 아파하셨어요. 어머님은 더 이상 우리와 함께 있지 않으셨어요. 늘 멍해 보이셨죠. 어머님이 어떤 분이셨는지 당신도 알잖아요. 걸음이 그토록 힘차고 씩씩하셨던 분이 그땐 늘 멍해 보이셨어요. 아, 끔찍했어요! 어머님은 우리 중 누구든, 세탁부, 에우티코스, 부르군두스, 카르딕사, 베스타 신녀든 나든 누군가와 눈이 마주치기만 하면 멍하니 멈춰서 물으셨어요. "어째서 나일 순 없었을까? 어째서 그애여야만 했을까? 이제 나는 누구한테든 아무 쓸모가 없는데! 어째서 나일 순 없었을까?" 하고요. 우리가 뭐라고 대답할 수 있었겠어요? 어떻게 우리가 울지 않을 수 있었겠어요? 그러면 어머님은 울부짖으며 묻고 또 물었어요. "어째서 나일 순 없었을까?"

그렇게 두 달이 흘렀어요. 하지만 우리들 앞에서만이었어요. 사람들이 위로차 방문하면 다시 정신을 가다듬고 예전 모습을 되찾으셨죠. 다들 어머님의 상한 얼굴을 보고 깜짝 놀랐지만요.

그러다 어느 날부터 어머님은 방에 틀어박혀 바닥에 주저앉아 몸을 앞뒤로 흔들며 나지막이 콧노래를 부르셨어요. 가끔은 울부짖음과 비명이 다시 시작되곤 했고요. 우리는 어머님을 씻기고 옷을 갈아입히고 침대에 눕도록 열심히 설득해보았지만 어머님은 도무지 누우려 하지 않으셨어요. 음식도 들지 않으셨고요. 부르군두스가 어머님 코를 잡으면 카르딕사가 억지로 포도주를 입에 넣어드렸지만, 우리 모두 도저히 그 이상은 할 수 없었어요. 어머님에게 강제로 음식을 먹이다니, 감히 상상하기도 싫었어요. 나는 부르군두스와 카르딕사와 에우티코스와 베스타 신녀들과 한자리에 모여 의논했고, 당신이 어머님에게 억지로 음식을 먹이길 원치 않으리라는 결론을 내렸어요. 만일 우리가 잘못 판단했다면 부디 용서해주길 바라요. 우리는 어디까지나 좋은 마음으로 그런 것이랍니다.

오늘 아침, 어머님께서 돌아가셨어요. 힘들거나 크게 괴로운 기색은 없으셨어요. 수석 신녀 포필리아는 신들의 은총이라고 했지요. 우리와 제대로 대화를 나누신 지 꽤 되었는데, 운명하기 직전에 맑은 정신으로 또렷하게 말씀하셨어요. 대부분 율리아에 관한 얘기였죠. 우리 모두에게—그 자리에는 베스타 신녀들도 있었어요—율리아를 위해 마그나 마테르, 유노 소스피타, 보나 데아에게 제물을 바치라고 하셨어요. 보나 데아에 대한 걱정이 가장 크신 듯했어요. 보나 데아를 꼭 기억하라고 강조하셨죠. 나는 어머님 말씀대로 보나 데아의 뱀들에게 달걀과 우유를 해마다 연중 내내 바치기로 맹세했어요. 그렇게 하지 않으면 당신에게 어떤 무시무시한 재앙이 덮쳐올 거라고 믿으시는 듯했어요. 어머님은 돌아가시기 직전까지도 당신의 이름을 언급하지 않으시다가 마지막에 "카이사르에게 이 모든 일이 너의 더 큰 영광을 위한 것이라고 전해라."라고 하셨어요. 그러고는 눈을 감고 운명하셨죠.

이게 전부예요. 아버지가 어머님의 장례식을 준비하고 계세요. 물론 아버지도 당신에게 편지를 쓰고 있고요. 하지만 아버지는 이 소식을 반드시 내가 알려야 한다고 하셨어요. 마음이 아파요. 심장이 뛰는 매 순간 어머님이 그리울 거예요.

부디 스스로를 잘 돌보세요, 카이사르. 율리아가 세상을 떠난 지 얼마 되지 않은 지금 이 일로 당신이 얼마나 큰 충격을 받을지 알아요. 이 모든 일들의 이유를 알 수 있다면 좋겠지만, 나는 모르겠어요. 하지만 어쩐지 어머님의 유언이 뜻하는 바는 알 것 같아요. 신들은 그들이 가장 사랑하는 자에게 괴로움을 준답니다. 이 모든 일은 당신의 더 큰 영광을 위한 것이에요.

이 소식에도 눈물이 고이지 않았다.

어쩌면 나는 이렇게 끝날 것을 이미 알고 있었다. 어머니가 율리아 없이 살아간다? 있을 수 없는 일이지. 아, 어째서 여자들이 이렇듯 견딜 수 없는 고통을 겪어야 하는가? 세상을 움직이는 건 여자들이 아니야, 여자들은 잘못이 없어. 그런데 어째서 여자들이 고통을 겪어야 하는가?

여자들은 세상과 단절된 채 가정을 중심으로 살아가지. 자식들과 집과 남자들 순서로. 여자들의 타고난 본성이 그러하니까. 그러니 그들에게 자식을 앞세우는 것만큼 잔인한 현실은 없어. 내 삶에서 그 부분은 이제 영원히 문이 닫혔다. 나는 그 문을 다시는 열지 않으리라. 내게는 여자가 자식이나 아버지를 사랑하듯 나를 사랑해줄 사람이 남아 있지 않아. 내 불쌍한 어린 아내는 남이나 다를 바 없고 나보다 자기 고양이들을 더 사랑하지. 왜 안 그러겠는가? 고양이들은 곁을 지켜주고 애정 비슷한 뭔가를 주는데. 반면 나는 아내 곁에 있지 않아. 나는 사랑에 대해 아무것도 몰라. 노력해야 얻을 수 있다는 것밖엔. 나는 이제 텅 비었지만, 내 안에서 자라나는 힘을 느낄 수 있어. 이 힘은 나를 좌절시키지 않으리라. 이 힘은 나를 해방시켜주었다. 나는 무엇이든 해야 할 일은 하고 말리라. 안 된다고 할 사람은 이제 아무도 남지 않았다.

그는 편지 세 통을 그러모았다. 세르빌리아, 칼푸르니아, 아우렐리아의 편지였다.

수많은 사내들이 살던 곳을 정리하고 떠나며 나오는 쓰레기는 그만큼 잦은 소각을 의미했다. 카이사르에게는 고마운 일이었다. 앞서 브리타니아에서 살아 있는 마지막 불씨를 발견한 것은 우연이었다. 무더운 날씨에는 불이 귀했으니까. 늘 영원의 불이 타오르고 있지만 그것은 베스타 여신에게 속했고, 그 불을 평범한 용도로 취하려면 기도와 의식이 필요했다. 카이사르는 최고신관이었다. 그는 그 신비를 모독하지 않을 것이었다.

하지만 폼페이우스의 편지 때처럼 카이사르는 이번에도 쉽게 불을 구했다. 그는 세르빌리아에 불을 붙이고, 그녀가 타들어가는 모습을 조소를 머금고 지켜보았다. 칼푸르니아 차례에는 무감정한 얼굴이었다. 마지막은 아우렐리아였다. 열어보지도 않았지만 그는 망설이지 않았다. 무엇이 쓰여 있든, 언제 쓴 것이든 더이상은 상관없는 일이었다. 재가 눈발처럼 공중에서 흩날렸다. 카이사르는 자주색 단을 댄 토가의 주름을 잡아당겨 머리를 덮고 정화의 주문을 외웠다.

이티우스 항에서 사마로브리바까지는 총 120여 킬로미터의 쉬운 길이었다. 첫째 날에는 울창한 떡갈나무 숲을 관통하는 바큇자국 가득한 도로를 걸었고, 둘째 날에는 드넓은 개간지를 가로질렀다. 경작을 앞두고 갈아엎은 밭이나, 벌거벗은 갈리아 양과 털북숭이 갈리아 소가 한데 어울려 풀을 뜯는 목초지가 대부분이었다. 트레보니우스가 12군단을 데리고 카이사르보다 훨씬 먼저 출발했고, 카이사르는 마지막으로 떠났다. 7군단과 함께 남은 파비우스는 8개 군단을 수용하던 기존 숙영지의 방어시설을 해체해서 1개 군단용으로 조성한 새 숙영지 주변에 다시 설치했다. 카이사르는 이티우스 항의 전초기지가 외부 습격을 충분히 막아낼 준비가 된 것에 만족하며 10군단을 데리고 사마로브리바를 향해 출발했다.

10군단은 카이사르가 가장 아끼는 군단이었다. 그는 개인적으로 이 군단과 함께하는 것이 좋았다. 가장 앞선 숫자는 아니지만 먼 갈리아에 제일 먼저 와 있던 군단이었다. 거의 5년 전쯤 3월에 카이사르가 로마에서 급히 달려와—알프스 산맥 고지를 관통하는 염소 길을 따라 1천100킬로미터를 여드레에 주파했다—폼프티누스와 함께 게나바에서 처음 만난 군단이 10군단이었다. 이후 종달새5군단과 7군단이 도착했다가 라비에누스의 지휘하에 다시 먼길을 떠났을 즈음 카이사르와 10군단은 이미 서로를 잘 알게 된 터였다. 늘 그렇듯이 전투를 통해서가 아니었다. 카이사르와 관련해 군대에서 가장 많이 나도는 농담은 전투에서 한 번 싸우려면 삽으로 돌과 흙을 퍼서 만 수레는 채워야 한다는 것이었다. 게나바에서도 마찬가지였다. 10군단은(나중에 종달새5군단과 7군단도 합류했다) 이주중인 헬베티족이 프로빙키아에 들어오지 못하게 막으려고 약 5미터 높이의 담벼락을 30킬로미터 길이로 쌓았다. 말하자면 전투는 그 모든 삽질과 축조와 벌목과 고투를 치하하기 위해 카이사르가 내리는 보상이었다. 10군단은 이 모든 작업을 가장 많이 했으며 전투에서 가장 용맹하고 영리하게 싸웠다. 전투는 아주 드물었다. 카이사르는 꼭 필요한 때가 아니면 전투를 치르지 않았다.

카이사르의 군대가 열심히 노동한 증거가 눈앞에 펼쳐졌다. 10군단은 행진곡을 부르며 길고 질서정연하게 대열을 이루어 이티우스 항 주변의 모리니족 영토를 지나는 중이었다. 떡갈나무 숲을 가로지르는 도로에 방어벽이 설치되어 있었다. 도로 양쪽으로 백 걸음쯤 뒤편에, 베어낸 떡갈나무로 세운 거대한 벽이 어렴풋이 보였다. 벽 앞의 백 걸음 너비의 땅을 점점이 수놓은 나무 그루터기들 위로 거미들이 기어다녔다.

두 해 전 카이사르는 브리타니아 원정의 기틀을 닦기 위해 3개 군단과 몇 개 보병대대를 이끌고 모리니족을 치러 갔다. 신비의 섬에 아주 가까이 위치해 있는 모리니족 영토 연안의 항구가 필요해서였다. 앞서 모리니족과 조약을 맺고자 전령을 보냈지만 모리니족측에서 특사를 보내오지 않은 터였다.

모리니족은 주둔지를 세우고 있던 로마군을 덮쳤고, 카이사르는 자칫하면 패할 뻔했다. 모리니족이 좀더 뛰어난 지휘관을 두었더라면 장발의 갈리아 전쟁은 거기서 끝나고 카이사르와 그의 군대도 그때 전부 죽었을지 모른다. 하지만 모리니족은 마지막 일격을 가하지 않고(카이사르라면 분명 그리했을 것이다) 자기네 떡갈나무 숲으로 철수했다. 카이사르가 사태를 추스르고 적의 칼에 쓰러진 전사자들을 화장했을 즈음 그는 그만의 차갑고 냉철한 방식으로 맹렬히 분노했다. 카이사르는 언제나 이긴다는 것을 그들에게 어떻게 가르쳐줄까? 그는 잃은 목숨 하나하나에 대해 처절한 고통으로 되갚아준다는 것을?

카이사르는 후퇴하지 않기로 했다. 물러서지 않고 그대로 모리니족 영토의 연안에 자리한 해수 소택지까지 전진할 작정이었다. 하지만 오래된 떡갈나무가 울창한 좁은 길로 가지는 않을 것이었다. 벨가이족 떼거리에게 최상의 은신처를 제공하는 떡갈나무 숲. 아니, 그는 병사들을 햇빛이 쏟아지는 밝고 안전하며 넓고 빠른 길로 이끌 것이었다.

"모리니족은 드루이드들이다!" 카이사르는 집합한 병사들에게 외쳤다. "드루이드들은 모든 나무에 영혼이 있다고 믿지. 영혼, 정령! 그중에서도 어느 나무를 가장 신성시하는지 아는가? 네메르! 떡갈나무다! 신전에 어느 나무를 심는지 아는가? 네메르! 떡갈나무다! 흰옷을 입은 최고신관 드루이드가 달밤에 황금 낫으로 겨우살이를 거둘 때 어느 나무에 오르는지 아는가? 네메르! 떡갈나무다! 산들바람에 딸각대는 해골을 그들의 전쟁신 에수스에게 제물로 바칠 때 어느 나무에 걸어두는지 아는가? 네메르! 떡갈나무다! 드루이드가 사람을 엎드려 눕히고 등뼈를 칼로 쪼개 미래를 점칠 때 제단으로 어느 나무를 쓰는지 아는가? 네메르! 떡갈나무다! 드루이드들이 천둥의 신 타라니스를 위해 고리버들 우리를 만들어 포로를 집어넣고 산 채로 태울 때 어느 나무가 그 모습을 지켜보는지 아는가? 네메르! 떡갈나무다!"

그는 말을 잠시 끊었다. 장군은 발굽이 갈라진 군마에 앉아 있었다. 장군의 선명한 심홍색 망토 주름이 군마의 엉덩이 굴곡을 따라 차곡차곡 포개져 있었다. 장군이 환하게 미소 지었다. 지쳐 있던 병사들이 웃으며 미소에 화답했다. 힘줄 사이사이로 활력이 새어들었다.

"우리 로마인들은 나무에 영혼이 있다고 믿나? 그런가?"

"아니요!" 병사들이 함성을 질렀다.

"떡갈나무의 지력과 마법을 믿는가?"

"아니요!" 병사들이 함성을 질렀다.

"인신공양을 믿는가?"

"아니요!" 병사들이 함성을 질렀다.

"저들을 좋아하는가?"

"아니요!" 병사들이 함성을 질렀다.

"그렇다면 그들의 정신과 삶의 의지를 말살하자! 그리하여 로마가 그들의 가장 강한 떡갈나무보다 강하다는 것을 보여주자! 로마는 영원하지만 떡갈나무는 죽는다! 떡갈나무의 영혼을 자유롭게 풀어주어 그것들이 시간과 인간의 종말이 올 때까지 영원히 모리니족을 괴롭히게 하자!"

"알겠습니다!" 병사들이 함성을 질렀다.

"그렇다면 도끼를 들자!"

카이사르와 그의 병사들은 한 걸음 한 걸음 떡갈나무 숲을 가로지르며 모리니족을 소택지 쪽으로 밀어붙였다. 다 같이 300미터 너비로 늘어서서 도끼를 휘두르며 떡갈나무를 쓰러뜨렸다. 뎅경뎅경 잘려나간

나무둥치와 가지를 쌓아 양쪽에 거대한 벽을 세우고, 거대한 고목들이 신음하며 땅과 만날 때마다 그 수를 헤아렸다. 공포와 슬픔으로 정신이 나간 모리니족은 그들과 맞서 싸울 수 없었다. 모리니족은 슬픔으로 울부짖으며 소택지로 몰려가 모여 서서 애통해했다.

하늘도 애통해했다. 해수 소택지 가장자리에 비가 내리기 시작했다. 로마군의 막사가 젖었고, 병사들은 젖은 몸을 떨었다. 하지만 그것으로 충분했다. 카이사르는 만족스럽게 철수하고 병사들을 편안한 주둔지로 돌려보냈다. 그러나 소문은 퍼져나갔다. 벨가이족과 켈트족은 비탄에 빠져 술렁였다. 도대체 저들은 누구기에 나무들을 죽이고도 밤에 자고 낮에 웃을 수 있을까?

오로지 로마의 신들만이 실체를 지닌 존재였다. 로마 군인들은 마음속에 어떠한 낯선 날갯짓도 느끼지 못했다. 그리하여 이티우스 항에서 사마로브리바로 행군하는 그들은 수 킬로미터 넘게 침묵을 지키며 쓰러져 있는 고목들 사이로 행진곡을 부르며 거리낌없이 걸었다.

병사들과 더불어 당당히 행진하던 카이사르는 죽은 떡갈나무들의 벽을 보고 빙긋이 미소를 지었다. 그는 전쟁을 적의 머릿속에서 치른다는 새로운 아이디어에 매료되었고 전쟁을 벌이는 새로운 방식을 깨달았다. 카이사르 자신과 병사들에 대한 그의 신뢰는 무한했다. 하지만 적의 머릿속을 정복할 수만 있다면 그것이 훨씬 나은 방법이었다. 그렇게만 할 수 있다면 적들은 절대 멍에에서 벗어날 수 없으리라. 장발의 갈리아는 굴복할 수밖에 없었다. 카이사르는 굴복할 수 없으니까.

그리스인들 사이에 떠도는 유명한 농담이 있었다. 이 세상에 갈리아 요새만큼 흉측한 것은 없다는 것. 안타깝게도 이 말은 사마로브리바에 그대로 들어맞았다. 사마라 강 연안의 수풀 무성한 평원지대 한가운데에 위치한 그곳은 요즘 땅이 바싹 말라 있었지만 그래도 다른 대부분의 지역에 비해 소출이 많았다. 사마로브리바는 벨가이족 중 하나인 암비아니족의 주요 요새였고, 콤미우스 왕이 다스리는 아트레바테스족이 암비아니족의 영토 북쪽에 거주하는 이웃이자 친족으로서 그들과 가까운 동맹관계를 맺고 있었다. 암비아니족 영토의 남쪽과 동쪽으로는 사납고 호전적인 벨로바키족이 있었다. 로마에 항복하긴 했지만 늘 움직임이 불길한 부족이었다.

그러나 아름다움은 카이사르가 작전을 수행할 때 우선순위를 두는 대상이 아니었다. 사실 사마로브리바는 카이사르에게 아주 잘 맞았다. 벨가이계 갈리아 지역은 돌이 많지 않았고 갈리아인의 채석 기술도 형편없었지만, 사마로브리바의 담장은 이례적으로 돌로 만들어진데다 높아서 로마식 방어시설로 강화하기에 어렵지 않았다. 이제 이곳 사마로브리바에는 몇 킬로미터 밖에 나타난 적군도 볼 수 있는 높은 탑이 여러 개 세워져 있었고, 덧세운 성벽 뒤로 성문도 몇 개씩 달려 있었으며, 요새 뒤로는 방어시설이 완비된 튼튼한 군 숙영지가 숨겨져 있었다.

널찍한 돌담 안쪽은 흥미로울 건 없었다. 평상시 사람이 살던 곳이 아니라 식량과 부족의 보물을 보관해두는 장소였기 때문이다. 제대로 놓인 길도 없었고 창문 없는 창고와 높은 곡식 저장소만이 여기저기 두서없이 서 있었다. 2층짜리 큰 목조 주택이 한 채 있긴 했다. 전시에는 대영주와 귀족들이 살고 평상시에는 부족회관으로 쓰던 곳이었다. 카이사르는 이 건물의 2층에서 생활할 예정이었다. 트레보니우스가 누리는 안락함을 생각하면 많이 부족한 집이었다. 트레보니우스는 지난

번에 이곳에서 생활할 때 직접 석조 주택을 지어둔 터였다. 건물 아래에 석탄불을 때는 화덕이 있어 방바닥과 큰 욕조를 데울 수 있었다. 그는 이 집에 암비아니족 현지처도 두었다.

하지만 두 군데 다 제대로 된 변소가 없었다. 배설물이 수채통이나 강으로 흘러들어가도록 변소를 개울가에 지어야 하지만 그러지 못한 탓이었다. 이 점에서만큼은 차라리 병사들 처지가 나았다. 카이사르의 월동 숙영지에는 언제나 이런 설비가 있었으니까. 군 주둔지에는 구멍을 깊게 파고 날마다 흙과 석회 가루를 얇게 한 겹 뿌리는 정도면 그럭저럭 괜찮았다. 하지만 변소 구멍을 장기간 사용하면 오물이 지하수를 오염시키기 때문에 아무리 겨울이라도 질병이 퍼졌다. 군인들이 병에 걸리게 방치해선 안 될 일이었다. 반면 갈리아인들은 이런 문제가 없었다. 그들은 절대 도시에 군집해 살지 않고 시골의 작은 마을이나 단독 농가에 살았다. 전쟁에 며칠씩 나갈 때는 여자와 노예들을 데리고 갔고, 신체 기능과 관련된 일은 전부 노예들이 처리해주었다. 집에는 오로지 농노들만 남았고 드루이드들은 숲속 은신처에서 생활했다.

부족회관 건물 바깥쪽에 위층으로 오르는 나무판자 계단이 있었다. 작으나마 비바람을 막아줄 처마도 있었다. 카이사르는 이 계단 아래에 변소 구멍을 팠다. 무척 깊어서 우물이라고 불러도 될 정도였다. 그는 이 구멍을 지하수가 나올 때까지 파서 이 물줄기가 사마라 강에 이어지도록 굴을 뚫었다. 완벽하게 마음에 들지는 않았지만, 이것이 그가 할 수 있는 최선이었다. 트레보니우스도 이 변소를 썼다. 카이사르는 트레보니우스의 욕조를 사용했으니, 카이사르 말마따나 이만하면 공평한 거래였다.

지붕에는 이엉이 얹어져 있었다. 건물 크기에 상관없이 갈리아인이

지붕을 올리는 가장 일반적인 방식이었다. 하지만 카이사르는 여느 로마인들처럼 화재를 두려워했고 개인적으로 쥐와 이에 공포증도 있었는데, 초가지붕은 이들 동물에게 최상의 서식지였다. 카이사르는 이엉을 걷어내고 피레네 산맥 기슭의 작은 언덕에서 가져온 점판암으로 기와지붕을 올렸다. 그리하여 카이사르의 집은 춥고 축축했으며, 조그만 창에는 환기가 잘되는 이탈리아식 격자창 덧문이 아닌 꽉 막힌 나무판 덧문이 달려 있어 공기가 탁했다. 하지만 그는 이 정도로 만족했다. 예전에는 추운 겨울이 선사하는 이 6개월의 휴가 기간을 장발의 갈리아에서 보내지 않았으니까. 보통때 같았으면 월동 숙영지로 택한 요새가 어디가 됐든 거기서 며칠 지내다 이탈리아 갈리아와 일리리쿰으로 떠났을 것이다. 그리고 완전히 로마화된 속주에서 지역 주민들에게 필요한 도움을 주며 그 도시의 큰 부자들이 제공해주는 지극히 안락한 생활을 누렸을 것이다.

하지만 이번 겨울은 달랐다. 카이사르는 이탈리아 갈리아와 일리리쿰으로 가지 않을 것이었다. 앞으로 6개월간 여기 사마로브리바에서 머무르리라. 위로의 말은 듣고 싶지 않았다. 더구나 이제 어머니까지 별세한 사실을 알았으니 말이다. 세번째로 죽는 사람은 누가 될까? 하지만 카이사르는 문득 깨달았다. 그의 삶에서 죽음은 항상 세 번이 아닌 두 번씩 일어났음을. 가이우스 마리우스와 아버지. 킨닐라와 율리아 고모. 이번에는 율리아와 어머니. 그래, 늘 두 번씩이었다. 어차피 남은 사람도 없지 않은가?

해방노예 가이우스 율리우스 트라실루스가 계단 꼭대기의 문간에서 기다리고 있다가 카이사르를 보고 미소 지으며 허리를 숙였다.

"겨우내 여기에서 지내려는데, 트라실루스, 여길 좀더 살 만하게 만들 방법이 없을까?" 카이사르가 트라실루스에게 심홍색 망토를 건네며 물었다.

하인 두 명이 가죽 판갑과 끈 치마를 벗겨주려 대기하고 있었다. 하지만 높은 임페리움을 상징하는 심홍색 띠는 먼저 그가 직접 벗어야 했다. 이 띠에 손을 댈 수 있는 사람은 오직 그뿐이었다. 카이사르는 띠를 풀고 조심스럽게 개서 트라실루스가 내민 보석 박힌 상자에 넣었다. 겉옷 속에는 심홍색 아마천에 양모를 넣어 마름모무늬로 누빈 솜옷을 입고 있었다. 행군중에 땀을 흡수해주고(행군시 이륜마차를 타며 튜닉만 걸치는 장군들도 많지만, 병사들은 무게가 10킬로그램에 육박하는 쇠사슬 갑옷을 입었으므로 카이사르 역시 행군중에 판갑을 입었다) 요즘처럼 추울 때는 보온 기능도 있는 두툼한 옷이었다. 하인들이 군화를 벗기고 리구리아산 털가죽으로 만든 슬리퍼를 신겨주더니 그의 군장을 들고 냉큼 물러났다.

"가이우스 트레보니우스처럼 제대로 된 집을 지으십시오, 카이사르." 트라실루스가 대답했다.

"옳은 말이야. 그렇게 하지. 내일 적당한 터를 찾아봐야겠어."

그는 미소를 짓고 그 자리를 벗어나 큰 방으로 갔다. 긴 의자와 로마식 가구 들이 이리저리 흩어져 있었다.

그녀의 모습이 보이지 않았다. 하지만 옆방에서 오르게토릭스에게 이야기하는 그녀의 목소리가 들렸다. 그녀가 다른 일에 열중해 있을 때 만나는 편이 나을 것이다. 그래야 그녀의 지나친 애정표현을 피할 수 있을 테니까. 때로는 그게 좋기도 했지만, 오늘 저녁은 아니었다. 그의 영혼은 상처로 멍들어 있었다.

저기 있군. 아기 침대 옆이었다. 그녀의 불타는 듯 아름다운 붉은 머리칼이 앞으로 늘어뜨려져 있어 아들은 자주색 양모 양말을 신은 두 발밖에 보이지 않았다. 어째서 그녀는 아이를 자주색으로 입히길 고집할까? 카이사르가 수차례 불편한 속내를 드러냈음에도, 왕의 딸이었던 그녀는 그의 의중을 알아차리지 못했다. 그녀에게 이 아이는 미래의 헬베티족 왕이었으니 아이의 색깔은 자주색이어야 했다.

그녀가 카이사르의 존재를 본능적으로 감지하고 허리를 폈다. 크나큰 기쁨으로 두 눈이 크게 뜨이고 치아가 훤히 드러났다. 하지만 그녀는 그의 턱수염을 보고 얼굴을 찌푸렸다.

"아빠!" 어린 소년이 기뻐서 소리치며 두 팔을 뻗었다.

소년은 카이사르보다 율리아 고모의 자태를 더 많이 간직하고 있었다. 카이사르의 마음을 녹이기에는 그걸로 충분했다. 율리아 고모와 똑같은 커다란 회색 눈에 카이사르와 똑같은 얼굴형, 그리고 다행히도 갈리아인 특유의 주근깨로 뒤덮인 활기 없는 석죽색 피부가 아니었다. 카이사르처럼 크림색 피부였다. 하지만 머리칼만큼은 온전히 자신만의 것이어서, 붉은색도 황금색도 아닌 과거 술라의 머리칼과 비슷한 색을 띠고 있었다. 풍성한 머리숱을 뜻하는 카이사르의 코그노멘을 이어받을 자격이 충분했다. 카이사르의 정적들이 그의 줄어드는 머리숱을 얼마나 웃음거리로 삼는지! 이 소년이 카이사르라는 이름을 절대 갖지 못하리라는 것은 안타까운 일이었다. 그녀는 아이 이름을 헬베티족의 왕을 지낸 자기 아버지 이름을 따서 오르게토릭스라고 지었다.

과거에 그녀는 둠노릭스의 본처였다. 둠노릭스가 아이두이족의 최고 베르고브레투스인 친형을 미워해 배후에서 모사를 꾸미며 돌아다니던 시절이었다.

이주를 시도했다가 실패한 헬베티족 생존자들을 알프스 산맥의 영토로 돌려보낸 카이사르는 이어서 게르만계 수에비족의 아리오비스투스 왕까지 처리하고 난 뒤, 아이두이족을 더 잘 알기 위해 그들의 영토를 관광했다. 카이사르의 계획에서 아이두이족이 차지하는 중요성이 확대되고 있었다. 그들은 켈트계였지만 로마화되었고, 먼 갈리아에서 가장 부유하고 인구가 많은 부족이었다. 귀족층은 라틴어를 사용했다. 로마의 우호동맹 지위를 누렸고 로마에 기병대도 제공했다.

카이사르가 게나바로 질주할 때 품었던 애초 생각은 헬베티족의 이주를 막고 게르만계 부족들이 레누스 강 너머로 침입하는 것을 저지하자는 것이었다. 이 두 가지 목표를 달성하면 곧장 다누비우스 강을 수원지에서 하구까지 완전히 정복할 작정이었다. 하지만 장발의 갈리아에서 첫번째 군사작전을 완수한 그는 생각이 바뀌었다. 다누비우스 강은 나중에 손봐도 되었다. 일단 이곳 서부지대에서 이탈리아의 안전을 확보하는 것이 우선이었다. 지중해와 게르만족 영토 사이에 자리한 이곳 먼 갈리아 전역을 진압해 충성도 높은 완충지대로 만드는 일이 시급했다. 카이사르의 태도가 이토록 급선회한 이유는 게르만족 아리오비스투스 때문이었다. 로마가 빨리 갈리아의 모든 부족들을 정복하고 로마화하지 않으면 갈리아 부족들이 게르만족의 수중에 떨어질 게 불 보듯 뻔했다. 그러면 게르만족이 그다음에 향할 곳은 이탈리아였다.

둠노릭스는 아이두이족의 최고 실력자로 군림하는 형의 자리를 빼앗으려고 모의했지만, 자신의 동맹인 헬베티족 세력(정략결혼으로 맺은 관계였다)이 패배하자 마티스코 인근에 자리한 저택에 은거하며 아픈 상처를 핥고 있었다. 카이사르가 갈리아 원정 계획을 조정하고 군대를 재편성하기 위해 이탈리아 갈리아로 돌아가던 길에 둠노릭스와 만난 곳이 바로 그곳이었다. 카이사르는 둠노릭스의 집사에게 환영 인사를 받고 손님용 특실을 안내받은 뒤 잠시 혼자 시간을 보내다 둠노릭스를 만나기 위해 응접실로 향했다.

하지만 카이사르가 응접실에 나타난 때는 그야말로 최악의 순간이었다. 웬 몸집 큰 여자가 욕을 퍼부으며 하얀 팔을 힘차게 뒤로 빼더니 그대로 둠노릭스의 턱을 가격했다. 주먹이 어찌나 셌는지 이가 덜거덕거리는 소리가 카이사르에게도 들릴 정도였다. 둠노릭스가 바닥에 쓰러지자 여자가 그를 걷어찼다. 장군의 망토처럼 붉고 아름다운 머리채가 공중에 휘날렸다. 둠노릭스는 비틀대며 일어나다 결국 쓰러져 또다시 걷어차였다. 발길질은 인정사정이 없었다. 바로 그때 덩치는 비슷하지만 더 젊은 다른 여자가 방으로 뛰어들었다. 하지만 이 여자도 붉은 머리에게 맥을 못 썼다. 붉은 머리가 그녀를 가로막고 어퍼컷을 날리자 그녀는 바로 정신을 잃고 대자로 뻗었다.

재미난 구경거리를 발견한 카이사르는 벽에 느긋하게 몸을 기댔다.

거친 발길질을 피해 겨우겨우 빠져나온 둠노릭스는 한쪽 무릎을 바닥에 대고 살기 어린 눈빛으로 몸을 일으키다가 문득 방문객을 발견했다.

"이쪽은 신경쓰지 마시오." 카이사르가 말했다.

하지만 이 말은 1회전이 끝났다는 신호였다. 붉은 머리는 죽은듯 쓰러져 있는 두번째 희생자를 한번 더 사납게 걷어차더니 자리에서 물러났다. 아름다운 가슴이 출렁이며 암청색 눈동자가 반짝 빛났다. 그녀는 높은 계급을 상징하는 자주색 단을 댄 토가 차림의 로마인이 서 있는 뜻밖의 광경에 우뚝 멈춰 섰다.

"당신이, 이렇게 일찍 올지, 몰랐소!" 둠노릭스가 숨을 헐떡이며 말했다.

"그랬던 것 같군요. 저 숙녀분은 웬만한 경기대회 권투선수보다 실력이 뛰어난데요. 원하신다면 두 분이 집안 문제를 차분히 해결하도록 나는 내 방에 물러나 있겠소. 차분하다는 표현이 맞을지 모르겠소만."

"아니요, 됐소!" 둠노릭스가 옷을 펴고 숄을 주워들었다. 숄을 얼마나 세차게 잡아당겼는지, 왼쪽 어깻죽지에 채운 브로치 때문에 옷소매가 아예 찢겨나가 있었다. 둠노릭스가 붉은 머리를 노려보며 주먹을 들어 보였다. "네년을 죽일 거야!"

여자는 경멸하듯 윗입술을 비죽거렸을 뿐 아무 말도 하지 않았다.

"그러면 내가 심판을 볼까요?" 카이사르가 벽에서 몸을 떼고 둠노릭스와 붉은 머리 사이로 가서 양쪽 다 잘 보이는 위치에 섰다.

"고맙지만 사양하겠소, 카이사르. 나는 방금 이 암늑대와 이혼했으니까."

"암늑대라. 로물루스와 레무스를 키운 것도 암늑대였소. 이 여자를 전쟁터에 내보내면 어떻겠소. 게르만족도 쉬이 물리치겠는데."

방문객의 이름을 듣고 여자의 눈이 크게 벌어졌다. 여자는 당당히 걸어 카이사르 앞으로 갔다. 카이사르의 몇 센티미터 앞까지 다가가 턱을 치켜들고 말했다. "나는 부당하게 이혼당했어요!" 여자가 소리쳤다. "우리 부족이 이제 자기한테 소용없어진 거죠! 싸움에서 지고 고향으로 돌아가버렸으니까! 그래서 나와 이혼한 거예요! 정당한 이유도 없이 오로지 자신의 편의를 위해! 나는 부정을 저지르지도 않았고, 가난하지도 않고, 신분이 부족하지도 않아요! 저 사람은 정당한 이유 없이 나와 이혼했다고요! 나는 부당하게 이혼당했어요!"

"아까 그건 시합이었소?" 카이사르가 바닥에 쓰러진 젊은 여자를 가리키며 물었다.

여자가 다시 윗입술을 비죽거렸다. "하!" 여자가 감탄사를 내뱉었다.

"이 여자분과의 사이에 자식이 있소, 둠노릭스?"

"아니, 저 여자는 불임이오!" 둠노릭스가 기회를 포착하고 크게 외쳤다.

"난 불임이 아니에요! 아이가 드루이드 제단에서 그냥 막 튀어나오는 줄 알아요? 매춘부와 술에 빠져 지내는 주제에. 둠노릭스 당신은 그 많은 아내들 중 단 한 명도 임신시키지 못할 거라고요!" 여자가 주먹을 치켜들었다.

둠노릭스가 뒷걸음질쳤다. "나한테 한 번만 더 손대봐, 단칼에 목을 쳐줄 테니!" 그가 검을 꺼내들었다.

"잠깐, 잠깐." 카이사르가 나무라듯이 말했다. "상황을 불문하고 살인은 살인이오. 그리고 정 살인을 하려거든 로마의 집정관급 총독 앞이 아닌 다른 데서 하는 게 나을 거요. 하지만 두 사람이 권투를 하겠다면 내가 기꺼이 심판을 서줄 수 있소. 무기가 동등해야지, 안 그렇소, 둠노릭스? 아니면 내가 이 숙녀분께도 검을 가져다주면 되겠소?"

"좋아요!" 여자가 입술 사이로 쉭 소리를 냈다.

하지만 더이상 아무런 말도 행동도 나올 수 없었다. 바닥에 쓰러져 있던 젊은 여자가 신음 소리를 낸 것이다. 둠노릭스는 그 여자에게 푹 빠져 있는지 당장 달려가 한쪽 무릎을 바닥에 괴고 옆에 엎드렸다.

붉은 머리가 그쪽으로 고개를 돌렸다. 카이사르는 그녀를 바라봤다. 볼수록 남달랐다! 키와 체격이 크면서도 날씬하고 여성적이었다. 커다란 가슴과 엉덩이 사이에 황금 띠로 단단히 잡아맨 허리는 잘록했다. 키가 유난히 커 보이는 것은 길고 날씬한 다리 때문이었다. 하지만 무엇보다 카이사르의 마음을 사로잡은 것은 여자의 머리칼이었다. 어깨에서 등을 지나 무릎 아래까지 불타는 강줄기처럼 흘러내리는 머리칼은 숱이 많고 풍성해 그 자체로 생명력을 지닌 듯 느껴졌다. 갈리아 여자들은 대부분 멋진 머리칼을 갖고 있었지만, 이 정도로 풍성하고 빛나는 머리칼은 처음이었다.

"헬베티족이로군요." 카이사르가 말했다.

여자가 돌아서서 그를 마주보았다. 문득 자주색 단을 댄 토가 이상의 것을 본 모양이었다. "당신이 카이사르라고요?" 여자가 물었다.

"그렇소. 그런데 나는 아직 내 질문에 대한 답을 듣지 못했소."

"오르게토릭스 왕이 내 아버지예요."

"아, 그렇군요. 이 주 전에 스스로 목숨을 끊었지요."

"그들이 강요한 거예요."

"그렇다면 당신은 이제 백성들에게 돌아갈 생각이오?"

"그럴 수 없어요."

"어째서죠?"

"이혼을 당했으니 아무도 날 받아주지 않을 거예요."

"그렇군요. 주먹을 날릴 이유가 충분했군요."

"난 부당한 취급을 당했어요! 이혼을 당할 이유가 없다고요!"

둠노릭스가 젊은 여자를 어렵사리 일으켜세우더니 한 팔로 그녀의 허리를 감싸안았다. "내 집에서 나가!" 그가 붉은 머리에게 고함쳤다.

"내 지참금을 돌려받기 전엔 그럴 수 없어요!"

"당신은 이혼당했으니 지참금은 내 거야!"

"이보시오, 둠노릭스." 카이사르가 유쾌하게 말했다. "당신은 재산이 많으니 지참금 따위는 없어도 그만 아니오. 이 숙녀분의 말을 듣자하니 자기 나라로 돌아갈 수도 없다는데, 그러면 최소한 어디서 편히 지낼 수 있게라도 해줘야지요." 카이사르가 붉은 머리를 쳐다보았다. "둠노릭스가 당신에게 줘야 할 돈이 얼마요?"

"암소 200마리, 황소 두 마리, 양 500마리, 내 침대와 침구, 탁자, 의자, 보석, 말, 하인들과 금화 1천 닢이에요." 여자가 줄줄 읊었다.

"전부 내주시오, 둠노릭스." 카이사르가 반론의 여지를 주지 않는 목소리로 말했다. "내가 이 여자분을 모시고 당신 땅을 떠나 프로빙키아로 가서 아이두이족과 멀리 떨어진 곳에 정착할 수 있도록 도와주겠소."

둠노릭스는 어쩔 줄 몰라 몸을 꼬았다. "카이사르, 당신에게 그런 수고를 끼칠 수 없소!"

"수고스러울 것 없으니 걱정 마시오. 어차피 가는 길이니까."

그리하여 모든 것이 카이사르의 말대로 진행되었다. 암소 200마리와 황소 두 마리와 양 500마리와 가구와 궤짝을 가득 실은 수레 한 대와 작은 노예들 무리, 그리고 다리를 높이 들고 걷는 이탈리아 말에 오른 붉은 머리 여성이 카이사르와 동행했다.

이 희한한 동행에 대해 카이사르의 수행단이 어떤 생각을 품었는지는 모르지만 어쨌거나 그들은 속내를 절대 밖으로 내비치지 않았다. 그저 카이사르가 평소처럼 마구 덜컹거리는 이륜마차에 앉아 전속력으로 달리라고 재촉하지 않는 게 감사할 뿐이었다. 카이사르는 마티스코에서 아라우시오로 가는 내내 숙녀 옆에서 느긋하게 말을 몰며 그녀에게 말을 걸었다. 아라우시오에 도착해서는 암소 200마리, 황소 두 마리, 양 500마리를 방목하기 충분할 정도로 큰 땅을 사고 붉은 머리와 그녀의 하인들이 묵을 널찍한 집도 구해주었다.

"하지만 나는 남편도 보호자도 없어요!" 여자가 말했다.

"당치 않은 소리!" 카이사르가 웃으며 말했다. "이곳은 프로빙키아요. 즉 로마의 영토지. 당신을 이곳에 정착시킨 사람이 누구인지 온 아라우시오가 알지 않소? 나는 이곳 총독이오. 아무도 당신을 건드리지 않을 거요. 그러기는커녕 모두가 허리를 굽실거리며 당신에게 협조할걸. 도움의 손길이 넘쳐날 거요."

"그렇다면 나는 당신의 소유로군요."

"사람들은 분명히 그렇게 생각할 거요."

여행 내내 큰 소리로 분통을 터뜨리던 여자가 이제는 만면에 미소를 띠고 있었다. 아름다운 치아가 훤히 드러났다. "당신은 어떻게 생각하죠?"

"당신 머리칼을 내 토가로 쓰고 싶다고 생각하고 있소."

"단정하게 빗을게요."

"아니." 카이사르는 여행용 말에 오르며 말했다. 보통 말처럼 발굽이 통짜였다. "깨끗이 감으시오. 집에 제대로 된 욕조가 있는 걸 확인했으니 날마다 사용해요. 봄이 되면 만나러 오겠소, 리안논."

여자가 얼굴을 찌푸렸다. "리안논? 나는 리안논이 아니에요, 카이사르. 당신은 내 이름을 알잖아요."

"원래 이름은 '스'가 너무 많아서 입에 잘 붙지 않소, 리안논."

"그 이름의 뜻은……."

"맞소. 부당한 대접을 받은 아내란 뜻이지."

카이사르는 말에 박차를 가하고 달려갔다. 하지만 약속한 대로 이듬해 봄에 다시 찾아왔다.

둠노릭스는 자신에게 부당하게 이혼당한 아내가 카이사르의 마차를 타고 아이두이족의 영토를 다시 찾았을 때 아무 말도 하지 않았지만, 이 일은 오랫동안 그의 마음을 괴롭혔다. 특히 아이두이족 사이에서 자기가 우스운 농담거리로 전락했을 때는 더욱 그랬다. 자기한테 부당하게 이혼당한 아내가 아주 빨리 임신하여 그해 겨울 아라우시오 인근의 저택에서 사내아이를 출산한 것이다. 이듬해 봄과 여름, 그녀는 전처럼 카이사르의 물자 수송 마차를 타고 따라다닐 수 없었다. 그 대신 로마군 본부가 바뀔 때마다 그녀와 아들도 거처를 옮기고 카이사르를 기다렸다. 꽤 괜찮은 방식이었다. 두 사람이 함께하는 시간이 지나치게 길지 않아 카이사르가 그녀를 계속 매력적으로 느낄 수 있었으니까. 그리고 그녀는 카이사르의 말뜻을 잘 알아듣고 몸에서 반짝반짝 윤이 날 정도로 자신과 아들의 몸을 자주 씻었다.

카이사르는 아이를 침대에서 안아올려 입을 맞추었다. 꽃처럼 예쁜 작은 얼굴을 자신의 까칠한 얼굴에 갖다 대고, 아이의 작은 손을 들어 옴폭 팬 관절에 뽀뽀했다.

"수염을 길렀는데도 나를 알아보는군."

"색깔이 바뀌어도 알아볼걸요."

"내 딸과 어머니가 세상을 떠났소."

"네, 트레보니우스한테서 들었어요."

"앞으로 그 이야기는 하지 않는 거요."

"트레보니우스가 당신이 올겨울을 여기서 지낼 거라더군요."

"혹시 프로빙키아로 돌아가고 싶소? 가고 싶다면 보내주겠소. 내가 직접 바래다줄 순 없지만."

"아니요."

"눈이 오기 전에 여기에 더 좋은 집을 지읍시다."

"좋아요."

카이사르는 아이를 팔꿈치 안쪽에 얹고 방안을 오락가락했다. 붉은 기가 도는 금발 고수머리와 티 없이 맑은 살결과 장밋빛 볼 위로 늘어진 속눈썹을 부드럽게 쓰다듬으며 조용히 리안논과 대화를 나누었다.

"아이가 잠들었어요, 카이사르."

"침대에 눕혀야겠군."

카이사르는 부드러운 자주색 양모 담요로 감싼 아기 침대에 아들을 누이고 머리에 자주색 베개를 받쳐주었다. 잠시 아이를 물끄러미 바라보던 그는 리안논에게 팔을 얹고 함께 방에서 걸어나갔다.

"시간이 늦었지만, 시장하면 저녁이 준비돼 있어요."

카이사르가 리안논의 긴 머리채를 들어올렸다. "나야 당신을 만나면 늘 허기지지."

"저녁부터 들어요. 당신은 먹는 걸 별로 좋아하지 않으니 내가 일부러라도 많이 먹여야겠어요. 껍질까지 바삭하게 구운 사슴고기와 돼지고기가 있어요. 화덕에서 갓 꺼낸 따뜻하고 바삭한 빵, 내가 직접 텃밭에서 기른 여섯 가지 채소도 있고요."

리안논은 훌륭한 살림꾼이었다. 로마 여자들과는 퍽 달랐다. 왕족 출신임에도 무릎을 꿇고 텃밭을 가꾸었을 뿐만 아니라 직접 치즈를 만들고 침대 매트리스를 뒤집었다. 어디를 가든 자기 침대와 탁자와 의자를 갖고 다녔다.

화롯불을 구석구석 피워놓아 방이 따뜻했다. 아직 본격적으로 겨울이 찾아오지 않았지만 나무판자 사이가 벌어져 외풍이 드는 벽에는 곰이나 늑대 털가죽이 걸려 있었다. 두 사람은 긴 의자에서 서로 껴안은 채 저녁을 들었다. 육체적이라기보다는 친근한 접촉이었다. 그러고 나서 그녀가 하프를 들고 나오더니 무릎에 얹고 연주를 시작했다.

카이사르는 문득 생각했다. 어쩌면 이것이 이 여자랑 있는 게 여전히 좋은 또다른 이유일지도 몰라. 장발의 갈리아 여자들은 악기 연주 솜씨가 훌륭했다. 리라보다 현이 많은 갈리아 악기의 야성적이면서도 섬세한 소리가 듣는 이의 마음을 격정적으로 파고들었다. 그리고 오, 그들의 노래! 그녀가 노래를 부르기 시작하자 적절히 어우러진 가사와 음색이 어떤 부드럽고 애처로운 분위기를 자아내며 순수한 감동을 불러일으켰다. 이탈리아 음악은 선율이 뛰어난 반면 자유로운 즉흥성이 부족했다. 그리스 음악은 수학적으로는 완벽했지만 열정이 부족했다. 이 음악에서 언어는 중요치 않았다. 중요한 것은 목소리였다. 문학이나 시각예술보다도 음악을 더 사랑했던 카이사르는 리안논의 황홀한 연주에 귀를 기울였다.

그후에 이어진 정사는 그 음악의 연장과 다를 바 없었다. 카이사르는 하늘에서 노호하는 바람이었고 별이 뜬 밤바다를 항해하는 여행자였다. 카이사르는 그녀의 몸의 노래 안에서 비로소 치유를 얻었다.

처음에는 갈리아에서 폭풍을 일으킬 이들은 아무래도 켈트족이 될 것으로 보였다. 카이사르가 새로 지은 석조 주택에 아늑하게 들어앉은 지 한 달쯤 되었을 무렵, 카르누테스족 원로들이 드루이드들의 충동질에 넘어가 타스게티우스 왕을 살해했다는 소식이 전해졌다. 보통때 같으면 우려할 일이 아니겠지만 이번에는 경우가 크게 달랐다. 타스게티우스를 새 왕으로 옹립하기까지 카이사르의 입김이 강력하게 작용했기 때문이다. 카르누테스족은 갈리아 부족 중에서 특히 중요했는데 단지 그들의 머릿수나 부유함 때문만은 아니었다. 그보다는 장발의 갈리아 전역에 산재한 드루이드 조직의 중심지 카르누툼이 카르누테스족의 영토에 위치해 있기 때문이었다. 카르누툼은 요새나 도시가 아니라 떡갈나무와 마가목과 개암나무 숲이 드루이드들이 사는 작은 촌락들과 어우러지도록 세심하게 조성된 단지였다.

드루이드들은 로마에 완강히 저항했다. 로마는 갈리아 사람들의 마음을 미혹하는 새로운 형태의 변절을 상징했다. 그들이 보기에 로마는 결국 드루이드교의 근본정신과 충돌을 일으키고 그것의 파멸을 초래할 터였다. 단지 카이사르의 등장 때문이 아니었다. 지난 200여 년 동안 남부 지역의 갈리아 부족들이 차례차례 로마화되는 것을 지켜봐온 결과 로마의 정서와 태도가 갈리아에 뿌리깊게 스며든 까닭이었다. 지금의 프로빙키아 지역에는 그리스인들이 훨씬 먼저 와서 살았지만 그들은 마실리아 주변 내륙에만 머물렀으며 야만족들에게 무관심했다. 반면 못 말리게 부지런한 로마인들은 정착하는 곳 어디에서나 생활의 규범과 양식을 정립하는 버릇이 있었고, 자기네에게 협조하고 대접을 잘해주는 이들에게 로마 시민권을 나누어주었다. 로마인들은 사람의 머리통을 떼어가는—마실리아와 리구리아 사이에 거주하는 살루비족에게 인기 좋은 취미활동이었다—등의 부정적인 인습을 타파하고자 전쟁을 벌였고, 이전 전쟁에서 성과가 좋지 않으면 반드시 돌아와 또다시 전쟁을 일으켰다. 그리스인은 갈리아 남부에 포도주와 올리브를 소개했지만, 로마인들은 프로빙키아 지역 사람들에게 로마식 사고방식을 주입했다. 프로빙키아 주민들은 더이상 드루이드교를 신봉하지 않았고, 명문가에서는 아들들을 카르누툼이 아닌 로마로 유학 보내고 있었다.

따라서 카이사르의 등장은 드루이드의 항거를 싹틔웠다기보다 드루이드의 항거를 정점으로 이끈 것에 가까웠다. 카이사르는 최고신관으로서 로마 종교의 수반이었다. 따라서 카이사르가 카르누테스족의 영토를 방문하자 최고 드루이드가 카이사르에게 면담을 청했다. 그가 리안논을 데리고 여행하기 시작한 첫번째 해였다.

"아르베르니어를 써도 괜찮으면 통역은 내보내도 되오." 카이사르가 말했다.

"당신이 우리 갈리아 부족 언어를 몇 가지 할 줄 안다고 들었소. 하필 아르베르니어를 선택한 이유가 있소?" 최고 드루이드가 물었다.

"어머니에게 카르딕사라는 하인이 있었는데 아르베르니족 출신이었소."

희미한 분노의 기색이 떠올랐다. "노예였군."

"처음에 그랬지만 몇 년 지나서는 아니었소."

카이사르는 최고 드루이드를 위아래로 훑어보았다. 노랑머리 미남에 나이는 40대 후반으로 보였다. 흰색 아마천으로 지은 긴 튜닉만 간소하게 걸치고 있었다. 수염은 말끔하게 깎여 있었고 몸에는 장신구가하나도 없었다.

"이름이 있소, 최고 드루이드?"

"카트바드요."

"나이가 더 많을 것으로 짐작했소, 카트바드."

"나도 그랬소, 카이사르." 이번에는 그가 카이사르를 위아래로 훑어보았다. "갈리아인처럼 금발에 흰 피부로군. 로마인 사이에서 흔치 않은 게 맞소?"

"별로 그렇지 않소. 굳이 따지자면 짙은 색 피부가 특이한 쪽에 속하오. 흔히 신체 특성을 따서 짓는 로마인의 세번째 이름만 봐도 알 수 있소. 빨강머리를 의미하는 루푸스는 흔한 코그노멘이오. 플라부스와 알비누스는 금발을 뜻하오. 검은 머리칼과 눈동자를 지닌 사람은 니게르로 불리지요."

"최고신관이시라고요."

"그렇소."

"가문에서 물려받은 직위요?"

"아니요, 선출되었소. 그리고 역시 선출직인 다른 신관이나 조점관과 마찬가지로 종신직이오. 반면 정무관들은 임기가 일 년밖에 되지 않소."

카트바드가 천천히 눈을 깜박였다. "나 역시 선출되었소. 그런데 당신이 정말 종교의식을 직접 집전한단 말이오?"

"로마에 있을 때는 그렇소."

"내가 이해할 수 없는 건 그 점이오. 당신은 한때 당신 나라의 최고 정무관이었고 지금은 군대를 이끌고 있소. 그런데 동시에 최고신관이란 말이지. 우리 시각에서는 굉장한 모순이오."

"로마 원로원과 인민에게는 그 두 가지가 전혀 상충되지 않소." 카이사르가 온화하게 말했다. "한편 드루이드들은 각 부족 내에서 특권 집단을 이루고 있다고 들었소. 사람들은 드루이드를 지식인이라 부른다고 하더군요."

"우리는 사제이자 의사이자 변호사이자 시인이오." 카트바드가 온화함을 가장하려 애쓰며 말했다.

"아, 전문직이로군요! 드루이드마다 특수 분야가 있는 거요?"

"약간은 그렇소. 특히 의사 일을 좋아하는 이들이 그렇지요. 하지만 드루이드라면 모두들 법과 종교의식과 역사와 시를 잘 안다오. 그렇지 않다면 드루이드가 아니지요. 드루이드가 되려면 20년 동안 수련해야 하오."

그들이 대화를 나누는 장소는 케나붐에 소재한 공공건물의 중앙 홀이었다. 통역관을 내보낸 터라 방에는 이제 두 사람만 남아 있었다. 카이사르는 이 면담을 위해 최고신관 전용 토가와 튜닉을 입었다. 넓은 심홍색과 자주색 줄무늬가 있는 화려한 의상이었다.

"듣기로," 카이사르가 말했다. "당신네 드루이드들은 기록을 전혀 남기지 않는다더군요. 어느 날 갈리아의 드루이드들이 한꺼번에 죽임을 당하면 당신들의 지식까지 모두 사라질 것이오. 그런데도 당신들은 전승 설화를 청동이나 돌이나 종이에 적어 남기지 않고 있소! 기록할 방법을 모르는 게 아닌데도 말이오."

"우리 드루이드들 사이에는 지식을 기록하는 전통이 없소. 드루이드들은 모두 글을 읽고 쓸 줄 아오. 하지만 우리의 소명과 관련된 것은 무엇이든 절대 기록을 남기지 않소. 그 대신 암기를 하오. 이 과정에 20년이 소요되는 거요."

"참 기발하군!" 카이사르가 감탄했다.

카트바드는 양미간을 찌푸렸다. "기발하다고요?"

"당신들의 목숨과 팔다리를 지킬 훌륭한 방법이 아니오. 아무도 감히 당신들을 해치려 들지 않을 테니까. 드루이드는 전쟁터로 씩씩하게 걸어가 싸움을 중지시킬 수 있다더니, 그도 놀라운 일이 아니군요."

"그런 이유에서가 아니오!" 카트바드가 소리쳤다.

"알겠소. 어쨌거나 참 기발하오." 카이사르는 화제를 또다른 민감한 문제로 옮겼다. "드루이드들은 세금을 일절 내지 않는다던데, 사실이오?"

"그렇소. 우리는 세금을 내지 않소." 카트바드가 말했다. 자세가 미묘하게 뻣뻣해졌고 얼굴은 딱딱하고 무표정했다.

"군복무도 하지 않고요?"

"전사로 복무하지 않소."

"천한 일에도 손대지 않고요."

"당신이야말로 기발한 묘수를 쓰고 있소, 카이사르. 자꾸 우리를 왜곡되게 표현하는군. 우리는 봉사를 제공하고 그에 상응하는 대가를 받소. 내가 이미 말했지 않소. 우리는 사제이자 의사이자 변호사이자 시인이라고."

"결혼도 하오?"

"그렇소."

"그리고 노동하는 사람들한테 부양을 받고요."

카트바드는 치밀어오르는 화를 눌렀다. "그건 우리가 그들에게 봉사한 대가로 받는 것이오. 그리고 우리의 봉사는 그 무엇으로도 대신할수 없소."

"그렇소, 잘 알겠소. 참 기발하오!"

"난 당신이 이렇게 무례하게 나올지 몰랐소, 카이사르. 왜 자꾸만 우릴 모욕하려 드는 거요?"

"나는 당신들을 모욕하는 게 아니오, 카트바드. 그저 사실을 알고자하는 것이오. 우리 로마인들은 갈리아 부족들의 생활 구조에 대해 아는바가 거의 없소. 아직까지 우리와 접촉이 없었으니까. 폴리비오스가 당신네 드루이드들에 대해 약간의 글을 남겼고 다른 역사학자들도 당신들을 언급했긴 했소. 하지만 이러한 내용을 원로원에 보고하는 것은 내임무이고, 사실을 파악하는 가장 좋은 방법은 질문을 던지는 것이오."

카이사르는 미소를 지으며 말했지만, 그것은 매력 있는 미소가 아니었다. 카트바드는 매력에 휘둘릴 사람이 아니었다. "여자들에 대해 말해보시오."

"여자들?"

"그렇소. 당신들은 여자를 노예처럼 고문할 수 있다고 들었소. 반면자유인 남자는 신분이 아무리 낮아도 고문할 수 없고 말이오. 또 일부다처제가 허용된다는 점도 눈에 띄었소."

카트바드는 당당히 가슴을 폈다. "우리 혼인 제도는 총 10등급으로 이루어져 있소." 그가 위엄 있게 말했다. "이 제도에 따라 각자가 얻을 수 있는 아내 수가 정해지오. 우리 갈리아인들은 전쟁을 자주 치르오. 남자들이 종종 전쟁터에서 죽지요. 결과적으로 부족에 여자가 남자보다 많아지는 거요. 우리의 법률과 관습은 로마인이 아닌 우리를 위해 만들어졌소."

"그렇고말고요."

카트바드가 숨을 내쉬는 소리가 들렸다. "여자들에겐 그들만의 자리가 있소. 남자들처럼 그들도 영혼을 갖고 있고 이 세계와 다른 세계를 오가기도 하지요. 그리고 여사제들도 있소."

"그들도 드루이드요?"

"아니, 드루이드는 아니오."

"우리와 여러 면이 다르지만 비슷한 점도 있군요." 카이사르가 말했다. 미소가 눈가로 번졌다. "신관을 투표로 뽑는다는 점은 비슷하오. 남자에게 중요한 신관 직이 여자에게는 허락되지 않는 점 역시 비슷하고. 차이점은 군복무나 공직이나 납세 등의 문제에서 남자들이 지니는 위상에 있군요." 미소가 사라졌다. "카트바드, 로마는 정책상 이민족의 신들이나 종교 관행을 무시하지 않소. 당신도 당신이 믿는 종교도 나나 로마에 아무 위협이 되지 않소. 하지만 한 가지는 제외요. 인신공양 관행만큼은 폐지되어야 하오. 사람들이 서로 죽이는 일은 세상 어디에서나 또 어느 민족 사이에서나 벌어지오. 하지만 우리 지중해 주변의 민족들은 절대로 신들을 기쁘게 하려고 사람을 죽여선 안 되오. 성별은 상관없소. 신들은 인신공양을 요구하지 않소. 만일 그렇게 믿는 신관이 있다면 그는 단단히 잘못 생각하는 거요."

"우리가 바치는 인신 제물은 공양을 목적으로 사들인 전쟁 포로나 노예요!" 카트바드가 딱딱댔다.

"그렇더라도 그 관행은 폐지되어야 하오."

"당신은 거짓말쟁이요, 카이사르! 로마인들은 갈리아인들의 생활방식을 위협하고 있소! 당신은 우리 민족의 영혼을 위협하고 있소!"

"인신공양을 행해서는 안 되오." 카이사르가 말했다. 그는 끄떡도 않았고 끄떡할 기미조차 보이지 않았다.

면담은 몇 시간 더 이어졌고, 두 사람은 서로의 생각을 더 잘 알게 되었다. 하지만 회의장을 떠나며 카트바드는 근심에 싸였다. 로마가 이렇게 계속 장발의 갈리아에 침투해온다면 모든 게 변할 터였다. 드루이드교는 세력이 점점 줄어들다 결국 사라지리라. 그들은 로마를 반드시 몰아내야 했다.

카이사르의 대응은 때마침 비어 있는 카르누테스족 왕위에 타스게티우스를 올리자고 협상을 시도하는 것이었다. 전투로 사안을 결정하는 벨가이족과 달리 켈트족—카르누테스족도 켈트족에 속했다—은 부족 원로들이 부족회의를 열어 결정했고 드루이드들이 그 과정을 세심하게 지켜보며 막후교섭을 벌였다. 아주 근소한 차이로 타스게티우스에게 우호적인 결과가 나왔다. 왕족으로서 혈통이 확실하다는 것이 주효한 근거였다. 카이사르가 타스게티우스를 왕으로 세우려고 한 이유는 그가 어릴 적 로마에서 인질로 4년간 살았으며 백성들을 전면전으로 내모는 것이 얼마나 위험한 일인지를 잘 이해했기 때문이었다.

하지만 다 지나간 일이었다. 타스게티우스는 죽었고, 이제 최고 드루이드 카트바드가 부족회의를 이끌고 있었다.

"그러니까," 카이사르가 보좌관 루키우스 무나티우스 플랑쿠스에게 말했다. "일단 전쟁을 막아보세. 카르누테스족은 매우 노련한 사람들이니 우리와 전쟁을 일으키려는 의도로 타스게티우스를 살해한 게 아닐 수 있어. 부족 내부 문제일 수 있네. 그들의 수도 케나붐으로 12군단을 데려가게. 케나붐의 성벽 바깥쪽에서 가장 가까운 마른땅을 찾아 월동 숙영지를 구축하고 그들을 주시해. 다행히 그 주변에는 숲이 별로 없으니까 적이 급습을 시도할 수 없을 거야. 만반의 준비를 해두게, 플랑쿠스."

플랑쿠스는 카이사르의 총애를 받는 또다른 보좌관이었다. 트레보니우스와 히르티우스처럼 플랑쿠스 역시 앞날이 카이사르에게 달려 있었다. "드루이드들은 어떻게 할까요?" 플랑쿠스가 물었다.

"드루이드들도 카르누툼도 전혀 건드리지 말게, 플랑쿠스. 나는 이번 전쟁이 종교 싸움으로 비화되길 원치 않아. 그러면 저항이 더욱 단단해질 테니까. 드루이드들이 싫긴 하지만, 그들을 필요 이상으로 적으로 돌리는 것은 내 방침이 아닐세."

플랑쿠스와 12군단이 떠났다. 그리하여 사마로브리바의 숙영지에는 카이사르와 10군단만 남았다. 카이사르는 불과 40킬로미터 떨어진 곳에 위치한 마르쿠스 크라수스와 8군단을 그리로 불러올까 생각했지만, 이내 그냥 그대로 두기로 했다. 여전히 그는 반란의 먹구름은 켈트족이 아닌 벨가이족에 드리워져 있음을 본능적으로 직감하고 있었다.

카이사르의 직감은 옳았다. 자고로 강력한 전쟁 상대는 유능한 적장들을 보유하고 있게 마련이다. 그리고 지금 한 유능한 사내가 무대에 등장하고 있었다. 이름은 암비오릭스로 벨가이계 에부로네스족의 공동 통치자였다. 바로 이 에부로네스족의 영토에서 신병 부대 13군단이 사비누스와 코타의 '공동 지휘'하에 아투아투카 요새 내 월동 숙영지에 주둔하고 있었다.

장발의 갈리아 지역은 결속력이 매우 약했다. 게르만계와 켈트계가 섞인 북부와 북서부의 벨가이족, 그리고 남부의 순수 켈트족들 간의 회합에서는 단결을 이끌어내기가 특히 더 어려웠다. 이러한 결속력 부재는 카이사르에게 아주 유리하게 작용했다. 전쟁으로 점철될 이듬해에는 더더욱 그럴 것이었다. 암비오릭스는 동맹을 켈트족 중에서 찾지 않았다. 그는 동료 벨가이족만을 연합 상대로 여겼다. 그 덕분에 카이사르가 싸울 상대는 하나의 단결된 민족이 아닌 잘게 나뉜 여러 민족들이었다.

아투아투키족은 머릿수가 한줌으로 줄어든 터였다. 카이사르가 그들 부족민 대부분을 노예로 팔아버린 뒤로는 암비오릭스와 연합할 사람이 없었다. 아트레바테스족의 협조도 기대할 수 없었다. 로마의 꼭두각시인 콤미우스 왕이 로마인을 지렛대 삼아 벨가이족 지고왕이라는 새로운 칭호를 쟁취하려는 야심을 품고 있었기 때문이다. 네르비족은 몇 년 전 큰 타격을 입었지만 애초 워낙 머릿수가 많았던 터라 여전히 많은 전사들을 동원할 수 있었다. 하지만 안타깝게도 네르비족은 말을 타지 않았다. 암비오릭스는 기마전 장수였다. 그가 네르비족과 무슨 장난질을 꾸밀지 지켜보긴 해야겠지만, 분명히 네르비족은 기마전 장수 밑에서 싸우려 들지 않을 것이었다. 암비오릭스에겐 트레베리족이 필요했다. 트레베리족 군대에서는 기병이 우위를 차지했다. 벨가이족 중에 가장 머릿수가 많고 강력한 부족이기도 했다.

암비오릭스는 벨가이족치곤 드물게 명민했고 풍채도 당당했다. 순수 게르만족 혈통답게 장신인 그의 금발은 늘 석회수로 감는 탓에 아마천처럼 뻣뻣해져 태양신 헬리오스의 머리 주변에 퍼진 빛줄기처럼 사방으로 뻗쳐 있었다. 기다란 황금빛 턱수염은 거의 어깨까지 늘어져 있었고, 날카로운 파란색 눈동자에 잘생긴 귀족적 용모였다. 딱 붙는 긴 바지와 긴팔 윗옷은 검은색이었지만, 몸에 길게 둘러 왼쪽 어깨에 핀으로 고정한 큰 직사각형 숄에는 에부로네스족 특유의 생동감 넘치는 노란색 바탕에 검은색과 심홍색 바둑판무늬가 그려져 있었다. 양 팔꿈치 바로 위엔 뱀처럼 두꺼운 황금 토르퀘스 한 쌍을, 양 손목 바로 위엔 빛나는 호박옥이 박힌 황금 팔찌 한 쌍을 찼으며, 목에는 양끝에 말머리 장식이 달린 커다란 황금 토르퀘스가 환하게 반짝거렸다. 숄을 고정하는 브로치는 카보숑 커트(위쪽을 볼록하고 매끄럽게 다듬는 보석 연마 방식—옮긴이)로 가공한 호박옥을 황금에 얹어 만든 것이었고, 허리띠와 수대는 황금 판을 한데 이어서 역시 호박옥을 박아 만들었다. 장검과 단도의 검집도 마찬가지였다. 어디를 보나 왕의 모습이었다.

하지만 암비오릭스가 다른 부족들더러 에부로네스족에게 합류하라고 설득할 힘을 얻으려면 일단 로마를 상대로 승리를 한차례 거두어야 했다. 그 승리를 굳이 멀리서 찾을 필요가 있을까? 그의 영토에는 사비누스, 코타, 13군단이 마치 하늘에서 내려준 선물처럼 제 발로 들어와 앉아 있었다. 문제는 그들의 숙영지였다. 갈리아인들은 로마군의 제대로 된 월동 숙영지를 공격해 정복하기란 사실상 불가능한 일임을 수차례의 쓰라린 경험을 통해 이미 터득하고 있었다. 특히나 이번 경우처럼 탄탄한 갈리아 요새를 로마의 기술력으로 보강한 숙영지라면 더 말할 나위가 없었다. 요새를 포위하고 식량 보급을 차단하는 방법도 통하지 않을 터였다. 로마인들은 그 정도 수법을 충분히 예상했다. 로마군 월동 숙영지에는 양질의 담수가 충분히 준비되어 있었고 식량도 많았으며, 질병 발생을 예방하는 위생 시설이 충분히 갖춰져 있었다. 암비오릭스가 취할 수 있는 유일한 방법은 로마군을 아투아투카 요새 밖으로 꾀어내는 것이었다. 소기의 목적을 달성하려면 아투아투카를 공격하되 에부로네스족 병사들을 안전하게 지킬 수 있도록 신중을 기해야 했다.

그런데 암비오릭스의 예상을 빗나간 한 가지가 있었다. 사비누스가 먼저 자발적으로 나서서 그에게 완벽한 기회를 제공한 것이다. 사비누스는 암비오릭스에게 사절단을 보내 지금 무슨 짓을 벌이고 있느냐고 왕에게 분연히 따졌다. 암비오릭스는 이 질문에 직접 답변하겠다며 서둘러 로마군 숙영지에 나타났다.

"설마 그를 만나러 직접 나갈 생각은 아니겠지!" 코타가 외쳤다. 사비누스는 갑옷을 꺼내 입고 있었다.

"당연히 나가야지. 공동 사령관인 자네도 같이 가고."

"난 안 가네!"

그리하여 사비누스는 통역관과 의장병만 데리고 혼자 나갔다. 교섭장소는 아투아투카 정문 바로 앞이었다. 암비오릭스는 사비누스보다 더 적은 인원을 동원하고 나타났다. 위험할 것은 하나도 없었다. 코타는 왜 그리도 요란하게 굴었을까?

"어째서 내 숙영지를 공격했소?" 사비누스가 통역관을 통해 발끈하며 따져 물었다.

암비오릭스는 놀라서 둥그레진 눈으로 과장되게 어깨를 으쓱하며 양손을 앞으로 펼쳤다. "이봐요, 고귀한 사비누스. 나는 단지 지금 장발의 갈리아의 이 끝에서 저 끝까지 모든 왕과 족장이 하는 일을 같이하고 있는 것 아니오." 그가 말했다.

사비누스는 얼굴에서 핏기가 모조리 빠져나가는 기분이었다. "그게 무슨 소리요?" 그가 입술을 축이며 물었다.

"장발의 갈리아 전역에서 봉기가 일어나고 있소, 고귀한 사비누스."

"카이사르가 사마로브리바에 있는데? 말도 안 되는 소리!"

암비오릭스가 또다시 파란 눈을 둥글게 뜨며 어깨를 으쓱해 보였다. "모르셨소? 카이사르는 사마로브리바에 없소, 고귀한 사비누스. 한 달 전에 마음이 바뀌어서 이탈리아 갈리아로 떠났소. 그가 떠난 것을 확인하고 카르누테스족이 타스게티우스 왕을 살해했고 이어 봉기가 일어난 거요. 사마로브리바는 워낙 거센 공격을 받고 있으니 머지않아 무너질 거요. 인근에 있던 마르쿠스 크라수스도 살해됐고 티투스 라비에누스는 포위 공격을 받고 있소. 퀸투스 키케로와 9군단은 전멸했고, 루키우스 파비우스와 루키우스 로스키우스는 프로빙키아의 톨로사로 철수했소. 이제 당신만 남았소, 고귀한 사비누스."

얼굴이 창백해진 사비누스가 경련하듯 고개를 끄덕였다. "알겠소. 솔직하게 얘기해줘서 고맙소, 암비오릭스 왕." 그는 몸을 돌리고 후들거리는 다리로 성문을 거의 뛰다시피 통과했다. 이 사실을 어서 코타에게 알려야 했다.

코타는 벌어진 입을 다물지 못하고 사비누스를 빤히 쳐다봤다. "한마디도 믿을 수 없어!"

"믿어야 해, 코타. 세상에, 마르쿠스 크라수스와 퀸투스 키케로가 죽었네, 그들의 군단도 같이!"

"카이사르가 마음이 바뀌어서 이탈리아 갈리아로 갈 생각이었다면 미리 전갈을 췄겠지." 코타가 잘라 말했다.

"아마 그랬을 거야. 우리가 못 받은 거겠지."

"내 말을 믿게, 사비누스. 카이사르는 지금 사마로브리바에 있어! 우리가 철수 결정을 내리게 만들려고 암비오릭스가 자네에게 거짓말을 한 거야! 그의 말은 듣지 말게! 자네를 쉽게 보고 여우처럼 교활한 짓을 벌인 거라고!"

"암비오릭스가 돌아오기 전에 여기서 떠나야 해! 당장!"

유일하게 이 대화를 곁에서 듣고 있던 사람은 13군단의 최고참 백인대장 고르곤이었다. 그에게 고르곤이라는 별명이 붙은 이유는 그가 흘낏 쳐다만 봐도 군인들이 돌처럼 굳어버리기 때문이었다. 고르곤은 폼페이우스가 히스파니아에서 세르토리우스와 싸우던 시절부터 로마 군단에 복무해온 반백의 노련병이었다. 그는 군인들을 훈련시키는 능력이 뛰어났고 정신력이 강인했다. 카이사르가 고르곤에게 13군단을 맡긴 것도 그런 이유에서였다.

코타가 애원하는 눈초리로 고르곤을 바라보았다.

"고르곤, 자네는 어떻게 생각하나?"

크고 뻣뻣한 깃을 비스듬히 꽂은 멋진 투구를 쓴 고르곤이 수차례 고개를 주억거렸다. "루키우스 코타의 말씀이 옳습니다, 퀸투스 사비누스." 고르곤이 말했다. "암비오릭스는 거짓말을 하고 있습니다. 우리가 겁을 먹고 당장 여기서 나가길 바라는 겁니다. 우리가 이 숙영지 안에 머물러 있으면 그는 절대 우릴 건드릴 수 없습니다. 하지만 여기서 나서는 순간 우리는 만만한 상대가 돼요. 겨우내 여기서 버텨야 삽니다. 나가면 곧바로 죽은목숨이에요. 우리 병사들은 정말 훌륭한 청년들이지만 아직 경험이 없습니다. 지휘가 잘된 전투를 경험해봐야 합니다. 그들을 지원해줄 다른 많은 노련병들과 함께요. 경험 많은 군단의 도움 없이 단독으로 싸워야 한다면 그들은 모조리 적의 칼에 쓰러질 겁니다. 하지만 저는 절대 그런 광경을 보고 싶지 않습니다, 퀸투스 사비누스.

그들은 정말 훌륭한 청년들이니까요."

"무조건 떠나야 해! 당장!" 사비누스가 소리쳤다.

사비누스는 고집을 꺾지 않았다. 한 시간에 걸쳐 설명하고 다툰 후에도 사비누스는 오로지 철수만을 고집했다. 코타와 고르곤도 굽히지 않았다. 그로부터 한 시간이 더 지난 뒤에도 그들은 여전히 13군단이 월동 숙영지에 그대로 있어야 한다고 주장했다.

사비누스가 식량을 찾으러 뛰쳐나갔다. 막사에 남은 코타와 고르곤은 당혹한 얼굴로 서로를 쳐다보았다.

"저 바보!" 코타가 소리쳤다. 백인대장이 듣는 데서 다른 보좌관을 욕하고 있다는 사실 따위는 신경쓰지 않았다. "자네와 내가 저 고집을 꺾지 못하면 결국 우리 모두 죽고 말 걸세."

"문제는," 고르곤이 생각에 잠긴 듯 말했다. "사비누스가 앞서 혼자 힘으로 전투에서 이겨본 경험이 있어서 자기가 군대에 관해 누구보다, 심지어 군사 교본 집필자인 루틸리우스 루푸스보다도 잘 안다고 착각한다는 점입니다. 하지만 벨가이족은 베넬리족과 다릅니다. 사비누스가 상대했던 비리도빅스는 아둔하기 이를 데 없는 평범한 갈리아인이었지요. 하지만 암비오릭스는 평범하지도 아둔하지도 않습니다. 아주 위험한 자예요."

코타가 한숨을 내쉬었다. "그렇다면 계속 설득해야겠군, 고르곤."

그들은 계속 더 설득해보았다. 밤이 되도록 계속 설득했지만 사비누스는 오히려 더 화를 내며 요지부동으로 굴었다.

"생각을 돌리세요!" 인내심이 한계에 도달한 고르곤이 결국 언성을 높였다. "군신 마르스를 위해서라도, 퀸투스 사비누스, 제발 진실에 눈을 뜨십시오! 이 숙영지를 떠나면 우리는 모조리 죽은목숨입니다! 저

뿐만 아니라 보좌관님도 마찬가지입니다! 보좌관께서는 죽을 준비가 되었는지 모르겠지만 저는 아닙니다! 지금 카이사르는 사마로브리바에 있습니다. 그리고 지난 열두 시간 동안 여기서 무슨 일이 벌어졌는지를 알게 되면, 부디 신들께 바라옵건대 그는 반드시 도움을 줄 겁니다!"

콤미우스 왕이 로마군 작전회의에 참석한 것에 배알이 꼴렸던 사내가, 최고참 노련병이든 뭐든 백인대장 따위가 자신에게 이렇게 말하는 것에 화가 치미지 않을 리 없었다. 사비누스는 붉으락푸르락한 얼굴로 손을 쳐들고 고르곤에게 다가가더니 세차게 따귀를 올렸다. 이에 코타가 분을 못 이기고 두 사람 사이로 걸어가 사비누스를 때려눕히고 배 위에 올라타 주먹을 휘둘렀다.

고르곤이 질겁하며 두 사람을 떼어놓았다. "제발, 제발 그만두십시오!" 그가 외쳤다. "우리 병사들이 귀머거리에 벙어리에 장님인 줄 아십니까? 지금 여기서 무슨 일이 일어나는지 다 압니다! 제발 어느 쪽으로든 결론을 내십시오! 이런 식으로는 병사들에게 아무 도움이 되지 않습니다!"

코타는 울음이 터질 듯한 얼굴로 사비누스를 내려다보았다. "그래, 사비누스, 자네가 이겼네. 자네가 한번 고집을 부리기 시작하면 카이사르가 직접 나서도 이성적인 설득이 불가능할 테니까!"

철수 준비를 마치기까지 이틀이 걸렸다. 하나같이 어리고 미숙했던 병사들은, 백인대장들이 짐을 가볍게 싸라고 아무리 일러도 개인적으로 소중한 물건이나 기념품을 자꾸만 주워 담았다. 수레에 실려 있는 여분의 장비나 기념품도 버리지 못했다. 그중에 1세스테르티우스만큼이라도 값어치 있는 물건은 아무것도 없었지만, 그토록 동경해왔던 군경력의 추억을 두고두고 되새기고 싶은 열일곱 살 청년들에게는 하나같이 소중한 물건들이었다.

마침내 행군이 시작되었지만 속도가 답답할 정도로 느렸다. 북해에서 곧바로 휘몰아치는 강풍에 밀려 얼굴에 다가드는 진눈깨비도 도움이 되지 않았다. 축축한 땅에 살얼음이 끼어서, 수레바퀴가 축까지 깊게 빠지면 좀처럼 나오질 않았다. 하지만 어쨌든 하루가 지나갔고, 높고 험준한 아투아투카 요새는 흐르는 안개에 가려 더이상 보이지 않았다. 사비누스가 코타 앞에서 우쭐해하기 시작했다. 코타는 입을 다문 채 아무런 말도 하지 않았다.

하지만 암비오릭스와 에부로네스족이 때를 기다리며 진눈깨비 저편에 있었다. 그들은 로마인들보다 지형을 훨씬 잘 알고 있다는 사실에 만족해 있었다.

암비오릭스의 계획은 순조롭게 진행되었다. 그는 모사 강을 따라 행군하는 로마군 대열이 아투아투카 요새에서 너무 멀어지게 둘 수 없었다. 퀸투스 키케로와 9군단이 아직 멀쩡히 살아 있으니, 행여나 사비누스의 군대가 퀸투스 키케로의 병사와 마주치는 일이 생겨서는 곤란했다. 사비누스가 13군단을 데리고 좁은 산길로 들어가자 암비오릭스는 곧장 로마군 전방으로 보병대를 보내 전진을 막고 후방으로 기병대를 풀어 퇴로를 차단했다. 로마군이 위치한 곳은 양옆이 가파른 협곡이었다. 암비오릭스의 목적에 완벽하게 부합하는 지형이었다.

처음에 로마군은 걷잡을 수 없는 공포에 사로잡혔다. 전후방 양쪽에서 에부로네스족이 함성을 지르며 달려들었다. 그들 부족을 상징하는 밝은 노란색 숄을 내던져버린 그들의 모습은 마치 지하세계에서 온 검은 그림자 같았다. 전투 경험이 없는 13군단 병사들은 대형을 깨고 달아나려 했다. 하지만 더 심한 것은 사비누스였다. 그는 두려움과 낭패감에 빠져 전투고 뭐고 아무 생각도 못하고 있었다.

하지만 초반의 충격이 가시자 13군단은 서서히 침착해졌다. 좁은 공간에서 순식간에 자행된 살육으로부터 가까스로 죽음을 모면한 병사들은 자신들이 도망칠 곳은 아무 데도 없다는 사실을 깨달았다. 여기저기 떼 지어 서 있는 신병들이 공격에 제대로 대응하도록 코타와 고르곤과 백인대장들이 전투 대형을 정비하자, 청년들은 자신들이 적을 죽일 수 있다는 기쁜 사실을 깨달았다. 절망적인 상황이 마음속에서 묘한 강철 같은 의지를 불러일으키며 그들의 영혼을 굳세게 단련시켰다. 병사들은 자기들만 죽지는 않겠다고 결의를 다졌다. 선두와 후미의 병사들은 에부로네스족의 접근을 막았고, 중앙의 병사들은 비전투원과 노예 들과 함께 방어벽을 세우기 시작했다.

일몰이 되었을 때도 13군단은 여전히 버티고 있었다. 머릿수가 끔찍스럽게 줄었지만, 포기할 기색은 조금도 없었다.

"내가 훌륭한 청년들이라고 했지요?" 잠시 숨을 고르는 틈에 고르곤이 코타에게 말했다. 에부로네스족은 두번째 기습을 기하기 전에 잠시 철수한 터였다.

"사비누스, 저 망할 새끼!" 코타가 낮게 내뱉었다. "이렇게 훌륭한 청년들을! 살았다면 군단 기에 훈장을 달고도 남을 병사들이 이제 모두 죽게 생겼어!"

"아, 유피테르 신이시여!" 고르곤이 신음했다.

코타는 고개를 틀어 앞을 보고 질겁했다. 사비누스가 하얀 손수건을 묶은 나뭇가지를 들고 시체를 넘으며 조심조심 걸어 암비오릭스와 수하 귀족들이 의논하며 서 있는 협곡 입구로 다가가고 있었다.

"휴전! 휴전!" 사비누스가 숨을 헐떡이며 소리쳤다.

"제안을 받아들이겠소, 퀸투스 사비누스. 일단 무기부터 버리시오." 암비오릭스가 말했다.

"남은 사람들은 제발 살려주시오!" 사비누스가 장검과 단도를 멀찍이 내던지며 말했다.

대답 대신 장검이 소용돌이치듯 세차게 휩쓸고 지나갔다. 사비누스의 잘린 머리가 공중으로 날아오르며 아티케식 투구가 벗겨졌다. 암비오릭스와 같이 있던 이들 중 하나가 떨어지는 투구를 잡았다. 그러나 암비오릭스는 머리통이 구르기를 멈출 때까지 기다렸다가 걸어가서 손으로 집어들었다.

"로마인들은 머리가 너무 짧아!" 1센티미터 남짓한 사비누스의 짧은 머리털이 손가락에 도무지 잡히지 않자 암비오릭스가 소리쳤다. 그는 손을 갈고리처럼 만들어 가까스로 머리통을 높이 들어올리고는 13군단을 향해 흔들었다. "공격!" 그가 외쳤다. "머리통을 가져오거라! 저들의 머리통을 가져오거라!"

코타는 얼마 지나지 않아 죽임을 당하고 참수되었지만, 고르곤은 살아남았다. 그는 자신의 발밑에 쓰러져 죽어가던 군단의 기수가 마지막 남은 힘을 짜내어, 소중한 은 독수리 기를 점점 짧아져가는 로마군 전선 뒤쪽으로 창처럼 던지는 것을 보았다.

어둠이 내리자 에부로네스족이 철수했다. 고르곤은 혼자 힘으로 설수 있는 병사들이 몇이나 되는지 확인했다. 5천 명 중에 약 200명. 측은 하리만치 적은 수였다.

"좋다." 쓰러진 전우들의 시체가 바다처럼 펼쳐진 가운데 함께 모여서 있는 병사들에게 고르곤이 말했다. "검을 꺼내라. 아직 숨이 붙어 있는 자들을 찾아 모두 죽이고 다시 나한테 온다."

"에부로네스족이 언제 돌아올까요?" 열일곱 살 청년들 중 하나가 물었다.

"새벽에. 하지만 고리버들 우리에 산 채로 가두어 태울 사람들은 아무도 발견하지 못할 거다. 부상 입은 병사들을 모두 죽이고 나한테 돌아온다. 비전투원이나 노예를 발견하면 스스로 선택하게 해라. 지금 적진을 뚫고 도망쳐서 레미족에게 가든지, 우리와 같이 죽든지."

명령을 따르기 위해 병사들이 물러가자 고르곤은 은 독수리 기를 들고 주변을 살폈다. 그의 눈은 어둠에 적응해 있었다. 아, 저기! 그는 길쭉한 관 모양으로 참호를 파고 그 자리에 독수리 기를 얕게 묻었다. 그리고 시체를 그리로 적당히 옮겨 쌓은 뒤 바위에 앉아 병사들을 기다렸다.

자정이 되었을 즈음, 13군단의 살아남은 병사들은 고리버들 우리 속에서 산 채로 태워지느니 스스로 죽는 편을 택했다.

비전투원과 노예도 생존자가 극히 드물었다. 죽은 군단병들의 검과 방패를 들고 전부 맞서 싸웠기 때문이다. 하지만 그러고도 살아남은 사람들은 적의 무관심 속에 적진을 빠져나왔고, 다음날 카이사르는 이들을 통해 13군단이 겪은 비극을 전해 들었다.

"트레보니우스, 이곳은 자네가 맡게." 카이사르가 말했다. 장식이 없는 질 좋은 강철 갑옷을 입었고, 등에는 장군의 심홍색 망토가 늘어뜨려져 있었다.

"카이사르, 군사 없이 혼자 가셔서는 안 됩니다!" 트레보니우스가 소리쳤다. "10군단을 데려가십시오. 마르쿠스 크라수스에게 전갈을 보내 8군단을 사마로브리바로 데려오라고 하겠습니다."

"암비오릭스는 떠난 지 오래일 걸세." 카이사르가 단호히 말했다. "로마 지원군이 나타날 것을 알고 있으니까. 그는 이번 승리를 망칠 생각이 없어. 레미족의 도릭스에게 군인들을 무장시키라고 전갈을 보내두었네. 군사 없이 혼자 가진 않아."

그 말은 사실이었다. 사비스 강의 수원지에서 얼마 떨어지지 않은 지점에 도착한 카이사르는 도릭스가 데려온 1만 명 규모의 레미족 기병대와 만났다. 카이사르는 아이두이족 기병 1개 대대와 신임 보좌관 푸블리우스 술피키우스 루푸스를 데려온 터였다.

오르막길 정상에 다다른 루푸스는 저 아래 집결한 레미족 기병들을 보고 감탄했다. "유피테르 신이시여! 일대 장관이로군요!"

카이사르가 무뚝뚝하게 말했다. "썩 그럴싸해, 그렇지?"

레미족의 숄은 밝은 파란색과 탁한 진홍색 바둑판무늬에 얇은 노란색 실이 섞여 있었다. 바지도 같은 무늬였고 윗옷은 탁한 진홍색이었으며 말을 덮은 담요는 밝은 파란색이었다.

"갈리아인이 저렇게 좋은 말을 모는지 몰랐습니다."

"아닐세." 카이사르가 말했다. "레미족만 그렇다네. 레미족은 수세대 전부터 이탈리아와 히스파니아 말들을 길렀어. 나의 등장을 기쁘게 반기며 우의를 거듭 밝힌 것도 그런 이유에서였지. 다른 부족들이 자꾸 그들의 말을 노려서 무척 힘들었으니까. 그럴 때마다 전투를 벌이다보니 어느새 최고의 기병들이 되었지만, 그래도 말을 많이 잃었고 종마들을 제대로 된 요새에 가둬서 키워야 했지. 게다가 그들은 자기네 말을 몹시 탐내는 트레베리족과 이웃해 있네. 레미족에게 나는 신들이 보내준 선물이나 다름없었어. 드디어 로마가 장발의 갈리아에 와서 머물다니 말이야. 그래서 레미족은 내게 훌륭한 기병대를 내주었고, 나는 감사의 뜻으로 라비에누스를 보내 트레베리족을 공포에 빠뜨렸지."

술피키우스 루푸스는 몸을 부르르 떨었다. 라비에누스에 대해 아는 것이라곤 로마에서 도는 풍문으로 접한 게 다였지만 그는 카이사르의 말뜻을 정확히 이해했다. "갈리아 말은 질이 그렇게 떨어집니까?" 루푸스가 물었다.

"크기가 조랑말보다도 작아. 다른 종과 전혀 교배되지 않은 재래종은 그냥 조랑말일세. 벨가이족 같은 거구들이 타기에는 아주 불편하지."

도릭스가 언덕을 올라와 카이사르를 따뜻하게 맞이하더니 자신의 말을 장군 옆에 나란히 세웠다. 얼굴이 예쁘고 갈기가 긴 말이었다.

"암비오릭스는 어디에 있소?" 카이사르가 물었다. 그는 소식을 전해 들은 뒤로 슬픈 기색을 조금도 드러내지 않으며 줄곧 침착하게 행동했다.

"전쟁터 근처에는 없소. 정찰병들의 보고에 따르면 전쟁터에는 사람이 없다는군요. 시신을 화장하고 묻어줄 노예들을 데려왔소."

"잘했소."

그들은 그날 밤 야영을 하고 아침이 되자 말에 올랐다.

에부로네스족 전사자들은 암비오릭스가 데려가고 없었다. 협곡에는 로마군 병사들의 시신들만 누워 있었다. 카이사르가 말에서 내리더니 동행한 기병대대와 레미족에게 그 자리에 그대로 있으라고 손짓했다. 그는 술피키우스 루푸스와 함께 앞으로 걸었다. 얼굴의 주름을 따라 눈물이 흘러내렸다.

두 사람이 처음 발견한 것은 사비누스의 목 없는 시신이었다. 보좌관 갑옷을 입고 있어서 분명히 알 수 있었다. 사비누스는 체구가 자그마했고 코타는 훨씬 더 컸다.

"암비오릭스가 제집 현관문을 장식하려고 로마 보좌관의 머리통을 떼어갔군." 카이사르가 말했다. 눈물이 흐르고 있다는 사실은 잊은 듯했다. "놈은 그 때문에 불운을 겪을 거야."

거의 모든 시신에 머리가 없었다. 다른 많은 갈리아 부족들처럼, 벨가이족인 동시에 켈트족인 에부로네스족 역시 적의 머리통을 전승기념물로 가져가 대문 앞에 걸어두는 관습이 있었다.

"갈리아인에게 삼나무 송진을 팔아서 큰돈을 버는 장사꾼들이 있다네." 카이사르가 여전히 소리 없이 눈물 흘리며 말했다.

"삼나무 송진이요?" 술피키우스 루푸스가 역시 눈물을 흘리면서 되물었다. 지금 같은 때에 이렇듯 감정이 배제된 대화를 나누는 것이 퍽 어색하게 느껴졌다.

"보존제로 쓰이거든. 문 앞에 머리통이 많이 걸려 있을수록 더 위대한 전사로 인정받지. 썩어서 해골이 되게 놔두는 경우도 있지만, 귀족들은 그런 전승기념물들을 대개 삼나무 송진에 담가둔다네. 사비누스 머리통도 보면 바로 알아볼 수 있을 거야."

술피키우스 루푸스는 시체가 널린 전쟁터를 처음 본 것은 아니었다. 하지만 그가 젊은 시절 참여한 군사작전은 모두 동방에서 치러진 것들이었다. 그는 이제야 동방은 여기와 사뭇 달랐음을 깨달았다. 그곳은 문명화되어 있었다. 이번은 그에게 첫번째 갈리아 방문이었다. 갈리아에 온 지 겨우 이틀이 지난 이날 카이사르는 그에게 죽음으로의 여정에 동행을 명령한 것이다.

"여자들처럼 아무 저항도 못하고 살육된 것은 아니군." 카이사르가 말했다. "끝까지 훌륭하게 싸웠어." 그가 문득 걸음을 멈추었다.

카이사르의 발길이 다다른 곳은 최후의 생존자들이 자결한 장소였다. 의심의 여지가 없었다. 머리가 몸통에 그대로 붙어 있었다. 에부로네스족이 그들에게 접근하지 않은 게 분명했다. 그들의 용기에 공포를 느낀 탓이었으리라. 이런 종류의 용기는 에부로네스족에게 무척 생소한 것이었다. 전투중에 죽는 것은 영광스러운 일이다. 하지만 전투가 끝난 후 어둠 속에 자살을 감행하는 것은 너무도 두려운 일이다.

"고르곤!" 카이사르가 소리치며 털썩 무너져내렸다.

카이사르는 반백의 노련병 옆에 무릎을 꿇고 앉아 시신을 끌어안았다. 시신에 몸을 구부리고 생명을 잃은 머리칼에 볼을 댄 채 애절하게 통곡했다. 어머니와 딸의 죽음과는 무관한 슬픔이었다. 그는 지금 자신의 병사들을 위해 우는 장군일 뿐이었다.

술피키우스 루푸스는 앞으로 더 나아갔다. 그들 모두 얼마나 어린 병사였는지를 알아보고 큰 충격에 빠졌다. 대부분 면도조차 하지 않았다. 아, 어떻게 이런 일이! 그는 눈물을 줄줄 흘리며 아직 생명의 빛이 꺼지지 않은 자를 찾아 빠르게 이 얼굴 저 얼굴을 훑었다. 그리고 마침내 한 선임 백인대장의 얼굴에서 그것을 찾았다. 그는 배에 꽂힌 검의 손잡이를 아직도 양손으로 꽉 잡고 있었다.

"카이사르!" 루푸스가 외쳤다. "카이사르, 여기 생존자가 있습니다!"

선임 백인대장은 암비오릭스와 사비누스와 코타와 고르곤의 이야기를 그들에게 들려주고 끝내 숨을 거두었다.

카이사르는 아직도 눈물을 흘리고 있었다. 그는 일어섰다.

"독수리 기가 없어. 분명히 어딘가 있을 거야. 군단의 기수가 죽기 전에 방어벽 안으로 던졌어."

"에부로네스족의 손에 들어갔을 겁니다." 술피키우스 루푸스가 말했다. "놈들은 자살한 병사들을 제외하고 다른 모든 것을 샅샅이 뒤졌습니다."

"고르곤이 미리 그걸 예상하고 이 근처에 안 보이게 감춰뒀을 거야. 그가 누운 자리 부근을 찾아보세."

고르곤 주변의 시신들을 옆으로 치우자 13군단의 은 독수리 기가 나타났다.

"루푸스, 지금까지의 긴 군 경력 동안 1개 군단이 전멸한 것을 보기는 이번이 처음일세." 카이사르가 도릭스와 레미족이 그들을 차분히 기다리고 있는 쪽으로 몸을 돌리며 말했다. "사비누스가 자만심에 찬 명청이란 건 진작 알았지만, 비리도빅스와 베넬리족을 워낙 훌륭하게 처리했던 터라 능력이 있다고 오판했어. 오히려 코타를 낮게 평가했지."

"이렇게 될 줄 모르셨던 거지요." 술피키우스 루푸스는 어떻게 대꾸해야 할지 몰라 이렇게 말했다.

"그래, 몰랐어. 하지만 사비누스를 잘못 판단해서가 아니야. 암비오릭스를 잘못 판단했어. 벨가이족은 막강한 장수를 보유하고 있었어. 그는 다른 부족들을 이끌 능력이 자신에게 있음을 증명하기 위해 혼자만의 힘으로 나를 꺾어야 했지. 지금쯤은 트레베리족의 엉덩이에 코를 박고 알랑대고 있을 걸세."

"네르비족은요?"

"네르비족의 군대는 벨가이족으로서는 특이하게 전원 보병으로 구성되어 있어. 암비오릭스는 기마전 장수야. 그래서 트레베리족에게 구애를 하는 거지. 루푸스 자네, 말을 타고 멀리 좀 나가볼 텐가?"

술피키우스 루푸스가 눈을 깜빡였다. "사령관님만큼 지치지 않고 오래 타진 못하지만, 필요한 일이라면 무엇이든 하겠습니다."

"좋아. 나는 여기 남아서 13군단의 장례의식을 집전해야 해. 머리가 없으니 카론에게 뱃삯으로 치를 동전을 입에 넣어줄 수 없어. 다행히 내가 최고신관이니, 내게는 그들의 뱃삯을 일괄해 지불할 수 있도록 유피테르 옵티무스 막시무스 그리고 플루토와 계약을 맺을 권한이 있네."

충분히 이해할 만했다. 일반적인 상황에서라면 목을 베인 로마인은 시민권도 같이 박탈당했다. 스틱스 강을 건널 뱃삯으로 쓸 동전을 넣어줄 입이 없다는 것은 망자의 허깨비—영혼이 아닌, 정신이 나간 뒤 남은 생명의 잔해—가 지하세계로 가지 못하고 지상을 떠돎을 의미했다. 그들은 보이지 않는 광인들이었다. 살아 있는 광인들과 마찬가지로, 그들을 불쌍히 여기는 사람들이 먹여주고 입혀주는 대로 여기저기를 떠돌 뿐 어디에도 초대되지 않았고 집이 주는 편안함을 몰랐다.

"내가 데려온 기병대대를 이끌고 라비에누스에게 가게." 카이사르가 판갑의 팔 구멍에서 손수건을 꺼내 눈물을 닦고 코를 풀었다. "지금 모사 강 연안에 있는데 비로두눔에서 멀지 않은 위치야. 도릭스가 레미족 두 명을 길잡이로 내줄 걸세. 여기에서 벌어진 일을 라비에누스에게 알리고 바짝 경계하라 이르게. 그리고—" 카이사르가 거친 숨을 내쉬었다. "그리고 절대 인정사정 봐주지 말라고 하게."

마르쿠스 키케로의 동생 퀸투스 키케로는 사비누스와 코타와 13군단에게 닥친 비운을 전혀 몰랐다. 그와 9군단은 네르비족 영토에 숙영지를 마련했다. 아투아투카같이 훌륭한 요새는 없지만 어떻게든 최대한 편안한 환경을 조성한 터였다. 그들이 숙영지를 세운 장소는 진눈깨비가 날리는 넓고 평평한 목초지였다. 지붕을 대신해줄 숲도 없고 모사 강에서도 멀리 떨어진 곳이었다.

하지만 전부 나쁘기만 한 건 아니었다. 숙영지를 가로지르는 냇물이 얼지 않아 상류에서 양질의 담수를 얻을 수 있었고, 하류에 변소의 오물을 버리면 졸졸거리는 물줄기가 저멀리 모사 강으로 실어갔다. 식량도 많았고 이티우스 항에서 열린 우울한 회의에서 퀸투스 키케로가 짐작했던 것보다 종류도 다양했다. 땔감을 구하기도 어렵지 않았다. 다만 숲에 갈 때는 중무장을 하고 바짝 경계했으며, 도움이 필요할 경우를 대비해 신호 체계도 미리 정해두었다.

월동 숙영지로서 이곳의 최대 장점은 가까이에 우호적인 마을이 있다는 사실이었다. 그 마을에는 벨가이족이 로마와 연합해야 게르만족에 더 잘 대응할 수 있다고 믿으며 로마 군대가 벨기카에 주둔하는 것을 적극 지지하는 네르비족의 지방 영주 베르티코가 있었다. 그는 가능한 모든 방법을 동원해 도움을 주려 했고, 특히 로마 병사들의 여자 문제에 관해 지나치리만큼 너그러운 태도를 취했다. 병사들은 돈을 치를 용의만 있으면 언제든 여자를 구할 수 있었다. 퀸투스 키케로는 미소를 띤 채 이 모든 것을 관대히 눈감아주었다. 로마에서 안락한 생활을 누리는 형에게 보내는 편지에, 베르티코가 여자들에게서 뜯을 게 분명한 수수료 일부를 자기 몫으로 요구해야 하는 것 아닌지 모르겠다고 우스갯소리를 쓰는 데 만족할 뿐이었다. 9군단 병사들이 치르는 대가가 상당히 후하다는 소문이 멀리까지 퍼지자 베르티코를 찾는 여자들의 수가 점점 늘어갔다.

9군단 병사들은 카이사르가 집정관을 지낸 해의 마지막 5개월 동안 이탈리아 갈리아에서 모병된 이들로, 전투 경험이 풍부한 진짜 노련병들이었다. 그들은 로다누스 강에서 대서양까지 그리고 아퀴타니아의 가룸나 강에서 벨기카의 모사 강까지 싸우며 전진했던 과거를 자랑스레 이야기하곤 했다. 나이는 대개 스물세 살 남짓에 불과했다. 산전수전을 겪으며 두려움을 극복해온 용맹한 젊은이들이었다. 하지만 사실 9군단 병사들은 그들이 지난 5년간 상대해온 적과 인종이 동일했다. 카이사르가 9군단을 모집한 이탈리아 갈리아 파두스 강 이북 지역에는 수백 년 전 이탈리아를 침략한 갈리아인의 후손이 살고 있었기 때문이다. 9군단 병사들은 갈리아인의 후손답게 키가 큰 편이었고 머리카락은 금발이거나 붉었으며 눈동자 색이 옅었다. 하지만 혈통이 같다고 해서 장발의 갈리아인을 각별하게 여기는 마음은 없었다. 9군단 병사들은 벨가이족이든 켈트족이든 장발의 갈리아인이라면 모두 증오했다. 군인이 적을 존중하는 마음은 품을 수 있어도 그들에게 애정을 품을 수는 없었다. 심지어는 동정심조차도. 증오는 훌륭한 군인이라면 마땅히 지녀야 할 감정이었다.

그러나 퀸투스 키케로의 무지는 13군단의 운명에 그치지 않았다. 암비오릭스가 트레베리족과 협상하러 가는 길에 네르비족 부족회의에 들러 로마에 타격을 입힐 방법을 궁리하고 있다는 사실도 그는 까맣게 모르고 있었다. 암비오릭스의 작전은 단순하지만 더할 나위 없이 효과적이었다. (돈벌이 수단이 거의 없는) 네르비족 여자들이 9군단의 월동 숙영지에서 몸을 판다는 정보를 접한 그는 쉽게 네르비족을 자극할 수 있었다.

"로마 군인들이 먼저 건드린 여자를 품는 게 정말 아무렇지 않다고?" 암비오릭스는 놀랍다는 듯 파란 눈을 동그랗게 뜨며 말했다. "자식들이 정말 당신 핏줄이긴 하오? 애들이 네르비어를 하오, 라틴어를 하오? 장차 커서는 맥주를 마시겠소, 포도주를 마시겠소? 빵에 버터를 발라 먹겠소, 올리브기름을 적셔 먹겠소? 드루이드의 시에 귀를 기울이겠소, 로마의 광대극을 보러 가겠소?"

그렇게 며칠이 지나자 상황은 암비오릭스의 마음에 흡족하게 변해 갔다. 이제 그는 사비누스에게 했던 것과 똑같은 속임수를 쓰려고 퀸투스 키케로에게 면담을 청했다. 하지만 퀸투스 키케로는 사비누스와 달랐다. 그는 암비오릭스가 보낸 사절을 만나지 않았다. 그뿐만 아니라 그들이 계속 끈질기게 매달리자 전령을 통해, 당신네가 얼마나 잘난 인간들인지 모르겠지만 자기는 장발의 갈리아인들과 일체 교섭하지 않으니 그만 귀찮게 굴고 썩 물러가라고(사실 이보다도 덜 사려 깊은 표현을 사용했다) 냉랭하게 대꾸했다.

"요령 있게 잘 대처하셨습니다." 최고참 백인대장 티투스 풀로가 활짝 웃으며 말했다.

"쳇!" 상아 대좌에 앉은 퀸투스 키케로가 빈약한 몸을 살짝 옆으로 옮기며 말했다. "나는 여기에 일을 하러 왔지, 건방진 야만인 떼거리의 궁둥짝에 머리를 조아리러 온 게 아닐세. 교섭을 하고 싶으면 카이사르를 찾아가야지. 놈들을 상대하는 건 카이사르의 일이지, 내 일이 아니니까."

"퀸투스 키케로는 참 신기한 사람이야." 풀로가 선임 백인대장 루키우스 보레누스에게 말했다. "말은 저렇게 하면서도 베르티코한테는 목구멍으로 술술 넘어가는 팔레르눔 포도주처럼 부드럽게 굴잖아. 자기 언행의 불일치를 스스로 못 느끼나봐."

"베르티코를 좋아하니까요." 보레누스가 대답했다. "베르티코는 그에게 건방진 야만인이 아닌 겁니다. 퀸투스 키케로는 일단 누군가를 친구로 삼으면 그가 어떤 사람인지는 전혀 개의치 않더군요."

퀸투스 키케로가 로마의 형님에게 편지로 전하는 말도 별반 다르지 않았다. 두 사람은 수년째 꾸준히 편지를 주고받고 있었다. 교육을 받은 모든 로마인들은 역시 교육을 받은 다른 모든 로마인들에게 엄청나게 많은 편지를 보냈다. 심지어 일반 사병들도 그간의 생활이 어땠는지, 무슨 전투에 참여했는지, 같은 막사를 쓰는 다른 동료들은 어떤 사람들인지 가족들에게 자주 편지를 써서 알렸다. 징집 시점에 이미 상당한 숫자의 병사들이 글을 읽고 쓸 줄 알았고, 그렇지 못한 병사들은 겨울을 나는 동안 문자 교육을 받아야 했다. 특히 카이사르 같은 장군 밑에서 복무하는 병사들은 더더욱 그랬다. 카이사르는 어린 시절 가이우스 마리우스가 그를 무릎에 앉히고 들려주는 온갖 이야기를 모두 귀담아들었다. 그중에는 군단병들이 글을 읽고 쓸 줄 아는 능력을 갖추는 것이 얼마나 유용한지에 대한 이야기도 있었다.

"글자를 배우는 건 수영을 배우는 것과 비슷해." 마리우스는 비뚤어진 입으로 웅얼거렸다. "목숨을 구하지."

참 묘하게도 키케로 형은 멀리 떨어져 있을수록 덜 불편했다. 네르비족 영토의 월동 숙영지에 머무르는 요즘 키케로 형은 정말이지 이상적인 형의 모습이었다. 과거의 형은 투스쿨룸 가도 가까이까지만 와도—미리 연락도 주지 않고 다짜고짜 문간에 들어서는 일이 부지기수였다—똥구멍에 난 종기나 다름없는 존재였다. 형은 늘 그가 원치 않는 선의의 충고를 남발했다. 아내 폼포니아는 다른 쪽 귀에 대고 소리를 빽빽 질렀고, 그런 와중에도 그는 폼포니아의 오라버니 아티쿠스에게 잘 대해주려고 노력하며 집 주인장 노릇까지 하느라 애로가 많았다.

물론 키케로 형이 요즘 보내오는 편지도 최소 절반은 충고의 말로

차 있었지만, 네르비족의 땅에 있는 지금은 그런 것에 신경쓸 필요가 없었다. 사실 아예 귀를 기울이지도 않았다. 퀸투스는 편지에 정확히 어떤 글자가 등장하면 그뒤로 설교가 이어지는지, 또 정확히 어떤 글자가 나타나면 그 설교가 끝나는지 정확히 찾아내는 기술을 완벽하게 터득한 터였으므로, 여러 장을 그냥 넘기고 재미있는 부분만 찾아서 읽었다. 물론 말도 못하게 샌님인 형은 지난 25년의 결혼생활 동안 무시무시한 형수 테렌티아말고 다른 여자에게 눈길을 줄 엄두를 내지 못했다. 형과 가까이 있을 때는 퀸투스도 비슷하게 점잖은 척하며 지낸 터였다. 하지만 이곳 네르비족 영토에는 동생 퀸투스가 무슨 짓을 하는지 지켜볼 사람이 아무도 없었다. 동생 퀸투스는 찾아오는 기회는 절대 놓치지 않았다. 벨가이족 여자들은 남자를 한 방에 때려눕힐 정도로 체격이 큰 편이었지만, 매너가 좋고 씀씀이가 후하며 사랑스럽고 귀여운 사령관 나리의 관심을 조금이라도 더 받으려고 안달이었다. 폼포니아(그녀 역시 남자를 한 방에 때려눕힐 수 있는 여자이긴 했다)와 살아보고 나니 벨가이족 여자들은 단순함의 미덕이 넘치는 엘리시온 들판이었다.

하지만 암비오릭스 왕의 사절들을 거만하게 돌려보낸 뒤 퀸투스 키케로는 이상하게 다음날까지도 줄곧 초조한 기분이 들었다. 뭐라고 딱 꼬집어 말할 수는 없지만 무언가가 잘못된 것 같았다. 급기야 왼손 엄지손가락이 따끔따끔하고 얼얼해지기에 이르자 그는 풀로와 보레누스를 불렀다.

"적이 공격해올 것 같네." 퀸투스 키케로가 말했다. "어떻게 알았는지는 묻지 말게, 나도 모르니까. 숙영지를 돌면서 방어를 보완해야 할 곳을 찾아보세."

풀로가 보레누스를 쳐다보았다. 두 사람은 퀸투스 키케로를 존경의 시선으로 바라보았다.

"사람을 보내서 베르티코를 데려오게. 그를 만나봐야겠어."

베르티코를 데리러 심부름꾼이 갔고, 세 사람은 백인대장들과 함께 숙영지를 꼼꼼히 살피기 시작했다.

"탑을 더 세워야겠습니다." 풀로가 말했다. "지금 60개인데, 지금보다 두 배는 있어야겠습니다."

"그렇군. 벽도 3미터 더 올리게."

"흙을 쓸까요, 통나무를 쓸까요?" 보레누스가 물었다.

"통나무를 쓰게. 땅이 질고 얼음까지 꼈으니 통나무가 빠를 걸세. 그 냥 3미터 더 높게 흙벽을 쌓아올리는 것으로 하세. 병사들더러 당장 나무를 베라고 하게. 일단 적이 공격해오면 숲으로 나갈 수 없을 테니 당장 하자고. 그냥 막 베서 끌고 와. 다듬는 건 여기서도 할 수 있으니까."

백인대장 하나가 달려갔다.

"도랑을 더 깊게 파는 건 불가능하니 바닥에 뾰족한 말뚝을 더 박아야겠습니다." 보레누스가 말했다.

"옳은 말일세. 숯이 얼마나 있나?"

"수천 개나 되는 말뚝의 뾰족한 끝을 약한 불에 그슬려 단단하게 만들려면 조금 부족할 것 같습니다." 풀로가 말했다. "말뚝을 만들 나뭇가지는 나무에서 잘라내면 됩니다."

"베르티코가 숯을 얼마나 기증해줄 수 있는지 물어봐야겠군." 사령관이 생각에 잠긴 얼굴로 아랫입술을 잡아당겼다. "공성창이 필요해."

"떡갈나무는 창을 만들기에 적당하지 않습니다." 보레누스가 말했다. "반듯하게 자란 자작나무나 물푸레나무를 찾아봐야겠습니다."

"대포에 쓸 돌덩이도 더 있어야 합니다." 풀로가 말했다.

"모사 강으로 병사들을 보내게."

백인대장 몇 명이 달려갔다.

"마지막으로," 폴로가 말했다. "이 일을 카이사르에게 알리실 겁니까?"

당연히 퀸투스 키케로는 이 문제를 생각해봐야 했다. 키케로 형은 카이사르가 카틸리나 반란 공모자들의 처형을 반대한 이래로 줄곧 카이사르를 미워했고, 퀸투스 역시 그런 형의 영향으로 카이사르를 불신하는 경향이 있었다. 하지만 형은 그런 사적인 감정에도 불구하고 카이사르에게 퀸투스와 가이우스 트레바티우스를 각각 보좌관과 군관으로 데려가달라고 개인적으로 부탁했다. 카이사르 역시 자신에 대한 키케로의 감정을 잘 알면서도 부탁을 거절하지 않았다. 서로 특별한 호의를 주고받는 것은 전직 집정관들 사이에 지켜야 할 의무였다.

하지만 이처럼 카이사르를 미워하는 가족적 전통 때문에 퀸투스 키케로는 장군을 다른 대부분의 보좌관들처럼 잘 알지 못했다. 장군 앞에서 어떻게 처신해야 되는지에 대한 감도 부족했다. 어느 날 선임 보좌관이 위험을 경고하는 편지를 보냈는데 그 근거라는 게 고작 왼손 엄지손가락이 따끔거리고 무언가 큰일이 닥칠 것 같은 불길한 예감뿐이라고 한다면 카이사르가 과연 어떻게 반응할지 그는 도무지 판단이 서지 않았다. 퀸투스 키케로는 카이사르를 따라 브리타니아 원정을 다녀왔다. 충분히 흥미로운 경험이었지만, 그는 여전히 카이사르가 보좌관들에게 얼마나 자율권을 주는 장군인지를 파악하지 못한 터였다. 카이사르는 원정의 처음부터 끝까지 모든 것을 자신이 직접 지휘했으니까.

지금 퀸투스 키케로가 내놓는 대답에 많은 것이 달려 있었다. 만일 그가 지금 잘못된 판단을 내리고 있는 거라면, 그는 내년에 카이사르로부터 갈리아에 한두 해 더 머물러달라는 요청을 받지 못할 것이다. 알프스 고산지대에서 군사작전을 망쳐서 복무 연장 요청을 받지 못한 세르비우스 술피키우스 갈바처럼. 원로원 긴급 공문은 믿을 게 못 됐다. 그 문서들은 갈바에 대한 찬사로 가득했으니까. 그러나 군사작전과 관련해 눈치가 빠른 사람이라면 갈바가 장군을 조금도 만족시키지 못했음을 한눈에 알 수 있었다.

"카이사르에게 알려서 해가 될 건 없겠지." 퀸투스 키케로가 마침내 대답했다. "내 판단이 틀렸다면 그에 마땅한 질책을 받겠네. 하지만 풀로, 나는 내 판단이 맞다고 확신해! 그래, 당장 카이사르에게 서신을 보내야겠어."

이 모든 일에는 행운과 불행이 동시에 따랐다. 행운인 것은 아직 네르비족에 무장 동원령이 내려지기 전이어서 그들이 아직 로마군 숙영지의 내부 사정을 감시하고 있지 않다는 점이었다. 그들은 로마군이 평소와 다름없이 지내고 있으리라 짐작했다. 그 덕분에 퀸투스 키케로는 나무를 베어 오고, 담장을 높이고, 숙영지 둘레에 탑 60개를 더 쌓고, 포탄으로 쓸 1킬로그램짜리 둥근 바윗돌을 아주 많이 모아둘 수 있었다. 반면 불행한 일은 네르비족 부족회의에서 전쟁을 일으키기로 결정함에 따라 그곳에서 240여 킬로미터 떨어진 사마로브리바로 이어지는 남쪽 도로에 경비병들을 배치했다는 사실이었다.

퀸투스 키케로가 약간은 변명조로 조심스레 쓴 편지는 전령이 가져가던 다른 모든 편지들과 함께 압수되었고, 전령은 살해되었다. 전령이 갖고 있던 편지들은 라틴어를 읽을 줄 아는 네르비족 출신 드루이드들에게 전달되었다. 하지만 퀸투스는 엄지를 따끔거리게 한 예의 불안감 때문에 편지를 그리스어로 쓴 터였다. 북부의 벨가이족 드루이드들은 그리스어가 아닌 라틴어로 교육을 받는다고 베르티코가 아주 예전에 말했던 것을 뒤늦게 기억한 덕분이었다. 갈리아의 다른 지역에서는 그 반대일 수도 있었다. 언어의 유용성이 선택을 좌우했다.

베르티코도 퀸투스 키케로와 같은 의견이었다. 분명히 위험이 다가오고 있었다.

"요즘 내가 워낙 카이사르 편으로 소문이 나서 부족회의에서도 달갑지 않은 존재가 되었소." 네르비족의 영주 베르티코가 수심에 찬 눈빛으로 말했다. "하지만 지난 이틀간 전사들이 내 땅을 지나가는 것을 내 농노들이 수차례 목격했소. 방패를 든 종자들과 짐 나르는 짐승들까지 데려가는 모습이 마치 군대 동원령이 내려진 것 같았다고 해요. 연중 이 시기에 다른 사람의 영토에서 전쟁을 일으킬 리가 없소. 당신이 표적인 것 같소."

"그렇다면 당신도 식솔들을 데리고 숙영지로 들어오는 게 어떻겠소." 퀸투스 키케로가 다급히 말했다. "전보다 공간이 좁아져서 불편할 수 있겠지만, 우리가 숙영지를 지키고 있는 한 여기선 안전할 거요. 안 그러면 제일 먼저 죽는 사람은 당신이 될지도 모르오. 어떻소? 그리하겠소?"

"그럼요!" 베르티코가 크게 안도하며 외쳤다. "내 식솔들 때문에 식량이 부족할 일은 없을 거요. 내가 가진 곡식을 전부 들고 올 테니까요. 닭이랑 다른 모든 가축도 갖고 오겠소. 숯도 아주 많소."

"잘됐소!" 퀸투스 키케로가 활짝 웃으며 말했다. "우리는 당신들 모두에게 일거리를 줄 거요. 안 그러리라고는 꿈도 꾸지 마시오."

전령이 살해된 지 닷새 만에 네르비족이 공격해왔다. 당연히 와야 할 답장이 오지 않자 불안해진 퀸투스 키케로는 이미 두번째 편지를 보낸 터였지만, 이 전령도 도중에 붙잡혀버렸다. 네르비족은 두번째 전령을 바로 죽이지 않고 고문부터 가했고, 결국 퀸투스 키케로와 9군단이 숙영지 방어시설의 보강 작업에 몰두하고 있다는 사실을 알아냈다.

군사 동원은 완료된 상태였다. 네르비족은 즉각 움직였다. 네르비족의 이동 속도는 로마군의 행군 속도와 달랐다. 심지어 구보 행군과 비교해도 마찬가지였다. 네르비족은 수 킬로미터를 쉬지 않고 단번에 주파했다. 각 전사 뒤로 방패 운반수, 몸종, 짐 나르는 조랑말이 따랐다. 조랑말이 실은 짐으로는 창 수십 개, 쇠사슬 갑옷(보유한 경우), 식량, 맥주, 황록색과 붉은빛 도는 주황색의 바둑판무늬 숄, 밤에 이불로 덮을 늑대 털가죽이 있었고, 방패 운반수와 몸종의 짐은 본인이 각자 등에 멨다. 그들은 대형을 이루어 가지도 않았다. 빠른 사람은 먼저 도착하고 느린 사람은 나중에 도착했다. 하지만 꼴찌로 달린 사람은 목적지까지 올 수 없었다. 가장 늦게 도착한 사람은 전투의 신 에수스에게 바쳐졌고, 시신은 신성한 떡갈나무 숲의 나뭇가지에 매달렸다.

네르비족 군대가 로마군 숙영지 바깥쪽에 전원 집결하기까지 만 하루가 걸렸다. 그동안 9군단은 망치질과 톱질에 열중했다. 흙벽으로 벽을 보강하는 작업은 거의 완성되었지만 탑 60개를 추가로 세우는 일은 아직 진행중이었고, 수천 개의 말뚝 끝을 수백 개의 석탄불에 경화하는 작업도 빈터 어디서나 여전히 계속되고 있었다.

"좋아. 밤새 작업한다." 퀸투스 키케로가 만족한 얼굴로 말했다. "오늘은 공격해오지 않을 거야. 일단 휴식을 취해야 할 테니까."

하지만 네르비족이 휴식을 취하는 데 걸린 시간은 한 시간 정도에 불과했다. 해 질 무렵 네르비족 수천 명이 로마군 숙영지 벽을 공격해왔다. 그들은 잎이 무성한 나뭇가지로 도랑을 채운 뒤 화려한 깃털이 달린 창을 써서 통나무 벽을 기어올랐다. 9군단 병사들이 방벽 꼭대기에 2인1조로 서서 그들의 얼굴을 기다란 공성창으로 찍어 내렸다. 아직 완성되지 않은 탑에 올라간 다른 병사들은 무섭도록 정확하게 필룸 창을 던졌다. 숙영지 안에서는 발리스타로 방벽 주변에 득시글대는 네르비족 전사들을 향해 모사 강의 1킬로그램짜리 바윗돌을 날렸다.

한밤중이 되자 교전이 중단되었다. 그러나 네르비족의 전쟁의 광기는 그치지 않았다. 그들은 팔딱팔딱 뛰고 괴성을 지르며 숙영지 주변을 사방팔방으로 돌아다녔다. 횃불 2만 개가 어둠을 몰아내자 사방으로 뛰어다니는 네르비족의 모습이 환하게 보였다. 벗은 가슴팍에는 동판을 달았고, 머리카락은 얼어붙은 말갈기 같았으며, 눈알과 치아에 언뜻언뜻 빛이 번뜩였다. 그들은 뱅뱅 돌며 휘청거렸고, 공중으로 뛰어오르고, 포효하고 악을 썼으며, 곡예사처럼 횃불을 공중 높이 던졌다가 받았다.

"참 멋지지 않나?" 퀸투스 키케로가 소리쳤다. 그는 석탄불을 확인하고, 쇠사슬 갑옷을 벗어놓고 열심히 일하는 포병들을 들여다보고, 시끄러운 소음에 콧김을 뿜고 발을 구르는 짐수레용 가축들을 살펴보며 숙영지 안을 부지런히 돌아다녔다. "멋지지 않나? 네르비족이 우리더러 어서 탑을 완성하라고 불을 밝혀주고 있잖아! 자, 정신 똑바로 차리고 제대로들 하라고! 여기가 무슨 삼프시케라모스의 하렘인 줄 알아?"

그때 불현듯 허리가 아프기 시작하더니 극심한 통증이 왼쪽 다리로 급속하게 퍼지며 제대로 걷기조차 힘들어졌다. 아, 지금은 안 돼! 하필 지금 이게 도져선 안 돼! 과거에 이 증상이 처음 나타났을 때 그는 침대로 기어들어가 며칠을 끙끙대며 꼼짝없이 누워만 있어야 했다. 지금은 안 돼! 모두가 그에게 의지하는 이때 어떻게 침대로 기어들어간단 말인가? 그가 병마에 굴복한다면 병사들의 사기가 어떻게 되겠는가? 퀸투스 키케로는 이를 악물고 다리를 절뚝이며 앞으로 걸어갔다. 턱에 힘을 풀고 미소를 띤 채 농담을 던지며 이야기하고 또 이야기했다. 병사들이 얼마나 훌륭한지, 네르비족이 얼마나 근사하게 하늘을 밝혀주고 있는지……

날이면 날마다 네르비족은 공격을 감행해 도랑에 나뭇가지를 채우고 방벽을 창으로 찍으며 올라왔고, 날이면 날마다 9군단은 적군을 물리치며 갈고리로 도랑의 나뭇가지를 걷어내고 네르비족을 죽였다.

밤이면 밤마다 퀸투스 키케로는 카이사르에게 그리스어로 편지를 쓴 뒤, 큰 보수를 약속받고 편지를 배달해주기로 한 노예나 갈리아인이 어둠 속으로 사라지는 모습을 지켜보았다.

날이면 날마다 네르비족은 전날 밤에 붙잡은 전령을 모두에게 잘 보이는 위치로 데리고 나와 편지를 흔들어 보이며 팔딱팔딱 뛰고 괴성을 질렀다. 그들이 전령에게 펜치와 칼과 뜨거운 인두로 고문을 가하기 시작하면 네르비족의 괴성 대신 전령의 비명소리가 로마군 숙영지 안에 울려퍼졌고, 로마군은 겁에 질렸다.

"우리는 질 수 없다." 퀸투스 키케로는 절뚝이는 다리로 숙영지를 돌며 이렇게 말했다. "저 개새끼들에게 기쁨이나 만족을 주지 마라!"

병사들은 환히 웃으며 손을 흔들었다. 허리는 괜찮으냐고 사령관께 안부를 묻고는, 네르비족들을 향해 형 키케로가 들으면 기절할 정도로 험한 욕을 하며 싸움을 이어나갔다.

그런데 티투스 풀로가 심각한 표정으로 나타났다. "퀸투스 키케로,

새로운 문제가 생겼습니다." 풀로가 거친 말투로 말했다.

"뭔가?" 사령관이 물었다. 목소리에 약해진 기색이 나타나지 않게 조심하며 상체를 최대한 반듯이 폈다.

"적이 우리 숙영지의 개울 물줄기를 다른 데로 틀어버렸습니다. 냇물이 다 말랐습니다."

"그러면 어떻게 해야 할지 자네도 잘 알지 않나, 풀로. 우물을 파게. 변소에서 상류 쪽으로. 오물 구멍도 파고." 퀸투스 키케로가 킬킬 웃었다. "나도 동참하고 싶지만 아쉽게도 지금은 삽질할 상태가 아니라서 말일세."

풀로의 표정이 부드러워졌다. 이렇게 밝고 의지가 강한 사령관이 또 있을까? 허리 통증이 심각한데다 다른 여건이 이렇게 열악한 상황에서도?

첫 급습을 당한 날로부터 스무 날이 지났지만 네르비족은 여전히 아침마다 공격해왔다. 개울물이 말랐고, 전령이 되겠다고 나서는 사람도 더는 찾을 수 없었다. 퀸투스 키케로는 지금까지 보낸 편지 중 네르비족 전선을 뚫은 편지는 단 한 통도 없었다는 사실을 직시해야 했다. 어쨌거나 그저 버티는 것말고 다른 방법이 없었다. 낮에는 개새끼들을 막아내고, 밤에는 파손된 부분을 고치고 이튿날 새벽에 유용하게 쓸 만한 것들을 모으며 이질과 열병이 언제쯤 돌기 시작할지 걱정했다. 아, 여기서 살아 나간다면 저 네르비족 놈들을 절대 가만두지 않으리라! 하지만 9군단 병사들은 여전히 꿋꿋했고 사기가 높았으며, 싸움을 하지 않을 땐 일을 하고 일을 하지 않을 땐 싸움을 했다.

이질과 열병이 시작되었다. 하지만 돌연 그보다 더 심각한 문제가 발생했다.

네르비족이 공성탑을 올린 것이다. 물론 로마군의 공성탑과 비교할 순 없었다. 하지만 거리가 충분히 가깝다면 그 위에서 로마군 숙영지로 창을 던져 그 안을 쑥대밭으로 만들기엔 충분했다. 급기야 네르비족은 거기서 대포로 바윗돌까지 쏘았다.

"대포가 어디서 났지?" 사령관이 보레누스에게 소리쳤다. "저게 로마 군의 발리스타가 아니라면, 나는 위대한 키케로의 동생이 아니야!"

하지만 보레누스 역시 그것들이 13군단의 버려진 숙영지에서 가져 온 대포임을 알 턱이 없었기 때문에, 로마식 포의 등장은 새로운 걱정 거리가 추가된 것에 불과했다. 이는 혹시 온 갈리아가 폭동으로 들끓고 있음을 뜻하는 걸까? 다른 군단들은 습격을 받고 패배한 것일까? 편지 가 도착했지만 로마군이 이미 전멸해 답장을 보내줄 사람이 없는 게 아닐까?

차라리 바윗돌은 참을 만했다. 네르비족은 점점 더 기발한 수를 썼 다. 그들은 불붙은 마른 나뭇가지 다발을 발리스타에 장착해 숙영지 안 으로 쏘았다. 로마군은 심지어 부상병까지 벽을 지키고 있었다. 따라서 숙영지 내부의 목조 주택 건물에 걷잡을 수 없이 번지는 불을 끌 사람 도, 놀라서 날뛰는 가축들에게 눈가리개를 씌워 넓은 공터로 몰고 가줄 사람도 거의 없었다. 9군단 병사들이 벽 위에서 싸움에 집중할 수 있도 록 노예, 비전투원, 베르티코의 식솔들이 두 명씩 조를 짜서 이 새로운 위기 상황에서 필요한 다른 일을 맡았다. 9군단은 이 모든 어려움에도 불구하고 사기가 굉장히 높았다. 평소보다 일찍 찾아온 매서운 겨울바 람에 그들의 귀중한 재산과 식량이 활활 타오르는데도 병사들은 눈길 조차 주지 않았다. 그저 각자의 자리를 지키며 네르비족이 한 발짝도 가까이 다가오지 못하도록 전력을 다해 싸웠다.

어느 때보다도 격렬한 맹공격을 받는 와중에, 풀로와 보레누스는 누가 더 용맹한지 내기를 걸고 9군단 병사들에게 심판을 맡겼다. 마침 네르비족의 공성탑 하나가 숙영지 방벽에 거의 닿을 정도로 가까이 다가온 터였다. 네르비족이 방벽을 디딤돌 삼아 로마군 수비병들을 덮치기 시작했다. 그때 풀로가 횃불을 만들어 방패를 바닥에 내려놓고 공중으로 높이 뛰어올라 손에 든 횃불을 멀리 던졌다. 보레누스 역시 횃불을 만들어 방패를 내려놓고 심지어 풀로보다 더 높이 뛰어올라 적의 공성탑으로 횃불을 던졌다. 그렇게 두 사람이 뛰어오르기를 수차례 반복하자 마침내 공성탑에는 화염이 치솟았고 네르비족은 뻣뻣한 머리카락에 불이 붙은 채 혼비백산해 도망쳤다. 그러자 이번에는 풀로가 활과 화살통을 집더니 크레타 섬의 궁수들과 복무한 경험을 과시하듯 우아한 동작으로 화살을 시위에 메겨 쏘았다. 단 한 발의 실수도 없었다. 보레누스는 주변에서 모아온 필룸창을 똑같이 빠르고 우아하게 적에게 던졌다. 역시 단 한 번의 실수도 없었다. 두 사람 다 몸에 긁힌 자국 하나 없었다. 적의 공격이 잦아들기 시작하자 9군단 병사들이 고개를 설레설레 저었다. 결과는 무승부였다.

"오늘이 이번 전쟁의 서른번째 날이자 중요한 분기점이었소." 어둠이 내리고 네르비족이 어지럽게 떼 지어 물러가자 퀸투스 키케로가 말했다.

그는 풀로, 보레누스, 베르티코를 불러모아 소규모 작전회의를 연 터였다.

"우리가 이긴다는 말씀입니까?" 풀로가 놀라서 물었다.

"진다는 말일세, 티투스 풀로. 적은 갈수록 교묘한 수를 쓰고 있고, 어디서인지 모르겠지만 로마군 장비를 손에 넣었어." 퀸투스 키케로가 끙 하고 신음하더니 허벅지를 주먹으로 내리쳤다. "그래, 어떻게 해서든 편지가 적의 전선을 뚫고 도착하게 만들어야 해!" 그는 베르티코에게 고개를 돌렸다. "전령을 구할 수 없는 상황이지만 누군가는 가야 하오. 그리고 전령이 적에게 붙잡히더라도 수색에서 통과할 확실한 방법을 지금 이 자리에서 찾아내야 해요. 베르티코, 당신은 네르비족이잖소. 우리가 어떻게 하면 되겠소?"

"줄곧 생각을 해봤는데," 베르티코가 더듬대며 라틴어로 말했다. "일단 네르비족 전사처럼 보일 사람을 보내야 하오. 적군에 메나피족과 콘드루시족 전사들도 섞여 있긴 하지만 나는 그들 부족의 숄 무늬를 정확히 몰라요. 그들로 위장하면 성공 가능성이 더 높을 텐데." 그가 말을 끊고 한숨을 내쉬었다. "불화살을 맞지 않은 식량이 얼마나 되오?"

"이레에서 여드레가량 버틸 정도입니다." 보레누스가 말했다. "하지만 아픈 병사들이 많아서 먹는 양이 적습니다. 열흘은 갈 겁니다."

베르티코가 고개를 끄덕였다. "그러면 역시 이 방법밖에 없겠소. 진짜 네르비족이어서 네르비족 전사로 보일 수밖에 없는 사람을 보냅시다. 필요하다면 나라도 가겠지만, 정체가 금세 발각될 거요. 내 농노 하나가 가겠다고 했소. 머리가 똑똑하고 판단이 빠른 자요."

"좋은 생각이군요!" 풀로가 으르렁대듯 말했다. 얼굴은 지저분했고 금속 비늘이 달린 튜닉은 목에서 검대까지 죽 찢어져 있었다. "무슨 뜻인지 알겠어요. 하지만 걱정되는 것은 수색입니다. 마지막에 보낸 전령은 항문 속 직장에 편지를 넣어 갔어요. 그런데 저 개새끼들이 그것까지 찾아낸 겁니다. 유피테르 신이시여! 당신 사람이라면 제지를 받지 않고 그냥 지나갈 수도 있겠지요. 하지만 일단 의심을 사서 붙들리면 수색을 당할 겁니다. 그러면 편지를 어디에 숨겼건 반드시 찾아낼 거고, 못 찾으면 고문을 가할 겁니다."

"이걸 보시오." 베르티코가 주변 바닥에 꽂혀 있는 네르비족의 창 하나를 비틀어 뽑았다.

로마군의 무기와 달리 노동자의 연장 같은 모양새였다. 기다란 나무 장대에 잎사귀 모양의 쇠 창날이 달려 있었다. 화려한 색채와 장식을 사랑하는 장발의 갈리아인의 특성이 고스란히 드러났다. 손잡이 부분은 황록색과 붉은빛 도는 주황색을 섞어 짠 띠가 감겨 있었고, 역시 황록색과 붉은빛 도는 주황색으로 물들인 거위 깃털들이 고리로 고정되어 있었다.

"반드시 글로 써 보내야 하는 이유를 잘 아오. 네르비족 전사가 입으로 전하는 말을 카이사르가 신뢰하지 않을 수 있지요. 최대한 얇은 종이에 글씨도 최대한 작게 쓰시오, 퀸투스 키케로. 내가 여자들을 시켜서 사용감은 있지만 휘어지진 않은 이 창의 손잡이 띠를 풀겠소. 그리고 당신이 쓴 편지를 창에 감고 그 위에 띠를 다시 감게 하겠소." 베르티코가 어깨를 으쓱했다. "내가 생각할 수 있는 최선의 방법은 이것이오. 그들은 구멍이란 구멍은 샅샅이 뒤지고, 천 쪼가리도 전부 살피고, 머리카락 속까지 들여다본다오. 하지만 창에 띠를 제대로만 감아놓으면 그것까지 풀어볼 생각은 아마 못 할 거요."

보레누스와 풀로는 고개를 주억거리고 있었다. 퀸투스 키케로가 그들을 향해 고개를 끄덕이더니 화마를 피한 자신의 목조 주택으로 절뚝이며 걸어갔다. 그는 최대한 얇은 종이를 찾았다. 그리스어로 쓴 글씨 역시 아주 작았다.

적이 라틴어를 아니까 그리스어로 씀. 긴급 상황. 30일간 네르비족에게 공격받음. 식수와 변소 오염됨. 전염병 발생. 버티고 있지만 어찌할지 모르겠음. 오래 못 버틸 것. 적이 로마식 장비로 불덩이를 쏨. 식량이 불에 탐. 지원군이 안 오면 모두 전사할 것. 보좌관 퀸투스 툴리우스 키케로.

베르티코의 네르비족 농노는 완벽한 전사의 분위기를 풍겼다. 태어난 신분이 높았더라면 분명 전사가 됐을 듯싶었다. 하지만 농노는 노예들 중 그나마 신분이 좀더 나은 처지일 뿐이었다. 그는 고문에 처해질 수 있었고, 자기 부족을 위해 전투에 참가할 수도 없었다. 농노들이 있어야 할 곳은 밭이었다. 그들은 쟁기를 쓰는 미천한 사람들이었다. 하지만 이 농노는 차분한 분위기를 풍겼고 두려움이 없어 보였다. 그래, 훌륭한 전사가 됐겠어, 하고 퀸투스 키케로는 생각했다. 네르비족이 어리석게도 천민들을 전투에 내보내지 않는 것이 나와 9군단에 다행한 일이군. 이자라면 점호도 무사히 통과하겠어.

"좋소." 퀸투스 키케로가 말했다. "이번에는 이 편지가 카이사르에게 닿을 수 있을 것 같은데, 카이사르는 어떻게 답장을 보내겠소? 지원군이 오고 있다는 소식을 받지 못하면 병사들은 절망에 빠질 거요. 군단을 충분히 모아 오기까지 시간이 걸리겠지만, 어쨌건 나는 지원군이 오는 중이라고 병사들에게 알려줄 수 있어야 하오."

베르티코가 미소를 지었다. "편지를 보내기보다 받기가 더 쉽소. 전령으로 갈 농노에게 카이사르의 답장이 든 창에 노란 깃털을 붙여서 던지라고 일러두겠소."

"그렇게 하면 개 불알만큼 눈에 띌 텐데!" 풀로가 사색이 되어 외쳤다.

"당연히 눈에 잘 띄어야지요. 하지만 숙영지에 날리는 창을 그렇게 자세히 볼 사람은 없을 거요. 걱정 마시오. 던지기 전까지는 노란 깃털을 붙이지 말라고 할 테니." 베르티코가 웃으며 말했다.

네르비족 농노는 네르비족 전선을 뚫었고, 이틀 후 카이사르는 그 창을 손에 넣었다.

퀸투스 키케로의 숙영지 남쪽에 위치한 숲은 너무 무성하게 우거져 있어 긴급한 임무를 맡은 사람이 뚫고 지나갈 엄두를 낼 수 없었으므로, 농노는 사마로브리바로 이어지는 도로로 가야만 했다. 경비가 삼엄해서 수색을 피할 수는 없었다. 하지만 농노는 잘 대처했고 여하튼 세 번은 그냥 통과했다. 네번째 경비대는 그를 제지했다. 그들은 그를 발가벗기고 몸에 난 모든 구멍과 머리카락과 옷을 이 잡듯 뒤졌다. 하지만 창의 띠 장식은 모양새가 완벽했기에 그 안의 편지는 발각되지 않았다. 앞서 농노는 누구한테 세게 한 방 맞은 것처럼 나무껍질로 이마를 긁어둔 터였다. 그는 수색하는 손길을 억지로 견디면서 비틀대며 눈알을 굴렸고 경비대 대장에게 입을 맞추려고 했다. 경비대 대장은 그가 뇌진탕으로 정신이 나간 것으로 보고 껄껄 웃으며 그를 그냥 보내주었다.

농노가 지친 몸을 이끌고 카이사르에게 도착한 때는 이른 저녁이었다. 사마로브리바가 발칵 뒤집히며 병사들이 정신없이 움직이기 시작했다. 전령 하나가 40여 킬로미터 떨어진 곳에 주둔해 있는 마르쿠스 크라수스에게 전속력으로 말을 달렸다. 장군이 부재한 동안 사마로브리바를 지켜야 하니 8군단을 구보 행군으로 데려오라는 명령이었다. 두번째 전령은 이티우스 항의 가이우스 파비우스를 향해 달렸다. 7군단을 데리고 아트레바테스족 영토로 행군하라는 명령이었다. 카이사르가 그를 스칼디스 강에서 만날 것이었다. 세번째 전령은 부총사령관 라비에누스에게 현상황을 알리기 위해 모사 강으로 달렸다. 하지만 카이사르는 부총사령관에게 구원 작전에 합류하라고 직접 명령은 내리지 않았다. 그는 최종 판단을 라비에누스에게 맡겼다. 라비에누스도 퀸투스 키케로와 비슷한 상황에 처해 있을지도 모른다는 생각이 들어서였다.

새벽이 되자 저멀리 마르쿠스 크라수스가 이끄는 행군 대열이 다가오는 것이 보였다. 카이사르는 즉각 10군단을 데리고 떠났다.

퀸투스 키케로를 구하기 위해 장군이 동원할 수 있는 병력은 완전 편성에 조금 못 미치는 2개 군단이 전부였다. 9천 명의 소중한 노련병들. 앞서의 바보 같은 실수를 더는 반복할 수 없었다. 네르비족 병력이 얼마나 될까? 몇 년 전 전쟁터에서 죽은 네르비족의 수가 5만 명에 달했지만 이 부족은 인구가 아주 많았다. 그래, 9군단을 포위한 적군의 수는 최대 5만 명에 달할 것이다. 9군단은 훌륭한 부대였다. 그들을 잃을 순 없다!

파비우스는 제시간에 스칼디스 강에 나타났다. 파비우스와 카이사르는 마치 마르스 평원에서의 복잡한 훈련 작전을 연습하듯 일사불란하게 합류했다. 두 사람이 서로 준비를 끝내기를 기다린 시간은 채 한 시간이 되지 않았다. 앞으로 110여 킬로미터를 더 가야 했다. 과연 네르비족 병력이 얼마나 될까? 아무리 노련한 군인들이라지만, 9천 명의 병사로는 정면 승부로 승리를 기대하기 어려웠다.

네르비족 농노는 말을 탈 줄 몰랐으므로, 카이사르는 그를 이륜마차에 태워 최대한 멀리까지 가라고 미리 보낸 터였다. 목적지에 도착하면 그는 창에 노란 깃털을 묶어 퀸투스 키케로의 숙영지로 던질 것이었다. 하지만 그는 농노이지 전사가 아니었다. 그는 최선을 다해 창을 던졌다. 창이 흙벽을 넘어 로마군 숙영지 안까지 들어가길 바라면서. 하지만 창은 방벽과 통나무벽 사이에 꽂힌 채 이틀간 아무에게도 발견되지 않고 그 자리에 있었다.

퀸투스 키케로는 담벽 너머 수풀 위로 피어오르는 연기를 보고 카이사르가 온 것을 알아챘다. 노란 깃털이 달린 창을 발견한 지 겨우 몇 시간이 지나서였다. 모두가 어디서든 노란 것만 보였으면 하는 심정으로, 급기야는 눈물까지 줄줄 흘리며 창을 찾았지만 결국 발견하지 못했기에 퀸투스 키케로는 모든 희망을 버리려던 참이었다.

지원군이 감. 9천 명뿐이어서 정면 돌파는 불가능. 정찰하면서 9천으로 수만을 칠 방안을 궁리해야 함. 곧 제2의 아콰이 섹스티아이가 탄생할 것임. 적군 수를 편지로 자세히 알려줄 것. 당신 그리스어 실력이 좋음. 문장이 놀랍도록 자연스러움. 임페라토르 가이우스 율리우스 카이사르.

노란 깃털이 달린 창이 발견되자 지쳐 있던 9군단은 기쁨의 함성을 지르며 전율했다. 퀸투스 키케로는 왈칵 울음을 터트렸다. 그는 이루 말할 수 없이 지저분한 얼굴을 그보다 나을 것 없는 손으로 닦으며 허리의 통증과 절뚝이던 다리도 잊고 책상에 앉아 카이사르에게 답장을 썼다. 베르티코가 다른 창과 농노를 준비시켰다.

총 6만 명 추산. 전 부족이 동원됨. 전부 네르비족은 아님. 메나피족과 콘드루시족도 다수 섞임. 그래서 수가 엄청남. 우리는 버틸 것. 제2의 아콰이 섹스티아이를 일으켜주길 바람. 적이 조금씩 방심하는 기미가 보임. 벌써 우리 병사들을 산 채로 고리버들 화형하기 시작함. 술을 마시기 시작하며 사기가 줄고 있음. 총사령관님 그리스어 실력도 꽤 괜찮음. 살아남은 보좌관 퀸투스 툴리우스 키케로.

카이사르는 이 편지를 자정에 받았다. 그를 공격하려고 네르비족이 모였지만 곧 어둠이 내렸고, 그날 밤만큼은 전령 색출반이 임무 수행을 포기했다. 10군단과 7군단은 싸우기를 열망했지만, 카이사르는 50여 년 전 마리우스와 그의 3만 7천 군사가 테우토네스족 18만 대군을 꺾은 장소와 비슷한 곳을 찾아 진지를 세울 때까지 전투 개시 명령을 내리지 않을 터였다.

카이사르는 그로부터 이틀이 지나서야 제2의 아콰이 섹스티아이를 탄생시킬 장소를 찾았다. 마침내 때가 되자 10군단과 7군단은 네르비족에게 참패를 안겼다. 그들은 일말의 자비도 보이지 않았다. 퀸투스 키케로의 말이 옳았다. 포위 기간이 길어지고 이렇다 할 결실을 보지 못하자 네르비족의 사기와 분노가 차차 약해진 터였다. 음주가 지나치게 는 대신 음식 섭취는 줄었고, 도리어 나중에 참가한 두 동맹 부족이 그들보다 열심히 싸웠다.

9군단 숙영지의 상태는 엉망이었다. 대부분의 가옥이 불탔고, 노새와 황소 들은 배가 고파서 사방으로 돌아다니고 있었다. 카이사르와 그의 2개 군단이 숙영지 안으로 행진하자 이들 짐승의 울음소리와 더불어 병사들의 환호성이 울려퍼졌다. 부상을 입지 않은 병사는 열 명에 한 명도 안 되었고, 아픈 곳이 전혀 없는 병사는 단 한 명도 없었다.

10군단과 7군단은 열심히 일했다. 막힌 개울을 뚫어 깨끗한 물이 흐르게 하고, 활기차게 통나무 벽을 허물어서 나무로 불을 피워 목욕물을 데우고, 9군단 병사들의 더러운 옷을 가져다 빨고, 가축들이 쉴 곳을 마련해주고, 마을을 뒤져 식량을 구해 왔다. 물자 수송대가 병사와 가축에 필요한 물품들을 실어 왔고, 카이사르는 9군단을 10군단과 7군단보다 앞세워 행진시켰다. 카이사르는 훈장을 들고 오지 않았지만 어쨌든 시상식을 거행했다. 풀로와 보레누스는 이미 갖고 있던 은 토르퀘스와 팔레라이에 더해 이번에는 금 토르퀘스와 팔레라이를 받았다.

"퀸투스 키케로, 나는 할 수만 있다면 당신에게 풀잎관을 주겠소. 당신은 한 군단을 살렸으니 말이오."

퀸투스 키케로가 환하게 웃으며 고개를 끄덕였다. "그러실 수 없다는 걸 잘 압니다, 카이사르. 규정은 규정이니까요. 9군단은 자기들 목숨을 스스로 지켰습니다. 나야 주변을 돌며 살짝 거들었을 뿐이지요. 정말이지 훌륭한 병사들 아닙니까?"

"단연 최고요."

그들 3개 군단은 다음날 철수했다. 10군단과 9군단은 편안하고 안전한 사마로브리바로, 7군단은 이티우스 항으로 갔다. 설사 카이사르가 그곳을 계속 로마군 숙영지로 쓰고 싶었대도 불가능한 일이었다. 그곳 부지는 철저히 짓밟히고 파괴되었으며 네르비족 대부분이 시체가 되어 바닥에 널려 있었다.

"봄이 되면 네르비족 문제를 해결하겠소, 베르티코." 카이사르가 자신의 열렬한 지지자에게 말했다. "범갈리아 부족회의가 그때 열리오. 나와 내 군대를 도운 일로 당신이 어떠한 손해도 보지 않으리란 걸 확실히 보장하겠소. 이곳에 우리가 두고 가는 물건은 모두 당신 소유요. 힘든 상황을 극복하는 데 도움이 될 거요."

그리하여 베르티코와 그의 식솔들은 그들의 마을로 갔다. 베르티코는 네르비족 영주로서의 일상으로 돌아갔고, 농노는 다시 쟁기를 잡았다. 아무리 고마운 일이 있다고 해도 노예에게 출생에 걸맞지 않은 높은 자리를 주는 것은 그들 민족의 본성에 맞지 않았다. 그들에게 관습과 전통은 그만큼 강력했다. 농노 역시 대가를 기대하지 않았다. 묵묵히 겨울에 할 일을 했고, 예전처럼 베르티코에게 순종했으며, 밤이면 아내와 자식들과 더불어 불가에 앉았고, 아무런 말도 하지 않았다. 무엇을 느꼈고 생각했든 그 모든 것은 자기 마음속에만 간직했다.

보좌관과 군단 들은 스스로 숙영지를 찾아가도록 하고, 카이사르는 소규모 기병 호위대와 모사 강 상류로 말을 몰았다. 티투스 라비에누스를 만나는 일이 시급했다. 그는 트레베리족의 움직임이 심상치 않아 9군단을 도우러 갈 수 없다는 전갈을 보내온 터였다. 트레베리족은 라비에누스를 공격할 엄두를 좀처럼 내지 못하고 있었다. 라비에누스의 숙영지는 레미족과 경계를 맞대고 있어서 언제든 그들의 도움을 받을 수 있었다.

"킹게토릭스가 트레베리족 사이에서 영향력이 줄고 있다고 걱정하고 있습니다." 라비에누스가 말했다. "트레베리족의 주요 인사들을 인두티오마루스 편으로 만들려고 암비오릭스가 굉장히 공을 들이고 있습니다. 13군단을 전멸시킨 것이 그자에게 굉장히 도움이 되고 있어요. 암비오릭스는 지금 영웅입니다."

"암비오릭스가 13군단을 전멸시킨 게 켈트족에게 온갖 잘못된 환상

을 심어주었어." 카이사르가 말했다. "로스키우스의 쪽지를 받았는데,
아르모리키족이 13군단 소식을 듣자마자 군대를 소집했다는군. 다행
히 10여 킬로미터를 남겨두고 네르비족의 패배 소식을 들었다네." 카
이사르가 활짝 웃었다. "로스키우스의 숙영지가 갑자기 매력을 잃은 거
지. 아르모리키족은 그길로 군대를 돌려 고향으로 돌아갔지만 조만간
돌아올 걸세."

라비에누스의 표정이 험악해졌다. "초겨울인데 이렇습니다. 봄이
되면 아주 골치 아파지겠지요. 그런데 오히려 군단이 하나 준 상황입
니다."

두 사람이 약한 햇빛을 받으며 서 있는 곳은 라비에누스의 튼튼한
목조 주택 밖이었다. 그들 앞으로 건물들이 세 갈래로 빽빽이 늘어서
있었다. 사령관의 집은 늘 북쪽 중앙에 위치해 있었고 그 뒤로는 헛간
이나 창고 외에 다른 건물을 두지 않았다.

이곳은 기병대 숙영지였으므로 보병대가 안전하게 생활하는 데 필
요한 공간보다 훨씬 넓을 수밖에 없었다. 보병대 월동 숙영지를 짓는
데 필요한 면적은 어림잡아 군단당 1.3평방킬로미터 정도였다(단기 주
둔지는 이 면적의 5분의 1이었다). 군인 여덟 명과 비전투원 두 명이
주택 한 채를 사용했다. 군인 여든 명과 비전투원 스무 명으로 구성되
는 백인대가 각각 한 줄을 차지했는데, 각 줄의 맨 앞에 백인대장의 집
이 있었고 맨 뒤에는 백인대마다 할당되는 노새 열 마리와 수레를 끄
는 황소나 노새 여섯 마리를 매어두는 축사가 있었다. 보좌관과 참모군
관의 집은 프링키팔리스 가도를 따라 사령관의 거처 양쪽에 재무관의
숙소(재무관은 소속 군단의 물자와 회계장부를 관리하고 은행 업무와
장례회 운영까지 맡았기 때문에 그들의 숙소는 더 넓었다)와 함께 자

리해 있었고, 병사들이 각종 증서를 발급받기 위해 줄을 설 수 있도록 넓은 공터로 둘러싸여 있었다. 사령관의 거처 맞은편에 자리한 또다른 공터는 군단이 모이는 포룸으로 쓰였다. 모든 것이 산술적으로 정확하게 계산되어 있었으므로 주둔지를 세울 때 구성원들은 각자 어디로 가야 할지를 정확히 알았다. 노상에 야간 진지를 세울 때나 교전이 임박해 전투용 진지를 세울 때도 마찬가지였다. 심지어 가축들도 자기가 가야 할 곳이 어디인지 알았다.

라비에누스의 숙영지 크기는 5평방킬로미터에 달했다. 11군단뿐만 아니라 아이두이족 기병 2천 명도 함께 주둔하기 때문이었다. 기병은 각각 말 두 필과 말 사육사 한 명과 짐 나르는 가축 한 마리를 데리고 다녔으므로, 라비에누스의 숙영지에는 말 4천 필과 노새 2천 마리를 수용할 넓은 겨울용 축사가 필요했고 이 가축들의 소유주 2천 명이 지낼 널찍한 집들도 있어야 했다.

라비에누스의 숙영지는 늘 지저분했다. 당연한 일이었다. 그는 병사들을 논리로 이해시키기보다는 그들의 두려움을 자극했고, 축사의 오물을 매일 치우지 않거나 길에 쓰레기가 널려 있어도 상관하지 않았다. 라비에누스는 월동 숙영지에 여자를 들여 같이 사는 것도 허락했다. 카이사르는 숙영지의 무질서한 모습이나 6천 마리의 더러운 짐승과 1만 명의 더러운 사람들한테서 나는 악취는 몹시 못마땅했지만, 여자 문제에 대해서는 개의치 않았다. 로마에서 직접 기병대를 징집할 수는 없으므로 이 부분에 대해서는 자연히 비시민권자의 부역에 의존해야 했고, 외지인들에게는 그들만의 규칙이 있기 마련이었다. 군 생활 역시 그들의 방식대로 하게 해주어야 했다. 바꿔 말하면 로마의 시민군 보병들역시 여자와 지내는 것을 허락해주어야 한다는 뜻이었다. 그러지 않으면 월동 숙영지는 욕구를 채운 비시민군과 불만에 찬 시민군의 충돌로 난장판이 될 테니까.

하지만 카이사르는 아무 말도 하지 않았다. 티투스 라비에누스의 주변에는 늘 불결과 공포가 도사렸지만, 어쨌건 그는 뛰어난 장수였다. 카이사르의 군대에 라비에누스만큼 훌륭한 기병대 지휘관은 없었다. 장군으로서의 임무 때문에 직접 기병대를 지휘할 수 없는 카이사르 자신을 제외한다면 말이다. 심지어 그는 보병대를 맡았을 때도 단 한 번도 카이사르를 실망시킨 적이 없었다. 그랬다. 라비에누스는 아주 귀한 인재였고 우수한 부총사령관이었다. 아쉬운 점은 라비에누스가 자기 내면의 야만성을 다스리지 못한다는 점이었다. 라비에누스가 병사들에게 내리는 벌은 잔인하기로 악명이 높았기 때문에, 카이사르는 긴 휴지기 동안 절대 그에게 같은 군단을 두 번 맡기지 않았다. 11군단 병사들은 라비에누스와 이번 겨울을 같이 나야 할 군단이 자기네 군단임을 알고 신음 소리를 냈다. 이번 겨울에는 규율을 잘 지키겠다고 다짐하는 동시에, 부디 다음번 겨울에는 마찬가지로 엄격하긴 해도 무자비하지는 않은 파비우스나 트레보니우스 같은 사령관 밑에서 지낼 수 있길 바랐다.

"사마로브리바로 돌아가면 이탈리아 갈리아에 있는 마무라와 벤티디우스에게 편지부터 써야겠군." 카이사르가 말했다. "총 군단 수가 7개로 줄었고, 다른 군단의 병력 손실을 종달새5군단에서 빼서 메워온 통에 5군단의 전력이 상당히 부족한 상태일세. 내년에 힘든 전투가 자주 있을 거라면 총 11개 군단에 말 4천 필은 있어야 해."

라비에누스가 움찔했다. "신병 군단을 4개나 둔단 말입니까?" 그는 이렇게 묻더니 입꼬리를 늘어뜨렸다. "그 정도면 전체 병력의 3분의 1

입니다! 도움은커녕 도리어 방해가 될 겁니다."

"신병 군단은 3개일세." 카이사르가 평온한 목소리로 말했다. "바로 지금 플라켄티아에 훌륭한 병사들로 구성된 1개 군단이 주둔중일세. 전투 경험이 없는 건 사실이지만 훈련을 완벽하게 받았고 전투 의지도 대단하다네. 요즈음 지루하다고 불만일세."

"아!" 라비에누스가 고개를 끄덕였다. "6군단 말이군요. 폼페이우스 마그누스가 피케눔에서 일 년 전에 모병했는데 그때부터 지금까지 줄곧 히스파니아에 나가려고 대기해왔지요. 세상에, 일처리가 느려도 너무 느려요! 말씀하신 대로 분명 지루해하고들 있을 겁니다. 하지만 그 군단은 폼페이우스의 군단이잖습니까."

"내가 폼페이우스에게 편지를 써서 6군단을 빌려달라고 하겠네."

"그렇게 해줄까요?"

"아마 그럴 걸세. 폼페이우스는 요즘 히스파니아에서 별 어려움이 없으니까. 아프라니우스와 페트레이우스가 그를 대신해 양 속주를 잘 운영하고 있다네. 루시타니족과 칸타브리아 모두 조용해. 내가 6군단에게 첫 전투 경험을 치르게 해주겠다면 반갑게 받아들일 걸세."

"그렇겠죠. 폼페이우스에 대해 이 두 가지만큼은 확실히 알거든요. 첫째, 그는 아군이 수적으로 우세하지 않으면 절대 싸우지 않고 둘째, 전투 경험이 없는 군단은 쓰지 않습니다. 순 사기나 다름없지요! 저는 그 사람이 싫습니다. 처음부터 싫었어요!" 라비에누스는 잠시 침묵을 지키더니 다시 입을 열었다. "새 군단은 13군단이 됩니까, 아니면 그냥 그 숫자를 건너뛰어 14군단이 됩니까?"

"13군단으로 만들 생각일세. 나도 여느 로마인들처럼 미신을 믿긴 하지만, 병사들이 13을 그냥 여러 숫자 중 하나로 받아들이게 만들 필요가 있어." 카이사르가 어깨를 으쓱했다. "그리고 내가 13을 건너뛰고 바로 14군단을 만든다면, 14군단은 자기들 군단이 사실상 13군단이란 걸 의식할 걸세. 새 13군단을 1년 동안 내가 직접 데리고 다니겠네. 1년 후에 13군단 병사들은 13을 행운의 숫자로 여기게 될 거야."

"네, 믿습니다."

"라비에누스 자네는 로마와 트레베리족의 관계가 완전히 틀어지리라고 생각하는 것 같더군." 카이사르가 프라이토리아 가도를 따라 걸어 내려가며 말했다.

"그럴 수밖에 없습니다. 트레베리족은 항상 전면전을 원해왔습니다. 지금까지 놈들은 제가 무서워서 참아왔지만, 암비오릭스가 그 분위기를 바꿔놓았습니다. 아시다시피 말재간이 대단한 놈입니다. 인두티오마루스도 추종자들을 대거 모아들이고 있고요. 그 둘이 합심해 영주들을 공략하는 상황에서 킹게토릭스가 얼마나 잘 버텨낼지 의심스럽습니다. 암비오릭스와 인두티오마루스 둘 다 얕잡아봐서는 안 됩니다, 카이사르."

"겨우내 여기서 버틸 수 있겠나?"

말 같은 치아가 반짝 빛났다. "네, 그럼요. 우리가 이길 수밖에 없는 전투로 트레베리족을 유인할 방법을 한 가지 생각해두었습니다. 놈들을 조급하게 몰아붙이는 게 핵심이지요. 전투를 여름까지 미루면 적군의 머릿수가 수십만으로 늘어납니다. 암비오릭스가 주기적으로 레누스 강을 건너가서 게르만족에게 도움을 구하고 있거든요. 만일 놈이 성공한다면 네메테스족은 자기네 영토가 게르만족의 침입으로부터 안전해졌다고 판단하고 트레베리족의 움직임에 동참할 겁니다."

카이사르가 한숨을 쉬었다. "나는 장발의 갈리아가 합리적인 선택을 하길 바라왔네. 지난 수년간 내가 유화적인 태도를 취해왔다는 건 신들도 아시지! 우리가 장발의 갈리아인들을 공정하게 대우하면서 그들과 법적 계약을 맺으면 우리 로마 밑에서 정착할 거라고 생각했어. 그들이 참고할 만한 사례도 있지 않나. 백 년간 로마에 저항했던 프로빙키아의 갈리아인들을 보게. 자기네끼리 싸울 때보다 지금 로마의 치하에서 더 행복하게 잘살고 있어."

"키케로나 할 법한 말이로군요." 라비에누스의 논평이었다. "갈리아인들은 너무 아둔해서 잘사는 게 뭔지 모릅니다. 놈들은 쓰러질 때까지 우리와 싸울 겁니다."

"정말 자네 말대로 될까봐 두렵군. 매년 더 힘들어지는 것도 그래서겠지."

두 사람은 멈춰 섰다. 긴 말 대열을 이끌고 넓은 간선도로 건너편 연병장으로 가는 사육사들을 먼저 보내기 위해서였다.

"트레베리족을 어떻게 유인할 생각인가?" 카이사르가 물었다.

"사령관님 도움이 필요합니다. 레미족도 저를 도와야 하고요."

"말만 하게."

"사령관님이 레미족과 벨로바키족 영토의 경계선 주변에서 레미족 병사들을 소집하고 있다고 소문을 내겠습니다. 도릭스에게도 가진 병력을 전부 그리로 서둘러 데려가는 것처럼 보이게 행동하라고 이르고요. 하지만 저는 레미족 4천 명을 미리 여기에 숨겨둘 겁니다. 하룻밤에 400명씩 열흘에 걸쳐 제 숙영지로 몰래 들여서요. 하지만 그보다 먼저 인두티오마루스의 첩자들 눈을 속여야 합니다. 제가 레미족이 철수하는 걸 보고 불안해서 이곳을 뜨려는 것으로 착각하게 만들어야죠. 걱정 마십시오. 놈의 첩자들이 누군지는 이미 다 파악했으니까요." 가무

잡잠한 얼굴이 무섭게 일그러졌다. "다 여자들입니다. 레미족이 제 숙영지로 들어오기 시작할 때는 첩자 걱정은 안 해도 됩니다. 전부 비명을 지르고 있을 테니까요."

"레미족을 숙영지에 들인 다음에는?"

"제가 여기를 떠나기 전에 트레베리족이 저를 잡아 죽이려고 올 겁니다. 군대를 동원하는 데 열흘, 여기까지 오는 데 이틀이 걸리겠지요. 저는 때를 맞춰 대기하고 있다가 아이두이족과 레미족 6천 명을 문밖으로 내보내서 적들을 돼지 잡듯 썰어버리라고 할 겁니다. 11군단이 놈들을 소시지로 만들겠지요."

카이사르는 만족하고 사마로브리바로 떠났다.

"아무도 당신을 못 이겨요." 리안논이 우쭐해하며 말했다.

카이사르는 재미있다는 듯 옆으로 돌아누워 한 손으로 머리를 받치고 그녀의 얼굴을 쳐다봤다. "그래서 기쁘오?"

"그럼요. 당신은 내 아들의 아버지인 걸요."

"둠노릭스도 당신에게 그런 사람이 될 수 있었지."

어둠 속에서 리안논의 치아가 번뜩였다. "절대 그렇지 않아요!"

"흥미롭군."

리안논이 몸에 깔려 있던 머리칼을 잡아당겨 꺼냈다. 퍽 힘들고 아파 보였다. 불타는 강줄기 같은 머리칼이 두 사람 사이에 놓였다. "나 때문에 둠노릭스를 죽였나요?" 그녀가 물었다.

"아니. 그는 내가 브리타니아에 가고 없을 때 소요를 일으키려고 모의했소. 난 그 사실을 알고 있어서 둠노릭스에게 브리타니아 원정에 따라오라고 한 거요. 그런데 그는 내가 자기를 브리타니아에서 죽이려 하는 것으로 지레짐작했소. 나를 비난할 사람들의 눈을 피해 자기를 멀리 데려가서 죽이려 한다고 오해했지. 그래서 그는 도망쳤고, 나는 그의 생각이 틀렸음을 보여주었소. 내가 애초에 그를 죽이고 싶었으면 모두가 보는 데서 죽였을 거요. 라비에누스는 기쁘게 명령을 따르더군. 전부터 둠노릭스를 싫어했으니까."

"나는 라비에누스가 싫어요." 리안논이 몸을 떨며 말했다.

"그렇겠지. 라비에누스는 믿을 수 있는 갈리아인은 시체뿐이라고 생각하는 로마인이니까." 카이사르가 말했다. "갈리아 여자들도 똑같이 취급하지."

"오르게토릭스는 헬베티족의 왕이 될 거라고 내가 말했을 때, 왜 당신은 아무 말도 하지 않았죠?" 리안논이 따져 물었다. "그애는 당신 아들이에요. 당신에겐 다른 아들이 없잖아요! 오르게토릭스가 태어났을 때 난 당신이 로마에서 얼마나 유명하고 유력한지 몰랐어요. 하지만 이젠 알아요." 리안논은 일어나 앉아 카이사르의 어깨에 손을 얹었다. "카이사르, 그애를 당신 아들로 인정해요! 헬베티족처럼 강력한 부족의 왕이 되는 것은 물론 대단한 운명이에요. 하지만 로마의 왕이 되는 것은 그보다도 더 위대한 운명이니까요."

카이사르는 움츠리며 리안논의 손을 떨쳐냈다. 그의 눈빛이 번득였다. "리안논, 로마는 왕을 세우지 않소! 나 역시 로마에 왕이 서는 걸 동의하지 않고! 로마는 공화국이고 그 역사가 500년에 이르오! 나는 로마의 일인자가 될 것이지만 그렇다고 로마의 왕이 되겠다는 뜻은 아니오. 왕정은 구시대의 유물이오. 심지어 당신네 갈리아인들도 깨닫고 있는 사실 아니오. 나라는 선거 제도를 통해 바뀌는 사람들이 운영해야 더욱 번영하는 거요." 그가 뒤틀린 미소를 지었다. "능력 있는 사람들이 최고의 인물이 될 기회를 제공하는 것이 선거요. 때로는 최악의 인물이 될 기회를 제공하기도 하지만."

"하지만 당신은 최고예요! 당신을 이길 자는 없어요! 카이사르, 당신은 왕이 될 운명이에요!" 그녀가 외쳤다. "로마는 당신의 통치하에 더욱 번성할 거예요. 결국 당신은 세상의 왕이 될 거고요!"

"나는 세상의 왕이 되길 원치 않소." 그가 참을성 있게 말했다. "나는 로마의 일인자, 지위와 기회가 동등한 자들 사이에서 제일가는 자가 되고 싶을 뿐이오. 내가 왕이라면 내게는 아무 경쟁자도 없을 텐데, 거기에 무슨 재미가 있겠소? 카토나 키케로 같은 자들이 내 기지를 단련시키지 않는다면 나는 점점 바보가 되어갈 텐데." 카이사르는 몸을 숙여 리안논의 젖가슴에 입을 맞췄다. "당신은 그런 것에 신경쓰지 마시오."

"당신 아들이 로마인이 되길 바라지 않나요?" 리안논이 그의 품에 파고들며 물었다.

"그건 바라고 바라지 않고의 문제가 아니오. 내 아들은 로마인이 아니오."

"당신이 그애를 로마인으로 만들 수 있잖아요."

"내 아들은 로마인이 아니오. 그애는 갈리아인이오."

리안논은 카이사르의 가슴에 입을 맞추며 점점 커지는 음경을 자신의 머리칼로 감쌌다. "하지만," 그녀가 키스를 멈추지 않고 말했다. "나는 공주예요. 당신 아이의 어머니인 나의 혈통은 로마 여자보다 더 우월하다고요."

카이사르는 몸을 굴려 리안논의 몸에 올라탔다. "그애의 혈통은 절반만 로마인이오. 게다가 그 절반의 혈통조차 증명이 불가능하지. 그애 이름은 오르게토릭스이지 카이사르가 아니오. 그애는 언제까지나 카이사르가 아닌 오르게토릭스로 남을 거요. 때가 되면 그애를 당신 부족에 보내시오. 내 아들 하나가 왕이 된다고 생각하면 기분이 좋은걸. 그렇지만 그애는 로마의 왕은 될 수 없소."

"만일 내가 위대한 여왕이 되면요? 너무나도 위대해서 로마조차도 나를 우러러보면요?"

"당신이 이 세상의 여왕이 된다고 해도 부족하오. 당신은 로마인이 아니니까. 카이사르의 아내도 아니고."

이 말에 리안논의 머릿속에 떠오르는 대답이 있었지만, 입 밖으로 내뱉을 수는 없었다. 카이사르가 키스로 입을 틀어막은 탓이었다. 그가 그녀를 완전히 흥분시킨 탓에 그녀는 육체의 쾌락에 굴복했고 그 주제는 다음으로 미뤄두었다. 하지만 나중에 다시 찬찬히 생각해볼 수 있도록 마음 한구석에 잘 쟁여두었다.

리안논은 겨울이 다 가도록 곰곰이 생각했다. 그러는 동안 카이사르의 대단한 보좌관들은 그의 석조 주택 대문을 드나들며 그녀의 아들에게 경애를 표했고, 긴 의자에 기대앉아 만찬을 들었으며, 군대와 군단과 군수 물자와 요새에 대해 끝없이 대화를 나누었다…….

나는 이해할 수 없어. 그이 말은 이해가 안 돼. 내 혈통은 어느 로마 여자보다도 우월한데! 나는 왕의 딸이야! 왕의 어머니라고! 하지만 내 아들은 헬베티족의 왕이 아닌 로마의 왕이 되어야 해. 카이사르는 이해할 수 없는 수수께끼 같은 대답만 하고 있어. 카이사르가 내게 알려주지 않는 게 뭔지 알려면 어떻게 해야 할까? 로마 여자라면 내게 그 답을 알려줄까? 로마 여자는 알려줄 수 있을까?

그리하여 카이사르가 사마로브리바에서 열릴 범갈리아 부족회의를 준비하느라 바쁜 사이 리안논은 아이두이족 필경사를 옆에 앉히고 고명한 로마의 귀부인 세르빌리아에게 보낼 편지를 라틴어로 받아 적게 했다. 로마인들 사이에서 말이 얼마나 잘 퍼지는지를 제대로 보여줄 방법이었다.

세르빌리아 부인, 내가 당신에게 편지를 쓰는 이유는 당신이 수년 동안 카이사르의 가까운 친구였으며 카이사르가 로마로 돌아가면 당신과의 우정을 재개하리라는 사실을 알기 때문이에요. 아무튼 이곳 사마로브리바의 사람들은 그렇게 말하더군요.

나는 카이사르의 세 살 난 아들을 기르고 있습니다. 나는 왕족이에요. 헬베티족의 오르게토릭스 왕의 딸이지요. 카이사르는 아이두이족인 둠노릭스의 아내였던 나를 취했어요. 그런데 그는 내 아들이 태어나자 그 아이를 장발의 갈리아에서 기를 것이며 갈리아 이름을 지어줘야 한다고 고집하더군요. 나는 그애를 오르게토릭스로 부르지만, 사실 카이사르 오르게토릭스로 부르고 싶어요.

우리 갈리아인의 세계에서 남자는 아들을 반드시 적어도 하나는 두어야 합니다. 따라서 귀족 남성들은 아내가 불임일 경우를 대비해 여러 아내를 두지요. 대를 이어줄 아들이 없다면 아무리 높이 오른들 그게 다 무슨 소용이겠어요? 그런데 카이사르는 대를 이을 아들이 하나도 없으면서도 우리 애를 로마에 데려가 자기 아들로 삼으려 하지 않아요. 내가 카이사르에게 그 이유를 물었더니 그는 오로지 내가 로마인이 아니라서 그렇다는 대답만 하는군요. 내가 자격이 충분하지 않다는 게 이유였어요. 심지어 내가 이 세상의 여왕이라고 해도, 나는 로마인이 아니니까 자격이 부족하다는군요. 나는 그 말을 이해할 수 없고 화가 나요.

세르빌리아 부인, 당신은 나를 이해시켜줄 수 있나요?

아이두이족 필경사는 밀랍 서판을 들고 자리에서 물러나 리안논의 짧은 편지를 종이에 옮기고, 한 부를 더 작성해서 히르티우스에게 들고 가 카이사르에게 전해달라고 했다.

히르티우스가 카이사르에게 그 편지를 전한 것은 라비에누스가 트레베리족을 상대로 완승을 거두었다는 소식을 알리러 가서였다.

"라비에누스가 트레베리족을 완파했습니다." 히르티우스가 무표정하게 말했다.

카이사르가 미심쩍은 듯 그를 흘끗 쳐다봤다. "그리고?" 카이사르가 물었다.

"인두티오마루스는 죽었습니다."

카이사르가 히르티우스를 빤히 쳐다보았다. "이상한 일이군! 이제쯤이면 벨가이족이나 켈트족도 소중한 장수를 함부로 앞줄에 세워서는 안 된다는 것을 깨달았을 텐데."

"음, 그러니까, 적군이 인두티오마루스를 앞줄에 세운 게 아닙니다." 히르티우스가 말했다. "라비에누스가 명령을 내렸습니다. 다른 사람들은 다 놓쳐도 상관없지만 인두티오마루스만큼은 잡아오라고요. 정확히 말해서, 머리통을 가져오라고 했답니다."

"유피테르 신이시여! 그자야말로 진정한 야만인이로군!" 카이사르가 화가 나서 소리쳤다. "전쟁에는 지켜야 할 규칙이 있어. 그중 하나는 전투가 끝난 후 상대편의 지도자를 죽여선 안 된다는 것일세! 원로원에 그럴듯한 말로 포장해서 써야 할 일이 또하나 늘었군! 그냥 나를 필요한 만큼 여럿으로 쪼개서 직접 보좌관까지 했으면 좋겠어! 로마의 로스트라 연단에 로마인들의 머리를 전시했던 것만으로는 부족하다는 건가? 이제는 우리가 야만족 적들의 머리통까지 구경해야 해? 라비에누스가 그걸 전시까지 했나? 그랬어?"

"네, 숙영지의 흙벽에 매달았다고 합니다."

"병사들은 그를 임페라토르로 연호했고?"

"네, 전쟁터에서요."

"그러면 인두티오마루스를 생포해서 개선행렬에 데려갔어도 됐잖아. 그는 로마의 손님으로서 영예로운 대접을 받고 자신이 누릴 영광을 이해한 뒤에 죽을 수도 있었단 말일세. 개선식 도중에 죽음을 맞이하는 것은 특별한 의미가 있어. 하지만 그렇게 죽는 건 너무 비루해! 원로원 보고서에 이 일을 어떤 식으로 포장해야 할까, 히르티우스?"

"제 조언은, 포장하지 말라는 겁니다. 있는 그대로 쓰십시오."

"그는 내 보좌관일세. 그것도 부총사령관."

"맞습니다."

"그는 대체 왜 그러는 건가, 히르티우스?"

히르티우스가 어깨를 으쓱했다. "그는 야만인이고 집정관이 되고자 합니다. 폼페이우스 마그누스가 그랬던 것처럼요. 목적을 이루기 위해서라면 라비에누스는 어떤 대가라도 치를 겁니다. 모스 마이오룸은 그의 안중에 없습니다."

"피케눔 놈들이란!"

"라비에누스는 유용한 사람입니다, 카이사르."

"그래, 유용하지." 카이사르가 벽을 응시하며 말했다. "그는 5년 뒤에 내가 다시 집정관 자리에 오를 때 자기를 동료 집정관으로 선택해주길 바라고 있어."

"네."

"로마는 나를 원하겠지만, 라비에누스는 원치 않을 걸세."

"네."

카이사르는 방안을 걷기 시작했다. "그러면 생각을 좀 해봐야겠군."

히르티우스가 헛기침을 했다. "문제가 하나 더 있습니다."

"뭔가?"

"리안논과 관계된 일입니다."

"리안논?"

"리안논이 세르빌리아에게 편지를 썼습니다."

"라틴어를 모르니 필경사를 썼겠군."

"네, 필경사가 제게 사본을 주었습니다. 제가 전령더러 사령관님께서 허락하기 전에는 편지를 전달하지 말라고 했습니다."

"사본이 어디 있나?"

히르티우스가 편지를 건넸다.

이번 편지도 재로 변했다. 이번에는 화롯불이었다. "여자의 어리석음 이란!"

"전령이 로마로 가게 둘까요?"

"그러게. 하지만 답장이 오면 반드시 나한테 먼저 가져오게."

"당연히 그러겠습니다."

카이사르는 심홍색 장군 망토를 T자 모양 옷걸이에서 내렸다. "좀 걸 어야겠어." 그는 이렇게 말하며 망토를 어깨에 걸치고 직접 끈을 묶었 다. 그리고 나서 히르티우스를 무심한 눈길로 바라보았다.

"날씨도 추운데 좋은 소식 하나 듣고 가십시오, 카이사르."

카이사르가 구슬픈 미소를 지었다. "반가운 말이군! 뭔가?"

"암비오릭스가 게르만족에게서 별다른 성과를 거두지 못하고 있습니다. 사령관님께서 레누스 강에 다리를 건설한 뒤로 게르만족이 신중해졌습니다. 암비오릭스가 아무리 호소하고 달래도 갈리아 쪽으로 넘어오는 자가 아무도 없다고 합니다."

겨울이 끝을 향해 가고 범갈리아 부족회의가 성큼 가까워졌을 무렵, 카이사르는 네르비족을 괴멸하기 위해 4개 군단을 이끌고 그들의 영토로 향했다. 카이사르의 운이 그와 함께했다. 조만간 사마로브리바에서 열릴 범갈리아 부족회의에 대표단 파견 여부를 의논하기 위해 가장 큰 요새에 전 부족민이 모여 있었던 것이다. 카이사르가 그들을 덮쳤을 때 네르비족은 무장했지만 전투 준비가 되어 있지 않은 상태였다. 카이사르는 네르비족에게 일말의 자비도 베풀지 않았다. 전투에서 살아남아 붙잡힌 포로들과 막대한 양의 전리품은 모조리 병사들의 몫이었다. 카이사르와 보좌관들은 이번 전투에서 어떠한 개인적 이득도 취하지 않겠다고 약속한 터였다. 노예를 팔아 생기는 돈을 비롯한 모든 수익금이 군단병 차지였다. 마지막으로 카이사르는 베르티코 소유의 땅을 제외한 모든 지역을 불태워 네르비족의 영토를 초토화했다. 생포된 부족 지도자들은 배에 실려 로마로 보내졌다. 카이사르가 아울루스 히르티우스에게 말했던 것처럼, 그들은 개선식 날까지 그곳 로마에서 편안하고 영예롭게 생활할 것이었다. 그리고 이윽고 개선식이 열리면 툴리아눔 감옥으로 옮겨져 목이 부러지겠지만, 그때쯤이면 자신들과 로마의 영광을 충분히 이해할 것이었다.

카이사르는 장발의 갈리아에 온 이후 해마다 범갈리아 부족회의를 열었다. 처음 몇 해 동안 회의 개최지는 아이두이족의 도시 비브락테였다. 극서부 지역에서 회의가 열리는 것은 올해가 처음이었다. 카이사르는 전 갈리아 부족에 대표단을 보내라는 지시를 내렸다. 회의의 취지는 왕, 의원, 법으로 선출된 베르고브레투스 등의 부족 지도자들과 대화할 기회를 갖기 위해서였다. 다시 말해 그들이 로마에 맞선다면 단 하나의 결과, 즉 패배만을 맛보리라는 것을 갈리아 부족 지도자들에게 이해시키려는 의도였다.

카이사르는 올해엔 더 좋은 결과가 있으리라고 낙관해왔다. 지난 5년간 그에게 대항해 전쟁을 일으킨 부족은 전부 거꾸러졌으니까. 수적인 우세에 기대어 승리를 확신했던 부족들도 마찬가지였다. 그는 심지어 13군단을 잃은 뒤에도 로마에 유리한 국면을 이끌어냈다. 이제 장발의 갈리아인들은 자기들이 처한 운명을 분명하게 깨닫기 시작했으리라!

그러나 회의 첫날 동이 틀 무렵 이미 그 기대는 허물어지고 있었다. 규모가 가장 큰 세 부족, 트레베리족과 세노네스족과 카르누테스족이 대표단을 파견하지 않은 것이다. 네메테스족과 트리보키족은 이제까지 한 번도 참석하지 않았지만 그들의 불참 이유는 충분히 이해할 만했다. 그들은 레누스 강을 사이에 두고 게르만족 중에서도 가장 궁핍하고 사납기로 유명한 수에비족과 경계를 맞대고 있었으니까. 모든 관심이 오로지 영토를 지키는 데에만 쏠려 있으니 장발의 갈리아 전체의 운명은 생각할 겨를이 없을 터였다.

곰과 늑대 가죽이 벽에 걸린 넓은 목조 회의장이 참석자로 가득 메워지자 카이사르가 단상에 올랐다. 자주색 단을 댄 눈부시게 새하얀 토가가 주변의 현란한 색채와 뚜렷한 대비를 이루었다. 각 부족이 각기 다른 전통 예복을 입고 온 덕분에 이날 회의장은 이국적인 화려함이 돋보였다. 심홍색 바둑판무늬의 아트레바테스족 왕 콤미우스, 주황색과 에메랄드빛 점박이 무늬의 카르두르키족, 진홍색과 파란색의 레미족, 심홍색과 파란색 줄무늬의 아이두이족. 그러나 노란색과 심홍색의 카르누테스족과 남색과 노란색의 세노네스족, 암녹색과 연녹색의 트레베리족은 이 자리에 없었다.

"네르비족이 겪은 운명을 여기서 자세히 언급할 생각은 없소." 카이사르가 연설할 때 내는 카랑카랑한 목소리로 말했다. "무슨 일이 있었는지를 여러분 모두 잘 알고 있으니까 말이오." 그는 베르티코를 바라보며 고개를 끄덕였다. "저기 저 네르비족 영주가 오늘 이 자리에 참석했다는 사실은 그가 분별 있게 판단했음을 증명하오. 왜 피할 수 없는 운명과 싸우려 하시오? 누가 진짜 적인지 스스로에게 물어보시오! 로마요, 게르만족이오? 로마가 장발의 갈리아에 있는 것은 궁극적으로 여러분에게 유익할 수밖에 없소. 로마가 있으면 갈리아의 관습과 전통을 확실히 유지할 수 있소. 로마가 있으면 게르만족은 레누스 강을 넘어오지 않을 것이오. 지금까지 나, 가이우스 율리우스 카이사르는 여러분과 조약을 맺을 때마다 여러분 대신 게르만족과 싸우겠다고 늘 약속해왔소! 여러분은 로마의 도움 없이 게르만족이 넘어오는 것을 막을 수 없소. 내 말에 의심이 들면 세콰니족 대표들에게 물어보시오." 그가 진홍색과 분홍색으로 차려입은 세콰니족 대표들이 앉은 곳을 가리켰다. "수에비족의 아리오비스투스 왕은 세콰니족 영토의 3분의 1을 자기네 정착지로 달라고 설득했소. 평화를 원하는 세콰니족은 그것을 우호의 표시로 판단하고 요구에 동의했소. 하지만 게르만족에게 손가락을 떼어주면 그들은 결국 여러분의 팔을 통째로 가져가려 할 뿐만 아니라 나라까지 통째로 앗아가려 할 것이오! 카르두르키족은 저 먼 서 남부의 아퀴타니족과 경계를 맞대고 있으니 당신들에겐 절대 그럴 일이 없으리라고 생각하시오? 당신들도 예외가 아니오! 잘 들으시오, 절대 당신들도 예외가 아니오! 로마의 존재를 기꺼이 받아들이지 않으면 이것은 여러분 모두에게 벌어질 일이오!"

아르베르니족의 대표단은 한 줄을 다 차지하고 있었다. 그만큼 세력이 강성한 부족이었다. 아이두이족의 숙적인 그들은 엘라베르 강과 카리스 강과 비겜나 강의 수원지 주변 케벤나 고산지대에 거주했다. 그래서인지 그들의 웃옷과 바지는 아주 옅은 담황색이었고, 숄은 아주 옅은 파란색과 담황색과 암녹색 바둑판무늬였다. 하나같이 눈이나 바위 표면을 배경으로 하면 눈에 띄지 않는 색이었다.

그들 중 한 명이 자리에서 일어났다. 수염을 깨끗이 깎은 젊은이였다.

"로마와 게르만족이 무슨 차이가 있는지 말해주시오." 젊은이가 카이사르처럼 카르누테스족 언어로 말했다. 카르누테스어는 드루이드의 공통어로서 갈리아 지역 어디에서나 통용되었다.

"아니," 카이사르가 미소를 지으며 말했다. "당신이 말해보시오."

"난 차이점을 전혀 모르겠소, 카이사르. 외세의 지배는 다 같은 외세의 지배일 뿐이오."

"아니, 크나큰 차이가 있소! 내가 오늘 이 자리에 서서 여러분의 언어로 말하고 있다는 사실이 그중 하나요. 내가 장발의 갈리아에 처음으로 왔을 때는 아이두어, 아르베르니어, 보콘티어를 구사했소. 그때 이후로 드루이드어, 아트레바테스어를 비롯해 다른 몇 가지 언어를 익혔소. 내게 언어를 배우는 감각이 있는 것은 사실이오. 하지만 나는 로마인이고, 의사소통이 직접적으로 이루어져야 통역이 중간에서 말을 왜곡해 전달할 가능성을 차단할 수 있다고 믿소. 그렇지만 나는 여러분 중 그 누구에게도 라틴어를 배우라고 요구한 적이 없소. 하지만 게르만 족은 자기들의 게르만어를 사용하라고 강요할 것이고, 여러분은 결국 고유의 언어를 잃게 될 것이오."

"듣기 그럴싸하오, 카이사르!" 아르베르니족 젊은이가 말했다. "그러나 방금 당신이 한 말은 로마의 지배야말로 가장 위험하다는 것을 드러냈소! 로마의 지배는 은밀하오. 반면 게르만족은 노골적이오. 그러니 차라리 게르만족이 더 상대하기 쉽소."

"분명 범갈리아 부족회의에 오늘 처음 참석한 모양인데, 그래서인지 당신 이름을 모르겠군." 카이사르가 차분히 진정된 목소리로 말했다. "이름이 무엇이오?"

"베르킹게토릭스요!"

카이사르가 단상의 맨 앞으로 걸어 나왔다. "무엇보다도 먼저, 베르 킹게토릭스, 당신네 갈리아인들은 외세의 존재를 인정해야 하오. 세계 가 좁아지고 있소. 그리스인들과 페니키아인들이 지금 로마가 '우리의 바다'라고 부르는 지중해 주변에 흩어져 살던 때 이래로 줄곧 그래왔 소. 그리고 그 자리에 로마가 나타났소. 사실 그리스는 단 한 번도 단일 국가였던 적이 없소. 작은 도시국가들로 구성되어 있었고, 당신네 갈리 아인처럼 계속 서로 싸웠소. 나라가 결국 망할 때까지. 우리 로마도 처 음에는 도시국가였지만, 우린 서서히 이탈리아 전체를 단일 국가의 일 부로 받아들였소. 따라서 로마는 곧 이탈리아요. 하지만 로마의 이탈리 아 지배는 왕의 1인 통치에 기대지 않소. 이탈리아가 로마의 정무관 선 거에 참여하오. 전 이탈리아가 로마의 일에 참여하는 것이오. 또한 이 탈리아는 로마에 군사를 제공하오. 로마가 곧 이탈리아니까. 그렇게 로마의 국력은 커지고 있소. 파두스 강 이남의 이탈리아 갈리아 역시 이제 이탈리아의 일부로서 로마의 정무관 선거에 참여하오. 파두스 강 이북의 이탈리아 갈리아도 곧 로마의 일부가 될 것이오. 내가 그렇게 만들겠다고 맹세했소. 나는 통일의 힘을 믿소. 나는 우리가 하나가 될 때 더욱 강성해진다고 믿소. 나는 장발의 갈리아를 우리 진정한 통일 국가의 일부로 만들겠소. 이것은 로마가 주는 선물이오. 게르만족은 당신들이 받고 싶은 선물을 가져다주지 않을 것이오. 장발의 갈리아가 게르만족의 소유가 되면 모든 것이 거꾸로 될 거요. 게르만족은 통치 체계나 상업 체계, 그리고 당신들이 믿고 의지할 수 있는 단일한 중앙 정부를 갖추지 못했으니까."

베르킹게토릭스가 코웃음으로 빈정거렸다. "당신들이 하는 건 통치가 아니라 약탈이오! 로마는 게르만족과 다를 게 없소!"

카이사르는 망설임 없이 대답했다. "아니, 앞서 말했듯 많은 차이가 있소. 나는 그중 일부를 이미 설명했소. 하지만 당신은 내 말을 듣지 않고 있소, 베르킹게토릭스, 왜냐하면 듣기가 싫으니까. 당신은 이성이 아닌 감정에 호소하고 있소. 그렇게 함으로써 많은 추종자들을 이끌어 낼 수는 있겠지만, 그들이 당신으로부터 진정으로 듣길 원하는 현명한 조언이나 사려 깊은 의견은 줄 수 없을 거요. 세계가 점점 좁아지고 있다는 사실을 명심하시오. 장발의 갈리아가 게르만족의 손아귀에 떨어지거나 끊임없이 부족 간의 전쟁에 시달리는 대신 자발적으로 로마와 연합한다면, 점점 좁아져가는 이 세계에서 당신들이 어떤 자리를 차지하게 될지 생각해보시오. 나는 여러분과 싸우기를 원치 않소. 물론 내게 싸울 의지가 없는 것은 아니오. 가이우스 율리우스 카이사르가 이끄는 로마를 5년간 겪어봤으니 내 말뜻을 충분히 알 거요. 로마는 통일을 지지하오. 로마는 시민권을 제공하오. 로마는 지역민의 삶을 향상시키오. 로마는 평화와 번영을 가져다주오. 로마는 지역 경제에 새로운 사업 가능성과 상업 체계를 마련해주며 로마가 관할하는 지역 어디에나 물품을 수출할 새로운 기회를 열어주오. 당신네 아르베르니족은 장발의 갈리아에서 최고 품질의 도자기를 만든다고 들었소. 당신들이 로마 세계로 편입된다면 당신네 도자기는 브리타니아보다 훨씬 더 먼 곳까지 팔려나갈 거요. 로마 군단병들이 장발의 갈리아 경계를 지킨다면, 아르베르니족은 한층 더 폭넓은 사업 기회를 누리고 침략과 착취와 약탈의 두려움 없이 부를 증식해나갈 것이오."

"공허한 말이오, 카이사르! 아투아투키족이 어떻게 되었소? 에부로네스족은? 모리니족은? 네르비족은? 착취를 당했소! 노예가 되었소! 약탈을 당했소!"

카이사르가 한숨을 쉬었다. 그는 오른손을 펼쳐 보이고 왼손은 토가 주름 사이로 끼워넣었다. "그 부족들 모두 선택의 기회가 있었소." 카이사르는 차분히 대답했다. "그들은 조약을 어기고 순종이 아닌 전쟁을 택했소. 그들이 로마에 순종했다면 치러야 할 비용이 적었을 거요. 공세를 내는 것으로 충분했을 테니까. 평화를 보장받는 대가, 게르만족의 침입을 받지 않는 대가, 지금보다 편안하고 풍요로운 생활방식을 얻는 대가로 말이오. 순종을 택했다면 그들은 지금도 여전히 그들 자신의 신을 믿고 있을 테고, 지금도 여전히 그들의 영토를 소유하고 있을 것이며, 지금도 여전히 자유인이고 지금도 여전히 살아 있을 것이오!"

"외세의 지배하에 말이지요." 베르킹게토릭스가 말했다.

카이사르가 고개를 기우뚱했다. "그것은 당신들이 치러야 할 대가요, 베르킹게토릭스. 당신들 목에 이미 채워진 굴레에 가벼운 로마인의 손을 얹을 것이냐 무거운 게르만족의 손을 얹을 것이냐, 그것을 선택하시오. 고립의 시대는 지나갔소. 장발의 갈리아는 우리 로마의 지중해에 들어왔소. 이는 여러분 모두가 깨달아야 할 사실이오. 그 무엇으로도 현재를 과거로 되돌릴 수 없소. 로마는 여기 있고, 여기 계속 머무를 것이오. 왜냐하면 로마 역시 게르만족이 레누스 강을 넘지 못하게 막아야 하니까. 50여 년 전, 장발의 갈리아는 게르만족 75만 명에 의해 이 끝에서 저 끝까지 쪼개졌소. 그 당시 여러분이 할 수 있는 거라곤 그저 그들의 존재를 감내하는 것뿐이었소. 바로 그때 로마의 가이우스 마리우스가 여러분을 구했소. 그리고 이제 가이우스 마리우스의 처조카가 여러분을 구하기 위해 왔소. 간절히 애원하건대, 로마의 존재를 받아들이시오! 로마를 받아들인대도 실질적으로 달라지는 것은 거의 없소. 로마의 프로빙키아에 사는 갈리아 부족들에게 물어보시오. 볼카이족, 보콘티족, 헬비족, 알로브로게스족, 누구에게라도 좋소. 그들은 로마인인 동시에 갈리아인으로서 평화와 번영을 누리며 살아가고 있소."

"하!" 베르킹게토릭스가 코웃음 쳤다. "참 그럴싸하군요! 그들은 외세의 지배로부터 자신들을 구원해줄 누군가를 기다리고 있을 뿐이오!"

"아니, 그렇지 않소." 카이사르가 가벼운 어조로 대꾸했다. "직접 가서 누구하고나 얘기를 나눠보시오. 내 말이 옳다는 걸 알 테니까."

"만일 내가 그들을 찾아가 얘기를 나눈다면 질문을 하기 위해서가 아닐 거요." 베르킹게토릭스는 말했다. "나는 그들에게 창을 들라고 제안할 거요." 그가 피식 웃더니 어이없다는 듯 고개를 설레설레 흔들었다. "당신네 로마인들이 어떻게 이길 수 있겠소?" 그가 물었다. "당신들은 다 합쳐봐야 한줌에 지나지 않소! 로마는 커다란 허풍이오! 당신네 로마인들은 이제까지 비굴하고 멍청하고 비겁한 민족만 상대해봤을 뿐이오! 장발의 갈리아에는 이탈리아와 이탈리아 갈리아를 모두 합쳐도 비교가 되지 않을 정도로 많은 전사들이 있소! 켈트족이 400만, 벨가이족이 200만! 나는 로마의 인구를 확인했소! 머릿수를 다 합쳐도 그만큼이 안 되오, 카이사르! 300만, 그게 전부요!"

"머릿수는 상관없소." 카이사르는 이제 이 대화를 즐기고 있는 듯했다. "로마에는 켈트족이나 벨가이족에게 없는 세 가지가 있소. 조직, 기술, 그리고 가진 자원을 가장 효율적으로 활용하는 능력."

"아, 그렇지! 모두가 칭찬하는 당신네 기술력! 하지만 그게 실제로도 그리 대단하오? 당신들은 대서양을 차단하려고 성벽처럼 높은 방파제를 쌓았지만, 그래서 당신들이 베네티족의 요새를 장악했소? 그랬소? 천만에! 우리도 기술을 활용하오! 당신 보좌관 퀸투스 툴리우스 키케로에게 물어보시오! 우리는 공성탑을 쌓아 그를 공격했고, 로마식 포의 사용법을 익혔소! 우리는 비굴하지도 멍청하지도 비겁하지도 않소! 당신들이 장발의 갈리아에 온 이래로, 카이사르, 우리는 여실히 깨달았소! 그리고 당신들이 여기를 떠나지 않는 한 우리는 계속 같은 교훈을 깨달을 것이오! 로마의 장군들이 다 당신 같지는 않소! 조만간 당신은 로마로 돌아갈 테고, 로마는 장발의 갈리아에 멍청이를 파견할 것이오! 부르디갈라의 카시우스, 아라우시오의 말리우스와 카이피오 같은 자들을!"

"또는 75년 전에 아르베르니족을 박살 낸 아헤노바르부스 같은 자를 보낼 수도 있겠지." 카이사르가 미소 지으며 말했다.

"아르베르니족은 아헤노바르부스가 오기 전보다 훨씬 강력해졌소!"

"아르베르니족의 베르킨게토릭스, 잘 들으시오." 카이사르가 강한 어조로 말했다. "나는 증원군을 요청했소. 4개 군단이오. 총 2만 4천 명이

지. 입대 절차가 개시된 지 4개월 만에 나는 전쟁터로 나가 싸울 준비가 된 그들을 내 휘하에 두게 될 것이오. 그들은 전원 쇠사슬 갑옷을 착용하고 검대에 우수한 단도와 장검을 차고 있을 것이며, 머리에 투구를 쓰고 손에 필룸창을 들고 있을 것이오. 자다 일어나서 바로 전투에 참여할 수 있을 정도로 몸에 훈련이 철저히 배어 있소. 포가 있소. 공성용 장비를 세우고 요새를 구축하는 방법을 아오. 하루에 최소 45킬로미터를 며칠간 연달아 이동할 수 있소. 뛰어난 백인대장들이 그들을 이끌 것이오. 그들은 당신과 다른 모든 갈리아인들을 증오할 준비를 단단히 하고 이곳에 올 거요. 당신들이 그들에게 싸움을 강요한다면, 그들은 정말로 당신들을 증오하게 될 것이오.

나는 휘하에 제5, 제6, 제7, 제8, 제9, 제10, 제11, 제12, 제13, 제14, 제15군단을 거느릴 것이오! 전부 완전 편성된 군단이오! 보병 5만 4천 명! 그리고 아이두이족과 레미족에서 차출한 기병 4천 명까지!"

베르킹게토릭스가 의기양양한 얼굴로 우쭐거렸다. "정말 어리석소, 카이사르! 우리가 듣는 데서 올해 로마군의 전력 현황을 낱낱이 밝히다니!"

"그랬소. 하지만 그것은 내가 어리석어서가 아니오. 나는 경고하는 것이오. 분명히 말하건대, 부디 분별 있고 신중하게 행동하시오. 당신들은 우리를 이길 수 없소! 어째서 무의미한 시도를 하오? 어째서 그 왕성한 힘을 부질없는 대의에 바친단 말이오? 당신네 여자들을 굶기고 땅을 방치하겠소? 그리하여 내가 우리 로마의 퇴역병들을 이곳에 정착시켜 당신네 여자들과 결혼해 로마인의 자식들을 낳게 하겠소?"

돌연 카이사르의 무쇠 같은 통제력이 한순간에 무너졌다. 그의 키가 점점 커지며 몸이 높이 솟아오르는 듯했다. 베르킹게토릭스는 자신도 모르게 뒤로 한 발 물러섰다.

"당신들이 나를 시험하려 들면 올해는 그야말로 소모적인 해가 될 것이오!" 카이사르가 포효했다. "전쟁에서 나와 맞선다면 당신들은 쓰러지고 또 쓰러질 것이오! 나는 지지 않소! 로마는 지지 않소! 이탈리아의 우리 자원은 방대하며, 나는 그 자원을 가장 효율적인 방식으로 이용할 것이오. 따라서 설혹 로마군이 손실을 입더라도 눈 깜짝할 새에 만회할 수 있소! 내가 바라기만 하면 지금의 5만 4천 병력을 두 배로 늘릴 수 있소! 장비 또한 충분하오! 내 경고를 받아들여 신중을 기하시오! 나는 이 모든 것을 단지 오늘만이 아닌 미래를 염두에 두고 말했으니까! 로마의 조직, 로마의 기술, 로마의 자원만으로 당신네들을 쓰러뜨릴 수 있소! 로마가 장발의 갈리아에 나보다 덜 유능한 총독을 보내리란 희망은 버리시오! 그날이 올 때쯤이면 당신들은 이미 존재하지 않을 테니까! 카이사르가 당신들과 당신들의 모든 것을 이미 폐허로 만들어버렸을 테니까!"

카이사르는 얼빠진 표정의 갈리아인과 보좌관 들을 뒤로하고 단상에서 획 내려와 회의장에서 사라졌다.

"어휴, 저 성질!" 트레보니우스가 히르티우스에게 말했다.

"저들에겐 직설화법이 필요했어." 히르티우스가 말했다.

"흠, 이번엔 내가 발언할 차례군." 트레보니우스가 일어서며 말했다. "저러고 나가시면 나는 뭐라고 해야 하나?"

"외교적 화술을 동원해야지." 퀸투스 키케로가 싱긋 웃으며 말했다.

"트레보니우스가 지껄일 말들은 조금도 중요하지 않아요." 섹스티우스가 말했다. "저들은 카이사르를 두려워하게 되었으니까요."

"저 베르킹게토릭스라는 자는 전쟁을 원하는군." 술피키우스 루푸스였다.

"젊으니까요." 히르티우스가 대꾸했다. "아르베르니족 대표단 사이에서도 인기가 없더군요. 일행이 이를 부득부득 갈며 살기 띤 눈초리로 쳐다보던데요. 카이사르가 아닌 그자를 말입니다."

대회의장에서 부족회의가 계속되는 동안 리안논은 아이두이족 필경사를 데리고 카이사르의 석조 주택에 앉아 있었다.

"읽어보게." 리안논이 필경사에게 말했다.

필경사가 인장을 뜯었다(실은 앞서 한차례 뜯긴 터였다. 세르빌리아의 인장이 어떻게 생겼는지 리안논이 알 턱이 없으므로 퀸투스 키케로의 반지 인장으로 다시 봉해둔 터였다). 그는 작은 두루마리를 펴고 입을 중얼거리며 한참 동안 내용을 살폈다.

"읽으라고 했네!" 리안논이 조바심치며 말했다.

"내용이 이해되는 대로 그리하겠습니다." 필경사가 대답했다.

"카이사르는 곧장 읽어내리던데."

필경사가 고개를 들고 한숨을 쉬었다. "카이사르는 카이사르이시니까요. 한번 보고 내용을 이해하는 사람은 그분말고 아무도 없습니다. 그리고 저한테 말을 거실수록 시간이 더 지체됩니다."

리안논은 잠자코 기다리면서 갈색이 도는 진홍빛 긴 옷에 섞인 금색 실을 손톱으로 뜯었다. 세르빌리아가 뭐라고 썼는지 궁금해죽을 지경이었다.

드디어 필경사가 입을 열었다. "준비되었습니다." 그가 말했다.

"어서 읽게!"

카이사르의 갈리아인 정부로부터 다소 이상한 라틴어로 쓰인 편지를 받을 일이 있으리라곤 한 번도 생각해보지 못했어요. 하지만 솔직히 재미있군요. 당신한테 카이사르의 아들이 있다고요. 흥미롭네요. 내겐 카이사르의 딸이 있답니다. 당신 아들처럼 그애도 카이사르의 이름을 물려받지 못했죠. 그 아일 낳을 때 나는 마르쿠스 유니우스 실라누스와 결혼한 사이였으니까요. 그의 먼 친척인 또다른 마르쿠스 유니우스 실라누스는 올해 카이사르의 보좌관으로 복무중이에요. 그러니까 내 딸애의 이름은 유니아랍니다. 세번째 유니아라서 나는 그앨 테르툴라로 부르죠.

당신은 공주라고 했지요. 야만인들한테 공주라는 게 있다는 건 나도 익히 들어서 알고 있어요. 당신은 마치 그게 중요한 사실인 양 말하는데, 사실 그렇지 않아요. 로마인에게 중요한 혈통은 로마인 혈통뿐이니까. 로마인의 피는 우월해요. 어느 뒷골목의 가장 비천한 도둑도 당신보다 우월하죠. 왜냐하면 그는 로마인 혈통을 지녔으니까. 로마에서도 가장 고귀한 혈통을 지닌 카이사르에게 로마인이 아닌 여자에게서 난 아들은 아무런 의미가 없어요. 카이사르의 혈통은 로마인이 아닌 자와 섞인 적이 없어요. 만일 로마에 왕이 있다면 바로 카이사르가 왕이 되었을 거예요. 그의 조상들이 왕이었으니까요. 하지만 로마에는 왕이 없고, 카이사르 역시 로마에 왕을 세우길 원치 않아요. 로마인들은 아무에게도 무릎을 굽히지 않거든요.

나는 당신에게 가르쳐줄 게 아무것도 없어요, 야만족 공주. 로마인은 자신의 지위를 물려받고 가문의 이름을 이어갈 아들을 낳지 못해도 상관없답니다. 입양이란 제도가 있으니까요. 카이사르는 후계를 아주 신중하게 정할 거예요. 분명 자신의 대를 잇기에 부족함이 없는 혈통을 입양할 것이고, 입양된 아들은 그의 이름을 물려받겠죠. 내 아들도 다른 가문에 입양되었답니다. 그 아이 이름은 본디 마르쿠스 유니우스 브루투스지만, 내 동생이자 그애 외삼촌이 자식을 남기지 않고 살해된 뒤 유언장을 통해 브루투스를 입양했어요. 하지만 그애는 몇 년 전부터 마르쿠스 유니우스 브루투스라는 이름을 다시 쓰고 있어요. 유니우스 가문의 루키우스 유니우스 브루투스의 후손임을 자랑스럽게 여기거든요. 루키우스 유니우스 브루투스는 로마의 마지막 왕을 축출하고 로마 공화정을 수립한 인물이죠.

카이사르는 아들이 없으면 율리우스 가문의 혈통인 동시에 흠잡을 데 없는 로마인 선조를 둔 자를 입양할 거예요. 그게 로마인의 방식이죠. 그러니 카이사르는 앞으로도 불안해하지 않고 자신의 삶을 살아나갈 거예요. 후손을 끝내 남기지 못해도 마지막에는 유언장으로 해결할 수 있다는 걸 아니까요.

혹시라도 내게 답장 쓸 생각은 말아요. 당신이 카이사르의 여자들 중 하나인 양 구는 게 몹시 불쾌하니까. 당신은 카이사르가 임시방편으로 만나는 여자일 뿐, 그 이상도 그 이하도 아니에요.

필경사는 한 손을 놓고 편지가 도로 말리게 두었다. "우리 야만족이 속한 자리를 제대로 말해주는군요, 안 그렇습니까?" 그가 분개하며 따져 물었다.

리안논은 편지를 홱 잡아채더니 갈기갈기 찢기 시작했다. "나가게!" 그녀가 꽥 소리질렀다.

눈물이 쏟아져 내렸다. 그녀는 오르게토릭스를 보러 갔다. 보모가 아이를 데리고 있었다. 아이는 바닥에서 트로이아 목마의 모형 장난감을 이리저리 끌면서 노는 데 열중해 있었다. 카이사르가 준 선물이었다. 모형의 옆면을 열면 그리스인들이 쏟아져나왔고, 정교하게 조각된 그리스인 50명에게는 각각 이름이 있었다. 빨간 머리 메넬라오스, 역시 빨간 머리에 다리가 짧은 오디세우스, 죽은 아킬레우스의 아들인 아름다운 네오프톨레모스. 심지어 깃발을 잡다가 앞으로 고꾸라져 머리가 깨져 죽은 에키온까지. 카이사르는 아이에게 신화를 들려주고 여러 이름들을 가르쳐주려 했지만, 어린 오르게토릭스에게는 호메로스를 이해할 기억력이나 이해력이 없었다. 카이사르는 결국 포기했다. 아이가 선물을 좋아한 것은 그저 아이다운 이유에서였다. 움직이고, 안에 물건을 숨길 수 있고, 무언가를 넣고 뺄 수 있는 멋진 장난감이니까. 그리고 보는 사람마다 연신 감탄사를 내뱉으며 아이를 부러워했다.

"엄마!" 아이가 목마의 끈을 놓고 두 팔을 뻗었다.

리안논의 눈물은 어느새 말라 있었다. 리안논은 아이를 의자로 데려가 무릎에 앉혔다. "걱정 말거라." 리안논이 아이의 빛나는 곱슬머리에 볼을 비비며 말했다. "넌 로마인이 아닌 갈리아인이야. 하지만 너는 헬베티족의 왕이 될 거야! 그리고 분명한 카이사르의 아들이야!" 그녀는 숨을 씩씩대며 입술을 벌려 악문 이를 드러냈다. "세르빌리아, 당신을 저주해! 당신은 다시는 그이를 가질 수 없을 거야! 오늘밤에 해골탑의 여사제를 찾아가서 당신이 평생 불행해지도록 만들 저주의 부적을 사겠어!"

이튿날 라비에누스로부터 전갈이 왔다. 암비오릭스가 마침내 게르만계 수에비족을 설득하는 데 성공했으며, 트레베리족이 잠잠해지기는커녕 오히려 더 들끓고 있다는 소식이었다.

"히르티우스, 자네가 트로구스와 함께 부족회의를 계속 이끌게." 카이사르는 자신의 임페리움을 상징하는 띠를 상자에 넣어 트라실루스에게 건네며 말했다. "신규 편성된 4개 군단이 아이두이족의 영토에 도착했어. 그들을 세노네스족을 향해 행군시키라고 지시를 보냈네. 세노네스족을 정신 못 차리게 해줘야겠어. 10군단과 12군단도 같이 데려가겠네."

"사마로브리바는요?" 히르티우스가 물었다.

"트레보니우스가 8군단을 데리고 주둔해 있을 걸세. 하지만 회의장을 이번에 불참한 카르누테스족에게 덜 유혹적인 위치로 옮기는 게 현명할 듯싶어. 부족 대표들을 파리시족의 도시 루테티아로 이동시키게. 섬이니까 방어하기 더 쉽겠지. 갈리아인들을 계속해서 잘 설득시키게. 그리고 종달새5군단을 데려가고. 실라누스와 안티스티우스도."

"전쟁 규모가 커질 것 같습니까?"

"아직까지는 안 그러길 바라네. 일단은 신규 편성 군단에서 신병 대대를 몇 개 추려내고 그 자리에 노련병들을 끼워넣어야겠어." 카이사르가 빙그레 웃었다. "젊은 베르킹게토릭스의 말대로 내가 커다란 허풍을 준비하는 것일 수도 있겠군. 장발의 갈리아인들에게 통할지는 의심스럽지만."

시간이 없지만 리안논에게 작별인사는 해야 했다. 그녀는 자기 응접실에 있었다. 하지만 혼자가 아니었다! 베르킹게토릭스가 함께 있었다. 포르투나 여신이여, 당신은 늘 내게 행운을 가져다주시는군요!

카이사르는 잠시 문간에 서서 말없이 방안을 지켜보았다. 베르킹게토릭스를 자세히 살펴볼 기회였다. 그가 차고 있는 거대한 황금 토르퀘스와 팔찌로 그의 계급을 미뤄 짐작할 수 있었다. 허리띠와 수대에 사파이어가 숱하게 박혀 있었고, 브로치에도 큼직한 사파이어가 박혀 있었다. 켈트족으로서는 드물게 깨끗하게 면도한 얼굴이 카이사르의 흥미를 끌었다. 석회수로 감아 거의 새하얗게 탈색된 머리는 사자 갈기 모양으로 빗었고, 얼굴은 뼈만 앙상해서 꼭 송장 같았다. 눈썹과 속눈썹은 검은색이었다. 역시 범상치 않아! 지나치게 마른 체격을 보니 신경이 늘 예민한 유형이로군, 하고 생각하며 카이사르는 방안으로 걸어 들어갔다. 비범한 인물이야. 아주 위험해.

리안논의 얼굴이 환해지더니, 이내 카이사르의 가죽옷차림을 보고 제자리에 털썩 주저앉았다. "카이사르! 어딜 가나요?"

"신규 편성된 군단들을 맞으러 가오." 카이사르는 이렇게 대답하고, 자리에서 일어선 베르킹게토릭스에게 오른손을 내밀었다. 보통 켈트족처럼 180센티미터 정도의 키에 눈동자는 암청색이었다. 베르킹게토릭스가 카이사르의 손을 경계하듯 쳐다봤다.

"이보시오!" 카이사르가 친근하게 말했다. "나와 살이 좀 닿는다고 독이 옮진 않소!"

길고 연약한 손이 뻗어나왔다. 두 사람은 만국에서 통용되는 방식으로 인사를 나누었다. 양쪽 다 이것을 힘을 과시하는 기회로 삼을 정도로 경솔하지는 않았다. 짧고 단호하며 절도 있는 악수였다.

카이사르가 눈썹을 치키며 리안논을 바라봤다. "서로 아는 사이요?" 그가 선 채로 물었다.

"베르킹게토릭스는 내 이종사촌이에요." 리안논이 숨가쁘게 대답했다. "우리 어머니들은 자매였어요. 아르베르니족이었죠. 내가 전에 말하지 않았나요? 미처 기회가 없었나봐요, 카이사르. 두 분 모두 왕과 결혼했어요. 내 어머니는 오르게토릭스 왕과, 베르킹게토릭스의 어머니는 켈틸루스 왕과요."

"아, 그렇군." 카이사르가 온화한 어조로 대꾸했다. "켈틸루스. 왕이었다기보다는 왕이 되고자 했던 인물이었지. 그래서 아르베르니족이 그를 살해하지 않았소, 베르킹게토릭스?"

"그랬소. 아르베르니어를 잘하는군요, 카이사르."

"내 어릴 적 보모가 아르베르니족 사람이었소. 카르딕사라는 이름을 썼지. 내 가정교사였던 안토니우스 니포는 반이 살루비족이었고, 모친의 인술라 위층에는 아이두이족 사람들이 살았소. 어찌 보면 나는 갈리아인들의 소리를 들으며 자라왔다고도 할 수 있소."

"지난 두 해 동안 항상 통역을 대동하더니 그간 우리를 잘도 속였군요."

"부당한 비난이오! 나는 게르만어를 전혀 모르는데 첫해에는 아리오비스투스와 함께 있을 때가 많았으니까. 세콰니어도 잘 몰랐지. 벨가이족 언어를 익힐 때는 시간이 좀 걸리더군. 드루이드어는 쉬웠지만."

"당신은 보이는 대로 믿어선 안 될 사람이오." 베르킹게토릭스가 다시 앉으며 말했다.

"안 그런 사람도 있소?" 카이사르가 물었다. 문득 잠시 앉아 있어야겠다는 생각이 들었다. 잠깐 베르킹게토릭스와 대화를 나누는 게 좋을 듯싶었다.

"아마도 없겠지요, 카이사르. 당신이 보기에 나는 어떤 사람 같소?"

"기개는 가상하나 지략은 거기에 못 미치는 성마른 젊은이. 당신은 섬세함이 부족하오. 중요한 회의 자리에서 원로들을 당황스럽게 만드는 건 영리한 처사가 아니지."

"누군가는 목소리를 내야 했소! 안 그랬으면 그들은 저명한 드루이드의 설교를 듣는 학생들처럼 모두 가만히 앉아만 있었을 거요. 오늘 많은 사람들이 내 말에 자극을 받았소." 베르킹게토릭스가 만족스러운 얼굴로 말했다.

카이사르가 천천히 고개를 저었다. "분명 그랬지." 그가 말했다. "하지만 그건 현명한 처사가 아니오. 내 목표 중 하나는 유혈사태를 피하는 것이오. 나는 수많은 사람들의 피를 보는 것이 조금도 즐겁지 않소. 베르킹게토릭스, 심사숙고하시오. 결국에는 모든 것이 로마의 규칙대로 돌아갈 테니, 절대 그 점을 오판하지 마시오. 상황이 이러한데 버티는 데 무슨 의미가 있소? 당신은 이성이 결여된 마소가 아니라 인간이오! 당신에겐 추종자를 끌어들이고 두터운 피호민층을 모을 능력이 있소. 그러니 당신의 사람들을 현명하게 이끄시오. 내가 취하고 싶지 않은 조치들을 결국 취할 수밖에 없도록 만들지 마시오."

"내 사람들을 영원한 감금 생활로 이끌라, 이 말이시군, 카이사르."

"아니, 그렇지 않소. 그들을 평화와 번영으로 이끄시오."

베르킹게토릭스가 상체를 앞으로 기울였다. 눈동자가 브로치의 사파이어와 똑같은 빛을 띠었다. "나는 그들을 이끌 것이오, 카이사르! 하지만 예속이 아닌 자유로 이끌 것이오! 우리는 왕과 영웅이 있었던 옛 시대로 돌아갈 것이오. 당신들이 '우리의 바다'라고 부르는 그 바다는 더이상 당신들의 바다가 아닐 거요! 당신이 어제 한 말 중에는 옳은 말도 있었소. 우리 갈리아인들은 여럿이 아닌 하나의 민족으로 뭉쳐야 하오. 나는 통일을 이룰 수 있소. 내가 이뤄낼 거요! 우리는 당신보다 오래갈 것이오, 카이사르. 우리는 당신을 몰아내고 당신을 따르는 자들 역시 모조리 몰아낼 것이오. 내가 어제 한 말 중에는 확고한 진실이 있었소. 나는 로마가 당신의 후임으로 멍청이를 파견할 거라고 했지. 민주주의라는 게 그런 거니까. 생각 없는 바보들에게 선택권을 주고 어째서 멍청이들이 뽑혔는지 의아해하지. 사람들에겐 왕이 필요하오. 눈 한 번 깜빡하면 새로 바뀌는 사람들이 아니라. 민주주의에서는 어느 한 집단이 이득을 보고 그다음엔 또다른 집단이 이득을 볼 뿐, 전체가 이득을 보는 상황은 절대로 발생하지 않소. 결국엔 왕정만이 유일한 해답이오."

"왕정은 결코 답이 될 수 없소."

베르킹게토릭스가 웃음소리를 냈다. 살짝 광기 어린 고음이었다. "하지만 당신은 이미 왕이오, 카이사르! 당신의 몸짓, 외모, 타인을 대하는 방식까지 모든 면에서 그렇소. 당신은 우연히 투표권자들에게서 권력을 받은 알렉산드로스 대왕이오. 그러니 당신이 가고 나면 그 권력은 재가 되어 스러질 것이오."

"아니." 카이사르가 부드러운 미소를 지으며 말했다. "나는 알렉산드로스 대왕이 아니오. 로마라는 거대한 행렬의 한 부분일 뿐이오. 중요한 부분이라는 건 나도 알고 있소. 훗날 사람들이 가장 위대한 부분으로 기억해줬으면 하는 바람도 있고. 하지만 나는 여전히 전체의 일부일 뿐이오. 알렉산드로스 대왕이 죽었을 때 마케도니아도 죽었소. 그의 나라는 그와 함께 사라졌소. 그는 스스로를 왕으로 생각했기에 그리스인으로서의 정체성을 버리고 제국의 중심을 다른 곳으로 옮겼소. 알렉산드로스 대왕의 나라가 위대했던 것은 오로지 알렉산드로스 대왕 때문이었소. 그는 자기가 하고 싶은 대로 했고 자기가 가고 싶은 곳으로 갔소. 그는 왕이었으니까, 베르킹게토릭스! 그는 자기 자신을 목적으로 착각했소. 그 목적이 결실을 거두려면 그는 영원히 살아야 했을 거요. 반면 나는 내 나라의 종복이오. 로마는 로마가 낳은 그 누구보다도 훨썬 위대하오. 내가 죽더라도 로마는 계속 다른 위대한 인물들을 낳을 것이오. 내가 떠날 때 로마는 내가 오기 전보다 더 세고 더 부유하고 더 강력해져 있을 것이오. 내 뒤에 올 자들은 내가 남긴 업적을 활용하고 향상시킬 것이오. 민주주의에서는 바보와 현자가 늘 공존하지만, 전반적으로 왕가의 계보보다는 낫소. 위대한 왕이 하나 나오려면 보잘것없는 왕을 열 명은 거쳐야 하니까."

베르킹게토릭스는 말없이 의자에 등을 기댄 채 눈을 감고 있었다. "나는 동의하지 않소." 그가 마침내 말했다.

카이사르가 일어섰다. "그러면 우리가 이 문제에 대한 결론을 전쟁터에서 지을 필요가 없기만을 바라겠소, 베르킹게토릭스. 만일 그렇게 된다면 당신은 거꾸러질 테니까." 그의 목소리가 한층 더 상냥해졌다. "나와 맞서지 말고, 함께하시오!"

"그럴 수 없소." 베르킹게토릭스가 여전히 눈을 감은 채 대답했다.

카이사르는 방에서 나가다가 아울루스 히르티우스와 마주쳤다.

"리안논은 볼수록 흥미로운 여자야." 카이사르가 그에게 말했다. "그 성마른 젊은이 베르킹게토릭스가 리안논의 이종사촌이었어. 갈리아 귀족들은 로마 귀족과 비슷한 데가 있군. 모두가 얽혀 있어. 자네가 내 대신 리안논을 잘 주시하게, 히르티우스."

"그 말씀은 리안논을 루테티아로 같이 데려가라는 뜻입니까?"

"그렇게 하게. 이종사촌과 대화를 나눌 충분한 기회를 줘야지."

히르티우스의 작고 못생긴 얼굴이 찡그려지며 갈색 눈동자에 애원하는 빛이 떠올랐다. "솔직히, 카이사르, 저는 리안논의 이종사촌이 누구든 그녀가 당신을 배신하리라고 생각하지 않습니다. 리안논은 사령관님을 맹목적으로 사랑합니다."

"나도 아네. 하지만 여자잖아. 수다스럽고 가끔 어이없는 짓을 하지. 세르빌리아에게 편지를 쓰다니, 그만큼 어리석은 짓이 또 있겠나! 내가 없는 동안 그녀가 알아서 좋을 게 없는 정보를 접하지 않도록 자네가 잘 감시하게."

그 비밀을 아는 사람들 모두가 그랬듯이, 히르티우스 역시 세르빌리아가 과연 뭐라고 썼는지 궁금해 죽을지경이었다. 하지만 카이사르는 세르빌리아의 편지를 직접 뜯고 퀸투스 키케로의 인장으로 다시 봉했으므로, 다른 사람은 아무도 그 내용을 읽어볼 수 없었다.

카이사르가 6개 군단을 이끌고 나타나자 세노네스족은 힘
없이 무너지며 저항 없이 항복했다. 그들은 인질을 바치며
용서를 구하고 서둘러 루테티아에 부족 대표단을 보냈다. 그곳에서는
갈리아의 부족 대표들이 히르티우스의 느슨한 감독하에 때로는 옥신
각신 말다툼하고 때로는 크게 몸싸움을 벌이며 음주와 연회를 즐기고
있었다. 잔뜩 겁에 질린 세노네스족은 카르누테스족에게 황급히 경고
를 보냈다. 로마의 새로운 4개 군단이 얼마나 신속히 도착했는지, 그리
고 로마군의 민첩한 움직임과 번쩍이는 갑옷과 최신식 포에 대해 자세
히 전했다. 세노네스족에 대해 카이사르에게 선처를 부탁한 이들은 아
이두이족이었다. 이제 레미족이 카르누테스족을 봐달라고 사정했다.

"알겠소." 카이사르가 아이두이족의 코투스와 레미족의 도릭스에게
말했다. "관대히 처사하리다. 어차피 아무도 검을 들지 않았는데 내가
달리 무슨 방법을 취하겠소? 그들의 말을 내가 믿을 수 있으면 좋겠지
만 말이오. 사실 별로 믿기지 않소."

"카이사르, 그들에겐 시간이 필요하오." 도릭스가 변명했다. "그들은
아무런 간섭을 받지 않고 자라온 어린아이와 같아요. 그런데 어느 날

갑자기 양아버지라는 사람이 나타나 순종을 요구하는 상황인 게지요."

"확실히 어린아이들이긴 하오." 카이사르가 눈썹을 치키며 도릭스를 놀리듯이 바라봤다.

"나는 비유를 한 거요." 도릭스가 근엄하게 말했다.

"물론 지금은 농담을 할 때가 아니지요. 당신의 의중은 이해했소. 하지만 우리가 그들을 어떻게 보느냐에 상관없이 그들의 앞날은 그들이 조약을 얼마나 잘 준수하느냐에 달렸소. 세노네스족과 카르누테스족이 특히 그렇소. 트레베리족은 어쩔 도리가 없을 듯싶소. 그들은 무력으로 제압해야 할 거요. 하지만 장발의 갈리아 중부의 켈트족은 교양 있는 사람들이니 조약과 조약의 각 조목이 지니는 중요성을 충분히 이해할 거요. 나는 세노네스족의 아코나 카르누테스족의 구트루아투스 같은 자들을 처형해야 하는 상황이 오길 원치 않소. 하지만 그들이 나를 배신한다면 그때는 나도 어쩔 수 없소. 두 분 다 이 점에 추호의 의심도 품지 마시오!"

"그들은 당신을 배신하지 않을 것이오, 카이사르." 코투스가 안심시켰다. "당신 말대로 그들은 켈트족이잖소. 벨가이족과 다르지요."

짜증이 난 카이사르는 자기도 모르게 손으로 머리를 쓸어넘길 뻔했다. 하지만 손은 이마 위에서 멈췄다가 이내 얼굴선을 따라 내려왔다. 무슨 일이 있어도 귀한 머리칼을 흐트러뜨릴 순 없었다. 숱이 부족해 긴 시간 공들여 세심하게 빗어내린 터였다. 그는 한숨을 내쉬며 자세를 편안히 하고 두 갈리아인을 쳐다보았다.

"내가 그들에게 응징을 가하는 것이 로마가 거대한 발로 그네들의 권리를 짓밟는 것처럼 비친다는 것을 내가 모르리라고 생각하시오? 내가 도리어 한 발짝 물러서서 그들을 포용하려 해도, 그들은 그런 나를 자꾸만 기만하고 배신하고 우습게 봤소! 그들을 어린아이에 빗댄 것은 전혀 부적절하지 않소, 도릭스." 카이사르가 잠시 숨을 골랐다. "내가 이 경고를 두 분에게 하는 이유는 오늘 두 분이 다른 부족들의 선처를 부탁하러 왔기 때문이오. 분명히 말하겠는데, 이번 새 조약이 제대로 지켜지지 않으면 나도 그때는 강경한 태도를 취하겠소. 선서로 맺은 경건한 계약을 어기는 것은 명백한 배신행위요! 그리고 만일 로마 민간인이 살해된다면, 나는 그 죄인을 로마에서 반역죄나 살인죄를 저지른 비시민권자를 처벌할 때와 똑같은 방식으로 처벌하겠소. 채찍질을 한 뒤 목을 베겠다는 뜻이오. 나는 자잘한 하수인들을 말하는 게 아니오. 반역죄든 살인죄든 죄가 발각되면 그 부족의 지도자를 처형하겠소. 분명히 알아들었소?"

그가 화를 낸 것도 아닌데 방안이 몹시 추워진 느낌이었다. 코투스와 도릭스는 눈빛을 교환하고 대답을 얼버무렸다. "네, 카이사르."

"그렇다면 가서 다른 부족들에게 내 의향을 알리시오. 특히 세노네스족과 카르누테스족 지도자들에게." 카이사르가 일어섰다. "그러면 나는 이제부터," 카이사르가 미소를 지으며 말했다. "트레베리족과 암비오릭스와의 싸움에 전심전력을 쏟을 수 있겠소."

그해 월동 숙영지인 사마로브리바를 채 떠나기도 전에, 카이사르는 세노네스족 지도자 아코가 불과 며칠 전에 체결한 조약을 벌써 위반한 사실을 알게 되었다. 이 졸렬한 갈리아 귀족들을 어찌해야 할까? 자기 대신 다른 사람이 대신 선처를 호소하게 하고 새로 조인한 협정을 아무렇지 않게 어기는 그들을? 갈리아인에게 신용이란 정확히 무엇일까? 갈리아에서 신용은 어떻게 작동하는 걸까? 아이두이족의 코투스는 아코가 신용할 만한 자가 아님을 분명히 알고 있었을 터다. 그런데도 어째서 그는 아코가 잘 처신할 거라고 장담했을까? 그리고 카르누테스족의 구트루아투스는? 그자도 똑같을까?

하지만 먼저 벨가이족을 손봐야 했다. 카이사르는 7개 군단과 물자 수송대를 콤미우스의 아트레바테스족 영토에 자리한 네메토켄나로 행군시킨 뒤, 거기서 2개 군단과 물자 수송대를 라비에누스가 있는 모사 강으로 보냈다. 나머지 5개 군단은 콤미우스와 함께 스칼디스 강 연안을 북진해 메나피족의 영토로 데려갔다. 메나피족은 한번 싸워보지도 않고 북해 연안을 따라 자기네 염습지로 달아났다. 로마군의 보복은 간접적이지만 살벌했다. 메나피족의 떡갈나무들이 쓰러졌고 모든 가옥이 불탔다. 이제 막 싹튼 농작물이 갈퀴에 긁혀나갔고 소, 양, 돼지가 도살당했다. 닭, 거위, 오리는 목이 꺾였다. 로마군은 한껏 배를 불렸으며 메나피족에겐 아무것도 남기지 않았다.

메나피족은 화평을 청하며 인질을 바쳤고, 카이사르는 그 대가로 콤미우스 왕과 수하의 아트레바테스족 기병대를 그곳에 주둔시켰다. 사뭇 의미심장한 조치였다. 콤미우스 왕은 메나피족의 땅을 선사받았으며 그의 영토가 그만큼 확대된 것이다.

라비에누스도 나름대로 문제를 겪었지만, 카이사르가 5개 군단을 이끌고 도착했을 즈음에는 트레베리족과의 전투에서 이미 대승을 거둔 터였다.

"앞서 보내주신 2개 군단이 없었다면 성공하지 못했을 겁니다." 라비에누스가 밝게 웃으며 공로를 카이사르에게 넘겼다. 이렇게 말해도 자신의 화려한 업적이 퇴색하진 않으리라는 것을 라비에누스는 잘 알고 있었다. "최근에는 암비오릭스가 트레베리족을 지휘했습니다. 그가 공격 태세를 갖췄을 때 마침 2개 군단이 도착했지요. 그래서 그는 일단 군대를 철수하고 게르만족 증원군이 레누스 강을 도하해 오기를 기다렸습니다."

"그래서 그들이 왔나?"

"오긴 했지만 꽁무니를 빼고 돌아갔습니다. 물론 저는 그들을 기다리고 싶지 않았고요."

"그랬겠지." 카이사르가 보일 듯 말 듯 희미한 미소를 지으며 말했다.

"제가 속임수를 썼습니다. 같은 속임수에 계속 당하다니 그놈들도 참 신기합니다, 카이사르. 이번에도 저는 첩자들을 속이는 수법을 썼습니다. 우리 기병대 내의 트레베리족 첩자들은 제가 겁을 먹고 후퇴하려는 줄로 알고 있었죠." 라비에누스가 믿기지 않는다는 듯 고개를 가로저었다. "하지만 이번엔 제가 진짜로 군대를 움직였습니다. 그러자 적들이 우리 대열을 향해 으레 그렇듯 무질서하게 몰려들더군요. 제 병사들은 즉각 진로를 바꾸어 필룸창을 던지며 진격했습니다. 수천 명의 적군이 죽었습니다. 전사자 수가 엄청났으니 앞으로 더는 문제를 일으키지 못할 겁니다. 남은 트레베리족 역시 지금쯤 북쪽에서 게르만족을 막아내느라 바쁠 테고요."

"암비오릭스는?"

"인두티오마루스의 친족들과 재빨리 레누스 강을 건너 달아났습니다. 트레베리족의 실권은 다시 킹게토릭스에게 돌아갔고요."

"흐음." 카이사르가 생각에 잠겼다. "그렇다면 라비에누스, 트레베리족이 패배의 상처를 핥고 있는 동안 우리는 레누스 강에 다리를 하나 더 건설하면 어떨까? 자네 게르마니아에 다녀오면 어떻겠나?"

"이 더러운 숙영지에 수개월간 주둔해 있었더니 이곳은 지긋지긋합니다, 카이사르. 하데스라도 기꺼이 다녀오겠습니다!"

"자네 말대로 정말 더럽군, 티투스. 하지만 비료가 많아서 앞으로 10년은 밀을 400배씩 거두겠어." 카이사르가 말했다. "도릭스에게 트레베리족이 오기 전에 어서 여기를 차지하라고 해야겠군."

대규모 토목공사는 카이사르가 가장 좋아하는 작업이었다. 이번 다리는 2년 전 처음으로 놓았던 자리보다 조금 더 상류에 놓기로 했다. 장대한 레누스 강의 갈리아 쪽 강둑에는 전에 쓰고 남은 목재가 아직 그대로 쌓여 있었다. 떡갈나무여서 그동안 썩기는커녕 오히려 숙성되어 있었다.

두번째 교각 건설 작업은 지난번보다 버거웠다. 지난번과 달리 떠날 때 다리를 완전히 허물지 않을 예정이었기 때문이다. 완성하기까지 총 여드레가 걸렸다. 로마 군단병들은 통나무를 강바닥으로 옮기고, 도로를 받칠 철탑을 세우고, 철탑을 세찬 급류로부터 보호하기 위해 상류 쪽에 각진 모양의 거대한 버팀대들을 설치했다. 이 버팀대가 물살을 갈라줌으로써 교각 자체에 가해지는 급류의 힘을 줄여주었다.

"대체 카이사르는 못하는 게 뭐야?" 퀸투스 키케로가 트레보니우스에게 물었다.

"아직까진 못 봤습니다. 원하기만 하면 당신의 아내도 빼앗을 수 있을 걸요. 하지만 제일 좋아하는 일은 토목공사 같습니다. 사령관님께서 가장 아쉬워하는 것 하나가 갈리아인들이 제대로 된 공성전을 펼칠 기회를 주지 않는다는 것이니까요. 누만티아 공성전이 매음굴에서의 느긋한 하룻밤으로 보이게 만들 정도로 대단한 공성전 말입니다. 그 얘기를 카이사르에게 직접 듣고 싶으면, 스키피오 아이밀리아누스의 카르타고 공성전에 대해 그분한테 물어보세요. 아이밀리아누스가 그 전투에서 놓친 게 정확히 뭔지 알려줄 거예요."

"그분께는 모든 게 연구 대상이에요." 파비우스가 싱긋 웃으며 말했다.

"폼포니아를 잘 치장해서 카이사르 코앞에 들이밀면 과연 데려가줄까?" 퀸투스 키케로가 몹시 간절한 얼굴로 물었다.

트레보니우스와 파비우스가 폭소를 터트렸다.

마르쿠스 유니우스 실라누스가 아니꼬운 듯 흘겨봤다. "내가 보기엔 이건 순전히 시간 낭비입니다. 배로 건너야죠. 다리 건설은 오로지 개인적인 공적을 쌓기 위한 것일 뿐이에요."

전투 경험이 많은 보좌관들이 그를 경멸하듯 쳐다보았다. 실라누스는 복무 연장 요청을 받지 못할 보좌관에 속했다.

"그래, 배로 건널 수도 있지." 트레보니우스가 느릿하게 말했다. "하지만 그렇게 하면 돌아올 때도 배를 타야 하네. 그런데 그러다 만일 수에비족이나 우비족 수백만 명이 숲에서 덮치면 어쩔 텐가? 카이사르는 뻔한 위험을 감수하지 않아, 실라누스. 카이사르가 갈리아 쪽 연안에 포 배치를 어떻게 했는지 보이나? 급하게 후퇴해야 할 경우가 생기면 그는 게르만족이 건너오기 전에 다리를 산산조각낼 걸세. 카이사르가 늘 이기는 비결 중 하나는 속도야. 다른 하나는 가능한 모든 상황에 철저히 대비하는 것이고."

라비에누스가 독수리 부리를 닮은 콧구멍을 벌름댔다. "음, 그놈들 냄새가 나는데!" 그가 의기양양하게 말했다. "아, 게르만족 네놈들이 스스로 고리버들 우리에서 타죽기를 바라게 해주마!"

이 말에 누군가 적당한 대답을 찾기 전에 카이사르가 만면에 웃음을 띠고 나타났다. "자, 다들 군대를 소집하게! 수에비족을 뒤쫓아 숲으로 들어가야지."

"뒤쫓다니요? 그게 무슨 뜻입니까?" 라비에누스가 물었다.

카이사르가 웃었다. "내가 잘못 알고 있지 않다면, 티투스, 그 말에 다른 뜻은 없다네."

로마군은 으레 그렇듯 여덟 명씩 나란히 서서 큰 다리를 건넜다. 쿵쿵대는 율동적인 발소리는 교각의 나무판자가 진동하면서 커다란 북소리가 되어 울려퍼졌고, 그 떨림은 아래로 흐르는 강물까지 전해졌다. 군단병들이 게르만족의 땅에 발을 내딛는 소리가 수 킬로미터 바깥까지 들린 게 분명했다. 우비족 족장들이 단체로 나와 그들을 기다리고 있었다. 하지만 그들 뒤에 게르만족 전사들은 없었다.

"우리는 아니오!" 무리의 대표가 소리쳤다. 이름은 헤르만인 듯했다. "카이사르, 맹세하오! 수에비족은 트레베리족에 지원군을 보냈지만, 우리는 아니오! 트레베리족을 도우러 강을 건넌 우비족 전사는 단 한 명도 없소, 맹세하오!"

"진정하시오, 아르미니우스." 카이사르가 통역을 통해 말했다. 그는 흥분한 우비족 대변인을 라틴어식 이름으로 불렀다. "그게 사실이라면, 당신들은 두려워할 이유가 없소."

우비족 족장들 곁에 검은색 옷차림으로 보아 케루스키족이 분명한 귀족이 하나 서 있었다. 케루스키족은 수감브리족 영토와 알비스 강 사이에 거주하는 강력한 부족이었다. 카이사르의 눈길이 자꾸만 그에게 향했다. 놀라웠다. 희디흰 피부에 붉은 기가 도는 황금빛 곱슬머리. 영락없이 루키우스 코르넬리우스 술라의 닮은꼴이었다. 카이사르는 술라가 한때 가이우스 마리우스의 명령하에 게르만족 사이에서 첩자 노릇을 했다는 이야기를 떠올렸다. 술라와 퀸투스 세르토리우스였지. 이자의 나이가 몇이나 될까? 게르만족은 인상이 부드럽고 피부가 젊어 보이기 때문에 나이를 가늠키 어려웠다. 하지만 이자도 알고 보면 나이가 예순일 수 있었다. 그래, 그럴 수 있어.

"이름이 무엇이오?" 카이사르가 통역을 통해 물었다.

"코르넬이오." 케루스키족이 대답했다.

"혹시 쌍둥이 형제가 있소?"

카이사르의 눈동자와 꼭 닮은 옅은 색 눈동자가 커지며 정중한 빛을 띠었다.

"그렇소. 수에비족과 싸우다 전사했소."

"부친은 어떤 분이었소?"

"위대한 족장이었다고 어머니로부터 전해 들었소. 켈트족 출신이었소."

"부친의 이름은 무엇이었소?"

"코르넬."

"그러면 이제는 당신이 케루스키족을 이끌고 있소?"

"그렇소."

"로마와 전쟁을 벌일 생각이오?"

"절대 그럴 일은 없소."

이 대답에 카이사르는 미소 짓더니 고개를 돌려 헤르만에게 말했다. "진정하시오, 아르미니우스!" 그는 재차 일렀다. "당신 말을 믿소. 이제 당신네 요새로 돌아가 재산을 안전하게 지키는 것말고 다른 일은 아무것도 하지 마시오. 내가 원하는 것은 암비오릭스지, 전쟁이 아니오."

"당신이 다리를 놓는 동안 수에비족이 강을 향해 크게 외쳤소, 카이사르. 암비오릭스는 자기 부족인 에부로네스족에게 돌아갔다고. 수에비족이 계속 그렇게 외치고 있소."

"수에비족은 참 사려 깊군요. 하지만 내가 직접 찾아보겠소." 카이사르가 미소를 지으며 말했다. "그런데 아르미니우스, 이렇게 만났으니 당신에게 한 가지 제안을 하고 싶소. 우비족 전사들은 기병으로 구성되어 있지요. 듣자 하니 실력이 게르마니아에서 최고일 뿐 아니라 벨가이족과 견주어도 매우 월등하다던데, 그 말이 사실이오?"

헤르만이 자부심에 찬 얼굴로 가슴을 폈다. "그렇소, 사실이오."

"하지만 좋은 말을 구하기가 어렵지 않소?"

"아주 어렵소, 카이사르. 일부는 케르소네소스 킴브리아에서 구해오지요. 늙은 킴브리족 사람들이 큰 말을 기르니까요. 우리가 벨기카와 전쟁을 벌이는 이유도 대개는 영토 때문이 아니오. 그보다는 주로 이탈리아와 히스파니아 말이 필요해서요."

"그렇다면," 카이사르가 아주 친근한 어조로 말했다. "내가 당신에게 도움이 될 만한 제안을 하겠소, 아르미니우스."

"내게 도움이 될 제안이라고요?"

"그렇소. 내년 겨울에 당신네 부족의 최고 기마 전사 400명을 프로빙키아의 비엔으로 보내시오. 태워 보내는 말은 신경쓰지 마시오. 레미족이 기른 최고 품질의 말들이 비엔에서 그들을 기다리고 있을 테니까. 일찍 도착하면 각자의 말을 훈련시킬 시간도 있을 거요. 거기에 추가로 레미족 말 중에서 좋은 종마들로 고른 1천 필을 보내주겠소. 말값은 내가 직접 레미족에게 지불하겠소. 어떻소, 흥미가 동하오?"

"물론이오!"

"좋소! 내가 떠날 때 자세히 이야기합시다."

그런 다음 카이사르는 코르넬에게 천천히 걸어갔다. 코르넬은 두 사람의 대화가 들리지 않는 곳에서 나머지 다른 족장들과 함께 있었다. 카이사르 수하의 통역관들을 감독하는 나이우스 폼페이우스 트로구스도 거기에 있었다.

"궁금한 게 한 가지 더 있소, 코르넬. 당신은 슬하에 아들이 있소?"

"아내가 열한 명이고 그들로부터 얻은 아들이 스물세 명이오."

"손주도 있소?"

"나이가 충분히 찬 아들들은 손주도 낳았지요."

"오, 술라가 들으면 얼마나 기뻐할까!" 카이사르가 웃으며 말했다. "딸도 있소?"

"살려둔 딸은 여섯 명이오. 제일 예쁜 딸들이오. 오늘 내가 여기 온 이유도 딸 하나가 헤르만의 장남과 결혼하기로 해서요."

"현명하군요." 카이사르가 알겠다는 듯 고개를 끄덕이며 말했다. "쓸 만한 혼맥을 맺기에 여섯이면 충분하지요. 절약정신이 참으로 투철하시오!" 카이사르는 진지한 얼굴로 허리를 반듯하게 폈다. "코르넬, 여기 좀더 머무르시오. 나는 장발의 갈리아로 돌아가는 길에 우비족과 우호동맹 조약을 맺어야 하오. 그런데 나는 거기에 덧붙여 케루스키족과도 우호동맹 조약을 맺고 싶소. 오래전에 별세한 아주 위대한 로마인이 무척 기뻐할 테니까."

"하지만 우리 케루스키족은 이미 로마와 우호동맹 조약을 맺었소." 코르넬이 말했다.

"정말이오? 언제 체결되었소?"

"내가 태어났을 즈음이오. 조약서를 내가 보관하고 있소."

"그렇다면 내가 할 일을 제대로 하지 않았군요. 우리 쪽 조약서는 유피테르 페레트리우스 신전 벽에 술라가 걸어둔 그대로 걸려 있을 거요. 화재로 소실되지만 않았다면."

술라의 게르만족 아들은 어리둥절한 얼굴로 서 있었다. 하지만 카이사르는 그에게 자세한 사연을 밝힐 생각이 없었다. 그 대신 당황한 척 주변을 둘러보았다. "그런데 수감브리족이 보이지 않는군! 수감브리족은 어디 있소?"

헤르만이 마른침을 삼켰다. "당신이 갈리아로 돌아가면 올 거요, 카이사르."

수에비족은 바케니스 숲의 처마 밑으로 숨었다. 너도밤나무와 떡갈나무와 자작나무가 끝없이 늘어서 있는 그곳은 나중에는 그보다 더 웅대한 헤르키니아 숲과 합쳐지며 1천600여 킬로미터를 그대로 뻗어가 저멀리 다키아와 흑해로 이어지는 긴 강들을 만났다. 사람들은 바케니스 숲을 60일간 걸어도 한가운데에 미치지 못한다고 했다.

떡갈나무와 도토리가 있는 곳이면 어디나 돼지가 살기 마련이었다. 인간의 발길이 닿지 않는 천혜의 요새에 사는 야생 돼지들은 몸집이 어마어마하게 크고 앞니가 길었으며 성질이 흉포했다. 두려움을 모르는 늑대들도 먹잇감을 찾아 여기저기 몰려다녔다. 갈리아의 숲 중에서도 특히 아르두엔나 숲은 주로 야생 돼지와 늑대가 많았지만, 게르마니아의 숲은 사람들이 동방으로 내쫓지 않은 신화와 우화를 그대로 품고 있었다. 무시무시한 괴생명체들이 그곳에 살았다! 뿔이 지나치게 무거워 나무에 기대어 잠을 잔다는 거대 말코손바닥사슴, 몸집이 작은 코끼리만한 들소. 거대한 곰은 발톱이 사람 손가락만 하고 이빨도 사자처럼 큰데 두 다리로 서면 사람을 위에서 굽어볼 수 있을 정도라고 했다. 곰은 주로 사슴, 들소, 야생 양을 잡아먹지만 사람도 마다하지 않았다. 게르만족은 그런 짐승들을 잡아다 가죽을 벗겼다. 짐승 가죽은 포근한 잠자리를 만들어주는데다 값비싼 무역 상품이었으므로 사람들에게 언제나 인기가 높았다.

소문이 이러했으니 병사들이 바케니스 숲 주변을 두려워하는 것은 조금도 놀라운 일이 아니었다. 그들로서는 솔 인디게스와 텔루스 신이 카이사르를 바케니스 숲에 들어가고 싶지 않게끔 만들어주기만 한다면 제물을 한없이 갖다 바치고 싶은 심정이었다. 카이사르를 따라 숲으로 들어간다 해도 공포심을 떨칠 수 없을 것이었다.

"흠, 게르만족은 드루이드교를 믿지 않으니 나무를 베는 건 의미가 없겠지." 불안해하는 보좌관들에게 카이사르가 말했다. "내 군인들을 공포에 빠뜨리고 싶지도 않네. 우리 군의 송곳니를 충분히 과시했으니 이 정도면 할 일을 한 거야. 장발의 갈리아로 복귀한다."

하지만 이번에는 다리를 전부 허물지 않았다. 게르만족 쪽 강둑에서 60미터 정도만 부수고 나머지는 그대로 둔 채 강고하게 요새화된 주둔지를 짓고, 게르마니아 땅이 수 킬로미터 멀리까지 내다보일 정도로 높은 탑 하나를 세웠다. 카이사르는 이 주둔지에 종달새5군단을 배치하고 가이우스 볼카티우스 툴루스에게 지휘를 맡겼다.

때는 9월 말로 접어들었다. 계절상으로는 여전히 한여름이었다. 벨가이족은 이미 무릎을 꿇었지만, 그들의 저항을 완전히 끝장내려면 아직 작전을 하나 더 수행해야 했다. 카이사르는 레누스 강 다리에서 서쪽으로 이동해 이미 폐허가 된 에부로네스족 영토로 갔다. 암비오릭스가 정말 그곳에 있다면 반드시 붙잡아야 했다. 에부로네스족은 암비오릭스의 백성이었다. 하지만 통치할 백성이 없다면 더이상 왕일 수 없었다. 에부로네스족은 드루이드교의 명단에서 사라져야 했다. 아트레바테스족의 콤미우스 왕은 이 결정을 두 팔 벌려 환영했다. 콤미우스의 영토는 빠르게 확장되었고 영토를 채울 백성들은 충분히 많았다. 벨가이족의 지고왕이 될 날이 점점 가까워지고 있었다.

하지만 퀸투스 키케로는 운이 썩 좋지 않았다. 퀸투스에게 병사들을 잘 다루는 바람직한 재능이 있는 것을 알아본 카이사르는 그에게 15군단의 지휘를 맡겼다. 전투 경험이 없는 신병으로만 구성된 유일한 군단이었다. 에부로네스족이 궤멸되었다는 소식은 강 건너 게르마니아까지 전해졌다. 마침내 수감브리족은 비공식적으로 카이사르를 돕기로 결정하고 배를 타고 벨기카로 건너 와 벨가이족을 치는 데 작은 힘을 보탰다. 그런데 불행히도 수감브리족은 대열이 엉성하고 기강이 해이한 로마군을 보자 유혹을 느끼기 시작했다. 어느 날 수감브리족은 신이 나서 15군단을 덮쳤고, 갑작스런 공격에 당황한 군단병들을 퀸투스 키케로와 수하의 군관들도 어찌하지 못했다.

혼란 속에 2개 대대가 불필요하게 수감브리족에게 희생되었다. 카이사르는 10군단을 거느리고 도착해 더 큰 손실을 막았다. 수감브리족은 기쁨과 공포가 뒤섞인 비명을 지르며 황급히 달아났다. 카이사르와 퀸투스 키케로가 질서를 회복하기까지 꼬박 하루가 걸렸다.

"사령관님을 실망시켰습니다." 퀸투스 키케로가 물기 어린 눈으로 바라보며 말했다.

"아니, 절대 그렇지 않소. 아직 전투 경험이 없고 불안한 상태의 병사들이오. 게르마니아 숲 때문에 다들 잔뜩 얼어 있었소. 이런 일은 일어나기 마련이지요. 내가 데리고 있었대도 상황이 별반 다르지 않았을 거요. 굳이 따지자면 이건 무능한 백인대장들의 잘못이지 내 보좌관의 잘못이 아니오."

"사령관님께서 그들을 이끌었다면 미비점을 앞서 파악하고 행군 도중 총체적인 혼란에 빠지지 않도록 철저히 대비했겠지요." 퀸투스 키케로가 말했다. 카이사르의 말은 그에게 전혀 위로가 되지 않았다.

카이사르가 퀸투스 키케로의 어깨에 팔을 두르고 다정하게 흔들었다. "그랬을 수도 있지요. 하지만 확실하진 않소. 우리가 진실을 한번 가려봅시다. 이제 당신이 10군단을 맡으시오. 15군단은 앞으로 몇 달간 내가 데리고 있겠소. 올가을에 알프스 산맥을 넘어 이탈리아 갈리아로 갈 생각인데 거기도 같이 데려가지요. 기절할 정도로 강행군을 시켜서 말 잘 듣는 꼭두각시 인형을 만들어놓겠소. 기강이 풀어진 백인대장들까지 말이오."

"그 말씀은 나도 실라누스처럼 짐을 싸게 될 거란 뜻입니까?" 퀸투스 키케로가 물었다.

"진심으로 말하지만 절대 그러지 말길 바라오, 퀸투스! 당신이 스스로 가겠다고 하기 전까지는 나와 함께할 거요." 카이사르는 팔에 힘을 주어 그를 꽉 움켜잡았다. "이보시오, 퀸투스, 내게 있어서만큼은 당신이 저 위대한 키케로의 형이오. 위대한 키케로가 포룸 로마눔에서는 제일가는 싸움꾼일지 몰라도 진짜 전쟁터에서는 자루 속에 숨어 나오지도 못하잖소. 제각각 돋보이는 무대가 따로 있지요. 내가 좋아하는 키케로는 언제까지나 당신일 거요."

훗날 이 말은 퀸투스 키케로의 마음속에 머무르며 쓰라린 고통과 추스르기 힘든 악감정과 툴리우스 키케로 가문의 끔찍한 균열을 불러일으켰다. 퀸투스는 그 말을 결코 잊지 못했고, 그 말을 내뱉은 카이사르를 사모하지 않도록 마음을 다잡지 못했다. 핏줄이 제일 중요했지만, 그렇다 해도 마음은 아팠다. 아, 차라리 그가 카이사르 밑에서 복무하지 않았더라면! 하지만 만일 그랬다면 위대한 키케로는 항상 그의 모든 사고를 지배했을 것이고, 퀸투스는 영원히 자기 자신이 되지 못했을 터였다.

분쟁으로 점철된 한 해의 끝이 보이기 시작했다. 카이사르는 군단들을 일찌감치 월동 숙영지에 배치했다. 2개 군단은 트레베리족 영토에 새로 지은 숙영지에 라비에누스의 지휘하에 배치하고, 2개 군단은 로마에 늘 충성해온 링고네스족의 세콰나 강 연안 영토에 배치했으며, 6개 군단은 세노네스족의 주요 요새 아게딩쿰에 배치했다.

카이사르는 이탈리아 갈리아로 떠날 채비를 했다. 이탈리아 갈리아로 가는 도중에 리안논과 아들을 아라우시오 외곽의 빌라에 직접 데려다준 뒤 아들에게 가정교사를 구해줄 생각이었다. 도대체 뭐가 문제인지, 아이는 먼 옛날 그리스인들이 일리온 해안가에서 보낸 10년이나 아킬레우스와 헥토르의 경쟁, 아약스의 광기, 테르시테스의 반역 따위에 도통 관심을 보이지 않았다. 카이사르가 리안논에게 이런 이야기를 하면, 그녀는 오르게토릭스는 이제 겨우 네 살이라고 쏘아붙였다. 하지만 리안논에겐 말하지 않았어도 카이사르는 늘 자기가 그 나이 또래에 어땠는지에 비추어 아이의 행동을 판단했다. 천재에게서 난 자식이 그저 평범한 아이라는 사실을 그는 이해할 수 없었다.

11월 말이 되자 카이사르는 다시 범갈리아 부족회의를 열었다. 이번 회의 장소는 레미족의 요새 두로코르토룸이었다. 이번 회의의 목적은 토론이 아니었다. 카이사르는 세노네스족 지도자 아코를 반란 기도 혐의로 기소했다. 그는 정식 로마식 재판을 정해진 절차에 따라 열었다. 단, 공판은 1회뿐이었다. 증인, 증인에 대한 교차신문, 로마인 26명과 갈리아인 25명으로 구성된 배심원단, 기소인과 변호인이 자리했다. 카이사르가 직접 재판장을 맡았고, 세노네스족을 위해 선처를 호소했던 아이두이족의 코투스가 카이사르의 오른편에 앉았다.

켈트족 전체와 벨가이족 일부가 참석했지만, 레미족 대표들은 다른 모든 부족 대표의 수를 합친 것보다도 많았다(또한 갈리아인 배심원 25명 중 6명이 레미족이었다). 아르베르니족 대표단은 두 명의 베르고브레투스, 즉 고반니티오와 크리토그나투스가 이끌고 있었다. 하지만 그들 무리 사이로 베르킹게토릭스도 보였다. 그래, 자네가 빠질 리 없지, 하고 카이사르는 속으로 한숨을 쉬며 생각했다. 베르킹게토릭스는 곧장 이의를 제기했다.

"이것이 공정한 재판이라면 어째서 배심원단에 갈리아인보다 로마인이 한 명 더 많소?" 베르킹게토릭스가 카이사르에게 따져 물었다.

카이사르가 눈을 크게 떴다. "투표 결과가 동점이 되는 상황을 피하기 위해 관례상 배심원단은 홀수로 구성하오." 그가 온화한 어조로 말했다. "제비뽑기로 정해진 결과요. 당신도 어제 직접 참관하지 않았소, 베르킹게토릭스? 그리고 본 재판에서는 모든 배심원이 로마인으로 간주되며 동등한 투표권을 갖소."

"로마인이 스물여섯 명이고 갈리아인은 스물다섯 명뿐인데 어찌 동등할 수 있겠소?"

"배심원단에 갈리아인을 한 명 추가하면 만족하겠소?" 카이사르가 참을성 있게 물었다.

"그렇소!" 베르킹게토릭스는 자기 뒤에 앉은 로마인 보좌관들이 비웃는 것을 불편하게 의식하며 딱딱거리는 말투로 대답했다.

"그러면 그리하겠소. 착석하시오, 베르킹게토릭스."

고반니티오가 자리에서 일어섰다.

"할말이 있으시오?" 고반니티오를 잘 아는 카이사르가 물었다.

"조카의 무례한 행동을 사과하겠소, 카이사르. 다시는 이런 일이 없을 것이오."

"마음이 놓이오, 고반니티오. 자, 이제 재판을 열어도 되겠소?"

증인신문과 변호인 발언이 이어졌다. (퀸투스 키케로가 아코의 변호인으로서 훌륭한 연설을 펼치는 광경을 카이사르는 흐뭇한 표정으로 바라보았다. 베르킹게토릭스 이놈, 이것도 불평할 테면 해봐라!) 마침내 이날 재판에서 가장 높은 관심을 모은 평결 발표가 있었다.

배심원들 중 서른세 명이 콘뎀노(유죄), 열아홉 명이 압솔보(무죄) 판결을 내렸다. 유죄판결을 내린 이들은 로마인 전원과 레미족 여섯 명과 링고네스족 한 명이었다. 하지만 무죄판결을 내린 열아홉 명은 아이두이족 세 명을 포함해 전부 갈리아인이었다.

"형벌은 자동으로 결정되오." 카이사르가 무미건조한 목소리로 말했다. "아코는 채찍질을 당하고 참수될 거요. 처벌은 즉각 내려지며, 현장 관람도 허용되오. 부디 여러분 모두가 오늘의 교훈을 마음에 새기기 바라오. 앞으로 그 누구도 조약을 어기는 일이 없도록 하시오."

재판은 전부 라틴어로만 진행되었으므로, 아코는 로마군이 자신의 양옆에 섰을 때에야 자신이 받게 될 형벌이 무엇인지 깨달았다.

"나는 자유로운 땅의 자유인이다!" 아코는 결연히 가슴을 펴고 이렇게 외치더니 군인들을 옆에 낀 채 방에서 걸어나갔다.

베르킹게토릭스가 환호했다. 고반니티오가 베르킹게토릭스의 얼굴을 후려쳤다.

"조용히 해라, 이 어리석은 녀석!" 고반니티오가 말했다. "아직도 정신을 못 차렸느냐?"

베르킹게토릭스는 방에서 나갔다. 회의장을 떠나서, 아코에게 형벌을 가하는 현장이 보이지도 들리지도 않을 때까지 계속 걸었다.

"라비에누스에게 목이 베이기 직전에 둠노릭스도 똑같은 말을 했다지." 카르누테스족의 구트루아투스가 말했다.

"무슨 말이오?" 베르킹게토릭스가 떨리는 목소리로 물었다. 얼굴이 식은땀으로 흥건했다. "그가 무슨 말을 했다는 거요?"

"'나는 자유로운 땅의 자유인이다!' 라비에누스가 목을 치기 전에 둠노릭스가 그렇게 외쳤다고 하오. 그리고 그의 여자는 지금 카이사르와 놀아나고 있소. 이곳은 자유로운 땅이 아니고, 우리도 자유인이 아니오."

"두말할 필요가 있겠소, 구트루아투스. 아까 다른 사람도 아닌 내 숙부가 카이사르의 면전에서 내 얼굴을 후려쳤소! 왜 그랬겠소? 우리는 그저 무서워서 벌벌 떨면서 카이사르에게 무릎을 꿇고 용서를 구해야 하오?"

"카이사르는 지금 우리가 자유로운 땅의 자유인이 아니라고 가르치고 있는 거요."

"아, 다그다 신이여, 타라니스 신이여, 에수스 신이여. 나는 오늘 일을 잊지 않겠습니다. 카이사르의 목을 반드시 내 집 대문 앞에 걸겠습니다!" 베르킹게토릭스가 외쳤다. "감히 어떻게 자기 행동을 그리도 가식적인 말로 치장한단 말인가!"

"우수한 군대를 지휘하는 우수한 장군이기 때문이지요." 구트루아투스가 이를 앙다물고 말했다. "그가 무려 5년간 우리 갈리아 땅을 휘젓고 다녔는데도 우리는 아무런 대처를 하지 못했소! 그는 벨가이족을 사실상 끝장냈소. 하지만 그가 아직 켈트족을 끝장내지 않은 이유는 단순하오. 우리가 벨가이족처럼 그에게 대항해 싸우지 않았기 때문이지요. 불쌍한 아르모리키족만이 예외였소. 그들을 보시오! 베네티족은 몽땅 노예로 팔려나갔고, 에수비족은 멸족을 당했소."

아이두이족의 리타비쿠스와 코투스가 어두운 얼굴로 나타났다. 카르두르키족의 룩테리우스와 레모비케스족의 베르고브레투스인 세둘리우스도 합류했다.

"바로 그거요!" 베르킹게토릭스가 그 자리에 모인 모든 이들을 향해 외쳤다. "벨가이족을 보시오. 카이사르는 항상 한 번에 한 부족만 제거했소. 절대 한꺼번에 상대하지 않았소. 처음에 에부로네스족, 그다음에 모리니족, 그다음에 네르비족, 그리고 벨로바키족, 아투아투키족, 메나피족, 심지어 트레베리족까지. 한 번에 하나씩! 하지만 만일 네르비족과 벨로바키족과 에부로네스족과 트레베리족이 힘을 합쳐 한꺼번에 공격했다면 카이사르는 과연 어떻게 되었겠소? 그렇소, 그는 우수한 장군이오! 그의 군대는 우수하오! 하지만 그는 다그다 신이 아니오! 그는 결국 추락할 테고 절대 다시 일어서지 못할 거요!"

"그러니까 당신 말뜻은," 룩테리우스가 느릿하게 말했다. "우리 켈트족이 하나로 뭉쳐야 한다는 것이로군."

"그렇소, 바로 그거요."

코투스가 인상을 찌푸렸다. "하지만 누굴 지도자로 세운단 말이오?" 코투스는 공격적으로 따지듯 물었다. "이를테면 아이두이족이 베르킹게토릭스 당신이 이끄는 아르베르니족을 따라 싸우려 들겠소?"

"만일 아이두이족이 새 갈리아 연합의 일부가 되길 소망한다면, 그렇소, 코투스. 아이두이족은 지도자가 누구건 분명히 우리와 더불어 싸울 것이오." 앙상한 얼굴의 독특한 검은 눈썹 아래에서 암청색 눈동자가 활활 타올랐다. "지도자는 아이두이족의 숙적인 아르베르니족의 내가 될 수도 있고, 아이두이족 사람이 될 수도 있소. 후자의 경우라면 나는 아르베르니족 사람들이 전부 그의 지휘 아래에서 싸우게 할 것이며, 나 역시 그렇게 할 것이오. 코투스, 코투스, 부디 눈을 뜨시오! 당신에게는 보이지 않소? 우리를 무릎 꿇게 하는 것은 우리 사이의 분열, 해묵은 반목이오! 우리는 수적으로 그들보다 우세하오! 그들이 우리보다 더 용감하오? 아니요! 그들은 그저 우리보다 조직화되어 있을 뿐이오. 그들은 마치 하나의 커다란 기계처럼 톱니바퀴가 돌듯 돌아가오. 일사분란하게 뒤로 돌고, 방향을 전환하고, 방진을 이루며, 창을 던지고, 돌격하고, 발맞춰 행진하지! 우리는 그렇게 할 수 없소. 그런 것을 따라 할 시간은 부족하오. 하지만 우리는 수적으로 크게 우세하오. 우리가 하나로 뭉치면 절대 질 리가 없소!"

룩테리우스가 숨을 크게 들이마셨다. "당신과 함께하겠소, 베르킹게토릭스!" 그가 불쑥 말했다.

"나도 함께하겠소." 구트루아투스가 말했다. 그가 문득 미소를 지었다. "당신과 함께할 또다른 사람을 알고 있소. 최고 드루이드인 카트바드요."

베르킹게토릭스가 놀라서 그를 빤히 쳐다봤다. "방금 카트바드라고 했소? 그렇다면 돌아가는 즉시 그를 만나보시오, 구트루아투스! 카트바드가 전 부족의 모든 드루이드들을 구슬리고 회유하고 설득해 힘을 모아준다면 우리 일은 벌써 절반이 끝난 것이나 다름없소."

하지만 코투스는 점점 더 불안해 보였다. 리타비쿠스도 망설이는 듯했고, 세둘리우스 역시 경계하는 표정이 역력했다.

"드루이드와 얘기하는 것보다 아이두이족을 움직이는 게 더 어려울 거요." 코투스가 마른침을 삼키며 말했다. "우리 아이두이족은 로마 인민의 우호동맹 지위를 무척 진지하게 여기고 있으니까."

베르킹게토릭스가 조소했다. "하! 당신들은 정말 어리석소!" 그가 소리쳤다. "겨우 몇 해 전에 그 게르만족 돼지 아리오비스투스에게 비싼 선물을 주고 로마 원로원으로부터 우호동맹 지위를 받아다준 자가 바로 그 카이사르요! 아리오비스투스가 로마의 우호동맹인 아이두이족을 침략하고 있다는 사실을 알면서도, 당신네 소와 양과 여자와 영토를 앗아가고 있다는 사실을 알면서도 그랬지! 카이사르가 아이두이족의 편의를 봐주었소? 천만에! 그가 원한 것은 그저 평화로운 속주였을 뿐이오!" 베르킹게토릭스는 꽉 쥔 주먹을 하늘에 대고 흔들었다. "그가 우리를 게르만족으로부터 지켜주겠다는 그 가증스러운 약속을 입에 담을 때마다 나는 그 일을 떠올리오. 당신네 아이두이족이 생각이라는 걸 할 줄 안다면 당신들 역시 그래야 할 거요."

리타비쿠스가 숨을 고르며 고개를 끄덕였다. "좋소. 나도 당신과 함께하겠소. 내가 여기서 코투스의 의견까지 정할 수는 없소. 코투스는 나보다 연장자고 내년에 콘빅톨라부스와 베르고브레투스를 지낼 분이니까요. 하지만 나는 당신을 위해 일하겠소, 베르킹게토릭스."

"나는 약속할 수 없소." 코투스가 말했다. "하지만 당신을 방해하지 않겠소. 그리고 로마인들에게 이 일을 발설하지도 않겠소."

"당분간 그 이상을 부탁할 일은 없을 것이오, 코투스." 베르킹게토릭스가 말했다. "방법을 생각해보시오." 그가 농담기 없는 미소를 지었다. "직접적인 전투말고도 카이사르를 방해할 방법은 여러 가지가 있으니까요. 카이사르는 아이두이족을 완전히 신뢰하고 있소. 손가락만 까딱하면 아이두이족이 반응해올 걸로 기대하지요. 밀을 더 주시오, 기병대를 더 내주시오, 이것저것 다 더 주시오! 당신같이 나이든 사람은 검을 뽑아들기를 원치 않을 거요. 충분히 이해하오, 코투스. 하지만 당신이 자유로운 땅의 자유인으로 살기를 원한다면, 가이우스 율리우스 카이사르와 싸울 다른 방법을 생각해보는 게 좋을 거요."

"나도 당신과 함께하겠소." 세둘리우스가 마지막으로 대답했다.

베르킹게토릭스가 야윈 손바닥을 위로 펼쳐 내밀었다. 그 위에 구트루아투스가 펼친 손바닥을 얹었다. 다음으로 리타비쿠스, 세둘리우스, 룩테리우스, 마지막으로 코투스가 손바닥을 펼쳐 얹었다.

"자유로운 땅의 자유인." 베르킹게토릭스가 말했다. "동의하오?"

"동의하오." 그들이 대답했다.

카이사르가 출발을 하루나 이틀 미루었다면 리안논을 통해 수상한 낌새를 감지했을지 모른다. 하지만 그는 문득 장발의 갈리아에 잠시도 더 머무르고 싶지 않았다. 카이사르는 이튿날 새벽 일찍 이탈리아 갈리아로 떠났다. 불운한 15군단이 뒤따랐고, 리안논은 다리를 높이 들고 걷는 이탈리아 말을 탔다. 리안논은 베르킹게토릭스를 전혀 만나지 않은 터였다. 그녀는 카이사르가 돌연 어째서 그렇게 쌀쌀맞고 무뚝뚝해졌는지 알 수 없었다. 다른 여자가 생겼을까? 하지만 여자야 늘 있었다! 단지 그 여자들은 카이사르에게 중요하지 않았고 그에게 아들을 낳아준 여자는 그녀밖에 없을 뿐이었다. 아들은 보모와 수레에 타고 트로이아의 목마를 꽉 붙들고 있었다. 메넬라우스, 오디세우스, 아킬레우스, 아약스를 동경해서가 아니었다. 그저 트로이아의 목마만큼 멋진 동물은 세상에 또 없었고, 그 동물은 바로 아이의 것이었으니까.

출발한 지 하루도 되지 않아 카이사르는 일행을 훨씬 앞질러갔다. 그는 노새 네 마리가 끄는 이륜마차를 타고 바람처럼 달리면서 얼굴이 새파랗게 질린 비서 한 명에게는 원로원 긴급 공문에 쓸 내용을, 다른 한 명에게는 로마의 키케로에게 보낼 편지 내용을 구술했다. 퀸투스 키케로와 수감브리족 사이에 있었던 일을 쓰되, 두 편지의 내용을 조금도 헷갈리지 않고 원로원 공문에는 사실관계를 미묘하게 다듬어 썼으며 키케로에게는 그 내용을 보완해 썼다. 원로원의 바보들은 늘 카이사르가 진실을 왜곡해서 쓴다고 생각하지만, 퀸투스 키케로와 수감브리족 사건의 공식 보고서만큼은 그 진위를 의심하지 않으리라.

카이사르는 비서가 마차 밖으로 고개를 내밀고 토악질을 할 때마다 참을성 있게 기다리면서 편지 내용을 계속 구술해나갔다. 무슨 일이라도 좋았다. 두로코르토룸의 회의장에서 벌어진 일을 기억에서 지워버릴 수만 있다면, 아코가 마지막 순간에 둠노릭스를 따라 외친 말을 잊을 수만 있다면 무엇이라도 하고 싶었다. 카이사르는 아코를 희생양으로 삼고 싶지 않았다. 하지만 그들에게 문명국가의 시민이 지켜야 할 규칙과 예의를 가르치려면 달리 무슨 방법이 있었을까? 대화는 통하지 않았다. 본보기도 통하지 않았다.

벨가이족에게 피로써 가르칠 수밖에 없었던 교훈을 켈트족이 스스로 깨치게 만들 방법이 정말 없을까? 과업을 끝마치지 못한 채라면 무슨 일이 있어도 이곳을 떠날 순 없다. 몇 년이 그저 훌쩍 흘러가게 둘 수는 없다. 반드시 완벽한 승리를 거두어 내 존엄을 한껏 드높이고 로마로 돌아가야 한다. 지금의 나는 폼페이우스 마그누스가 최고의 영예를 누렸을 때보다 더 위대한 영웅이다. 온 로마가 내 발밑에 있다. 내게 필요한 일이라면 뭐든지 하고, 어떤 대가라도 치를 것이다. 아, 하지만 잔혹한 기억은 늙은이의 삶에 다정한 위안이 되지 못하리라!

로마

기원전 52년 1월부터 4월까지

Jan. 52 B.C. ~ Apr. 52 B.C.

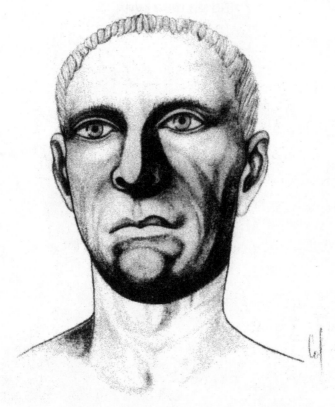

퀸투스 카이킬리우스 메텔루스 피우스 스키피오 나시카 (메텔루스 스키피오)

새해 첫날이 밝았지만 정무관 직은 한 석도 채워지지 않았고, 로마는 원로원과 호민관 열 명의 변덕에 힘없이 휘둘렸다. 작년에 카토는 폼페이우스의 조카 가이우스 멤미우스가 집정관 후보에서 사퇴할 때까지 선거 개최를 저지하겠다던 다짐을 지켰다. 하지만 그것은 7월 말에 나이우스 도미티우스 칼비누스와 조점관 메살라 루푸스가 그해 남은 5개월을 임기로 집정관 직에 복귀하기 전까지였다. 막상 집정관 자리에 오른 두 사람은 올해 사람들을 선출할 선거를 개최하지 않았다. 푸블리우스 클로디우스와 티투스 안니우스 밀로가 시가전을 벌이고 있다는 것이 그 이유였다. 이쪽에서는 밀로가 집정관이 되길 원했고 저쪽에서는 클로디우스가 법무관이 되길 원했지만, 둘 중 어느 쪽도 자기 정적이 동료 고등 정무관으로 공존하는 상황을 용납할 수 없었다. 따라서 클로디우스와 밀로는 각자 자기 밑의 폭도들을 불러모았고, 로마는 상시적인 폭력사태에 시달렸다. 그렇다고 로마 대부분의 지역에서 일상생활이 불편해질 정도는 아니었다. 공포 분위기는 포룸 로마눔과 인근의 거리에 한정되었다. 여하튼 도심에서 충돌 사태가 끊이지 않자 원로원은 그들의 신성한 의사당에서 회의를 열기를 포기했고, 트리부스회와 평민회는 회의를 아예 열지 않았다.

그런데 이렇듯 혼란한 정세 때문에 경력에 심각한 피해를 본 이가 있었으니, 바로 클로디우스의 가까운 친구 마르쿠스 안토니우스였다. 올해로 서른이니 나이로만 따지면 진작 재무관 직에 올랐어야 했다. 재무관이 되면 무엇보다 자동으로 원로원 의원이 될 수 있었고 적극성을 발휘한다면 돈주머니를 불릴 기회가 많았다. 속주 재무관으로 지명되면 총독의 재정을 외부 감독 없이 관리했으므로, 장부를 조작하거나 뇌물을 받고 세금을 면제해주거나 계약금을 조정할 수 있었다. 로마에 머무르며 국고 재정을 관리하는 재무관 3인 중 하나로 임명되어도 이득을 볼 수 있었다. (대가를 받고) 기록을 조작해 누군가의 부채를 탕감해주거나, 국고위원회로부터 수급 자격이 없는 자가 돈을 받게 해줄 수도 있었다. 그러니 항상 빚에 시달리는 마르쿠스 안토니우스로서는 재무관 직을 하루빨리 맡기를 고대했다.

하지만 총독들 중 아무도 안토니우스를 직접 지명해 재무관 직을 맡아달라고 하지 않았다. 생각하면 짜증이 치미는 일이었다. 인심이 후하기로 소문난 총독인 카이사르가 가까운 친척어른이었으니 진작 안토니우스를 재무관으로 지명해주었어야 마땅했다. 카이사르는 마르쿠스 크라수스의 아들들을 재무관으로 지명해 데려갔지만, 그들이 카이사르에게 요구할 수 있는 권리라고는 그들의 부친이 카이사르와 두터운 친분을 나눴다는 게 전부였다. 그러더니 카이사르는 급기야 올해 재무관 자리를 세르빌리아의 아들 브루투스에게 제안했다! 하지만 애써 마음을 써준 보람도 없이 제안을 거절당했고, 브루투스의 외숙부 카토는 이 사실을 온 로마에 요란하게 떠들고 다녔다. 그러자 브루투스의 괴물 같은 어머니(카이사르의 정부라는 사실에 신이 난 여자였다)는 이부동생 카토를 못살게 굴기로 작정하고, 카토가 어리석은 늙은이 호르텐시우스에게 제 아내를 팔아먹은 일을 두고 흥미로운 이야깃거리를 입 싼 사람들에게 흘리고 다녔다!

안토니우스의 외숙부 루키우스 카이사르(올해 카이사르의 선임 보좌관으로 갈리아에서 복무해달라는 요청을 받았다)는 조카를 재무관으로 지명해달라고 카이사르에게 요청하길 거절했고, 결국 안토니우스의 모친(루키우스 카이사르에겐 하나뿐인 누이였다)이 하는 수 없이 직접 편지를 썼다. 카이사르의 답장은 퉁명스럽고 쌀쌀맞았다. 아니요, 율리아 안토니아, 마르쿠스 안토니우스에게는 추첨에 기대를 거는 쪽이 훨씬 이득이 될 테니, 나는 당신의 귀한 장남을 이리로 부르지 않겠습니다, 하는 것이 답장의 요지였다.

"결국," 안토니우스가 불만스러운 목소리로 클로디우스에게 말했다. "저는 가비니우스와 시리아로 나가서 아주 잘하고 왔어요! 기병대를 진짜 전문가처럼 이끌었죠. 가비니우스는 저 없인 아무데도 안 갔다고요."

"제2의 라비에누스가 나셨군." 클로디우스가 빙긋 웃으며 말했다.

클로디우스 클럽은 요즘도 열렸다. 마르쿠스 카일리우스 루푸스, 그리고 구강성교 기술이 대단하다고 소문난 두 중년 여성 셈프로니아 투디타니와 팔라가 빠지긴 했지만. 카일리우스가 클로디우스의 누나 클로디아의 독살을 기도했다는 혐의로 재판을 치르고 무죄 선고를 받는 사이, 대단한 성적 기교로 사람들로부터 혐오를 자아내던 두 여자는 이제 폭삭 늙어 거울을 피하며 집에만 틀어박혀 지냈다.

그러거나 말거나 클로디우스 클럽은 여전히 잘 모였다. 장소는 언제나 그랬듯 클로디우스의 집이었다. 요즘은 클로디우스가 스카우루스에게 1천450만 세스테르티우스를 주고 산 팔라티누스 언덕의 새집에서 모였다. 실내장식이 화려하고 넓은 집이었다. 그들이 지금 티로스 자주색 긴 의자에 나른하게 누워 있는 만찬실은 흑백으로 정육면체 무늬가 그려진 신기한 입체 벽널로 장식되어 있고, 그 양옆으로 꿈속의 한 장면처럼 아련한 아르카디아 풍경화가 펼쳐져 있었다. 때는 초가을이라 주랑정원으로 이어지는 큰 문이 활짝 열려 있었고 그 사이로 기다란 대리석 수조와 수조 주변의 트리톤과 돌고래 장식, 수조 중앙 분수대 위의 으리으리한 암피트리온 인어 조각상이 보였다. 인어가 물고기 꼬리를 단 말들이 끄는 가리비 껍질을 타고 달리는 모습을 표현한 조각상은 금방이라도 살아 움직일 듯 생생하게 채색되어 있었다.

젊은 쿠리오도 그 자리에 있었다. 카이사르의 말도 못하게 멍청한 전처 폼페이아 술라의 친동생 폼페이우스 루푸스, 셈프로니아 투디타니의 아들 데키무스 브루투스, 새로운 회원 플랑쿠스 부르사도 함께 있었다. 물론 세 여자도 있었다. 푸블리우스 클로디우스의 여자들이었다. 누나 클로디아, 클로딜라와 아내 풀비아. 클로디우스는 풀비아를 끔찍이 사랑해서 그녀와 함께가 아니면 아무데도 가지 않았다.

"카이사르가 나한테 갈리아에 다시 오라고 제안해서, 그럴까 생각중이야." 데키무스 브루투스가 말했다. 자기도 모르게 안토니우스의 쓰라린 상처에 소금을 문지른 셈이었다.

안토니우스가 화가 나서 그를 노려봤다. 굉장히 능력 있는 사람으로 보이지만 외모는 그다지 특별할 게 없는 친구였다. 평균 키에 마른 몸매였고 피부가 새하얀 탓에 코그노멘은 알비누스였다. 하지만 카이사르는 그런 그를 총애해 선임 보좌관에게 줄 법한 임무까지 그에게 맡겼다. 어째서 카이사르는 자기 재종질인 마르쿠스 안토니우스는 총애하지 않는 걸까? 어째서?

이 모든 인물들의 중심에 푸블리우스 클로디우스가 있었다. 클로디우스 역시 평균 키에 마른 몸매였지만 피부색은 지나치게 밝은 데키무스 브루투스와 반대로 지나치게 어두웠고, 장난기 밴 얼굴은 웃지 않을 때면 살짝 불안해 보였다. 클로디우스의 삶은, 매우 이단적인 파트리키 집단인 클라우디우스 풀케르 가문의 구성원이 아니라면 절대 겪어보지 못할 특이한 사건으로 가득했다. 시리아의 아라비아인들을 짜증나게 해서 할례를 당했는가 하면, 키케로를 자극하다 대중의 웃음거리가 되었고, 카이사르를 설득해 평민 가문에 입양되는 것을 허락받았으며, 폼페이우스로 하여금 밀로를 고용해 그와 대적할 폭력배 무리를 결성하게 만들었다. 모든 로마 귀족들은 그가 친누나 클로디아, 클로딜라와 성관계를 맺었다고 믿었다.

클로디우스의 가장 큰 약점은 복수에 대한 채워지지 않는 갈증이었다. 누군가가 자신의 존엄을 모욕하거나 손상시키면 그를 복수 대상 명단에 올린 뒤 자신이 당한 그대로 되갚아줄 완벽한 기회를 기다렸다. 그렇게 복수를 당한 사람들을 열거하자면 먼저 키케로가 클로디우스 때문에 한동안 법적으로 추방을 당했고, 키프로스의 프톨레마이오스는 클로디우스가 키프로스를 로마에 합병시키자 스스로 목숨을 끊었으며, 이제 고인이 된 클로디우스의 매형 루쿨루스는 한때 로마의 위대한 장군으로 명망을 떨쳤지만 클로디우스가 그에 대항해 반란을 선동하면서 군사 경력을 망쳤다. 카이사르의 모친 아우렐리아가 정성껏 준비한 로마 여자들의 선한 여신 보나 데아의 겨울 축제를 조롱하고 엉망으로 만든 것도 클로디우스였다. 하지만 이따금 클로디우스의 어마어마한 자신감이 위축될 때면 이 마지막 복수만큼은 여전히 그의 마음을 괴롭혔다. 그는 이 일로 보나 데아 여신에게 끔찍한 신성 모독을 범했기 때문이다. 법정에서 재판을 받고 무죄 선고를 받긴 했다. 아내를 비롯한 다른 여자들이 배심원단을 매수해준 덕분이었다. 아내 풀비아는 클로디우스를 사랑해서였고, 다른 여자들은 클로디우스가 보나 데아에게 직접 복수를 당하기를 바랐기 때문이었다. 복수의 날이 올 것이다, 그날이 올 것이다…… 클로디우스의 마음을 괴롭히는 것은 바로 그런 두려움이었다.

클로디우스가 가장 최근에 실행한 복수는 아주 오랜 원한에서 비롯됐다. 스무 해도 더 전에 당시 열여덟 살이던 클로디우스는 젊고 아름다운 베스타 신녀 파비아를 부정(不貞) 혐의로 기소했다. 사형으로 다스릴 수 있는 중죄였다. 클로디우스는 소송에서 졌다. 파비아의 이름은 즉각 복수 대상 명단에 올랐고, 소송에 연루되었던 카틸리나 같은 자들은 그가 수년간 끈기 있게 때를 기다리는 동안 하나둘 죽어서 사라졌다. 그리고 파비아(키케로의 아내 테렌티아의 이부자매여서 복수 대상 요건 점수가 더 높아졌다)는 어느덧 서른일곱 살이 되어 은퇴했다. 여전히 아름다움을 유지하고 있던 그녀가 30년의 봉직 기간을 마치고 관저에서 나온 것이다. 앞으로 퀴리날리스 언덕 위쪽의 아늑하고 아담한 집에서 존경받는 전 수석 베스타 신녀로서 여생을 보낼 생각이었다. 파트리키인 파비아의 부친 파비우스 막시무스는 딸 파비아가 일곱 살로 신녀단에 들어갈 때 지참금을 두둑이 챙겨준 터였다. 돈 문제에 관해서만큼은 굉장히 영리했던 테렌티아가 파비아의 지참금을 본인의 부유한 재산(키케로는 한푼도 만져보지 못했다)처럼 효율적이고 똑똑하게 굴려준 덕분에, 파비아는 신녀단을 떠날 때 큰 부자가 되어 있었다.

바로 이 마지막 사실이 클로디우스의 창의적인 머릿속에 싹을 틔웠다. 오래 기다린 만큼 복수는 더욱 달콤했다. 스무 해 넘게 복수의 날을 기다려온 그에게 파비아를 완전히 망가뜨릴 방법이 갑자기 떠올랐다. 은퇴한 베스타 신녀가 결혼을 못할 이유는 없지만 실제로 하는 경우는 극히 드물었다. 액운을 부른다는 믿음 때문이었다. 하지만 파비아는 은퇴한 신녀치곤 매우 드물게 매력적인 여자였다. 게다가 돈도 많았다. 클로디우스는 머리를 굴렸다. 잘생기고 가난한 귀족이 없는지 궁리하던 그는 문득 푸블리우스 코르넬리우스 돌라벨라를 떠올렸다. 클로디우스 클럽에 간간히 얼굴을 내미는 그는 야수 마르쿠스 안토니우스와 비슷한 부류의 남자였다. 체격이 황소처럼 크고 건장하며 행실이 나쁜 사내.

클로디우스가 돌라벨라에게 파비아한테 구혼해보는 게 어떻겠냐고 제안하자 돌라벨라는 근사한 생각이라며 좋아서 펄쩍 뛰었다. 돌라벨라는 나무랄 데 없는 파트리키 귀족 출신이긴 했지만, 그가 여자한테 눈길만 줬다 하면 여자의 부친이 나타나 서둘러 딸을 데려가서는 아무리 통혼을 넣어도 무조건 거절했기 때문이다. 다른 코르넬리우스 가문의 파트리키 귀족 술라가 그랬듯, 돌라벨라도 순전히 본인의 수완에 기댈 수밖에 없었다. 그런데 은퇴한 베스타 신녀들은 남자의 통제에서 완전히 벗어난 여자들이었다. 그들은 자기 인생을 온전히 스스로 책임졌다. 돌라벨라에게는 뜻밖의 행운이었다! 파비아는 돌라벨라 못지않게 태생이 훌륭한데다 여전히 아이를 낳을 수 있을 정도로 젊었으며, 돈도 많았고, 무엇보다도 그녀에게는 두 사람의 혼인을 방해할 가장이 없었으니까.

하지만 또다른 야수 안토니우스와 돌라벨라의 차이점은 성격이었다. 마르쿠스 안토니우스는 결코 무식하다고까진 할 수 없지만 산뜻한 매력이 부족했다. 그의 매력은 주로 육체적인 데 있었다. 반면 돌라벨라는 편안하고 유쾌한데다 화술도 뛰어났다. 안토니우스의 밀어가 "사랑하오, 누우시오!"라면 돌라벨라의 밀어는 "그대의 사랑스럽고 달콤한 얼굴을 한없이 들이마시고 싶소!"였다.

결국 혼인이 성사되었다. 환심을 사려고 온갖 노력을 바친 돌라벨라에게 마음을 빼앗긴 여자는 파비아뿐만이 아니었다. 키케로의 가정에 있는 모든 여자들이 그에게 마음을 뺏겼다. 키케로의 딸 툴리아(푸리우스 크라시페스와 불행한 결혼생활을 이어가고 있었다)가 돌라벨라를 신처럼 숭배하는 것은 충분히 이해할 만했지만, 못생긴 테렌티아까지 그를 숭배한다는 소문에 온 로마가 술렁였다. 그리하여 마침내 돌라벨라가 파비아에게 청혼하자 파비아의 이부자매는 열렬히 축복을 빌었고, 불쌍한 툴리아는 울음을 터트렸다.

클로디우스는 여전히 복수의 즐거움을 만끽하고 있었다. 그 결혼은 첫날부터 재난에 가까웠으니까. 30년간 여자들하고만 어울려 살아온 삼십대 후반의 여자와 성생활을 시작하려면 남자 쪽에서 무언가 특별한 노력이 있어야 했다. 하지만 돌라벨라는 그런 노력을 기울일 능력이─사실 관심조차─없었다. 파비아의 처녀막이 파열되기까지의 과정은 강간이라고까지는 할 수 없지만 황홀경도 아니었다. 돌라벨라는 짜증이 솟구치고 지루했다. 어차피 파비아의 재산은 안전하게 자기 것이 되었으니 그는 섹스를 제대로 할 줄 아는, 아니면 최소한 절정을 느끼는 척이라도 할 줄 아는 여자들에게 돌아가버렸다. 파비아는 집에 앉아 비참하게 울었고, 테렌티아는 파비아가 남자를 다룰 줄 모르는 바보라고 듣기 싫은 소리를 늘어놓았다. 반면 툴리아는 밝아진 얼굴로 푸리우스 크라시페스와 이혼할 구실 찾기에 골몰했다.

그러나 가장 최근에 성공한 복수로 인한 기쁨도 벌써부터 시들해지고 있었다. 클로디우스에게 가장 중요한 분야는 정치였던 것이다.

클로디우스는 로마의 일인자가 되겠다고 결심했지만, 남들이 그러듯 전설에 가까운 군사적 능력을 바탕으로 최고 정무관 자리에 오르는 방식을 택하지는 않을 것이었다. 무엇보다도 클로디우스의 재능은 군대 쪽에 있지 않았다. 클로디우스의 주특기는 대중 선동이었다. 클로디우스는 기사계급 사업가들이 대다수를 이루는 평민회를 이용해 로마를 지배할 생각이었다. 이 경로를 택한 사람이 클로디우스가 처음은 아니었지만, 클로디우스는 이제껏 아무도 생각하지 못한 방법을 준비하고 있었다.

클로디우스의 차이점은 그의 원대한 전략에 있었다. 그는 권력과 재력을 지닌 기사계급 사업가들의 지지를 구하지 않았다. 클로디우스는 오히려 그들에게 두려움을 불러일으켰다. 그리고 그들에게 두려움을 불러일으키기 위해 로마 사회에서 아무런 가치도 없는 존재라며 모두가 무시하는 하류 로마 시민인 프롤레타리우스, 즉 최하층민을 이용했다. 돈이 없고, 투표권은 자기네 이름이 적힌 서판만큼의 가치도 없으며, 권력자들에게 아무 영향도 미치지 못하고, 존재의 이유라곤 로마의 인구를 늘려주고 로마 군단에 사병으로 입대하는 것뿐인 최하층민. 사실 이 마지막 자격도 비교적 최근에 이르러서야 얻은 것이었다. 가이우스 마리우스가 재산이 없는 최하층민에게 군복무 기회를 열어주기 전까지 로마의 군대는 유산자들로만 구성되어 있었다. 최하층민은 정치에 관심이 있는 사람들이 아니었다. 오히려 정치에 무관심했다. 배가 부르고 이따금씩 경기대회에서 공짜로 오락거리를 즐길 수만 있다면,

자기네보다 잘난 인간들이 펼치는 정치 공작 따위엔 아무런 관심이 없었다.

클로디우스 역시 최하층민을 정치적인 계층으로 만들 생각은 없었다. 클로디우스에게 필요한 건 최하층민의 머릿수, 그게 다였다. 최하층민의 머릿속에 자기네가 중요한 존재일 수 있다는 인식을 심어주거나, 그들의 머릿수가 지닌 잠재 위력이 실로 어마어마하다는 사실을 일깨워주는 것은 계획에 없었다. 최하층민들은 그저 클로디우스의 피호민일 뿐이었다. 클로디우스는 보호자로서 최하층민들에게 커다란 혜택을 제공했고, 그들은 피호민으로서 그에게 충성을 바쳐야 했다. 클로디우스는 최하층민들에게 한 달에 한 번씩 무상으로 곡식을 나누어주었고, 협회나 조합이나 클럽 모임을 자유롭게 열도록 지원했으며, 한 해에 한 차례 정도 추가로 돈을 나눠주었다. 그는 데키무스 브루투스 등 몇몇 인물들의 도움을 받아 로마 도처에 산재한 교차로단을 수시로 드나드는 수천수만 명의 사람들로 세를 조직해둔 터였다. 포룸 로마눔 또는 그 주변 도로에 폭도들을 출동시키려면 적어도 1천 명 이상이 필요했다. 데키무스 브루투스가 당번제와 장부를 관리해준 덕분에, 한 번 출격을 나갈 때마다 클로디우스가 수고비로 500세스테르티우스를 내놓으면 교차로단 소속의 전 최하층민이 그 돈을 골고루 나눠가졌다. 일단 한번 포룸 로마눔 출격에 동원되어 평민 유력자들을 겁주고 오면 다시 자기 순서가 돌아오기까지 적어도 몇 달은 지나야 했다. 이런 방식을 통해 클로디우스 수하의 폭력단은 얼굴이 외부에 알려지지 않았다.

그런데 폼페이우스 마그누스가 밀로를 매수해 클로디우스에게 대적할 새로운 폭력단을 조직하자 사태가 복잡해졌다. 밀로 수하의 새 폭력단은 전직 검투사와 깡패로 구성되어 있었다. 이제 클로디우스의 최하층민 피호민들은 평민들을 겁주는 원래의 임무에 더해 밀로의 전문 폭력배들과도 맞서야 했다. 카이사르가 루카에서 폼페이우스, 마르쿠스 크라수스와 협정을 체결한 후 클로디우스는 잠시 얌전해졌다. 비용을 전액 지원받아 아나톨리아에 특사로 파견될 기회를 제안받았기 때문이었다. 클로디우스는 로마를 떠나 있던 한 해 동안 많은 돈을 벌었고 로마에 돌아온 후에도 한동안 잠잠했다. 하지만 지난 7월 말에 칼비누스와 메살라 루푸스가 집정관으로 선출되면서 태도가 달라졌다. 클로디우스와 밀로의 전쟁이 새로이 시작된 것이다.

쿠리오는 풀비아를 바라보고 있었다. 지난 수년간 그는 늘 그래왔으므로 이 사실을 특별하게 의식하는 사람은 없었다. 솔직히 풀비아는 누구에게나 눈길을 끌었다. 연갈색 머리칼, 검은 눈썹과 속눈썹, 짙은 파란색의 커다란 눈동자. 자식을 여럿 두었다는 점은 오히려 그녀의 매력을 배가했다. 자기에게 어울리는 옷을 고르는 안목도 뛰어났다. 귀족 출신의 위대한 선동 정치가 가이우스 그라쿠스의 손녀 풀비아는 로마 사회에서 가장 높은 계층에 속한다는 자신감에 차 있었고, 포룸 로마눔에서 열리는 회의에 거리낌없이 참석해 그녀가 숭배해 마지않는 클로디우스를 전혀 귀부인답지 않은 방식으로 응원했다.

"듣기로," 쿠리오가 가장 친한 친구의 아내로부터 눈길을 거두며 말했다. "당신은 법무관에 당선되는 즉시 로마의 해방노예들을 서른다섯 개 트리부스에 소속시킬 생각이라던데. 그게 사실인가요, 클로디우스?"

"응, 그럴 생각일세." 클로디우스가 느긋하게 말했다.

쿠리오가 이맛살을 찌푸렸다. 그와 어울리지 않는 표정이었다. 스크리보니우스라는 유서 깊은 평민 귀족 가문 출신의 쿠리오는 서른두 살의 나이에도 여전히 장난꾸러기 소년 같은 얼굴이었다. 반짝이는 갈색 눈은 개구쟁이 같은 빛을 띠었고, 피부는 주근깨로 뒤덮여 있었으며, 밝은 붉은색 머리칼은 이발사가 아무리 가라앉혀도 삐죽삐죽 일어섰다. 앞니가 하나 빠져서 미소를 지으면 더욱 짓궂어 보였다. 하지만 이러한 쿠리오의 외모는 내면과 퍽 상반되는 것이었다. 그는 강인하고 성숙한데다 가끔은 깜짝 놀랄 정도로 용맹했으며 머리가 비상했다. 쿠리오와 안토니우스는 항상 어울려 다녔다. 두 사람은 10년 전에 연인처럼 굴어서 극보수파 전직 집정관인 쿠리오의 부친의 속을 무던히도 썩였고, 역사상 그 누구보다도 많은 사생아를 두었다는 소문도 있었다.

하지만 지금은 쿠리오가 얼굴을 찌푸리고 있었으므로 이가 빠진 자리도 보이지 않았고 눈에 늘 어린 장난기도 사라지고 없었다. "클로디우스, 해방노예를 전체 서른다섯 개 트리부스에 모두 소속시키면 트리부스회와 평민회의 선거 제도가 왜곡될 겁니다." 쿠리오가 천천히 말했다. "해방노예들의 표를 소유한 자는―이대로라면 당신이 되겠죠―무소불위의 권력을 손에 넣을 겁니다. 자기가 원하는 자들이 선출되게 하려면 도시 내에 지방 유권자가 남아 있지 않을 때까지 선거를 미루기만 하면 될 테니까요. 현재 해방노예들은 단 두 개 수도 트리부스에서만 투표권을 행사할 수 있어요. 하지만 로마 시내에 거주하는 해방노예들의 수는 무려 50만 명에 달해요! 그들을 전체 서른다섯 개 트리부스에 고르게 소속시킨다면, 그들은 서른한 개 지방 트리부스에 소속된 로마의 영구 거주민 즉 원로원 의원과 1계급 기사를 전부 합친 수보다도 많아지죠. 진짜 로마 최하층민들은 수도 트리부스 네 개에만 속해 있어요. 전체 서른다섯 개 트리부스에서 투표권을 행사하지 않는단 말입니다! 지금 당신은 로마 트리부스회와 평민회 선거를 비로마인 무리가 좌지우지하게 만들 작정인가요? 평생 노예로 살아온 그리스인, 갈리아인, 시리아인, 해적 출신 등 세상의 온갖 쓰레기들에게? 난 그들에게 자유를 준 것이나 우리 시민권을 나누어준 것에는 유감이 없어요. 하지만 그들이 진정한 로마인의 회의체를 지배하려 든다면 매우 유감일 겁니다!" 쿠리오는 사나운 표정으로 고개를 가로저었다. "클로디우스, 클로디우스! 만일 그런 짓을 저지른다면 사람들은 당신을 가만두지 않을 겁니다! 이 문제에 관해서라면 나 역시 가만있지 않겠어요!"

"사람들도 자네도 날 막을 수 없을걸." 클로디우스가 도저히 참아주기 어려울 정도로 거만한 표정을 띤 채 말했다.

최근에 호민관이 된 음울하고 조용한 성격의 플랑쿠스 부르사가 특유의 냉담한 말투로 말했다. "그건 불장난이에요, 클로디우스."

"1계급 전체가 당신을 상대로 똘똘 뭉칠 겁니다." 또다른 신임 호민관 폼페이우스 루푸스가 불길한 어조로 말했다.

"그래도 당신은 아랑곳하지 않고 밀고 나가겠죠." 데키무스 브루투스가 말했다.

"무조건 밀고 나갈 거야. 안 그러면 바보지."

"그래, 그리고 내 동생은 바보가 아니니까." 클로디아가 우물거리며 말했다. 그녀는 자기 손가락을 요염하게 핥으며 안토니우스에게 추파를 보내고 있었다.

안토니우스는 사타구니를 긁적이더니, 같은 손으로 자신의 무지막지한 물건을 살짝 옆으로 옮기고 클로디아에게 입맞춤을 날렸다. 두 사람은 오래전부터 잠자리를 함께해온 사이였다. "정말 그렇게 한다면 당신은 온 로마의 해방노예를 전부 소유하게 되겠군요." 안토니우스가 생각에 잠겨 말했다. "당신이 말한 사람이 누구든 그에게 표를 주겠죠. 하지만 트리부스회와 평민회를 장악한다고 백인조회 선거에서 집정관으로 선출되진 않아요."

"집정관? 집정관 따위가 왜 필요해?" 클로디우스가 거만한 태도로 말했다. "내게 필요한 건 해마다 새로 뽑히는 호민관 열 명이야. 내가 시키는 일이면 뭐든 다 해줄 호민관 열 명만 있으면 집정관들은 있으나마나, 피타고라스주의자들에게 누에콩 같은 존재일세. 그리고 법무관들은 각자의 법정에서 재판관을 설 뿐이야. 입법권은 갖고 있지 않다고. 원로원과 1계급은 자기네가 로마를 소유하고 있다고 생각하지. 하지만 제대로 된 방법만 찾으면 누구든 로마를 소유할 수 있어. 술라는 로마를 소유했어. 나도 로마를 소유할 거야, 안토니우스. 서른다섯 개 트리부스에 골고루 소속된 해방노예들과 그들을 통해 얻게 될 꼭두각시 호민관 열 명을 통해서 말이지. 나는 시골 촌놈들이 경기대회를 보려고 로마에 와 있는 동안에는 절대 선거가 열리지 못하게 할 거야. 술라가 선거 시기를 경기대회가 열리는 7월로 정한 이유가 뭐라고 생각해? 그건 바로 그가 지방 트리부스들, 즉 1계급이 평민회와 호민관들을 통제하길 원했기 때문이야. 그렇게 하면 실력자라면 누구나 호민관을 한둘씩 소유할 수 있으니까. 내 경우엔, 열 명을 전부 소유할 거고."

쿠리오는 이전과 전혀 다른 시선으로 클로디우스를 빤히 쳐다보았다. "당신 머릿속이 정상이 아닌 줄은 원래부터 알고 있었지만, 이건 완전히 미친 짓입니다! 그만두세요!"

쿠리오의 의견을 늘 존중해온 세 여자들은 긴 의자에 함께 앉아 있다가 돌연 몸을 움츠렸다. 풀비아의 아름다운 갈색 피부가 순간 창백해졌다. 하지만 그녀는 곧 침을 꿀꺽 삼키고 깔깔 웃어 보이더니 싸울 듯

한 기세로 턱을 치켜들었다.

"클로디우스가 아무것도 모르고 그러는 것 같아요?" 풀비아가 소리쳤다. "이제까지 뭐든지 잘해왔다고요."

쿠리오가 어깨를 으쓱했다. "그러면 그 일에 대한 책임은 온전히 당신 스스로 져야 할 겁니다. 난 여전히 당신이 제정신이 아니라고 생각하니까요. 그리고 분명히 경고하는데, 나는 당신과 반대 입장을 취할 겁니다."

예전의 버르장머리 없는 응석받이 클로디우스가 돌연 다시 모습을 드러냈다. 그는 쿠리오에게 이글거리는 경멸의 눈빛을 쏘아보내며 코웃음 치더니 데키무스 브루투스와 함께 앉아 있던 긴 의자에서 내려와 여봐란듯이 방을 나가버렸다. 풀비아가 급히 그를 뒤따랐다.

"둘 다 신발을 두고 갔네." 자기 누나만큼이나 아둔한 폼페이우스 루푸스가 말했다.

"내가 나가서 그를 찾아볼게." 플랑쿠스 부르사 역시 자리를 뜨며 말했다.

"신발 신고 가야지, 부르사!" 폼페이우스 루푸스가 외쳤다.

이 말이 너무나 우스웠던 쿠리오, 안토니우스, 데키무스 브루투스는 긴 의자에 드러누워 배꼽을 잡고 웃어댔다.

"푸블리우스를 자극하지 않는 게 좋아요." 클로딜라가 쿠리오에게 말했다. "이제 며칠간 삐쳐 있겠는걸."

"그가 제발 생각 좀 했으면 좋겠어요!" 데키무스 브루투스가 으르렁댔다.

전처럼 젊진 않지만 여전히 매혹적인 클로디아가 검은 눈을 크게 뜨고 세 남자를 쳐다봤다. "다들 푸블리우스를 진심으로 좋아하잖아요.

그러니 지금 이러는 건 모두 푸블리우스를 정말 걱정해서겠죠? 하지만 뭐가 문제죠? 저애는 평생 말도 안 되는 일들을 벌이며 살아왔어요. 매번 저애에게 유리하게 풀렸고."

"이번엔 그러지 않을 거요." 쿠리오가 한숨을 쉬며 말했다.

"완전히 미쳤어." 데키무스 브루투스가 말했다.

그때 안토니우스가 그동안 참아온 분통을 터트렸다. "사람들이 클로디우스의 이마에 미친놈이라고 낙인찍는대도 난 상관 안 해요!" 그가 으르렁댔다. "나는 재무관으로 선출돼야 해요! 한푼이라도 더 모으려고 아무리 발버둥쳐도 자꾸만 가난해지고 있다고요!"

"마르쿠스, 지금 그 말은 파디아의 돈을 벌써 다 썼다는 뜻이에요?" 클로딜라가 말했다.

"파디아가 죽은 지 벌써 4년째요!"

"헛소리 집어치워요, 마르쿠스." 클로디아가 자기 손가락을 핥으며 말했다. "로마는 못생긴 딸을 둔 부자 아빠들 천지잖아요. 하나같이 사회적 지위를 높여보려고 안달이죠. 파디아 같은 신붓감을 또 찾아봐요."

"지금으로선 내 사촌 안토니아 히브리다가 될 것 같소."

모두가, 심지어 폼페이우스 루푸스까지 일어나 앉아서 안토니우스를 빤히 쳐다봤다.

"지참금이 어마어마하겠는데." 쿠리오가 고개를 돌리며 말했다.

"그래서 결혼을 고려중이에요. 히브리다 숙부는 절 싫어하시지만, 딸을 졸부한테 시집보내느니 차라리 나한테 주겠대요." 안토니우스는 생각에 잠긴 듯했다. "사람들 말로는 안토니아한테 노예들을 괴롭히는 취미가 있다는데, 내가 그 버릇을 꼭 고쳐놓겠어요."

"그 아버지에 그 딸이로군." 데키무스 브루투스가 빙긋 웃으며 말했다.

"코르넬리아 메텔라도 지금 과부예요." 클로딜라가 제안했다. "아주 오래된 가문이죠. 재산이 수천 탈렌툼에 달할 걸요."

"하지만 자기 아빠 메텔루스 스키피오를 닮았으면 어떡하죠?" 안토니우스가 적갈색 눈동자를 반짝이며 물었다. "노예를 고문하는 여자는 내가 어떻게 해보겠지만, 외설물에 중독된 여자면?"

또다시 폭소가 터졌지만, 그 소리는 어쩐지 공허했다. 푸블리우스 클로디우스가 그 계획을 정말 끝까지 밀고 나간다면 그들이 어떻게 그를 지켜줄 수 있을까?

사랑하는 율리아를 떠나보낸 지 16개월이 지났고 이제 슬픔도 많이 누그러져 눈물을 쏟지 않고 그녀의 이름을 말할 수 있을 정도가 되었지만, 나이우스 폼페이우스 마그누스는 아직 한 번도 재혼을 고려하지 않았다. 가까운 히스파니아 속주와 먼 히스파니아 속주를 3년 더 통치할 예정이었으므로 폼페이우스가 이들 속주로 떠나지 못할 이유는 사실상 아무것도 없었다. 그러나 폼페이우스는 여전히 양 속주의 관리를 보좌관 아프라니우스와 페트레이우스에게 맡긴 채 마르스 평원의 빌라에만 머물렀다. 물론 그는 로마의 곡물 공급을 관할하는 곡물 담당관이기도 했으니 그것이 로마를 떠나지 않는 핑계가 될 수도 있었다. 클로디우스가 곡물을 무상으로 나누어주고 있는데다 최근에는 가뭄까지 든 터였다. 하지만 폼페이우스는 곡물 공급 체계가 알아서 잘 굴러가도록 워낙 깔끔하게 정비해두었으므로 굳이 로마에 머물러야 할 필요가 없었다. 모든 공공사업이 그렇듯 이 일에 필요했던 것은 조직을 관리하는 타고난 재능, 그리고 말도 못하게 일처리가 느린 공무원들을 거칠게 다룰 수 있는 영향력을 갖춘 누군가였다.

사실 폼페이우스가 로마를 떠나지 못하게 붙드는 것은 요즈음의 로마 정세였다. 그 자신의 욕망, 그 자신의 선결 과제를 처리하지 않고서는 도저히 로마를 떠날 수 없었다. 그러니까 그는, 폼페이우스는 독재자로 임명되길 원하는가? 카이사르가 갈리아로 떠난 이래 포룸 로마눔에서의 정치 질서는 차츰 엉망이 되어갔다. 하지만 솔직히 지금의 상황이 카이사르와 관련 있는 것인지는 알 수 없었다. 이 상황을 초래한 것이 카이사르가 아닌 것만은 분명했다. 하지만 폼페이우스는 이따금 한밤중에 깨어 만일 카이사르가 로마에 있었다면, 그래도 상황이 지금과 같았을까 고민하는 자신을 발견하곤 했다. 그리고 이 문제는 폼페이우스에게 커다란 근심거리가 되었다.

카이사르의 딸과 결혼할 때만 해도 폼페이우스는 신부의 아버지에 대해 그리 많이 생각해보지 않았다. 그저 상황을 자기에게 유리하게 끌어갈 줄 아는 영악한 정치인으로만 여겼을 뿐이었다. 세간의 이목을 받는 사람들 중에 카이사르와 비슷한 인물은 많았다. 굉장히 뛰어난 가문 출신에 영리하고 야심 차며 유능한 자들. 카이사르가 정확히 어떻게 그들을 모두 제치고 현재의 자리에 서게 되었는지 폼페이우스는 한 번도 생각해본 적이 없었다. 카이사르는 마술사 같았다. 어느 순간 눈앞에 서 있는가 하면 눈 깜짝할 새 돌담 너머로 이동해 있었다. 움직임이 너무 빨라서 어떻게 그렇게 했는지 눈으로는 도저히 볼 수 없었다. 그뿐인가, 막강한 적들이 그를 영원히 불태워 없애버렸다고 생각할 때마다 그는 잿더미에서 솟아오르는 불사조처럼 어떻게든 되살아났다.

이탈리아 갈리아 경계선 안쪽 아우세르 강변의 그 우습고 작은 산림

도시 루카에서 가졌던 회담만 해도 그랬다. 폼페이우스는 거기서 카이사르, 마르쿠스 크라수스와 옹기종기 모여 앉아 세상을 셋으로 쪼갰다. 하지만 폼페이우스는 왜 그 자리에 참석했을까? 애초에 그가 그곳에 갈 필요가 있었나? 오, 물론 그 당시엔 거기에 갈 이유가 산처럼 커 보였다! 하지만 이제 와 돌아보니 그것은 개미둥지만큼이나 작았다. 위대한 폼페이우스, 그가 루카 회담에서 얻은 것들은 나머지 두 사람의 도움이 없어도 충분히 이룰 수 있는 것들이었다. 게다가 이제는 죽어서 능욕당하고 무덤에도 묻히지 못한 불쌍한 마르쿠스 크라수스는 어떤가. 반면 카이사르는 줄곧 승승장구해왔다. 카이사르는 어떻게 그리한 걸까? 모든 것이 폼페이우스가 해적 소탕 작전을 나가기 전에 시작된 삼두연합을 통해서였다. 삼두연합이 시작될 때만 해도 카이사르는 마치 그에게 부하 같은 존재였다. 아무도, 심지어 키케로조차도 카이사르만큼 연설을 잘하지 못했고, 어떨 때는 카이사르만이 홀로 그를 지지하는 목소리를 내주었다. 하지만 폼페이우스는 단 한 번도 카이사르를 잠재적 경쟁상대로 여기지 않았다. 어쨌거나 카이사르는 모든 일을 정해진 방식대로, 정해진 때에 해왔을 뿐이다. 겨우 스물두 살에 자기 수하의 군단들을 직접 이끌고 로마에서 가장 위대한 인물과 대등한 협력관계를 맺은 자는 카이사르가 아니었다! 원로원 의원 자격을 얻기도 전에 그 존엄한 원로원으로부터 집정관으로 인정받은 자는 카이사르가 아니었다! 여름 한 철 만에 지중해에서 해적들을 전부 쓸어내버린 자는 카이사르가 아니었다! 동방을 정복하고 로마의 공세 수입을 두 배로 불려준 자는 카이사르가 아니었다!

그런데 어째서 지금 폼페이우스의 살갗이 이리도 따끔거릴까? 어째서 그의 목덜미에 카이사르의 숨결이 서늘한 냉기처럼 내려앉은 것 같을까? 어떻게 해서 카이사르는 온 로마가 자신을 흠모하게 만들었을까? 위대한 폼페이우스의 작은 석고 흉상을 판매하는 시장 노점상들이 있다는 사실을 그에게 맨 처음 알려준 사람은 카이사르였다. 이제 그 노점상들은 카이사르의 흉상을 팔았다. 카이사르는 로마에 새로운 지평을 제시했다. 폼페이우스가 한 일은 오래전부터 익숙한 동방의 땅에 쟁기질을 새로 한 것에 불과했다. 물론 카이사르가 원로원에 보내는 뛰어난 긴급 공문의 덕이 컸다. 어째서 폼페이우스는 자신의 긴급 공문 역시 간결하고 재미있게, 장황함은 배제하고 사건 중심으로 쓸 생각을 못했을까? 사과조는 피하고? 백인대장과 하급 보좌관의 공적까지 일일이 열거하면서? 카이사르는 기운을 북돋는 시원한 바람처럼 원로원을 휩쓸고 지나갔다. 심지어 원로원은 카이사르에게 감사제까지 열어주었다! 카이사르는 신화를 몰고 다녔다. 사람들은 카이사르가 얼마나 빠르게 이동했는지, 어떻게 동시에 여러 명의 비서들에게 편지 내용을 구술하는지, 얼마나 쉽게 큰 강에 다리를 놓았는지, 절망에 빠진 보좌관들을 어떻게 죽음의 아가리에서 끄집어냈는지 이야기했다. 하나같이 카이사르 개인을 찬양하는 이야기들!

그렇지만 폼페이우스는 단지 카이사르에게 제 분수를 가르쳐주려고 다시 전쟁터로 나가진 않을 것이었다. 그는 그 일을 이곳 로마에서, 카이사르의 갈리아와 일리리쿰 속주 총독 두번째 임기 5년이 끝나기 전까지 해내리라. 위대한 폼페이우스, 그는 로마의 일인자였다. 그는 여생 동안 로마의 일인자로 존재할 것이었다. 카이사르가 있든 없든.

사람들은 그에게 독재관을 맡아달라고 수개월째 사정하고 있었다. 폼페이우스 외에 다른 사람은 지금의 폭력 상황과 무정부 상태와 올바른 절차의 부재를 바로잡을 수 없었다. 아, 이 모든 것은 전부 그 가증

스럽기 짝이 없는 푸블리우스 클로디우스 때문이었다! 피부 아래 파고
든 기생충보다도 지독한 놈. 상상해보라! 로마의 독재관. 초법적 존재.
폼페이우스가 독재관으로서 취할 모든 조치는 독재관 자리에서 내려
온 뒤에도 책임을 물을 수 없었다.

　현실적인 측면에서만 보자면 폼페이우스는 로마의 병폐를 바로잡을
자신이 있었다. 그저 조직을 제대로 정비하고, 합리적인 조치를 취하
고, 행정체계를 가볍게 손보면 될 일이었다. 아니, 독재관으로서 권력
을 잡는 것은 폼페이우스에게 조금도 거리낄 일이 아니었다. 폼페이우
스가 두려운 것은 독재관이 되면 훗날 역사책에 어떻게 기록될까, 혹시
시대의 영웅이라는 지금의 지위에 흠집이 가지는 않을까 하는 것이었
다. 술라는 독재관이었다. 사람들은 지금도 그를 얼마나 증오하는가!
물론 술라는 그에 전혀 개의치 않았다. 카이사르처럼(또 이 이름이다!)
출생이 한없이 고귀했던 술라는 세간의 평가에 신경쓸 필요가 없었다.
파트리키 귀족인 코르넬리우스 가문 출신은 자기가 하고 싶은 대로 해
도 미래의 역사책에서 명성이 손상되지 않았다. 역사책이 그를 괴물로
묘사하든 영웅으로 묘사하든 술라에게는 그런 것이 조금도 중요치 않
았다. 그 자신이 로마에 중요한 존재인가, 그것만이 중요했다.

　하지만 생김새가 진정한 로마인보다는 갈리아인에 가까운 피케눔
출신의 폼페이우스는 매우, 매우 신중해야 했다. 폼페이우스에게는 빛
나는 파트리키 조상이 없었다. 그 이름만으로도 선거에서 자동으로 가
장 높은 순위를 보장해줄 가문이 없었다. 지금의 폼페이우스가 있기까
지 그는 모든 것을 혼자 힘으로 일구어냈다. 로마에서 상당한 세력가이
긴 했지만 온 로마가 증오했던 아버지를 두었음에도 불구하고. 폼페이
우스의 아버지는 신진 세력까진 아니었지만 율리우스나 코르넬리우스

가문 출신도 아니었다. 하지만 모든 것을 종합해볼 때 폼페이우스는 그래도 자신의 배경이 나쁘지 않다고 느꼈다. 그의 아내들은 하나같이 최고 중의 최고였으니까. 아이밀리아 스카우라(파트리키), 무키아 스카이볼라(유서 깊은 평민 가문 출신), 그리고 율리아 카이사리스(파트리키 중에서도 가장 고귀한 파트리키). 안티스티아는 계산에 넣지 않았다. 폼페이우스가 안티스티아와 결혼한 이유는 그저 열리지 않길 바랐던 재판에서 그 여자의 아버지가 재판관을 맡아서였으니까.

하지만 독재관이 되어달라는 제안을 폼페이우스가 정말로 수락한다면 과연 로마는 그를 어떻게 생각할까? 독재관 제도는 국가 재난사태에 대처하는 오랜 해결책으로, 원래는 당해 집정관들이 자유롭게 전쟁에 나갈 수 있도록 하기 위해 고안되었다. 지난 수세기 동안 독재관에 임명된 이들은 대부분 파트리키였다. 공식 임기는 6개월이지만—작전 수행 기간을 과거에는 대략 6개월로 잡았다—술라는 2년 반을 독재관으로 지냈다. 독재관에 임명된 이유도 당해 집정관들을 국정 수행 임무로부터 자유롭게 해주기 위해서가 아니었다. 술라는 원로원으로 하여금 집정관들이 아닌 그 자신을 독재관으로 임명하도록 강요했고, 이어 자기 말을 잘 듣는 집정관들이 선출되도록 했다.

더욱이 내정 문제로 독재관을 임명하는 것은 원로원 관습과 맞지 않았다. 내정 문제에 대응하기 위해서라면 원로원은 앞서 '공화국 수호를 위한 원로원 결의'라는 제도를 고안한 바 있었다. 가이우스 그라쿠스가 전쟁터가 아닌 포룸 로마눔에서 국가 전복을 시도하자 생겨난 제도였다. 키케로는 이것을 '원로원 최종 결의'라는 간편한 이름으로 불렀다. 이론적으로는 한 사람에게 절대 권력을 위임하지 않는다는 점에서 독재관 제도보다 훨씬 선호할 만했다. 독재관 제도는 그 자리에 오른 자가 무슨 조치를 취하든 법적 책임이 면제된다는 맹점이 있었으니까. 폼페이우스는 독재관 자리에서 내려온 뒤에도 독재관으로서 취한 어떠한 조치에 대해서든 재판에 소환될 수 없었다. 동료 원로원 의원들이 경악할 만한 끔찍한 짓을 저지른다 해도.

오, 어째서 사람들은 그에게 독재관이 될 수 있다는 생각을 하게 만든 것일까? 그 생각은 이제 근 일 년째 그의 머릿속을 맴돌고 있었다. 폼페이우스는 작년 7월에 마침내 칼비누스와 메살라 루푸스가 집정관으로 선출되기에 앞서 그 제안을 단호히 거절했다. 하지만 그 제안이 자기에게 들어왔다는 사실은 두고두고 잊히지 않았다. 그리고 그 제안이 또다시 들어왔고, 폼페이우스는 특별한 지휘권을 한번 더 거머쥘 잠재적인 가능성에 강렬하게 이끌렸다. 폼페이우스는 매번 원로원 극보수주의자들의 극렬한 반대에 부딪히면서도 꿋꿋이 많은 업적을 세웠다. 그가 한번 더 그러지 못하리라는 법이 있는가? 어쩌면 이번이 가장 중요한 업적으로 남을 수도 있지 않을까? 그러나 그는 진정한 로마인보다 갈리아인의 외양을 더 많이 띤 피케눔 출신의 폼페이우스였다.

모스 마이오룸을 철석같이 수호하는 완고한 보수주의자들은 그 제안에 단호히 반대했다. 카토, 비불루스, 루키우스 아헤노바르부스, 메텔루스 스키피오, 늙은 쿠리오, 메살라 니게르, 클라우디우스 마르켈루스 가문 사람들과 렌툴루스 가문 사람들 전체가. 모두 막강한 실력자들이었다. 하나같이 최고위층 인물이었지만, 그중 스스로 로마의 일인자라고 주장할 수 있는 자는 아무도 없었다. 로마의 일인자는 바로 그, 피케눔 출신의 폼페이우스였다.

그가 해야 할까? 할 수 있을까? 재앙을 불러올 실수가 될까, 아니면 화려한 경력의 끝을 장식하는 명예로운 업적이 될까?

폼페이우스가 이렇듯 갈팡질팡 고민을 거듭하는 장소는 침실이었다. 보통 침실보다 훨씬 넓고 웅장한 그곳에는 율리아가 죽은 뒤 들여놓은 반짝반짝 광을 낸 커다란 은거울이 있었다. 혹시라도 잔잔한 수면 같은 거울 표면으로 율리아가 사라지는 모습이 비칠까싶어 놔둔 것이었다. 그런 일은 없었다. 그리고 지금 폼페이우스는 이리저리 서성이다 거울에 비친 자신의 모습을, 그 자신을 보았다. 그는 우뚝 멈춰서서 말없이 거울을 응시하다 잠시 흐느껴 울었다. 폼페이우스는 율리아를 위해 그녀가 동경했던 폼페이우스의 모습—날씬하고 유연하고 탄탄한 몸매—을 유지하려고 노력했었다. 아마도 그는 지금 이 순간까지 거울에 비친 자기 모습을 다시 본 적이 없는 듯했다.

율리아의 폼페이우스는 이제 없었다. 그곳에는 살쪄서 이중턱이 잡히고 뱃살이 늘어졌으며 허리에 두툼한 지방층이 붙은 오십대 중반의 사내가 서 있었다. 한때 유명했던 빛나는 푸른 눈은 살에 파묻혀 보이지 않았고, 몇 달 전 낙마 사건으로 깨진 코는 힘없이 퍼져 있었다. 머리칼만은 여전히 풍성하고 윤기가 흘렀지만 이제는 금발이 아닌 은발이었다.

몸종이 문간에서 헛기침을 했다.

"무슨 일이냐?" 폼페이우스가 눈가를 훔치며 물었다.

"방문객입니다, 나이우스 폼페이우스. 티투스 무나티우스 플랑쿠스 부르사입니다."

"빨리, 내 토가!"

플랑쿠스 부르사는 서재에서 대기하고 있었다.

"안녕한가? 잘 왔네!" 폼페이우스가 분주히 안으로 들어서며 소리쳤다. 책상 앞에 앉아서 양손을 포개 책상에 올려놓더니 활기차고 호기심

어린 눈빛으로 부르사를 바라보았다. 지난 30년간의 경험을 통해 그는 이러한 눈빛이 무척 유용하다는 것을 잘 알고 있었다.

"늦었군. 어찌됐나?" 폼페이우스가 물었다.

부르사가 요란스럽게 목을 가다듬었다. 본래 말재주를 타고난 사람은 아니었다. "음, 아시겠지만, 원로원 개회식이 끝난 뒤에 연회는 없었습니다. 집정관들이 없으니 아무도 연회 생각은 안 했지요. 그래서 개회식이 끝나고 클로디우스의 집에서 열리는 만찬에 갔습니다."

"그래, 그랬군. 그런데 원로원 이야기부터 마무리짓게, 부르사! 무슨 일들이 있었나?"

"롤리우스가 총독님을 독재관으로 임명하자고 제안했고 사람들이 동의를 표하기 시작하자 비불루스가 반대 연설을 했습니다. 연설을 잘했습니다. 렌툴루스 스핀테르가 그 뒤를 이었고, 이어서 루키우스 아헤노바르부스도 발언했지요. 자기네 눈에 흙이 들어가기 전엔 안 된다, 뭐 그런 말들이었죠. 키케로는 총독님을 옹호하는 연설을 했습니다. 역시 잘했고요. 하지만 다른 사람들이 키케로를 지지하는 발언을 하려 하자 카토가 먼저 일어서서 의사진행 방해에 나섰습니다. 결국 의장을 맡은 메살라 루푸스가 회의를 끝냈습니다."

"다음 회의는 언제인가?" 폼페이우스가 찌푸린 얼굴로 물었다.

"내일 아침입니다. 메살라 루푸스가 첫번째 섭정관을 뽑기 위해 소집했습니다."

"호오. 클로디우스는? 만찬중에 새롭게 접한 사실이 있나?"

"법무관으로 선출되는 즉시 해방노예들을 전체 서른다섯 개 트리부스에 골고루 소속시키겠답니다."

"호민관들을 통해 로마를 지배하려는 속셈이군."

"네."

"만찬 자리에 또 누가 있었나? 다른 사람들의 반응은 어땠지?"

"쿠리오가 아주 강력하게 반대 목소리를 냈습니다. 마르쿠스 안토니우스는 말이 많지 않았고요. 데키무스 브루투스와 폼페이우스 루푸스도 마찬가지였습니다."

"그러면 쿠리오를 제외한 나머지는 전부 그 계획에 찬성했다는 건가?"

"아, 아닙니다. 모두 반대했습니다. 하지만 쿠리오가 워낙 의견을 잘 정리해서 말했기 때문에, 다른 사람들은 그저 클로디우스가 미쳤다는 말만 덧붙였습니다."

"자네가 날 위해 일하는 걸 클로디우스가 눈치챈 것 같나, 부르사?"

"전혀 눈치채지 못했습니다, 마그누스. 다들 저를 신뢰합니다."

폼페이우스는 아랫입술을 잘근잘근 씹었다. "흠……." 그가 한숨을 내쉬었다. "그러면 내일 원로원 회의가 끝나고 난 뒤에도 자네가 누굴 위해 일하는지 클로디우스가 의심하지 않을 방법을 생각해내야겠군. 자네는 그 회의에서 클로디우스의 인생을 좀 피곤하게 만들어야 될 테니까."

부르사는 얼굴에 호기심을 드러내는 법이 없었다. 지금도 그랬다. "제가 어떻게 하길 바라십니까, 마그누스?"

"메살라 루푸스가 섭정관을 뽑기 위한 추첨을 시작하려고 하면 거부권을 행사해주게."

"섭정관 추첨을 거부하란 말씀입니까?" 부르사가 의아해하며 물었다.

"맞아, 섭정관 추첨을 거부하게."

"이유를 여쭤봐도 되겠습니까?"

폼페이우스가 빙긋이 웃었다. "그거야 자네 마음이지! 하지만 대답은 하지 않겠네."

"클로디우스가 불같이 화를 내겠군요. 선거를 몹시 기다리고 있으니까요."

"밀로가 집정관 선거에 나간대도 말인가?"

"네, 클로디우스는 어차피 밀로가 떨어질 걸로 봅니다, 마그누스. 클로디우스는 총독님께서 플라우티우스를 밀어주고 있으며 그를 당선시키려고 뇌물로 큰돈을 쓰고 계신 걸 압니다. 그리고 비불루스, 카토와 한편이니까 밀로를 밀어줄 수도 있었을 메텔루스 스키피오가 이번에는 직접 후보로 나갑니다. 클로디우스는 플라우티우스가 차석 집정관이 될 걸로 생각합니다. 수석 집정관은 당연히 메텔루스 스키피오가 되고요." 부르사가 말했다.

"그렇다면 자네는 회의가 끝나면 클로디우스에게 이렇게 말하게. 자네가 거부권을 행사한 이유는 내가 플라우티우스가 아닌 밀로를 밀어주고 있다는, 의심할 수 없는 확실한 증거를 잡았기 때문이라고 말이야."

"아, 영리한 수로군요!" 부르사가 평소와 다르게 활기를 띠며 감탄했다. 그는 잠시 생각에 잠기더니 고개를 끄덕였다. "클로디우스는 그 말을 믿을 겁니다."

"좋아!" 폼페이우스가 활짝 웃으며 자리에서 일어섰다.

부르사도 자리에서 일어섰다. 폼페이우스가 책상 모서리를 돌아 나오려는데 집사가 문을 두드리고 들어왔다.

"나이우스 폼페이우스, 긴급 서신입니다." 집사가 허리를 숙이며 말했다.

폼페이우스는 부르사에게 인장이 보이지 않게 편지를 건네받았다. 그는 자신의 꼭두각시 호민관에게 무심히 고개를 끄덕이고 책상으로 돌아가 앉았다.

부르사가 다시 목을 가다듬었다.

"뭔가?" 폼페이우스는 고개를 들고 물었다.

"금전 문제가 좀 있습니다, 마그누스……."

"내일 원로원 회의가 끝나고 얘기하세."

부르사가 만족한 얼굴로 집사를 따라 나가자, 폼페이우스는 카이사르의 편지 봉인을 뜯었다.

일리리쿰에서 일을 모두 마쳤고 지금은 아퀼레이아에서 이 편지를 쓰고 있습니다. 조만간 서쪽으로 이동해 이탈리아 갈리아로 갈 예정입니다. 그곳 순회 재판에 소송 사건들이 산적해 있거든요. 지난 겨울 내내 알프스 산맥 저편에 붙들려 지냈으니 당연한 일이지요.

사담은 이 정도로 하겠습니다. 당신도 나처럼 바쁜 사람인 걸 잘 아니까요.

마그누스, 로마의 내 정보원들이 전하길 우리의 오랜 친구 푸블리우스 클로디우스가 법무관으로 당선되는 즉시 해방노예들을 서른다섯 개 트리부스에 골고루 배속시킬 계획을 세우고 있다고 합니다. 절대 방관할 수 없는 일입니다. 당신도 분명 나와 같은 생각일 겁니다. 정말로 그런 일이 벌어진다면, 로마는 클로디우스가 살아 있는 동안 그의 손에 좌지우지될 겁니다. 당신이나 나, 카토에서 키케로에 이르기까지 다른 모든 사람들은 클로디우스의 이 반란에 가까운 행위를 절대 묵과할 수 없겠지요.

정말 그런 일이 벌어진다면, 로마에는 진정 반란이 일어나는 것과 마찬가지입니다. 결국 클로디우스는 제압되어 처형되고 해방노예들은 원래 소속된 트리부스로 복귀될 겁니다. 하지만 당신도 나처럼 이런 식의 해결책을 원치 않으리라고 생각합니다. 훨씬 더 나은 방법은—그리고 훨씬 더 간단한 방법은—클로디우스가 아예 법무관에 당선되지 않는 것이겠지요.

당신이 어떤 조치를 취할지 구체적으로 적는 주제넘은 짓은 하지 않겠습니다. 단지 당신이나 다른 모든 사람들처럼 나 역시 클로디우스가 법무관에 당선되는 것에 반대한다는 사실을 알아주십시오.

댁내 평안과 행복을 빕니다.

폼페이우스는 몹시 만족스러운 기분으로 잠자리에 들었다.

다음날 아침, 플랑쿠스 부르사가 지시받은 임무를 정확히 수행했으며 호민관으로서 지닌 특권을 행사했다는 소식이 들어왔다. 메살라 루푸스가 원로원 의원들로 구성된 십인조의 파트리키 조장들 중에서 첫번째 섭정관을 뽑는 추첨을 시행하려 하자, 부르사가 거부권을 발동한 것이다. 전 원로원 의원이 분노를 쏟아냈고, 그중에서도 클로디우스와 밀로의 목소리가 가장 컸다. 하지만 아무리 설득해도 부르사는 거부권을 철회하지 않았다.

화가 나서 벌게진 얼굴로 카토가 소리를 질렀다. "선거는 꼭 열려야 합니다! 새해 첫날에 취임하는 집정관들이 없는 경우, 본 원로원은 닷새간 섭정관 직무를 수행할 파트리키 출신의 원로원 의원을 임명합니다. 그리고 첫번째 섭정관의 임기가 끝나면 두번째 섭정관으로 임명된 파트리키가 닷새간 직무를 수행합니다. 그리고 이 두번째 섭정관은 정무관 선거를 개최할 의무를 지닙니다. 그런데 소위 호민관이라는 어느 얼간이가 섭정관 임명같이 반드시 필요한 합법적 조치를 막는다면 우리 로마가 어찌되겠습니까? 저는 독재관을 임명하자는 제안을 받아들이지 않겠다고 천명한 바 있습니다. 하지만 국가의 전통적인 절차 진행을 방해하는 행위를 용납한다고 한 적은 없습니다!"

"옳소, 옳소!"비불루스가 소리치자 우레 같은 박수갈채가 쏟아졌다.

부르사는 이 모든 것에 조금도 동요하지 않았다. 그는 끝내 거부권을 철회하지 않았다.

"이유가 뭔가!" 회의가 끝나고 클로디우스가 그에게 따져 물었다.

부르사는 빠르게 이쪽저쪽을 훑어보았다. 아무도 그들의 대화를 듣고 있지 않음을 확인한 그가 무언가 은밀한 공모를 꾀하는 듯한 표정으로 말했다. "폼페이우스 마그누스가 집정관 선거에서 밀로를 지원하고 있다는 사실을 알게 되었습니다." 부르사가 속삭였다.

이 말에 클로디우스는 기분이 누그러졌지만, 밀로는 그렇지 않았다. 그는 폼페이우스가 자기를 밀어주고 있지 않다는 사실을 누구보다도 잘 알았으니까. 밀로는 씩씩대며 마르스 평원으로 걸어가 클로디우스가 한 것과 똑같은 질문을 폼페이우스에게 던졌다.

"이유가 뭡니까!"밀로가 따져 물었다.

"뭐가 말인가?"폼페이우스가 순진한 표정으로 되물었다.

"마그누스, 날 속일 생각 마십시오! 부르사가 누구의 사주를 받는지 다 압니다! 바로 당신이지요! 부르사가 독자적으로 거부권을 행사했을 리 없어요! 분명히 지령을 받았습니다! 바로 당신으로부터요! 대체 이유가 뭡니까!"

"이보게, 친애하는 밀로. 분명히 말하지만 부르사는 내 지령을 받지 않아." 폼페이우스가 살짝 쏘아붙이듯이 말했다. "이유가 궁금하거들랑 부르사와 친분이 있는 다른 누군가에게 묻게."

"클로디우스 말씀입니까?" 밀로가 경계하는 눈빛으로 물었다.

"뭐, 그런 뜻일 수 있지."

밀로의 근육이 팽팽해지며 불끈 솟았다. 그는 전직 검투사 같은 얼굴 생김새에(무엇이든 그렇게 천한 일을 한 적은 없지만) 체격이 크고 우람했다. 하지만 그저 버릇처럼 그런 반응이 나왔을 뿐, 그는 폼페이우스 앞에서 위협적인 자세를 취해봐야 전혀 통하지 않는다는 걸 잘 알았다. "헛소리 마세요!" 밀로가 코웃음 쳤다. "클로디우스는 내가 집정관으로 선출되지 않으리라고 생각해서 가능한 한 빨리 고등 정무관 선거를 열고 싶어한단 말입니다."

"나는 자네가 집정관으로 선출되지 않으리라고 생각해, 밀로. 하지만 클로디우스는 나와 생각이 다를 수 있지. 자네는 용케도 비불루스와 카토 파벌로부터 환심을 샀더군. 메텔루스 스키피오가 차석 집정관으로 자네를 점찍었다고 들었어. 그리고 이 사실을 자기 지지자들에게 곧 발표할 거라던데. 아티쿠스나 오피우스 같은 명망 있는 기사들 앞에서 말일세."

"그러니까 부르사의 배후에 클로디우스가 있다는 말씀입니까?"

"그럴 수 있어." 폼페이우스가 신중하게 말했다. "아무튼 부르사는 분명히 내 명령을 받고 있진 않아. 그 점은 확실하게 말해줄 수 있네. 그일로 내가 무슨 이득을 보겠나?"

밀로가 코웃음 쳤다. "독재관 직이요?" 그는 폼페이우스의 속을 떠보았다.

"독재관 직은 이미 거절했네, 밀로. 로마는 내가 독재관이 되길 원치 않아. 자네는 요즘 비불루스, 카토와 가깝게 지내고 있으니 내 말이 맞는지 틀린지 자네가 나한테 알려주게."

덩치 큰 밀로는 폼페이우스의 소중한 전쟁 기념품들─황금 화관들, 황금 포도와 황금 포도덩굴, 황금 단지들, 세심하게 채색된 반암 그릇들─이 꽉꽉 들어찬 방을 조심스럽게 걸어나가다가 문득 걸음을 멈추고 폼페이우스를 바라보았다. 폼페이우스는 아까처럼 황금과 상아로 장식된 자기 책상 앞에 차분히 앉아 있었다.

"클로디우스가 해방노예를 서른다섯 개 트리부스에 소속시킬 거라더군요."

"그래, 나도 그 소문을 들었네."

"로마가 클로디우스의 것이 되겠습니다."

"그렇겠지."

"그가 법무관 선거에 아예 나가지 않으면요?"

"그편이 분명 로마에 더 좋겠지."

"로마의 암덩어리! 그편이 제게도 더 좋을까요?"

폼페이우스는 다정히 미소 지으며 자리에서 일어섰다. "자네한테야 당연히 굉장히 좋은 일이 되겠지, 왜 안 그렇겠나?" 그가 문으로 걸어가며 대답했다.

밀로는 폼페이우스의 속뜻을 알아채고 그와 함께 문 쪽으로 향했다. "그 말씀을 약속으로 간주해도 되겠습니까, 마그누스?" 밀로가 물었다.

"그렇게 생각한대도 잘못이랄 순 없겠지." 폼페이우스는 이렇게 말하고 손뼉을 쳐서 집사를 불렀다.

그런데 밀로가 나가자마자 집사가 또다른 손님이 찾아왔다고 알렸다.

"이런, 이런, 내가 인기가 많네그려!" 폼페이우스는 이렇게 외치며 메텔루스 스키피오와 다정하게 악수하고, 자상한 손길로 그를 방에서 가장 좋은 의자에 앉혔다. 폼페이우스는 이번에는 자기 책상 앞에 앉지 않았다. 퀸투스 카이킬리우스 메텔루스 피우스 스키피오 나시카를 누가 그렇게 대할까! 그 대신 두번째로 좋은 의자를 끌어다 그의 옆에 앉고, 키오스산 빈티지 포도주가 든 술병을 들어 잔을 채워주었다. 맛이 아주 뛰어난 포도주였다. 호르텐시우스는 폼페이우스가 자기보다 그 포도주를 먼저 산 것이 분해서 엉엉 울기까지 했다.

로마에서 가장 화려한 이름을 가진 메텔루스 스키피오는 불행히도 그 이름에 걸맞은 지성을 갖추진 못했지만, 겉모습을 보면 그가 어떤 사람인지 고스란히 드러났다. 그는 파트리키인 코르넬리우스 스키피오 가문에서 태어나 평민 세도가 카이킬리우스 메텔루스 집안으로 입양된 자였다. 거만하고 냉담하며 도도한 성품. 코르넬리우스 스키피오 가문 사람들이 으레 그렇듯 생김새는 지극히 평범했다. 그의 양아버지 메텔루스 피우스 최고신관은 아들을 낳지 못했고, 애석하게도 메텔루스 스키피오 역시 아들이 없었다. 유일한 자식인 딸은 3년 전에 크라수스의 아들 푸블리우스와 맺어줬다. 원래 이름은 카이킬리아 메텔라였지만 사람들은 그녀를 코르넬리아 메텔라로 불렀다. 폼페이우스는 율리아와 함께 코르넬리아 메텔라의 결혼식 연회에 참석했으므로 그녀를 생생히 기억했다. 폼페이우스는 자기가 평생 본 여자들 중 가장 오만한 여자라고 율리아에게 말했다. 율리아는 키득거리며, 자기는 코르넬리아 메텔라를 볼 때마다 낙타가 떠오른다고 말했다. 그러면서 그 여자 못지않게 현학적이고 지적 허영심에 찬 브루투스는 그녀와 천생연

분이 될 거라고 했다.

하지만 지금 폼페이우스에게 그런 것은 중요하지 않았다. 그는 메텔루스 스키피오 같은 사람과 어떤 식으로 대화해야 할지 좀처럼 판단이 서지 않았다. 쾌활하게? 살짝 거리를 두고 정중하게? 아니면 사무적으로 딱딱하게? 뭐, 이미 쾌활하게 시작했으니 하던 대로 하는 게 나을 듯싶었다.

"포도주맛이 나쁘지 않지?" 폼페이우스가 입맛을 다시며 물었다.

메텔루스 스키피오가 얼굴을 살짝 찡그렸다. 좋아선지, 어디가 불편해선지 분간하기 어려웠다. "아주 좋군요." 그가 말했다.

"어쩐 일로 여기까지 왔나?"

"푸블리우스 클로디우스 때문에요." 메텔루스 스키피오가 말했다.

폼페이우스가 고개를 끄덕였다. "소문이 사실이라면 그것참 큰 문제일세."

"사실입니다. 젊은 쿠리오가 클로디우스의 말을 직접 듣고 집에 가서 부친에게 전했답니다."

"부친 쿠리오의 건강이 영 좋지 않다고 들었네." 폼페이우스가 말했다.

"암이랍니다." 메텔루스 스키피오가 짤막하게 대꾸했다.

"쯧쯧!" 폼페이우스는 혀를 차고 조용히 기다렸다.

메텔루스 스키피오도 조용히 기다렸다.

"무슨 일로 날 찾아왔나?" 대화의 진척이 더뎌 답답해진 폼페이우스가 결국 먼저 물었다.

"당신을 만나겠다니까 다른 사람들이 못마땅해하더군요." 메텔루스 스키피오가 말했다.

"누가 말인가?"

"비불루스, 카토, 아헤노바르부스요."

"그자들은 누가 로마의 일인자인지 모르니까 그렇겠지."

상대의 거만한 콧대가 살짝 올라갔다. "그거야 나도 같습니다, 폼페이우스."

폼페이우스가 움찔했다. 아, 제발 그들 중 단 한 명이라도 이따끔 그를 '마그누스'로 불러준다면! 동료들에게 '위인'으로 불리는 것은 참으로 근사했다! 카이사르는 그를 마그누스로 불렀다. 하지만 카토나 비불루스나 아헤노바르부스나 궁둥이까지 뻣뻣한 이 멍청이가 그렇게 할까? 천만에! 그들은 항상 그를 폼페이우스로만 불렀다.

"대화가 자꾸 겉도는군, '메텔루스'."

"내게 생각이 있습니다."

"그것참 잘됐군, '메텔루스'." 폼페이우스는 또다시 상대방의 평민 가문명을 들먹였다.

메텔루스 스키피오가 그에게 미심쩍은 눈빛을 던졌지만, 폼페이우스는 자기 의자에 다시 앉아 반투명 수정 술잔에 담긴 포도주를 차분히 조금씩 들이마셨다.

"나는 아주 부유합니다. 폼페이우스 당신도 그렇지요. 그러니 우리 두 사람이 함께 클로디우스를 매수하면 어떨까 하고 생각해봤습니다."

폼페이우스가 고개를 끄덕였다. "그래, 나도 같은 생각을 했네." 그는 이렇게 말하고 침울한 표정으로 한숨을 쉬었다. "하지만 불행히도 클로디우스는 재산이 많아. 아내가 로마에서 손꼽히는 부자인데다, 장모가 세상을 떠나며 자기 딸에게 유산을 상당히 많이 물려주었으니까. 그는 갈라티아에 특사 임무를 다녀오면서도 돈을 크게 벌었네. 지금은 세상에서 제일 비싼 빌라를 짓고 있지. 착착 올라가고 있어. 알바누스 구릉의 내 건물에 가까이 위치해 있어서 잘 안다네. 전면에 30미터 높이 기둥들을 세우고 그 위에 지었지. 30미터 절벽 끄트머리에 튀어나와 있어서 조망이 기가 막힌다네. 네모렌시스 호수와 라티움 평원을 지나 바다까지 보여. 사람들이 건물을 지을 터가 아니라고 한 땅을 헐값에 사서 키로스에게 건축 의뢰를 맡겼다네. 이제 거의 다 지었고." 폼페이우스가 단호히 고개를 저었다. "아니, 스키피오, 그건 안 될 걸세."

"그러면 다른 무슨 방법이 있을까요?" 의기소침해진 메텔루스 피우스가 물었다.

"자네가 아는 모든 신들께 제물을 바치게." 폼페이우스가 조언하더니, 문득 빙그레 미소 지었다. "사실 나는 베스타 신녀들을 통해 보나 데아 앞으로 50만 세스테르티우스를 익명 기부했네. 모두가 알듯 클로디우스를 싫어하는 여신이지."

메텔루스 스키피오가 어이없어했다. "폼페이우스, 보나 데아는 남성의 영역에 있지 않습니다! 남자는 보나 데아에게 제물을 바칠 수 없어요!"

"남자가 한 게 아닐세." 폼페이우스가 쾌활하게 말했다. "돌아가신 처조모님 아우렐리아의 명의로 보냈다네."

메텔루스 스키피오가 술잔을 비우고 자리에서 일어섰다. "어쩌면 그것도 방법이겠군요. 나는 불쌍한 내 딸애 이름으로 기부해야겠습니다."

불쑥 등장한 중요한 화제에 폼페이우스가 반응을 보였다. "자네 여식은 요즘 어떤가? 안된 일일세, 스키피오, 참 안됐어! 그렇게 젊은 나이에 혼자되다니!"

"더할 나위 없이 잘 지냅니다." 메텔루스 스키피오는 문간으로 걸어가더니, 폼페이우스가 문을 열어주기를 기다렸다. "폼페이우스 당신도 최근에 혼자되셨지요." 폼페이우스가 그를 현관으로 배웅하는 동안 메텔루스 스키피오가 말을 이었다. "오후에 한번 저희 집에 오셔서 함께 만찬을 드시지요. 딸애랑 셋이서만 말입니다."

폼페이우스의 얼굴이 밝아졌다. 메텔루스 스키피오와의 만찬 자리에 초대되다니! 오, 전에도 그 답답하고 비좁은 집에서 열린 정식 만찬에 가본 적이 있었다. 하지만 가족과 더불어 만찬을 든 적은 한 번도 없었다! "언제든 기쁘게 참석하겠네, 스키피오." 폼페이우스는 이렇게 대답하고 직접 현관문을 열어주었다.

그러나 메텔루스 스키피오는 집으로 가지 않았다. 그 대신 이 세상의 모든 허례허식을 적으로 여기는 마르키우스 포르키우스 카토의 누추하고 좁은 집으로 향했다. 비불루스가 카토와 함께 있었다.

"갔다 왔습니다." 메텔루스 스키피오가 이렇게 말하고, 무겁게 자리에 앉았다.

다른 두 사람이 시선을 교환했다.

"자네가 클로디우스 문제를 상의하러 간 줄로 믿던가?" 비불루스가 물었다.

"네."

"자네가 던진 진짜 미끼를 물던가?"

"그런 것 같아요."

비불루스는 터져나오려는 한숨을 꾹 참고 잠시 메텔루스 스키피오의 얼굴을 찬찬히 살피더니, 이내 몸을 숙이고 그의 어깨를 탁탁 두드렸다. "참 잘했네, 스키피오."

"올바른 행동이야." 카토는 이렇게 말하고, 평범한 도자기 잔에 담긴

술을 단숨에 들이켰다. 평범한 도자기 술병이 책상 위에 팔만 뻗으면 닿을 위치에 있었으니, 언제든 쉽게 잔을 채울 수 있었다. "우리들 중 그를 좋아하는 사람은 없지만, 전에 카이사르가 그랬던 것처럼 우리는 폼페이우스를 확실하게 우리 편으로 만들어야 하니까."

"그런데 거기에 꼭 내 딸을 이용해야 하나?" 메텔루스 스키피오가 물었다.

"그자가 내 딸을 가지려 하겠나!" 카토가 말 울음소리를 내며 웃었다. "폼페이우스는 파트리키를 좋아하잖아. 그래야 자기가 대단히 중요한 인물처럼 느껴지니 말이야. 카이사르를 보게."

"딸애가 정말 싫어할 텐데." 메텔루스 스키피오가 속상해하며 말했다. "푸블리우스 크라수스는 귀족 혈통이잖아. 딸애는 그 점을 좋아했어. 그리고 푸블리우스 크라수스를 마음에 들어했고. 하지만 같이 오래 지내지도 못했지. 거의 결혼식을 마치자마자 카이사르가 데려가버렸고, 그다음엔 제 아버지를 따라 시리아로 가버렸으니까." 메텔루스 스키피오가 몸을 떨었다. "딸애 앞에서 어떻게 말문을 열어야 할지도 모르겠어. 피케눔 출신의 폼페이우스에게 시집을 가라니, 스트라보의 아들한테!"

"솔직히 말하게. 사실대로 얘기해." 비불루스가 조언했다. "대의를 위해 필요한 일이야."

"나는 솔직히 그 대의가 뭔지 모르겠습니다, 비불루스." 메텔루스 스키피오가 말했다.

"그러면 스키피오 자네를 위해 다시 한번 설명하겠네. 우리는 반드시 폼페이우스를 우리 편으로 끌어와야 해. 그 이유는 자네도 알지, 그렇지?"

"대충은요."

"좋아, 그러면 그것도 다시 설명하겠네. 이건 카이사르가 폼페이우스, 마르쿠스 크라수스와 루카에서 연 회담으로 거슬러올라가는 이야기야. 거의 4년 전이지. 4월이었어. 그때 카이사르는 자기 딸이 폼페이우스를 꽉 잡고 있었기 때문에 폼페이우스를 설득해 갈리아에서의 지휘권을 5년 더 연장하는 법을 제정할 수 있었어. 만일 폼페이우스가 협조하지 않았다면 지금쯤 카이사르는 가진 재산을 모두 빼앗기고 영구히 추방당한 처지일 거야. 그리고 스키피오 자네는 최고신관이 됐겠지, 그 점을 명심하게. 또한 카이사르는 폼페이우스를 설득해서—물론 크라수스도 포함해서 말이지. 그는 폼페이우스보다 쉬운 상대였지만—지금으로부터 2년 후 3월이 되기 전까지 원로원에서 카이사르의 지휘권 박탈에 대한 논의는 물론 그의 5년짜리 지휘권 연장 법안에 대한 논의까지 금지하는 법을 제정했어! 카이사르는 물론 그 대가로 폼페이우스와 크라수스에게 두번째 집정관 자리를 약속하긴 했지만, 만일 율리아가 뒤에서 돕지 않았다면 이 모든 게 가능했겠나? 그리고 어차피 폼페이우스가 두번째 집정관 직에 출마하는 걸 막을 수 있는 사람은 아무도 없었어!"

"하지만 이제 율리아는 죽었어요." 메텔루스 스키피오가 이의를 제기했다.

"그래, 하지만 카이사르는 여전히 폼페이우스를 자기편으로 붙들고 있어! 그리고 카이사르가 폼페이우스를 붙들고 있다면 갈리아에서의 지휘권을 또 연장할 가능성이 있네. 그러다가 두번째 집정관 직을 얻으려고 뛰어들겠지. 그게 법적으로 가능한 때가 채 4년도 남지 않았어."

"하지만 어째서 카이사르만 물고 늘어집니까?" 메텔루스 스키피오가 물었다. "지금 가장 위험한 인물은 사실 클로디우스가 아닙니까?"

카토는 빈 잔을 책상에 꽝 하고 내려놓았다. 메텔루스 스키피오가 놀라 자리에서 펄쩍 뛰었다. "클로디우스라고?" 카토가 경멸조로 외쳤다. "공화국을 무너뜨릴 자는 클로디우스가 아니야! 클로디우스가 아무리 대단한 계획을 세운대도 누군가는 그를 막을 걸세. 하지만 보니의 진정한 적 카이사르를 막을 자들은 오로지 보니뿐이야."

비불루스가 다시 한번 설득했다. "스키피오, 만일 카이사르가 끝까지 기소를 피하고 두번째로 집정관 직에 오르면 우린 앞으로 절대 그를 무너뜨릴 수 없어! 그는 각종 민회를 통해 우리가 자기를 법정에 세우는 것을 불가능하게 만들 법을 강제로 제정할 걸세! 카이사르는 이제 영웅이야. 그것도 엄청나게 부유한 영웅! 카이사르는 처음으로 집정관이 되었을 때 명성말곤 가진 게 별로 없었어. 하지만 그로부터 10년이 지난 지금 로마는 카이사르의 추종자들로 가득찼고 온 로마가 카이사르를 역사상 가장 위대한 인물로 추앙하고 있으니, 이제 카이사르는 하고 싶은 것은 무엇이든 할 수 있어. 무슨 짓을 저질러도 전혀 처벌받지 않을 걸세. 카이사르가 우리를 비웃는 소리가 신들의 귀에까지 들릴 거야!"

"네, 무슨 말인지 잘 알겠습니다, 비불루스. 하지만 카이사르가 처음으로 집정관이 되었을 때도 우린 아무리 노력해도 그를 막을 수 없었잖아요." 메텔루스 스키피오가 고집스럽게 말했다. "매번 모의를 세웠지만 항상 돈만 왕창 버렸어요. 우린 늘 같은 말을 했지요. 이번이야말로 카이사르의 최후라고요. 하지만 우린 언제나 실패했어요!"

"그 이유는," 비불루스가 꿋꿋이 인내심을 발휘하며 말했다. "우리한테 충분한 영향력이 없었기 때문일세. 왜? 우리가 폼페이우스를 지나치게 경멸해서 우리 편으로 끌어들이지 못했으니까. 하지만 카이사르는 우리와 같은 실수를 저지르지 않았네. 카이사르라고 폼페이우스를 경멸하지 않을 것 같은가? 카이사르같이 유서 깊은 가문 출신이 어찌 그를 경멸하지 않을 수 있겠나? 하지만 카이사르는 폼페이우스를 이용했어. 왜냐면 폼페이우스는 엄청난 영향력을 지녔으니까. 영향력이 대단해서 스스로를 로마의 일인자라고 칭할 정도이지! 하! 카이사르는 그런 그에게 자기 딸을, 출생이 고귀해서 누구라도 반길 귀한 딸을 내줬어. 코르넬리우스 가문과 율리우스 가문의 피를 이어받은 여식이었어. 로마에서 제일가는 부자이고 가장 화려한 인맥을 지닌 브루투스와 약혼한 딸이었어. 카이사르는 그 약혼을 깼네. 세르빌리아는 불같이 화를 냈지. 주변 사람들도 다 놀랐어. 하지만 카이사르가 그런 것을 신경 썼나? 천만에! 카이사르는 폼페이우스를 올가미로 묶었고, 그 덕에 무적의 상대가 되었어. 만일 우리가 폼페이우스를 올가미로 묶는다면 이제는 우리가 무적의 상대가 되는 걸세! 바로 그래서 자네가 폼페이우스에게 코르넬리아 메텔라를 줘야 한다는 거야."

카토는 시선을 비불루스의 얼굴에 고정한 채 조용히 듣고 있었다. 오랫동안 함께해온 훌륭한 벗이었다. 왜소한 몸집에 머리칼, 눈썹, 속눈썹이 모두 은색이어서 몸에 털이 하나도 없는 듯 기이하게 보였다. 눈동자도 은색이었다. 날카로운 이목구비와 날카로운 지성. 하지만 비불루스가 지금의 날카로운 기지를 갖추게 된 것은 솔직히 카이사르 덕분이었다.

"알겠습니다." 메텔루스 스키피오가 한숨을 내쉬었다. "집에 가서 코르넬리아 메텔라와 얘기해보겠습니다. 이 자리에서 장담은 못합니다만, 딸애가 괜찮다고 하면 폼페이우스에게 딸애를 신붓감으로 제안해

보겠습니다."

"그 이야기는 이제 끝났네." 메텔루스 스키피오를 배웅해주고 돌아오는 카토에게 비불루스가 말했다. 카토가 도자기 술잔을 집어들어 또 술을 마셨다. 비불루스는 못마땅한 표정을 지었다.

"카토, 꼭 그래야겠나?" 비불루스가 물었다. "전에는 자네가 아무리 술을 마셔도 판단력은 흐트러지지 않는다고 생각했지만, 이젠 아닐세. 자네는 술을 너무 많이 마셔. 그러다가 술 때문에 죽겠어."

카토는 나이가 들어도 여전히 체격이 좋은 축에 속하긴 했지만 아닌 게 아니라 요즈음 안색이 영 나빠 보였다. 장신에 쭉 뻗은 몸매는 예전처럼 보기 좋았다. 하지만 한때 그리도 화사하고 순수해 보이던 얼굴은 겨우 마흔한 살 나이에 납빛을 띠었고 잔주름이 많았다. 원래 코 큰 사람 천지인 로마에서도 유독 크기로 유명한 그의 코가 이제는 얼굴 전체를 장악해버린 터였다. 한때 카토의 얼굴에서 가장 돋보이는 부분은 크고 초롱초롱 빛나는 회색빛 눈이었다. 약간 곱슬기 있고 짧게 깎은 머리칼은 이제 적갈색보다 희뿌연 미색에 가까웠다.

카토는 마시고 또 마셨다. 마르키아를 호르텐시우스에게 보내고 난 뒤로는 유독 더 그랬다. 카토는 한 번도 말하지 않았지만 비불루스는 그 이유를 잘 알았다. 사랑, 특히 마르키아에게 아직도 느끼는 그토록 열렬하고 열정적인 감정은 카토가 감당할 수 있는 것이 아니었다. 사랑이라는 감정은 그를 괴롭혔고 잠식했다. 날마다 카토는 마르키아를 걱정했다. 날마다 카토는 카이피오 형이 어느 날 갑작스레 세상을 떠난 것처럼 마르키아가 죽으면 여생을 어떻게 살아갈지 두려웠다. 그러다 정신이 이상해진 호르텐시우스가 카토에게 그 제안을 해왔을 때 카토는 드디어 탈출구를 찾았다. 강한 나를 되찾을 기회, 다시 나 자신을 온전히 소유할 기회! 그녀를 보내버리자. 치워버리자.

하지만 일은 뜻대로 되지 않았다. 카토는 객식구로 들어온 두 철학자 아테노도로스 코르딜리온과 스타틸로스와 지나치게 오랜 시간을 어울려 지냈고, 셋은 밤마다 손에서 술병을 놓지 않았다. 감찰관 카토가 호메로스라도 되는 양, 그가 남긴 융통성 없고 깐깐한 말들을 들먹이며 눈물을 흘렸다. 그리고 남들이 다 자고 일어날 시간에 인사불성이 되어 잠에 빠져들었다. 비불루스는 감수성이 둔해 카토의 고통이 얼마나 깊은지 헤아릴 수 없었지만 카토를 사랑했다. 특히 카이사르에서 마르키아 일까지 어떠한 역경에도 쉽게 흔들리지 않는 카토의 강인함이 비불루스의 마음을 사로잡았다. 카토는 절대 포기하거나 굴복하지 않았다.

"포르키아가 곧 열여덟 살이 됩니다." 카토가 불쑥 말을 꺼냈다.

"알고 있네." 비불루스가 눈을 끔벅였다.

"아직 남편감을 구하지 못했어요."

"흠, 자넨 그앨 사촌 브루투스와 맺어주고 싶어했지……."

"브루투스는 이달 말에 킬리키아에서 돌아올 겁니다."

"브루투스와 혼사를 다시 한번 추진해볼 텐가? 브루투스는 아피우스 클라우디우스가 필요한 게 아니니까 클라우디아와 이혼해도 되잖아."

다시 말 울음소리가 울렸다. "아니, 안 그럴 겁니다, 비불루스! 저는 이미 브루투스에게 기회를 줬습니다. 클라우디아를 선택했으니 클라우디아와 살아야지요."

"아헤노바르부스의 아들은 어떤가?"

술병이 기울었다. 가느다란 포도주 줄기가 도자기 술잔으로 흘러내렸다. 항상 충혈된 것처럼 보이는 분홍빛 눈이 술잔 너머로 비불루스를 바라보았다. "당신은 어떻습니까?" 카토가 물었다.

비불루스가 헉 소리를 냈다. "내가?"

"네, 당신이요. 도미티아가 세상을 떴으니 안 될 게 뭡니까?"

"나, 나, 나는 한 번도 그런 생각을, 세상에나, 카토! 내가?"

"포르키아가 마음에 들지 않습니까, 비불루스? 솔직히 지참금이 100 탈렌툼까진 안 되어도 그리 가난하진 않습니다. 가문도 그만하면 괜찮고 교육도 잘 받았지요. 정조 관념에 대해서라면 내가 보증합니다." 술이 목구멍으로 넘어갔다. "사실 그애가 아들이 아니라 딸인 게 아쉽습니다. 열 아들 부럽지 않은 딸이에요."

비불루스는 눈에 눈물이 가득 고인 채 책상 위로 손을 뻗었다. "마르쿠스, 당연히 포르키아를 받아들이겠네! 참으로 영광일세."

그러나 카토는 비불루스가 내민 손을 맞잡지 않았다. "잘됐네요." 카토는 이렇게 대꾸하고 조용히 술잔을 비웠다.

같은 해 1월의 열일곱째 날, 푸블리우스 클로디우스는 승마복 차림에 검을 차고 아내의 거실로 갔다. 풀비아는 머리단장도 하지 않고, 속이 훤히 비쳐서 육감적인 몸매를 적나라하게 드러내는 얇은 노란색 잠옷만 입은 채 긴 의자에 나른하게 누워 있었다. 클로디우스의 옷차림을 보고 풀비아가 자리에서 일어나 앉았다.

"무슨 일이죠, 클로디우스?"

클로디우스가 얼굴을 찡그렸다. 그는 풀비아의 긴 의자 끄트머리에 걸터앉아 아내의 눈썹에 입을 맞췄다. "내 사랑, 키로스가 위독한 상태라오."

"저런, 안 돼요!" 풀비아가 고개를 돌려 클로디우스의 아마천 웃옷에 얼굴을 묻었다. 안감을 두껍게 대지만 않았을 뿐 군인의 흉갑 속옷과 비슷한 생김새였다. 풀비아는 고개를 들고 어리둥절한 표정으로 클로디우스를 바라보았다. "하지만 이건 로마 밖으로 여행을 나가는 차림새잖아요! 키로스는 지금 로마에 있지 않나요?"

"그래요, 키로스는 로마에 있소." 클로디우스가 말했다. 키로스의 죽음이 임박했다는 사실에 마음이 몹시 언짢은 듯했다. 하지만 로마 최고의 건축가가 자기 일을 끝까지 해주지 못하리라는 생각 때문은 아니었다. "그래서 내가 건축 현장에 가보려는 거요. 키로스는 자기가 계산 한 가지를 잘못했다는 생각에 붙들려 있소. 다른 사람은 절대 믿을 수 없다며 꼭 내가 직접 가서 확인을 해달라는군. 내일까지 돌아오겠소."

"클로디우스, 나도 데려가요!"

"그럴 순 없소." 클로디우스가 안타까운 표정으로 말했다. "당신은 몸이 좋지 않은데다 나는 지금 아주 서둘러야 하오. 의사들은 키로스가 2, 3일을 넘기기 힘들 거라고 하고, 불쌍한 키로스의 마음을 편안하게 해줄 수 있는 사람은 나밖에 없으니까." 그가 아내와 입을 맞추고 일어섰다.

"몸조심해요!" 풀비아가 소리쳤다.

클로디우스가 빙그레 웃었다. "내 걱정은 마시오. 스콜라, 폼포니우스, 해방노예 가이우스 클로디우스도 같이 갈 거요. 무장한 노예 서른 명도 호위대로 동행할 거고."

세르비우스 성벽 외곽 카메나이 골짜기의 여러 마구간에서 구해온 훌륭한 말들이 클로디우스의 집 앞에 늘어서 있었다. 이 광경을 보려고 나온 구경꾼들이 클로디우스 저택의 열린 현관문으로 이어지는 좁은 길을 따라 모였다. 로마 시내에 말이 그렇게 많이 모여 있는 것은 아주 보기 드문 풍경이었다. 이 같은 격동의 시기에 논란 많은 인물들은 어디를 가든 노예 경호원과 용역 깡패 들을 데리고 다니는 것이 관례였고, 클로디우스도 예외가 아니었다. 하지만 이번 출타는 갑작스럽게 결정됐고, 클로디우스는 사람들이 그가 로마에 없다는 사실을 채 알기도 전에 벌써 돌아와 있을 것이었다. 게다가 서른 명의 노예들은 모두 젊었고, 판갑이나 투구만 착용하지 않았을 뿐 검을 능숙하게 사용했다.

"어디로 가십니까, 병사들의 친구여?" 군중 속 한 사내가 밝게 웃으며 물었다.

클로디우스가 멈칫했다. "티그라노케르타? 루쿨루스 군대 소속이었나?" 그가 물었다.

"니시비스에서 루쿨루스 군대 소속이었습니다." 사내가 대답했다.

"아, 그때 참 대단했지, 안 그런가?"

"벌써 거의 스무 해 전입니다! 하지만 니시비스에 있었던 사람들은 아무도 푸블리우스 클로디우스를 잊지 않았습니다."

"이젠 나도 나이들고 재미없는 사람이 됐네."

"어디로 가십니까?" 사내가 재차 물었다.

클로디우스는 안장 위로 뛰어올라, 이미 말에 앉아 기다리는 스콜라에게 눈을 찡긋해 보였다. "알바누스 구릉." 클로디우스가 말했다. "하지만 딱 하룻밤만일세. 내일이면 로마에 다시 돌아올 테니까." 그는 말머리를 돌려 팔라티누스 언덕길을 향해 달려내려갔다. 그의 유쾌한 세 친구와 무장 노예 서른 명이 그 뒤를 따랐다.

"알바누스 구릉. 하지만 단 하룻밤이라." 티투스 안니우스 밀로가 생각에 잠겨 말했다. 밀로는 데나리우스 은화가 담긴 작은 돈주머니를 탁자 맞은편으로 밀었다. 그곳에는 군중 사이에서 클로디우스에게 큰 소리로 외쳤던 사내가 앉아 있었다. "감사합니다." 사내는 이렇게 말하고 자리에서 일어섰다.

"파우스타." 잠시 후 밀로가 아내의 거실로 들이닥치며 말했다. "당신이 싫어할 줄 알지만, 어쨌거나 당신은 내일 새벽에 나와 함께 라누비움에 가야 하오. 그러니까 짐을 싸고 대기하고 있어요. 이건 부탁이 아닌 명령이오.”

밀로가 파우스타를 아내로 얻은 것은 푸블리우스 클로디우스에 대한 적잖은 승리였다. 파우스타는 술라의 딸이었고, 그녀와 쌍둥이로 태어난 파우스투스 술라는 클로디우스와 사이가 가까웠다. 술라의 평판이 좋지 않은 조카 푸블리우스 술라도 클로디우스와 가까웠다. 파우스타는 클로디우스 클럽의 회원이 아니었지만 그녀의 인맥은 전부 그 모임과 관련이 있었다. 그녀는 과거에 폼페이우스의 조카 가이우스 멤미우스의 아내였는데 어느 날 볼품없는 신분의 아주 젊고 근육질인 사내와 불륜을 저지르다 이혼당한 터였다. 파우스타는 근육질 남자들을 좋아했지만, 멤미우스는 눈부신 미남이긴 해도 마르고 가냘픈 남자인데다 주변에서 보기에도 지나칠 정도로 어머니에게 헌신적이었다. 멤미우스의 어머니는 폼페이우스의 누이로 지금은 푸블리우스 술라의 아내였다.

밀로는 그리 젊지는 않았지만 워낙 근육질로 유명했으므로 그녀에게 구애해 결혼에 성공하기란 어렵지 않았다. 클로디우스는 그 일로 파우스투스나 푸블리우스 술라보다도 더 시끄럽게 난동을 피웠다! 솔직히 파우스타는 밀로와 결혼하고 나서도 한동안 젊은 근육질 남자를 밝히는 버릇을 고치지 못했지만, 몇 달 전 밀로는 아내와 무분별한 짓을 일삼은 가이우스 살루스티우스 크리스푸스라는 사내를 채찍질로 다스린 터였다. 이 일을 흥미롭게 지켜본 로마 사람들에게 밀로가 밝히지 않은 한 가지 사실은 그가 파우스타에게도 채찍을 휘둘렀다는 점이었다. 이 일이 있었던 뒤로 파우스타는 밀로의 말을 얌전하게 따랐다.

불행히도 파우스타는 젊을 때 화려한 미남이었던 아버지 술라의 외모를 물려받지 않았다. 아버지가 아니라 외숙조부, 그러니까 저 유명한 메텔루스 누미디쿠스를 닮은 촌스럽고 통통한 땅딸보였다. 하지만 어차피 불이 꺼지면 여자는 다 똑같았으니, 밀로는 그가 평소 어울리는 여느 여자들과 함께할 때처럼 파우스타와도 즐거운 시간을 보냈다.

몇 달 전의 채찍질을 아직 기억하는 파우스타는 아무런 말대꾸도 하지 않았다. 그저 괴로운 눈빛으로 밀로를 흘끗 쳐다보고 손뼉을 쳐서 자기 하인들을 불렀다.

밀로는 해방노예 마르쿠스 푸스테누스를 부르며 방에서 사라졌다. 이 해방노예가 자신의 이름을 티투스 안니우스라고 짓지 않은 까닭은 밀로의 피호민이 되기 전에 이미 검투사 양성소에서 해방된 신분이기 때문이었다. 푸스테누스는 그의 본래 이름이었다. 그는 살인을 저지르고 그 죄에 대한 벌로 검투사 시합에 투입되었던 로마인이었다.

"계획이 살짝 바뀌었다, 푸스테누스." 심복이 나타나자 밀로가 짧게 말했다. "우리가 라누비움으로 가는 건 그대로야. 이렇게 운이 좋을 수가! 내가 내일 아피우스 가도를 따라 남쪽으로 가는 명분은 그야말로 완벽해! 나는 이미 두 달 전부터 신임 제관 후보자를 지명하기 위해 고향을 방문할 계획을 세워왔으니까 증거가 아주 확실하지. 그러니 내가 내일 아피우스 가도에 있는 이유를 의심할 사람은 아무도 없어. 아무도!"

푸스테누스는 밀로처럼 체격이 우람한 사내였다. 그는 말없이 고개만 끄덕였다.

"파우스타도 동행하기로 했으니 아주 널찍한 이륜 유개마차를 구해." 밀로가 지시했다.

푸스테누스가 고개를 끄덕였다.

"하인들과 짐을 이동시키는 데 필요한 다른 탈것도 빌려. 가서 한동안 머무르다 올 예정이야." 밀로가 인장이 찍힌 편지를 흔들어보였다. "이걸 당장 퀸투스 푸피우스 칼레누스에게 보내. 나는 파우스타와 같은 마차를 타야 하니까 길에서 우리와 동행해줄 신분 높은 자가 필요해. 칼레누스가 그 역할을 해줄 거야."

푸스테누스가 고개를 끄덕였다.

"경호대는 전부 데려간다. 수레에 귀중품이 많을 테니까." 밀로가 심술궂게 웃었다. "파우스타는 보나마나 자기 보석을 다 가져가려고 할 테지. 아끼는 산다락나무 탁자까지 몽땅 다 가져가려고 할걸. 푸스테누스, 150명을 중무장시키고 판갑을 입히고 투구도 씌워."

푸스테누스가 고개를 끄덕였다.

"그리고 비리아와 에우다마스를 지금 당장 이리로 보내."

푸스테누스가 고개를 끄덕이고 방에서 나갔다.

이미 오후가 훨씬 지난 시각이었지만 밀로는 계속 하인들을 여기저기로 서둘러 보냈다. 이윽고 해가 저물어 땅거미가 내려앉고 나서야 밀로는 등을 편히 기대고 만족한 얼굴로 많이 늦어진 저녁식사를 들었다. 모든 준비가 끝났다. 퀸투스 푸피우스 칼레누스는 아주 기쁜 마음으로 친구 밀로의 라누비움 여행에 동참하겠다고 전해왔다. 마르쿠스 푸스테누스는 경호원 150명이 탈 말, 우마차와 수레와 짐과 하인들을 실을 탈것, 그리고 이 어마어마한 행렬을 동원한 주인공들을 태울 널찍한 이륜 유개마차를 준비했다.

다음날 새벽 칼레누스가 밀로의 집에 도착했다. 밀로와 파우스타는 칼레누스와 함께 걸어 카페나 성문 외곽으로 갔다. 하인 무리들과 유개마차가 거기서 그들을 기다리고 있었다.

"아주 좋네요!" 파우스타가 두툼한 방석이 깔린 자기 자리에 앉으며 기분좋게 말했다. 그녀는 노새들이 있는 쪽을 등지고 앉았다. 맞은편의 순방향 좌석을 탐내지 않을 정도의 지각은 있었던 것이다. 그 두 자리는 밀로와 칼레누스의 차지였다. 그들 사이에는 작은 탁자가 놓여 있어 주사위 놀이를 하거나 음식을 들 수 있었다. 파우스타 옆의 네번째 자리에는 하인 둘이 꼭 붙어 앉아 있었다. 여자 하인은 파우스타를, 남자 하인은 밀로와 칼레누스를 시중들려고 같이 탄 터였다.

보통 마차처럼 이 유개마차도 도로에서 발생하는 충격을 흡수하는 장치가 없었지만, 카푸아와 로마를 잇는 아피우스 가도는 관리가 아주 잘 되어 표면이 매끄러웠다. 초여름마다 자갈 위에 새로 시멘트를 덮고 잘 다져 단단하게 굳힌 뒤 물을 뿌리는 덕분이었다. 따라서 여행중에 불편한 점은 덜컹거림이 아니라 진동이었다. 더 작은 탈것을 이용하는 하인들은 자연히 상황이 더 열악할 수밖에 없었지만, 그래도 어디론가 떠난다는 생각에 다들 기분이 좋았다. 300명 정도가 카페나 성문을 출발해 800미터쯤 가니 도로가 아피우스 가도와 라티나 가도로 갈라졌다. 파우스타는 시녀들과 머리 미용사, 세신사, 피부 미용사, 세탁부 들과 악사 몇 명과 젊은 남성 무용수 여남은 명을 데려갔고, 칼레누스는 몸종, 사서, 그 외 다른 하인 여남은 명을, 밀로는 집사, 포도주 담당 사환, 몸종, 남자 하인 여남은 명, 요리사와 제빵사 몇 명을 대동했다. 노예 중에도 계급이 높은 노예는 수하에 또 노예들을 거느렸다. 즐거운 분위기였다. 한 시간에 8킬로미터씩 적당한 속도로 이동하고 있으니, 일곱 시간 남짓 지나면 라누비움에 거의 다 도착해 있을 터였다.

아피우스 가도는 로마의 가장 오래된 도로 중 하나였다. 클로디우스의 선조인 장님 아피우스 클라우디우스가 낸 도로였으니 클라우디우스 풀케르 가문의 소유였고, 로마와 카푸아 구간의 유지와 관리는 여전히 클라우디우스 풀케르 가문이 맡고 있었다. 클라우디우스 가문의 도로였으므로 그 주변에는 당연히 클라우디우스 가문 출신 파트리키 귀족들의 묘가 안치되어 있었다. 수세대에 걸친 클라우디우스 가문 선조들이 도로 한쪽에 나란히 묻혀 있었고 드문드문 다른 가문의 묘도 있었다. 그렇다고 도로의 전경이 빽빽하게 늘어선 둥근 영묘들뿐인 것은 아니었다. 가끔은 1킬로미터 넘게 이동해도 묘가 하나도 없는 구간도 있었다.

푸블리우스 클로디우스는 지금 생명이 위독한 키로스가 한 치의 실수도 범하지 않았음을 분명하게 확인하고 돌아오는 길이었다. 키로스의 계산은 정확했고, 이 늙은 그리스인이 설계한 대담한 구조물이 그것을 받치고 있는 벼랑 아래로 무너져내릴 염려는 없었다. 오, 그곳은 빌라를 위한 최적의 터였다! 키케로가 이 빌라의 전경을 본다면 탐이 나서 침을 바가지로 흘리겠지. 포룸 로마눔에 자리한 클로디우스의 저택 앞에 새집을 높이 지어 올려 그의 저택 전망을 망쳐놓은 빌어먹을 키케로에게 기분좋은 복수가 될 것이었다. 키케로는 시골 빌라를 강박적으로 사 모으는 사람이니, 머지않아 보빌라이를 지나다 클로디우스가 짓고 있는 빌라를 발견하리라. 그리고 마침내 클로디우스의 새 빌라를 두 눈으로 보게 되는 날, 키케로의 얼굴은 자기 앞에 펼쳐진 라티움 평원보다 더 새파랗게 질릴 테지.

사실 키로스가 알려준 수치들을 확인하는 작업이 매우 빨리 끝났기 때문에 클로디우스는 그날 밤 곧장 로마로 돌아갈 수도 있었다. 하지만 그날 밤엔 달이 뜨지 않아 야간 주행은 위험했다. 가장 좋은 방법은 라누비움 인근에 위치한 클라우디우스 소유의 다른 빌라로 가서 몇 시간 눈을 붙이고 날이 밝으면 빨리 로마로 돌아가는 것이었다. 여행 짐도 없었고 하인도 전혀 데려오지 않았지만, 라누비움 인근의 빌라를 관리하는 최소한의 인원이 있어서 그들이 클로디우스, 스콜라, 폼포니우스, 해방노예 가이우스 클로디우스의 식사를 마련해주었다. 클로디우스의 경호차 따라온 노예 서른 명은 안장 가방에 싸온 식량을 먹었다.

해가 뜰 즈음 클로디우스는 로마를 향해 아피우스 가도를 힘차게 달리고 있었다. 사실 클로디우스는 풀비아와 동반하지 않고 여행을 하는 일이 매우 드물었기 때문에 몹시 초조하고 다급한 기분이었다. 풀비아가 몸이 좋지 않은 것도 걱정이었다. 클로디우스를 잘 아는 노예들은 눈빛을 교환하며 불안한 표정을 지었다. 풀비아가 곁에 없는 클로디우스는 상대하기 쉽지 않았다.

낮의 세번째 시각이 시작될 무렵 클로디우스는 경쾌한 구보로 보빌라이를 통과하고 있었다. 마침 보빌라이의 장날이었다. 그는 각자 볼일로 분주한 여러 시민들을 이리저리 흩어놓았고 시민들이 데리고 있는 양, 말, 노새, 돼지, 닭에도 신경쓰지 않았다. 분주한 도시를 빠져나와 1.5킬로미터 정도 달리니 인적이 드문 구간이 나타났다. 이제 20여 킬로미터만 더 가면 로마의 세르비우스 성벽이었다. 양 도로변의 한쪽은 젊은 기사 티투스 세르티우스 갈루스의 땅이었다. 갈루스는 이 무성한 목초지를 팔라는 제안을 수차례 받았지만, 원래 가진 돈이 많아서 이 땅을 계속 유지하고 있었다. 넓은 들판에 갈루스가 소유한 아름다운 말들이 풀을 뜯는 모습이 점점이 보였으나, 갈루스의 화려한 빌라는 거기서 멀리 떨어진 저 바깥쪽에 자리해 있어 도로에서는 보이지 않았다. 길에서 눈에 띄는 건물은 작은 여관뿐이었다.

"대단한 행차가 납시는군." 스콜라가 말했다. 스콜라와 클로디우스는 처음에 어떻게 만났는지도 기억나지 않을 정도로 오래된 친구 사이였다.

"흠." 클로디우스가 못마땅한 소리를 내고 손을 높이 들어 자기 일행이 길에서 물러나도록 했다.

클로디우스 일행이 길가로 물러났다. 두 무리가 도로에서 마주쳤을 때 둘 중 한 무리에만 차가 있으면 차가 없는 쪽이 길가로 물러나주는 것이 관례였다. 다가오는 무리는 한눈에도 마차와 수레가 많아 보였다.

"삼프시케라모스가 하렘을 옮기나봅니다." 가이우스 클로디우스가 말했다.

"아니, 그런 게 아니야." 점차 가까이 다가오는 말들의 대열을 보고 폼포니우스가 말했다. "이런, 이건 작은 군대야! 판갑을 입은 걸 보게!"

그때 클로디우스가 맨 앞에서 말을 타고 무리를 이끄는 자의 얼굴을 알아보았다. 마르쿠스 푸스테누스였다. "제기랄!" 클로디우스가 외쳤다. "밀로의 무리야!"

스콜라와 폼포니우스와 해방노예 가이우스 클로디우스가 움찔했다. 세 사람의 얼굴이 새하얘졌다. 하지만 클로디우스는 자기 말의 갈빗대를 걷어차며 세게 달렸다.

"자, 가능한 한 빨리 이동하세." 클로디우스가 말했다.

파우스타, 밀로, 푸피우스 칼레누스를 태운 유개마차는 정확히 행렬의 중앙에 있었다. 클로디우스가 말을 길 안쪽으로 살살 몰아가며 마차 안을 쏘아보고 지나갔다. 그는 몇 발자국 더 달린 뒤 고개를 돌려 뒤를 보았다. 밀로가 창밖으로 목을 길게 빼고 클로디우스를 사나운 눈길로 쳐다보고 있었다.

그냥 모른 채 참고 달리기가 쉽지 않았지만, 클로디우스는 그렇게 했다. 문제가 발생한 것은 밀로의 행차 대열 꼬리 부분을 지날 때였다. 중무장을 하고 말을 탄 사내 백여 명이 줄지어 밀로의 마차를 뒤따르고 있었다. 클로디우스 자신은 그들 사이를 빠져나갔지만, 이어 클로디우스의 노예 서른 명이 지나가려 하자 밀로의 경호대가 옆으로 다가서며 길을 가로막았다. 밀로의 경호원 몇몇이 들고 있던 창으로 클로디우스 쪽 말들의 옆구리를 거칠게 찔렀다. 잠시 후 클로디우스의 노예 몇 명이 바닥에 떨어지자, 다른 몇 명이 검을 꺼내들고 주변을 어슬렁대며 욕설을 퍼부었다. 클로디우스와 밀로는 서로를 증오했다. 그들을 따르는 부하들의 적개심은 그보다 더하면 더했지 결코 덜하지 않았다.

"계속 가게!" 클로디우스가 말고삐를 당기자 스콜라가 소리쳤다. "클로디우스, 저긴 내버려둬! 우린 지나왔으니 그냥 계속 앞으로 가게!"

"내 사람들을 내버려두고 갈 순 없어!" 클로디우스가 멈춰 서서 말 머리를 돌렸다.

밀로의 행차 대열 맨 끝을 지키는 두 사람은 전직 검투사 출신으로, 밀로가 가장 신뢰하는 심복인 비리아와 에우다마스였다. 클로디우스가 그들을 마주보며 자기 노예들을 향해 달려오자, 비리아가 손에 들고 있던 창을 가볍게 조준하여 힘껏 날렸다.

잎사귀 모양의 창끝이 클로디우스 어깨에 박혔다. 창에 실린 힘이 어찌나 셌는지, 클로디우스의 몸이 공중에 붕 떴다가 그대로 무릎부터 바닥으로 떨어졌다. 클로디우스는 벌렁 나자빠진 채 눈을 깜박이며 두 손으로 창 손잡이를 붙들었다. 세 친구가 급히 말에서 내려 그에게 달려왔다.

스콜라가 침착하게 망토를 큰 네모꼴로 찢어 두툼하게 접었다. 그가 폼포니우스를 보고 고개를 끄덕이자 폼포니우스가 클로디우스의 어깨에 꽂힌 창을 뽑아냈다. 상처에서 피가 쏟아졌다. 스콜라가 급하게 만든 붕대를 곧바로 상처에 갖다 댔다.

여관은 200걸음 정도 떨어진 곳에 있었다. 스콜라가 상처 부위를 붕대로 감싸 쥐는 동안, 폼포니우스와 가이우스 클로디우스가 클로디우스의 겨드랑이에 팔꿈치를 걸어 그를 일으켜세운 뒤 질질 끌며 여관을 향해 달려갔다.

밀로의 행차 대열이 가던 길을 멈췄다. 밀로는 검을 뽑아든 채 마차 밖에 나와 있었다. 그가 여관 쪽을 바라보았다. 경호대는 클로디우스의 노예들을 간단히 처리했다. 열한 명이 바닥에 죽은 채 쓰러져 있었다. 몇몇은 심한 부상을 입고 바닥을 기어다녔고, 달릴 수 있는 자들은 들판을 가로질러 달아난 터였다. 푸스테누스가 행렬 앞쪽에서 서둘러 달려왔다.

"놈들이 그를 저 여관으로 데리고 갔다." 밀로가 말했다.

뒤의 유개마차에서 소름 끼치는 소리가 들려왔다. 꽥꽥거리는 요란한 비명소리였다. 밀로가 창문에 고개를 들이밀고 안을 보니 칼레누스와 남자 하인이 발버둥치는 파우스타와 시녀를 달래느라 씨름하고 있었다. 잘됐어. 칼레누스는 파우스타를 진정시키는 데 정신이 팔려 있었다. 마차에서 내려 밖에서 무슨 일이 벌어지는지 확인할 겨를이 없을 터였다.

"안에 있게." 고개를 돌릴 틈조차 없는 칼레누스에게 밀로가 짧게 말했다. "클로디우스일세. 싸움이 붙었어. 놈이 먼저 시작했네. 이젠 끝을 내야겠어." 밀로가 다시 걸어나와 푸스테누스, 비리아, 에우다마스에게 고개를 끄덕였다. "가자."

길에서 싸움이 벌어지자 도로변의 작은 여관 주인은 곧장 아내와 아이들과 노예 셋을 뒷문을 통해 들판으로 피신시킨 터였다. 따라서 그 문으로 폼포니우스와 해방노예 가이우스 클로디우스가 클로디우스를 끌고 들어왔을 때, 여관 주인은 무서워서 눈알이 빠질 것 같은 얼굴로 혼자 서 있었다.

"빨리! 침대!" 스콜라가 말했다.

여관 주인이 벌벌 떨리는 손끝으로 옆방을 가리키자 세 사내가 얼른 클로디우스를 그 방으로 옮겼다. 그들은 거친 지푸라기로 속을 채운 매트리스가 깔린 허술한 침대에 클로디우스를 눕혔다. 밝은 심홍색으로 젖은 붕대에서 피가 뚝뚝 떨어졌다. 그것을 본 스콜라가 여관 주인에게 고개를 돌렸다.

"천을 가져오게!" 스콜라가 으르듯 소리치며 자기 망토를 더 찢어 새로 붕대를 댔다.

클로디우스는 눈을 뜬 채 숨을 헐떡였다. "날개를 다쳤군." 그가 애써 웃으며 말했다. "나는 살 수 있어, 스콜라. 하지만 그 가능성을 높이려면 자네가 다른 사람들을 데리고 보빌라이로 돌아가 도움을 구해야 해. 그동안 나는 여기서 기다리고 있겠네."

"클로디우스, 그럴 순 없어!" 스콜라가 속삭였다. "밀로는 떠나지 않았어. 그들이 자넬 죽일 거야!"

"감히 그럴 리 없어!" 클로디우스가 숨을 헐떡이며 말했다. "가게! 어서 가!"

"나는 자네와 있겠네. 두 명이면 충분해."

"셋 다 가야 해!" 클로디우스가 이를 앙다물고 말했다. "진심일세, 스콜라! 어서 가게!"

"주인장." 스콜라가 말했다. "이 붕대를 상처에 꽉 대주게. 가능한 한 빨리 돌아오겠네." 스콜라는 겁에 질린 여관 주인에게 그곳을 맡기고 방에서 나갔다. 잠시 후 멀어져가는 말발굽 소리가 들렸다.

여관 주인은 머리가 빙빙 도는 것 같았다. 클로디우스는 눈을 감고 통증이나 출혈에 대해 생각하지 않으려 했다. "이름이 무엇이오?" 그가 눈을 감은 채 물었다.

"아시키우스입니다."

"흠, 아시키우스, 자네는 그저 푸블리우스 클로디우스의 곁을 지키며 붕대만 잘 누르고 있어주면 된다네."

"푸블리우스 클로디우스요?" 아시키우스가 떨리는 목소리로 물었다.

"그래, 세상에 단 하나뿐이지." 클로디우스가 한숨을 쉬고 눈을 뜨더니 빙긋 웃었다. "이런 낭패가 또 있을까! 거기서 밀로와 마주치다니."

문간에 그림자가 드리워졌다.

"그래, 밀로와 마주치다니." 밀로가 방으로 들어서며 말했다. 비리아, 에우다마스, 푸스테누스가 그의 뒤를 따랐다.

클로디우스는 두려움 없는 경멸에 찬 눈빛으로 밀로를 바라보았다. "밀로 당신이 날 죽이면 평생 추방자로 살아가게 될 거야."

"내 생각은 달라, 클로디우스. 당신은 내가 폼페이우스에게 약속을 받고 움직인다고 생각하겠지." 밀로가 여관 주인을 옆으로 밀쳐내자 그가 벌렁 나자빠졌다. 밀로는 고개를 숙여 상처를 살폈다. 출혈 속도가 아까보다 느렸다. "흠, 이걸로 죽지는 않겠군." 밀로는 이렇게 말하고 푸스테누스 쪽으로 고개를 홱 틀었다. "들어서 밖으로 데려가."

"저자는 어떻게 할까요?" 푸스테누스가 울먹이는 아시키우스를 가리키며 물었다.

"죽여."

아시키우스의 머리 정중앙으로 칼이 떨어지자 그는 단숨에 처리되었다. 비리아와 에우다마스가 클로디우스를 침대에서 들어올리더니 마치 어린애를 들듯 가볍게 옮겨 아피우스 가도 한복판에 내동댕이쳤다.

"그놈 옷을 벗겨봐." 밀로가 비웃으며 말했다. "소문이 진짜인지 확인해보고 싶으니까."

푸스테누스가 면도날보다 날카로운 칼날로 클로디우스의 승마용 튜닉을 끝단부터 목선까지 죽 잘라내더니 이어 샅가리개까지 잘랐다.

"너희들도 와서 봐!" 밀로가 폭소를 터트리며 말했다. "정말로 할례를 당했군!" 밀로가 검 끝으로 클로디우스의 성기를 툭 건드리자 소중한 피 한 방울이 맺혔다. "놈을 세워."

비리아와 에우다마스가 명령에 따라 각각 한쪽 팔로 클로디우스를 단단히 잡아 세웠다. 고개를 살짝 떨군 클로디우스의 발이 공중에 떠 있었다. 하지만 클로디우스는 밀로를 보지 않았다. 비리아도 에우다마스도 푸스테누스도 보지 않았다. 클로디우스의 시선은 온통 여관에서 도로 맞은편에 서 있는 작고 초라한 제단에 사로잡혀 있었다. 예쁜 돌을 낮은 사각기둥 모양으로 쌓아올린 돌무덤이었다. 그 한가운데에 여자의 소음순과 길게 째진 대음순 모양이 새겨진 커다란 붉은색 돌이 박혀 있었다. 보나 데아…… 로마에서 불운의 숫자 13마일(약 21킬로미터—옮긴이)만큼 떨어진 이곳 아피우스 가도 도로변에 세워진 선한 여신의 제단. 돌무덤 바닥에는 꽃다발과 우유가 담긴 접시와 달걀 몇 개가 놓여 있었다.

"보나 데아!" 클로디우스가 쉰 소리로 외쳤다. "보나 데아, 보나 데아!"

보나 데아의 널찍한 대음순 틈새로 여신의 성스러운 뱀이 사악한 머리를 내밀었다. 뱀의 차가운 검은 눈은 보나 데아의 신성한 비밀을 모독한 푸블리우스 클로디우스를 향해 있었다. 뱀은 단 한 번도 눈을 깜빡이지 않은 채 혓바닥을 날름거렸다. 푸스테누스가 클로디우스의 배에 꽂은 검이 척추를 으스러뜨리고 등을 빠져나오는 동안, 클로디우스는 아무것도 보지도 느끼지도 못했다. 비리아가 그에게 창을 꽂았을 때도, 에우다마스가 피로 흥건한 땅에 그의 내장을 쏟아냈을 때도 마찬가지였다. 눈앞이 캄캄해지며 생명이 다하는 순간까지 클로디우스와 보나 데아의 뱀은 서로의 영혼만을 응시했다.

"비리아, 네 말을 이리 다오." 밀로가 이렇게 말하고 안장에 올라탔다. 행차 대열은 벌써 보빌라이를 향해 꽤 멀리 앞서 가고 있었다. 에우다마스와 비리아가 말 한 마리에 불안하게 올라탔다. 네 사내는 앞서 가는 대열을 향해 달렸다.

신성한 뱀은 만족하고 머리를 움츠린 채 자신의 안식처인 보나 데아의 대음순 안으로 다시 파고들어갔다.

아시키우스의 가족과 노예들은 들판에서 돌아와 아시키우스가 죽은 것을 발견한 뒤 문밖으로 푸블리우스 클로디우스의 벌거벗은 시신까지 보고 다시 달아나버렸다.

많고 많은 여행자들이 아피우스 가도를 지나갔고, 1월의 열여덟번째 날에도 많은 여행자들이 그곳을 지나갔다. 클로디우스의 노예 열한 명이 죽어 있었고 다른 열한 명이 고통으로 신음하며 서서히 죽어갔지만, 그들의 목숨을 살리려고 가던 길을 멈춘 사람은 아무도 없었다. 마침내 스콜라, 폼포니우스, 해방노예 가이우스 클로디우스가 보빌라이 주민 몇 명과 수레를 끌고 와서는 길에서 죽은 클로디우스를 발견하고 울었다.

"우리도 죽은목숨이야." 여관 주인의 시체를 보고 스콜라가 말했다. "증인들이 모두 죽을 때까지 밀로가 가만있지 않을 테니까."

"그러면 지금 여기 있을 때가 아니잖습니까!" 수레 주인이 이렇게 소리치더니 끌고 온 수레를 뒤로 돌려 덜그럭대며 도망갔다.

잠시 후 모두가 사라졌다. 클로디우스는 흐린 눈을 보나 데아의 제단에 붙박은 채 여전히 길바닥에 누워 있었다. 그의 주변으로 피가 호수처럼 퍼진 채 엉겨갔고, 쏟아진 내장이 무더기로 쌓여 있었다.

살해 현장을 본 사람마다 두려운 마음에 황급히 걸음을 재촉할 뿐, 오후가 될 때까지 그 이상의 행동을 취한 사람은 아무도 없었다. 그러다 느릿한 걸음으로 가마가 나타났다. 그 안에는 나이가 아주 지긋한 로마 원로원 의원 섹스투스 테이디우스가 타고 있었다. 가마꾼들이 소란을 떨며 가던 길을 멈추자 기분이 언짢아진 그가 휘장을 걷고 밖으로 고개를 내미니 곧바로 푸블리우스 클로디우스의 얼굴이 보였다. 그는 팔 밑에 목발을 끼우고 허둥지둥 가마에서 내렸다. 테이디우스는 술라의 군대가 미트리다테스 왕과 맞서 싸울 때 다리 하나를 잃은 터였다.

"어서 이 불쌍한 자를 내 가마에 싣고 가능한 한 빨리 로마에 있는 그의 집에 데려다주어라." 테이디우스가 가마꾼들에게 이렇게 지시하고 손을 들어 남자 하인을 불렀다. "크세노폰, 보빌라이로 걸어서 돌아가야겠으니 옆에서 부축해라. 보빌라이 사람들은 이 일을 알고 있는 게 틀림없어! 거길 지나올 때 어쩐지 사람들 행동이 영 미심쩍다 했지."

그리하여 해 지기 한 시간 전 섹스투스 테이디우스의 가마꾼들이 지친 얼굴로 카페나 성문을 지나 팔라티누스 언덕을 올라 클로디우스의 새 저택에 도착했다. 무르키아 계곡과 대경기장 너머 저멀리 티베리스 강과 야니쿨룸 언덕까지 내다보이는 집이었다.

풀비아가 긴 머리카락을 휘날리며 달려나왔다. 너무 놀란 나머지 비명을 지르거나 울지도 않았다. 그녀는 가마의 휘장을 걷고 푸블리우스 클로디우스의 시신을 내려다보았다. 복부에 벌어진 틈새로 내장이 대충 쑤셔박혀 있었고, 살결은 파로스산 대리석처럼 희었으며, 망자의 명예를 지켜줄 옷조차 없이 성기가 고스란히 드러나 있었다. "클로디우스! 클로디우스!" 풀비아가 비명을 질렀고, 비명은 한동안 그치지 않았다.

사람들이 주랑정원에 임시로 만든 상여로 클로디우스를 옮겼지만 아직 옷은 입히지 못하고 있을 때 클로디우스 클럽 회원들이 모여들었다. 쿠리오, 안토니우스, 플랑쿠스 부르사, 폼페이우스 루푸스, 데키무스 브루투스, 포플리콜라, 섹스투스 클로일리우스였다.

"밀로 짓이야." 마르쿠스 안토니우스가 으르렁댔다.

"아직 알 수 없어." 쿠리오가 말했다. 그는 벤치에 앉아 미동도 없이 클로디우스만 쳐다보고 있는 풀비아의 굽어진 어깨에 한 손을 얹고 서 있었다.

"밀로 짓이 맞아!" 새로운 목소리가 말했다.

티투스 폼포니우스 아티쿠스가 곧바로 풀비아에게 다가가 벤치의 옆자리에 앉았다. "가엾기도 하지." 그가 따뜻하게 말했다. "어머니를 모셔오도록 사람을 보냈으니 곧 도착하실 거야."

"밀로의 짓인 걸 어떻게 아시죠?" 플랑쿠스 부르사가 경계하는 빛을 띠고 물었다.

"내 친척 폼포니우스한테서 들었네. 그는 오늘 클로디우스와 함께 있었어." 아티쿠스가 말했다. "클로디우스 쪽 사람들은 총 서른네 명이 었는데, 그보다 다섯 배나 많은 수의 경호원들을 동행한 밀로와 아피우스 가도에서 마주쳤네." 아티쿠스가 손으로 클로디우스의 시신을 가리 켰다. "이게 그 결과야. 내 친척이 직접 보진 못했지만. 처음에 비리아 가 창을 던졌어. 그래서 어깨에 상처를 입었는데, 그것 때문에 죽은 건 아닐세. 클로디우스가 고집해서 폼포니우스와 스콜라와 가이우스 클 로디우스가 도움을 청하러 보빌라이로 갔고, 클로디우스는 그동안 여 관에서 안전하게 쉬고 있었지. 하지만 그들이 돌아왔을 때는—보빌라 이 사람들의 반응은 무척 이상했대. 그들은 그 일에 연관되길 바라지 않은 거지—이미 너무 늦었어. 클로디우스는 죽은 채 길바닥에 누워 있었고, 여관 주인은 자기 여관에서 죽어 있었어. 그들은 겁에 질려 당 황했어. 변명의 여지가 없지만, 일이 그렇게 되었네. 다른 두 사람은 어 디에 있는지 나도 모르지만, 내 친척 폼포니우스는 아리키아까지 갔다 가 나한테로 왔다네. 그들은 물론 밀로가 자기들 역시 죽일 작정이었 다고 생각하고 있어."

"현장을 아무도 못 봤단 말입니까?" 안토니우스가 눈물을 훔치며 따 져 물었다. "아, 한 달에도 열두 번씩 클로디우스를 내 손으로 죽이고 싶었지만, 나는 그를 사랑했어요!"

"목격자가 없는 것 같아." 아티쿠스가 말했다. "세르티우스 갈루스의 말 목장 주변 인적이 드문 도로에서 벌어졌어." 그는 풀비아의 감각 없 는 손을 붙잡고 부드럽게 쓰다듬었다. "밖이 추우니까 집안으로 들어가 서 어머니를 기다려라."

"클로디우스와 함께 있어야 해요." 풀비아가 작게 말했다. "그이가 죽었어요, 아티쿠스! 어떻게 이런 일이 있을 수 있죠?" 그녀는 몸을 앞뒤로 흔들었다. "그이가 죽었어요! 어떻게 이럴 수 있어요? 아이들한테 뭐라고 하죠?"

아티쿠스가 예리한 검은 눈을 들어 풀비아의 머리 위로 쿠리오와 시선을 교환했다. "그런 건 네 어머니가 다 알아서 하실 게다, 풀비아. 안으로 들어가거라."

쿠리오가 풀비아를 끌어당기자 그녀는 저항하지 않고 들어갔다. 무슨 일에든 미친듯이 달려들고, 포룸 로마눔에서 사내처럼 소리치며, 자신이 믿는 것을 위해서라면 언제나 완강하게 싸우던 풀비아가! 풀비아가 어디로든 그토록 얌전히 따라가는 모습은 지금까지 아무도 본 적이 없었다. 문간에서 풀비아의 무릎이 힘없이 꺾였다. 아티쿠스가 재빨리 다가가서 쿠리오와 함께 그녀를 집안으로 데려다주었다.

섹스투스 클로일리우스는 데키무스 브루투스 밑에서 엄격한 견습 기간을 거친 후 요즈음 클로디우스의 폭력배들을 직접 몰고 다녔다. 그는 귀족이 아니었다. 다들 그를 알았지만, 그는 클로디우스 클럽 모임에 참석하진 않았다. 하지만 지금은 다른 사람들이 다들 충격에 빠져 있어서인지 그가 지휘봉을 잡았다.

"클로디우스의 시신을 이대로 포룸 로마눔으로 가져가 로스트라 연단에 둡시다." 클로일리우스가 사나운 목소리로 말했다. "해가 달을 삼키듯 빼어난 능력으로 자신을 능가한 자를 밀로가 어떻게 했는지 온 로마가 똑똑히 봐야 해요."

"하지만 지금은 밖이 어둡잖아!" 포플리콜라가 멍청한 대꾸를 했다.

"포룸 로마눔은 그렇지 않습니다. 소문이 퍼지고 있어요. 클로디우스의 사람들이 횃불을 들고 모이고 있습니다. 밀로가 자기네 영웅에게 한 짓을 그들이 똑똑히 봐야 해요!"

"그 말이 맞아." 안토니우스가 불쑥 끼어들며 토가를 벗었다. "자, 자네 둘이 상여 발치 쪽을 들게. 내가 머리 쪽을 들겠네."

데키무스 브루투스는 우느라 몸을 잘 가누지 못했으므로, 포플리콜라와 폼페이우스 루푸스가 토가를 벗고 안토니우스의 말을 따랐다.

"부르사, 자네 뭐하나?" 상여 한쪽이 심하게 기울자 안토니우스가 소리쳤다. "포플리콜라가 루푸스보다 몸집이 작아서 힘에 부치잖아! 자네가 포플리콜라 자리를 맡게!"

플랑쿠스 부르사가 헛기침을 했다. "그게, 나는 집에 가보려던 참이네. 아내가 몸이 많이 안 좋아."

안토니우스가 인상을 썼다. 그의 입술이 말려올라가며 작고 가지런한 치아가 드러났다. "클로디우스가 죽었는데 아내가 다 뭔가? 언제부터 자네가 공처가였나? 빨리 포플리콜라 대신 그 자리를 맡아! 안 그럼 내가 자네를 클로디우스처럼 만들어줄 테니까!"

부르사는 지시받은 대로 했다.

정말 소문이 퍼져나가고 있는 모양이었다. 바깥쪽 길에 활활 타는 횃불을 든 군중이 작게 모여 있었다. 거구의 안토니우스가 상여 앞에 튀어나온 손잡이 두 개를 혼자 잡고 집밖으로 모습을 드러내자 사람들이 웅성거리기 시작하더니 이내 클로디우스의 시신을 발견하고 탄식 섞인 신음 소리를 내뱉었다.

"보입니까?" 클로일리우스가 외쳤다. "밀로가 한 짓이 보입니까?"

군중이 으르렁대기 시작했고, 그 소리는 점점 더 커져갔다. 클로디우스 클럽의 세 회원이 상여를 지고 빅토리아 언덕길을 지나 베스타 계

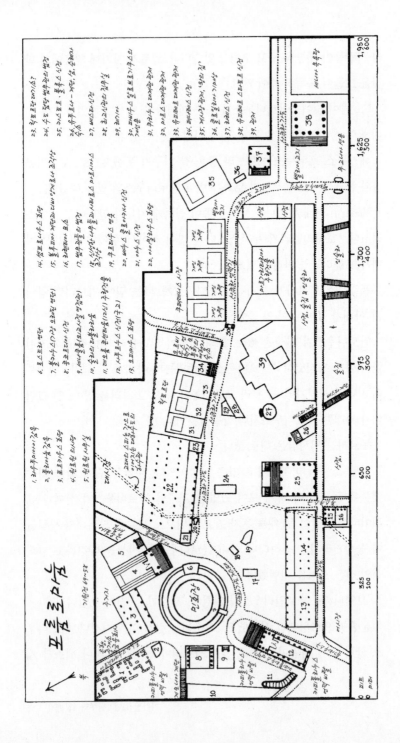

단 꼭대기에 잠시 멈추었다. 건장한 체격의 안토니우스는 가볍게 몸을 돌려 상여를 머리 위로 번쩍 들어올리더니 아래를 내려다보거나 발을 헛디디지 않고 다시 계단을 걸어내려갔다. 저 아래 포룸 로마눔에서는 수많은 횃불들이 바다를 이루고 있었다. 남자 여자 할 것 없이 모두가 신음하고 울음을 토해내는 가운데 안토니우스가 당당한 자태로 클로디우스를 높이 처들고 계단을 끝까지 내려왔다. 안토니우스의 적갈색 곱슬머리가 불빛에 반짝였다.

포룸 로마눔 낮은 구역을 가로지르고 민회장을 지나 로스트라 연단에 다다른 안토니우스, 부르사, 폼페이우스 루푸스가 상여를 로스트라 연단에 올렸다.

클로일리우스가 군중 앞에서 멈춰서더니 로스트라 연단에 올라섰다. 그는 비참하게 우는 한 왜소한 노인의 어깨에 한 팔을 둘렀다.

"여러분 모두 이 사람이 누군지 압니다!" 클로일리우스가 크게 외쳤다. "여러분 모두 루키우스 데쿠미우스를 압니다! 푸블리우스 클로디우스의 가장 충직한 추종자였고, 수년간을 함께한 친구이자 조력자였습니다. 루키우스 데쿠미우스는 만나는 모든 사람들에게 클로디우스의 뜻을 전했습니다. 자기 소속 교차로단을 잘 운영해온 훌륭한 시민입니다!" 클로일리우스가 루키우스 데쿠미우스의 턱 밑에 손을 갖다대더니 주름진 얼굴을 들어올렸다. 강물처럼 흘러내리는 눈물이 불빛을 받아 은박을 입힌 듯 빛났다. "통곡하는 루키우스 데쿠미우스가 보입니까?"

클로일리우스가 손가락을 들어 거대한 원로원 의사당을 가리켰다. 그곳 계단에 원로원 의원 몇 명이 모여 있었다. 키케로는 기뻐서 어쩔 줄 몰라 함박웃음을 짓고 있었고, 카토와 비불루스와 아헤노바르부스는 웃지는 않았지만 그렇다고 슬픈 표정도 아니었으며, 만리우스 토르 콰투스, 루키우스 카이사르, 뇌졸중으로 불구가 된 루키우스 코타는 근심에 찬 얼굴이었다.

"저들이 보입니까?" 클로일리우스가 악을 썼다. "로마와 여러분을 배신한 자들이 보입니까? 저 위대한 마르쿠스 툴리우스 키케로를 보십시오, 그는 지금 웃고 있습니다! 하, 우리 모두는 밀로의 살인행위로 저자가 잃을 것이 전혀 없음을 잘 압니다!" 클로일리우스가 잠시 몸을 앞으로 향했다가 다시 틀어서 보니 벌써 키케로는 사라지고 없었다. "오, 다음번엔 자기 차례가 될 줄 아는 모양입니다, 안 그렇습니까? 저 위대한 키케로야말로 죽어 마땅하지 않습니까? 재판도 치르지 않고 로마 시민들을 처형시켜 추방을 당했지요. 그를 추방한 사람은 가련하게 훼손된 바로 이 사람, 제가 오늘밤 여러분 앞에 데려온 이 사람입니다! 푸블리우스 클로디우스가 무엇을 하든, 무엇을 하려 하든 원로원은 늘 반대했습니다! 저들, 썩어빠진 몸뚱어리들로 가득찬 저 집단은 스스로를 뭐라고 생각하는 걸까요? 네, 우리보다 잘나신 높은 분들로 생각하고 있지요! 저보다 잘나신 높은 분들입니다! 루키우스 데쿠미우스보다 잘나신 높은 분들입니다! 심지어 그들처럼 원로원에 속했던 푸블리우스 클로디우스보다 잘나신 높은 분들이죠!"

군중이 소용돌이치기 시작했다. 증오의 목소리가 거침없이 용솟음쳤다. 클로일리우스는 그들의 슬픔과 충격, 끔찍한 상실감을 더욱 부채질했다.

"클로디우스는 여러분에게 무상 곡식을 주었습니다!" 클로일리우스가 외쳤다. "클로디우스는 여러분이 자기 소속 조합에서 회합을 가질 권리를 돌려주었습니다. 바로 저 사람이"—그가 루키우스 카이사르를 가리켰다—"여러분에게서 박탈했던 그 권리를 말입니다! 클로디우스는 여러분의 친구로서 여러분에게 일자리를 주고 훌륭한 경기대회를 열어주었습니다!" 클로일리우스는 인파를 자세히 들여다보는 시늉을 했다. "여기 그의 죽음을 애도하기 위해 많은 해방노예가 모였군요. 클로디우스는 여러분 모두에게 얼마나 좋은 친구였습니까! 다른 사람들이 다 안 된다고 할 때 클로디우스는 여러분에게 경기대회를 관람할 자리를 내주었고, 이어서 여러분에게 진정한 로마 시민권을 주려고 했습니다. 저 배타적인 서른한 개 지방 트리부스에 소속될 권리 말입니다!"

클로일리우스는 잠시 말을 끊더니 흐느낌 섞인 숨을 내쉬고 이마의 땀을 닦았다. "하지만," 그가 땀이 밴 손을 원로원 의사당 계단 쪽으로 뻗었다. "저들은 그것을 원치 않았습니다! 그렇게 되면 저들의 영광스러운 시절이 끝나리라는 것을 잘 알았으니까요! 그래서 저들은 여러분이 사랑하는 푸블리우스 클로디우스를 살해할 음모를 꾸몄습니다! 그는 그토록 두려움을 몰랐고 그토록 의지가 굳건했기에 죽음말고는 그 무엇으로도 막을 수 없었습니다! 그들은 그것을 알고 있었습니다. 그들은 그 점을 염두에 두었지요. 그래서 그를 살해할 음모를 짰습니다. 단지 전직 검투사 밀로뿐만 아니라 저들 모두가 공범입니다! 저들 모두가 푸블리우스 클로디우스를 죽였습니다! 밀로는 저들의 도구였을 뿐이지요! 그리고 분명히 말하건대, 저들을 상대할 방법은 오로지 한 가지입니다! 우리가 가만있지 않을 것임을 저들에게 똑똑히 보여주는 겁니다! 저들이 우리를 해치우기 전에 우리가 먼저 저들 모두를 죽여 없앨 것임을 저들에게 똑똑히 보여주는 겁니다!" 클로일리우스는 다시 원로원 계단을 쳐다보고 공포에 질린 시늉을 했다. "보입니까? 보셨습니까? 그들이 모두 사라졌습니다! 여러분과 맞설 자신이 있는 자가 저들 중 단 한 명도 없나봅니다! 그렇다고 여러분은 저들을 봐줄 겁니까? 그럴 겁니까?"

소용돌이가 점점 더 크게 빙빙 돌았다. 횃불들이 거칠게 원을 그렸다. 군중이 한목소리로 외쳤다. "아니요!"

포플리콜라는 클로일리우스의 곁을 지켰지만 안토니우스, 부르사, 폼페이우스 루푸스, 데키무스 브루투스는 불편해하며 뒤에서 머뭇거렸다. 그들 중 두 명은 호민관이었고, 한 명은 최근 원로원에 입성했으며, 나머지 한 명인 안토니우스는 조만간 원로원 의원이 될 터였다. 클로일리우스가 하는 말들은 원로원 계단에 서 있다가 달아난 사람들뿐 아니라 그들에게도 두려움을 불러일으켰다. 하지만 그들은 이제 그 무엇으로도 클로일리우스를 막을 수 없었고, 달리 도망갈 곳도 없었다.

"그렇다면 우리가 저들을 어떻게 할지 지금 보여줍시다!" 클로일리우스가 외쳤다. "푸블리우스 클로디우스를 원로원 의사당 안으로 데려가면, 감히 저들이 그를 치워버리려고 할지 어디 봅시다!"

앞줄에 서 있던 사람들이 격렬한 몸짓으로 로스트라 연단에 뛰어올랐다. 클로디우스를 실은 상여가 어깨 높이로 들어올려지더니 사람들 팔의 물결을 타고 원로원 의사당 계단을 올라 육중한 청동문 앞까지 갔다. 어떠한 공격에도 끄떡없을 튼튼한 문이었지만, 양 문짝 모두 눈 깜짝할 새 거대한 경첩에서 뜯겨나갔다. 이내 의사당 내부로부터 무언가가 찢어지고 쪼개지고 부서지고 조각나는 소리가 들려왔다.

부르사는 어찌어찌 이미 그곳을 빠져나간 터였다. 안토니우스, 데키무스 브루투스, 폼페이우스 루푸스가 겁에 질려 지켜보는 동안 클로일리우스는 사람들을 헤치고 원로원 의사당 계단을 올라 주랑현관에 다

다랐다.

그 와중에 작은 노인 루키우스 데쿠미우스가 아직도 로스트라 연단에서 울고 있는 것이 안토니우스의 시야에 들어왔다. 안토니우스는 카이사르가 수부라 지구에 살던 시절부터 그 노인을 알았다. 안토니우스는 절대 인정 많은 사람이 아니었지만, 자기가 좋아하는 사람들에게는 늘 마음이 약했다. 데쿠미우스에게 관심을 보이는 사람이 아무도 없었기에 안토니우스는 노인 곁으로 가서 그를 다정히 감싸안았다.

"아들들은 다 어디 있습니까, 데쿠미우스?" 안토니우스가 물었다.

"모르겠소. 관심 없소."

"당신 같은 늙은이는 이제 집에 가서 잘 시간입니다."

"자고 싶지 않소." 눈물에 젖은 두 눈이 안토니우스의 얼굴을 알아보았다. "오, 마르쿠스 안토니우스, 이제 모두 다 가버렸어!" 데쿠미우스가 외쳤다. "그애가 그들의 마음을 찢어놨어. 그애가 내 마음을 찢어놨어. 이젠 다들 가버렸어!"

"누가 당신 마음을 찢어놨단 겁니까, 데쿠미우스?"

"작은 율리아. 그앨 아기 때부터 봤어. 카이사르를 아기 때부터 봤어. 아우렐리아를 열여덟 살 때부터 봤어. 난 이제 아무 기분도 느끼고 싶지 않아, 마르쿠스 안토니우스!"

"카이사르는 아직 우리와 함께 있어요, 데쿠미우스."

"카이사르를 다시는 보지 않을 거야. 카이사르가 내게 클로디우스를 돌봐달라고 했어. 자기가 여기 없는 동안 클로디우스에게 위험한 일이 생기지 않도록 해달라고. 하지만 그렇게 못했어. 하긴 누군들 그를 지켜줄 수 있었겠어."

군중이 긴 함성을 내질렀다. 원로원 의사당 쪽을 쳐다본 안토니우스의 몸이 뻣뻣해졌다. 원로원 의사당은 너무도 오래된 건물이어서 창문이 없었지만, 측벽 높이 아름다운 벽화가 그려진 곳에 환기를 위해 설치한 창살들이 있었다. 지금 그 창살들이 붉은빛으로 밝게 타오르며 연기를 피워 올리고 있었다.

"유피테르 신이시여!" 안토니우스가 데키무스 브루투스와 폼페이우스 루푸스에게 외쳤다. "사람들이 의사당에 불을 질렀어!"

루키우스 데쿠미우스가 뱀장어처럼 미끄러지듯 그 자리를 빠져나갔다. 늙은 데쿠미우스가 불을 피해 원로원 계단을 내려오는 거센 인파를 헤치고 의사당 안으로 들어가는 모습을 안토니우스는 아연실색하여 쳐다보았다. 문밖으로 화염이 뿜어져 나왔지만, 데쿠미우스는 조금도 주춤하지 않았다. 불길을 마주보고 서 있는 그의 검은 뒷모습이 보이더니 이내 사라졌다.

만족한 군중은 지쳐서 집으로 돌아갔다. 안토니우스와 데키무스 브루투스는 베스타 계단 꼭대기로 올라가 원로원 의사당의 불길이 푸블리우스 클로디우스를 삼키는 현장을 지켜보았다. 원로원 의사당 뒤편 아르길레툼 구역에 서 있는 원로원 사무실 건물에는 소중한 회의 기록물, 원로원 결의문, 역대 정무관 명단이 보관되어 있었다. 그리고 그 건물 뒤편 아르젠타리우스 언덕길에는 포르키우스 회당이 서 있었다. 그곳 역시 호민관 본부와 은행 및 중개인 사무소가 입점해 있어서 그 무엇으로도 대체할 수 없는 소중한 기록물이 많이 보관되어 있었다. 감찰관 카토가 지은 포르키우스 회당은 포룸 로마눔에 최초로 들어선 건축물이었다. 작고 우중충했으며 새로 들어선 건물들 때문에 내부가 어둡긴 했지만 그 자체가 모스 마이오룸의 일부였다. 원로원 의사당 맞은편의 아르길레툼 구역 다른 쪽 모퉁이에는 아름다운 아이밀리우스 회당이 서 있었다. 루키우스 아이밀리우스 파울루스가 요즘 한창 멋지게 복원하는 중이었다.

하지만 그 모든 건물들은 안토니우스와 데키무스 브루투스가 조용히 지켜보는 동안 화염 속으로 사라져갔다.

"클로디우스를 사랑했지만, 그는 로마에 이로운 인물이 아니었어." 안토니우스가 몹시 우울한 얼굴로 말했다.

"나도 같은 생각이야! 난 오랫동안 진심으로 클로디우스가 로마를 더 나은 곳으로 만들리라고 생각했지." 데키무스 브루투스가 말했다. "하지만 그는 멈춰야 할 때를 몰랐어. 결국 그 해방노예 계획이 그를 죽였어."

"이제 곧," 안토니우스가 마침내 돌아서며 말했다. "잠잠해지지 않겠나. 나는 아직 재무관에 뽑힐 수 있을 거야."

"그리고 나는 갈리아의 카이사르에게로 갈 거고. 우리 거기서 만나세."

"쳇!" 안토니우스는 뚱한 표정을 지었다. "난 추첨에서 사르디니아와 코르시카나 뽑겠지."

"아닐세." 데키무스 브루투스가 빙그레 웃었다. "우리 둘 다 갈리아로 갈 거야. 카이사르가 자네를 불렀네, 안토니우스. 나한테 그렇게 편지를 썼어."

안토니우스는 좀 나아진 기분으로 집으로 돌아갔다.

그 끔찍한 밤에는 다른 일들도 있었다. 그날 모인 군중 중에서 플랑쿠스 부르사의 주동하에 모인 일부 사람들은 에스퀼리누스 평원의 세르비우스 성벽 바깥쪽에 위치한 베누스 리비티나 신전을 찾아가 주인

없이 긴 의자에 놓여 있는 파스케스를 들고 나왔다. 그들은 그길로 로마의 남쪽 끝에서 마르스 평원까지 터덜터덜 걸었고, 폼페이우스의 빌라 앞으로 가서 폼페이우스더러 파스케스와 독재관 직을 맡아달라고 요구했다. 하지만 빌라는 깜깜했고 나와보는 사람조차 없었다. 폼페이우스는 에트루리아의 빌라로 떠나고 없었다. 그들은 지친 다리를 끌고 팔라티누스 언덕에 자리한 플라우티우스의 저택과 메텔루스 스키피오의 저택으로 가서 제발 파스케스를 받아달라고 애원했다. 하지만 두 곳 역시 문이 굳게 잠겨 있었고, 아무도 나와보지 않았다. 부르사는 폼페이우스의 빌라에서 별 소득을 보지 못하자 불안하고 두려운 마음에 일행을 버리고 혼자 귀가한 터였다. 군중은 이끌어주는 사람 없이 이리저리 헤매다가 동이 트자 베누스 리비티나 신전에 파스케스를 다시 가져다두었다.

아무도 로마를 통치하고 싶어하지 않는다, 라는 것이 이튿날 포룸 로마눔을 찾아가 로마의 귀한 오랜 역사가 재로 변한 현장을 확인한 모든 사람들의 의견이었다. 풀비아가 고용한 장의사들이 장갑과 장화와 마스크를 착용하고 아직 뜨거운 잿더미를 뒤적여 푸블리우스 클로디우스의 잔해를 찾았다. 그리 많진 않았다. 풀비아가 건네준 값비싼 보석이 박힌 단지가 딸랑거릴 정도의 양이었다. 국장이 아니더라도 클로디우스의 장례식을 치러야 했다. 그리고 몹시 상심한 풀비아는 포룸 로마눔에 나가지 말라는 어머니의 엄명을 순순히 따랐다.

카토와 비불루스는 현장을 보고 경악했다.

"오, 비불루스, 감찰관 카토의 회당이 사라졌어요! 내겐 다시 지어 올릴 돈도 없고요!" 카토가 허물어져가는 새카만 담벼락을 바라보며 울었다. 호민관들을 귀찮게 했던 문제의 기둥은 검게 타서 무너진 지붕

뼈대 사이로 썩은 이빨처럼 우뚝 서 있었다.

"포르키아의 지참금을 종잣돈으로 삼으면 돼." 비불루스가 말했다. "나는 그 돈이 없어도 괜찮아. 포르키아도 그럴 걸세. 그리고 곧 브루투스가 돌아오지 않나. 그가 큰돈을 기부할 거야."

"원로원 기록물도 전부 없어졌습니다!" 카토가 흐느끼며 말했다. "감찰관 카토가 남긴 말들을 미래의 로마인들에게 전해줄 수조차 없어요."

"맞아, 이건 큰 재앙일세. 하지만 이젠 적어도 해방노예 걱정은 하지 않아도 되잖아."

이것이 로마 원로원 의원들의 공통된 정서였다.

루키우스 도미티우스 아헤노바르부스—카토의 누이와 결혼하고 자기 누이 둘을 비불루스에게 신부로 준 자였다—가 서둘러 달려왔다. 머리카락이 한 올도 없는 대머리에 땅딸보인 그는 카토처럼 원칙주의자도 아니었고 비불루스처럼 날카로운 지성을 갖고 있지도 않았다. 하지만 황소처럼 고집 셌으며 원로원의 초강경 보수주의 파벌인 '선량한 사람들' 즉 보니파에 절대적으로 충성했다.

"방금 아주 놀라운 소문을 들었네!" 아헤노바르부스가 숨도 안 쉬고 말했다.

"뭔가?" 카토가 별 관심 없이 물었다.

"화재가 일어났을 때 밀로가 로마에 숨어들었대!"

다른 두 명이 그를 빤히 쳐다봤다.

"어찌 감히 그랬겠나." 비불루스가 말했다.

"밀로가 카피톨리누스 언덕에서 화재 현장을 쳐다보고 있는 것을 내 정보원이 똑똑히 봤답니다. 지금 밀로 집 대문이 잠겨 있긴 하지만, 분명히 안에 사람이 있어요. 물론 하인들을 말하는 게 아닙니다."

"밀로를 사주한 자는 누구인가?" 카토가 물었다.

아헤노바르부스가 눈을 깜박였다. "누가 사주할 필요가 있었나? 밀로와 클로디우스는 조만간 부딪힐 게 불 보듯 뻔했지 않나."

"아, 나는 밀로가 누군가의 사주를 받았다고 생각하네." 비불루스가 말했다. "그게 누군지도 알겠고."

"누구요?" 아헤노바르부스가 물었다.

"당연히 폼페이우스지. 카이사르가 부추겼을 테고."

"하지만 그건 살인 교사입니다!" 아헤노바르부스가 헉 소리를 냈다. "폼페이우스가 야만인이란 건 우리 모두 알고 있는 사실이지만, 그래도 그는 신중한 야만인입니다. 카이사르야 지금 이탈리아 갈리아에 있으니 들킬 염려가 없겠지만, 폼페이우스는 로마에 있잖아요. 그는 그렇게 자기 발로 끓는 물에 들어갈 사람이 아닙니다."

"어차피 아무도 증명할 수 없다면 그로서 신중할 필요가 있겠나?" 카토가 경멸조로 내뱉었다. "그가 밀로와 관계를 끊은 지 일 년도 더 됐어."

"자, 자!" 비불루스가 미소를 지으며 말했다. "우리의 대의를 위해 이 피케눔의 야만인을 우리 편으로 끌어오는 게 점점 더 중요해져가는군, 안 그런가? 그가 꼬리를 살살 흔들며 카이사르가 시키는 대로 고분고분 수레바퀴를 돌리는 것을 보면 우리한테는 얼마나 많은 걸 해주겠나! 메텔루스 스키피오는 어디 있나?"

"사람들이 파스케스를 받아달라고 사정한 뒤로 두문분출하고 있습니다."

"그러면 우리가 직접 집으로 찾아가보세." 카토가 말했다.

키케로와 아티쿠스의 40년간 지속된 우정은 이날 깨지고 말았다. 그동안 푸블리우스 클로디우스 때문에 두려움으로 몸서리쳐온 키케로는 클로디우스의 죽음이 로마에 더할 나위 없이 좋은 소식이라고 여긴 반면, 아티쿠스는 크나큰 비통에 잠겨 있었다.

"자넬 도저히 이해할 수 없군, 티투스!" 키케로가 외쳤다. "자네는 로마에서 손꼽히는 중요한 기사들 중 한 명이 아닌가! 거의 모든 종류의 기업체에 이권을 가진 자네야말로 클로디우스의 첫번째 목표물이었어! 그런데 그가 죽었다고 이렇게 눈물을 질질 짜다니! 허, 나는 눈물 따윈 안 나! 나는 아주 좋아죽겠어!"

"클라우디우스 풀케르 집안사람의 때 이른 죽음을 두고 좋아해선 안 되지." 아티쿠스가 엄중한 목소리로 말했다. "클로디우스는 우수한 인재였고, 나의 아주 가까운 벗 아피우스 클라우디우스의 동생이었어. 기지와 학식을 갖춘 사람이었지. 나는 클로디우스와 함께 있는 것이 참 즐거웠고, 앞으로도 그가 많이 그리울 걸세. 클로디우스의 가련한 아내도 딱하게 생각돼. 남편을 열렬히 사랑했지." 아티쿠스의 야윈 얼굴에 안타까운 빛이 떠올랐다. "열렬한 사랑은 흔치 않아, 마르쿠스. 그런 귀한 관계가 깨져선 안 되는 거야."

"풀비아?" 키케로가 분에 차올라 소리쳤다. "그 창녀처럼 천박한 여자 말인가? 애를 배고 몸이 무거워서 포룸 로마눔에서 두 사람 자리를 혼자 차지하고 앉아 클로디우스에게 환호하던 그 뻔뻔한 여자? 오, 티투스, 자넨 정말! 그 여자는 가이우스 그라쿠스의 손녀일진 모르겠지만 셈프로니우스 가문의 이름에 수치스러운 존재야! 풀비우스 가문에도 마찬가지고!"

아티쿠스가 얼굴을 찡그리며 자리에서 벌떡 일어섰다. "키케로 자네가 고상한 척하는 그 꼴을 이젠 도저히 못 참겠네! 본인의 그런 모습을 언제쯤 스스로 깨달을 텐가! 아르피눔에서 달고 온 지푸라기가 자네 귀 뒤에 아직도 붙어 있단 말일세! 라티움 촌구석에서 올라온 편협한 할망구 같으니라고! 가이우스 그라쿠스가 포룸 로마눔을 거닐던 시절에 툴리우스 가문 사람들은 로마에서 엉덩이를 붙일 엄두도 못 냈어!"

아연실색한 키케로를 내버려두고 아티쿠스는 키케로의 응접실에서 성큼성큼 나가버렸다.

"당신 표정이 왜 그래요? 아티쿠스는 어딨죠?" 테렌티아가 고래고래 소리치며 들어왔다.

"풀비아 비위나 맞춰주러 갔겠지."

"흠, 그 사람은 늘 그 여자를 좋아했잖아요. 풀비아와 클로디아 자매는 아티쿠스의 동성애 성향에 늘 수용적이었으니까."

"테렌티아! 아티쿠스는 자식까지 있는 유부남이오!"

"그게 다 무슨 상관이에요?" 테렌티아가 따져 물었다. "솔직히 키케로 당신은 꼭 할망구 같다니까요!"

키케로는 움찔했지만 아무 말도 하지 않았다.

"당신과 상의할 게 있어요."

키케로가 서재로 통하는 문을 가리켰다. "안으로 들어가겠소?" 그가 온순한 표정으로 물었다. "다른 사람들 귀에 들어가도 상관없는 얘기가 아니라면?"

"어디서든 상관없어요."

"그러면 그냥 여기서 합시다. 괜찮겠소?"

테렌티아는 뭔가 수상한 낌새를 느꼈지만, 이내 그리 대단한 일은 아닐 거라고 결론을 내렸다. "툴리아가 크라시페스와 이혼하고 싶대요."

"아, 이제 와서 왜?" 키케로가 짜증스레 소리쳤다.

테렌티아의 기막히게 못생긴 얼굴이 더 못생겨졌다. "그 불쌍한 것이 제정신이 아니에요, 그래서 그래요! 크라시페스가 그애를 장화 밑창에 붙은 개똥으로 취급한다고요! 크라시페스가 한 약속은 다 어디로 갔죠? 그가 분명히 지킬 거라고 당신이 호언장담했던 그 약속들 말예요! 크라시페스는 그냥 멍청하고 게으른 놈팡이예요!"

키케로는 두 손으로 얼굴을 감싸쥐더니 몹시 낙담한 얼굴로 아내를 바라보았다. "테렌티아, 크라시페스가 실망스러운 사람인 건 나도 알지만, 툴리아의 지참금을 또 구해야 하는 사람은 당신이 아니라 나요! 그애가 크라시페스와 이혼하면 그는 내가 준 수십만 세스테르티우스를 내주지 않으려 할 텐데, 그러면 그만한 돈을 또 어디서 구한단 말이오! 툴리아를 클로디아 자매들처럼 독신으로 둘 수는 없잖소! 로마에서 이혼녀는 온갖 소문에 휘말리니까!"

"난 그애가 독신으로 살 거라고 한 적 없어요." 테렌티아가 수수께끼 같은 말을 했다.

키케로는 말뜻을 못 알아듣고 오로지 지참금만 걱정했다. "그애가 예쁜 건 나도 알아요. 다행히 외모가 매력적이지. 그렇지만 누가 그애와 결혼하려 들겠소? 이번에 이혼하면 나이 스물다섯에 전남편이 벌써 둘이나 되는데. 아이도 하나도 못 낳았고."

"아기 낳는 데는 아무 문제가 없어요." 테렌티아가 말했다. "피소 프루기는 병약해서 죽기 전에 힘이 하나도 없었잖아요. 크라시페스는 애 만드는 데 관심이 아예 없고요. 툴리아에게 필요한 건 '진짜' 남자예요." 테렌티아가 코웃음 쳤다. "진짜 남자를 만나면 나보다 더 많이 낳을 걸요."

이 말을 들은 키케로의 머릿속에 이름 하나가 불쑥 떠올랐다. 왜 그랬는지는 나중에도 이유를 잘 알 수 없었다. 그냥 그 이름이 떠올랐다. 티베리우스 클라우디우스 네로! 완벽한 파트리키 귀족에 부자였고 무엇보다도 '진짜' 남자였다.

키케로는 얼굴이 환해졌다. 아티쿠스와 풀비아는 잊어버렸다. "꼭 맞는 사람을 찾았소!" 키케로가 신이 나서 말했다. "돈도 많아서 큰 지참금이 필요 없는 남자요! 티베리우스 클라우디우스 네로!"

테렌티아의 얇은 입술이 떡 벌어졌다. "네로요?"

"네로. 아직 젊지만 분명히 나중에 집정관까지 오를 거요."

"으으!" 테렌티아가 으르렁거리며 방에서 나가버렸다.

키케로는 어리둥절하여 아내의 뒷모습만 쳐다보았다. 그의 황금 같은 혀에 무슨 문제라도 생긴 걸까? 오늘은 어째선지 아무도 넘어오지 않았다. 그 문제라면 푸블리우스 클로디우스를 탓해야 했다.

"이게 다 클로디우스 때문이야!" 키케로는 자신을 방문한 마르쿠스 카일리우스 루푸스에게 말했다.

"네, 당연히 그렇지요." 카일리우스가 빙그레 웃으며 한 팔을 키케로의 어깨에 얹더니 그를 서재 쪽으로 돌려세웠다. "왜 여기 나와 계십니까? 요즘에는 포도주를 이리로 나와서 드십니까?"

"아닐세, 포도주는 항상 여기 이곳, 서재에서 마셔야지." 키케로는 안도의 한숨을 내쉬며 대꾸했다. 그는 포도주를 따르고 물을 섞은 뒤 자리에 앉았다. "오늘은 무슨 일로 왔나? 클로디우스 때문에?"

"어떤 면에선 그렇지요." 카일리우스가 인상을 찌푸리며 말했다.

카일리우스는—테렌티아의 표현을 빌리면—'진짜' 남자였다. 키도 크고 얼굴도 잘생겼으며 남성미가 흘러넘쳐서, 클로디아가 그에게 푹 빠져 수년간 연인으로 삼았을 정도였다. 그러다 카일리우스가 먼저 관계를 정리하자 클로디아가 악감정을 품었고, 결국 세간에 큰 화제를 불러일으킨 재판이 벌어졌다. 키케로는 그 재판에서 카일리우스의 변호인으로 나서서 클로디아의 해괴망측한 행실을 낱낱이 공개했고, 한껏 재미를 본 배심원단은 기쁜 마음으로 카일리우스의 클로디아 살인 미수 혐의에 무죄를 선언했다. 그뒤로도 수차례 다양한 혐의로 기소가 제기되었지만 카일리우스는 매번 무사히 빠져나갔고, 클로디우스는 카일리우스에게 앙심을 키워갔다.

올해에 카일리우스는 호민관이었다. 이번 호민관단의 전체적 성향은 친(親)클로디우스, 반(反)밀로로 기울어져 있었다. 하지만 카일리우스는 굳건한 밀로파였다.

"밀로를 만났습니다." 카일리우스가 키케로에게 말했다.

"그가 로마로 돌아왔다는 게 사실인가?"

"아, 그럼요. 로마에 있습니다. 자세를 낮추고 포룸 로마눔의 바람이 어디로 부는지 관망하는 중이지요. 폼페이우스가 은거중이라 살짝 낙담해 있습니다."

"내가 얘기해본 사람들은 하나같이 클로디우스 편을 들더군."

"분명히 말씀드리지만 저는 절대 아닙니다!" 카일리우스가 딱딱댔다.

"세상의 모든 신들께 감사할 일이군!" 키케로는 술잔을 빙빙 돌리더니 속을 들여다보고 입술을 꽉 오므렸다. "밀로는 앞으로 어떻게 할 생각인가?"

"집정관 선거 유세를 시작할 겁니다. 우리는 오래 대화한 끝에 현재 그가 취할 수 있는 최선의 방법은 아무 일도 없었던 듯이 행동하는 거라고 결론 내렸습니다. 클로디우스는 아피우스 가도에서 밀로와 마주치자 먼저 싸움을 걸어왔습니다. 밀로의 무리가 그곳을 떠났을 때 클로디우스는 여전히 살아 있었고요. 이것이 그날의 진실입니다."

"그래, 그렇지."

"저는 포룸 로마눔의 화재 소동이 가라앉는 즉시 평민회 회의를 소집할 계획입니다." 카일리우스가 술잔을 내밀어 희석한 포도주를 받으며 말했다. "밀로와 저는, 지금 우리가 할 수 있는 가장 현명한 행동은 일단 밀로가 말한 그날 사건의 경위를 주변에 퍼뜨리는 것이라고 봤습니다."

"훌륭해!"

잠시 침묵이 이어졌다. 키케로가 조심스럽게 입을 열었다. "밀로는 그날 함께 있었던 노예들을 전부 해방시켜주었겠지?"

"네, 그럼요." 카일리우스가 싱긋 웃었다. "클로디우스의 하수인들이 모두 밀로의 노예들을 고문해야 된다고 주장했다지요? 하지만 고문으로 얻어낸 증언을 누가 믿겠습니까? 어차피 노예들은 증인이 될 수 없지요."

"재판이 아예 열리지 않는 편이 나아." 키케로가 말했다. "열리지 말아야 해. 정당방위가 인정되면 재판이 필요 없어."

"재판은 없을 겁니다." 카일리우스가 자신 있게 말했다. "법무관들이 이 사건을 검토할 때쯤이면 모두들 기억이 가물가물할 거예요. 지금이 무정부 상태라서 좋은 점이 뭔지 아십니까? 밀로에게 원한을 품은 호민관이—예를 들어 살루스티우스 크리스푸스가—평민회에서 재판을 열려고 하면 제가 거부권을 행사할 겁니다. 그리고 살루스티우스에게 이렇게 말하겠어요. 자기 아내와 놀아났다고 채찍을 날린 남자에게 앙갚음하려는 것이냐, 이 불행한 사건을 복수의 기회로 삼으려는 한심한 짓을 두고 볼 수 없다, 라고요!"

두 사람은 빙긋 웃었다.

"마그누스가 어떤 입장을 취할 생각인지 정확히 알면 좋겠는데." 키케로가 조바심치며 말했다. "나이가 들수록 꿍꿍이가 늘어서 무슨 생각을 하는지 통 모르겠단 말이야."

"폼페이우스 마그누스는 자기가 지나치게 위대한 사람인 줄 아는 불치병에 걸렸어요." 카일리우스가 말했다. "율리아가 그에게 좋은 영향을 주었다고 생각한 적은 없었는데, 율리아가 죽은 뒤에 돌이켜 생각해보니 사실은 그랬던 것 같습니다. 율리아 덕분에 바쁘게 생활하면서 주변에 해악을 끼치지 않았던 거예요."

"나는 그가 독재관이 되도록 밀어줄 생각이네."

카일리우스는 어깨를 으쓱했다. "저는 아직 마음을 정하지 못했습니다. 본래대로라면 마그누스는 당연히 밀로를 최대한 지원해줘야 해요. 마그누스가 그렇게만 한다면 저도 그를 지지하겠습니다." 카일리우스가 얼굴을 찡그렸다. "문제는 과연 마그누스가 밀로를 밀어줄 생각이 있는지 확신이 들지 않는단 겁니다. 그는 포룸 로마눔의 바람이 어느 방향으로 불지 느긋하게 관망할 겁니다."

"그러면 자네가 밀로를 위해 반드시 훌륭한 연설을 하게나."

과연 카일리우스는 밀로를 지지하는 연설을 훌륭하게 해냈다. 집정관 후보임을 상징하는 눈부시게 흰 토가를 입고 나타난 밀로는 겸손하게 서서 연설에 귀를 기울였다. 가장 인상적이었던 것은 뛰어난 웅변가 카일리우스가 선보인 탁월한 기교였다. 이어서 그가 발언대를 밀로에게 넘기자 밀로는 아피우스 가도에서 벌어진 충돌에 대해 진술하며 그날 사건에 대한 책임을 전적으로 클로디우스에게 떠넘겼다. 밀로가 이날 연설 준비를 무척 고심해서 준비한 까닭에 그의 말은 상당히 호소력 있게 들렸다. 평민회 회의 참석자들은 생각에 잠긴 채 흩어졌다. 클로디우스는 거리에 폭력배들이 등장하기 훨씬 전부터 자주 폭력이라는 수단에 기댔으며 1계급과 2계급 모두의 적이었다는 밀로의 말을 그들은 마음에 되새겼다.

밀로는 회의가 파한 뒤 포럼 로마눔을 벗어나 마르스 평원으로 향했다. 폼페이우스가 돌아왔다는 소식을 들은 터였다.

"대단히 죄송합니다만, 티투스 안니우스," 폼페이우스의 집사가 말했다. "나이우스 폼페이우스께서 만나지 않으시겠답니다."

그때 안쪽 방에서 호탕한 웃음소리가 들려왔다. 웃음이 잦아들자 폼페이우스의 것이 분명한 목소리가 이렇게 말했다. "오, 스키피오, 어떻게 이런 일이 다 있나!"

밀로의 몸이 뻣뻣해졌다. 스키피오? 메텔루스 스키피오가 마그누스와 밀실에 앉아 뭘 하는 거지? 밀로는 두려움에 떨며 다시 로마 시내로 들어왔다.

돌이켜보면 그날 폼페이우스의 태도는 수수께끼 같았다. 폼페이우스가 정말로 약속을 했나? 폼페이우스는 "그렇게 생각한대도 잘못이랄 순 없겠지."라고 말했다. 그때는 그 말이 분명한 약속처럼 들렸다. 클로디우스를 없애면 그에 상응하는 보상을 주겠다는. 하지만 폼페이우스가 정말 그런 뜻으로 말했을까? 밀로는 입술을 축이고 마른침을 삼켰다. 심장이 쿵쾅거렸다. 티투스 안니우스 밀로처럼 체격 좋은 사내가 단지 빨리 걸었다는 이유만으로 심장이 그렇게 빠르게 뛸 수는 없었다.

"유피테르 신이시여!" 밀로가 혼자 중얼거렸다. "그가 나를 함정에 빠뜨렸어! 그는 지금 보니파한테 집적대고 있잖아. 나는 그저 편리한 도구였을 뿐이야. 그래, 보니파는 나를 좋아해. 하지만 그들이 마그누스와 관계를 튼 뒤에도 여전히 나를 좋아할까?"

문득 밀로는 자신이 오늘 폼페이우스를 찾아가서 하려 했던 말을 떠올렸다. 그는 집정관 후보에서 사퇴하려던 참이었다! 아니, 이젠 아니야. 절대로!

플랑쿠스 부르사, 폼페이우스 루푸스, 살루스티우스 크리스푸스는 카일리우스와 밀로의 반격에 대응하기 위해 평민회 회의를 소집했다. 이번 회의도 똑같이 참석률이 높았고, 같은 청중이 찾아왔다. 셋 중 가장 연설을 잘한 사람은 살루스티우스였다. 부르사와 폼페이우스 루푸스도 청중으로부터 열띤 호응을 끌어냈지만, 살루스티우스는 그보다도 더 좋은 연설을 펼쳤다.

"그야말로 헛소리입니다!" 살루스티우스가 소리쳤다. "달랑 검만 찬 노예 서른 명을 대동한 사람이, 판갑에 투구에 정강이받이까지 착용한 폭력배 150명으로 이루어진 경호대를 거느린 사람을 먼저 공격할 이유가 어디 있습니까? 더구나 그 경호대는 검에 단도에 창까지 들고 있었습니다! 말도 안 됩니다! 순 헛소리입니다! 푸블리우스 클로디우스는 바보가 아니었습니다! 만일 카이사르가 비슷한 상황에 처했다면 상대를 공격했을까요? 천만에요! 퀴리테스 여러분, 카이사르는 아주 적은 군사로도 화려한 전과를 올렸지만 그것은 다른 이유로 자기에게 승산이 있다고 판단했을 때였습니다! 자기보다 수적으로 훨씬 우세한 상대를 만난 사람에게 아피우스 가도가 괜찮은 싸움터입니까? 평지여서 숨을 곳이 없습니다! 싸움이 벌어진 구간은 주변에 도움을 구할 수 없는 곳이었습니다! 그리고 밀로의 입이 되기를 자청한 카일리우스가— 그리고 밀로 스스로가!—주장한 내용이 사실이라면 무방비 상태의 불쌍한 여관 주인은 어째서 죽었습니까? 클로디우스가 살해했다는 겁니까? 어째서 그가 여관 주인을 살해합니까? 여관 주인같이 보잘것없는 사람을 비열하게 살해해서 이득을 볼 사람은 그가 아니라 밀로였습니다! 밀로는 참으로 너그럽게도 그날 함께한 노예들을 해방해주었고 그 노예들은 사방팔방으로 흩어졌습니다. 이제 그들을 찾아내기는 고사하고 추적조차 불가능합니다! 게다가 살인을 계획하고 떠난 여행길에 걸핏하면 히스테리를 부리는 아내를 동반한 것은 또 얼마나 영리합니까! 우리에게 그날의 진실을 말해줄 유일한 사람인 퀸투스 푸피우스 칼레누스는 마차 안에서 공황 상태에 빠진 여자를 상대하느라 바빴습니다! 결국 그가 할 수 있는 말이라곤—뭐, 저야 그 사람의 말을 믿습니다. 저도 그 부인을 잘 아니까요!"

여기저기서 사람들이 키득거렸다.

"결국 그가 할 수 있는 말이라곤, 자기는 아무것도 못 봤다는 겁니다! 따라서 푸블리우스 클로디우스가 살해된 정황을 알기 위해 우리가 기댈 수 있는 증인들은 오로지 살인자 밀로와 그의 심복들뿐입니다!"

살루스티우스는 잠시 멈추고 싱긋 미소를 지었다. 자신과 파우스타의 관계를 먼저 언급해버림으로써 카일리우스를 무장 해제시킨 것은 훌륭한 작전이었다. 살루스티우스는 숨을 길게 들이마시고 결론으로 나아갔다.

"푸블리우스 클로디우스가 파괴적인 위력을 가졌음을 온 로마가 알고 있었고, 우리들 상당수가 그의 전략과 전술을 개탄했습니다. 하지만 밀로도 마찬가지였습니다. 아니, 밀로는 클로디우스보다 훨씬 더 불법적인 방법을 사용했습니다. 자기 경력에 위협이 된다는 이유로 사람을 죽여도 됩니까? 그런 사람들을 처치할 다른 방법이 있지 않습니까! 살인은 로마인다운 방식이 아닙니다! 살인은 필연적으로 그보다 더 저열한 결과를 초래하기 마련입니다! 쿼리테스 여러분, 살인은 국가의 근간을 해치는 행위입니다! 국가를 장악하려는 시도입니다! 여러분은 누군가 길을 가로막고 비키지 않으면 그를 살해합니까? 그냥 들어 옮겨서—밀로가 약골입니까?—길 밖으로 치울 수 있는데도? 이것은 밀로가 저지른 첫번째 살인이지만, 과연 마지막 살인이겠습니까? 이것이야말로 우리가 스스로에게 던져야 할 진짜 질문입니다! 우리 중에 밀로처럼 엄청난 경호대를 대동하고 다닐 수 있는 사람이 또 있습니까? 밀로가 아피우스 가도에서 데리고 있었던 150명보다 훨씬 더 큰 규모의 경호대를? 판갑에 투구에 정강이받이까지 착용하고 있었습니다! 검에 단도에 창까지 소지하고 있었습니다! 푸블리우스 클로디우스도 늘 경호원들을 동반했지만, 그들은 밀로의 경호원들처럼 전문 폭력배가 아니었습니다! 밀로는 국가 전복을 시도하고 있습니다! 지금의 폭력적인 분위기를 가장 처음 조성한 사람이 바로 밀로입니다! 밀로는 이제 살인 계획을 개시했습니다. 다음은 누가 될까요? 집정관 경쟁 후보 플라우티우스? 메텔루스 스키피오? 가장 위협적인 인물인 폼페이우스 마그누스? 쿼리테스 여러분, 제발 부탁하건대 이 미친개를 제지해주십시오! 희생자 수가 부디 한 명에 머무르게 해주십시오!"

의원들이 서 있을 원로원 의사당 계단이 사라지고 없었으므로, 원로원 의원들 대부분은 이날 연설을 듣기 위해 민회장 청중석에 서 있었다. 살루스티우스가 연설을 마치자 큰 가이우스 클라우디우스 마르켈루스가 청중석에서 목소리를 높였다.

"즉시 원로원 회의를 소집합니다!" 마르켈루스가 우렁차게 소리쳤다. "장소는 마르스 평원의 벨로나 신전입니다!"

"아, 예상대로 흘러가는군." 비불루스가 카토에게 말했다. "폼페이우스 마그누스가 참석할 수 있는 장소잖아."

"폼페이우스를 독재관으로 지명하자고 제안하겠죠." 카토가 말했다. "그런 소린 정말 듣고 싶지 않습니다, 비불루스!"

"나도 마찬가질세. 하지만 그 얘기를 할 것 같지는 않아."

"그게 아니면요?"

"원로원 최종 결의. 지금은 계엄령이 필요한 때야. 그리고 그걸 강행할 적임자가 폼페이우스말고 누가 있겠나? 하지만 독재관으로 지명하진 않을 거야."

비불루스의 말이 맞았다. 과연 폼페이우스가 재차, 그리고 이번에는 정식으로 독재관 직 수락을 요청받을 것으로 기대했을지는 모르지만 어쨌거나 한 시간 후 원로원이 벨로나 신전에 모였을 때 그는 아무 내색도 비치지 않았다. 그는 토가 프라이텍스타를 입고 다른 전직 집정관들과 나란히 맨 앞줄에 앉아 꼭 적절한 만큼의 관심을 보이며 토론을 지켜보았다.

폼페이우스가 군대를 모아서 국가를 지킬 수 있도록 그에게 권한을 위임하는 원로원 최종 결의안을 통과시키자고 메살라 루푸스가 제안하자—하지만 독재관으로 지명하자고는 하지 않았다—폼페이우스는 아무런 유감이나 노여움을 보이지 않고 품위 있는 태도로 제안을 받아들였다.

메살라 루푸스는 정중히 폼페이우스에게 의장 직을 넘겼다. 전년도 수석 집정관이라는 이유로 부득이 지금까지 회의를 주재해왔지만, 섭정관 지명을 제외하고 메살라 루푸스가 할 수 있는 일은 아무것도 없었다. 사실 그 임무마저도 해내지 못한 터였다.

하지만 폼페이우스는 곧바로 해냈다. 작은 나무 공들이 둥둥 떠 있는 커다란 물병 여러 개가 회의장으로 옮겨졌다. 각 나무 공에는 원로원 십인조의 조장을 맡은 파트리키 귀족들의 이름이 하나씩 새겨져 있었다. 나무 공이 모두 한 병에 옮겨졌다. 뚜껑을 닫고 물병을 빠르게 돌리자 위쪽 주둥이로 공 하나가 튀어나왔다. 그 공에 새겨진 이름은 마르쿠스 아이밀리우스 레피두스로, 그가 첫번째 섭정관이었다. 추첨은 나무 공이 남김없이 전부 튀어나올 때까지 계속되었다. 작년처럼 올해도 섭정관이 끝없이 지명되기를 바라는 의원은 없었지만, 어쨌든 순서가 정해져야 했다. 의원들은 모두 두번째 섭정관으로 지명된 메살라 니게르가 꼭 선거를 치러줄 것으로 확신했다.

"제안합니다." 폼페이우스가 말했다. "대신관단은 올해 달력의 2월에 스무이틀을 추가해주십시오. 그렇게 하면 올해 집정관들이 원래 임기를 거의 다 채울 수 있을 겁니다. 가능하겠습니까, 니게르?" 두번째 섭정관이자 대신관인 메살라 니게르에게 그가 물었다.

"말씀대로 시행하겠습니다." 니게르가 밝게 웃으며 말했다.

"또한 이탈리아와 이탈리아 갈리아 전 지역에 원로원 결의를 선포해 17세에서 40세에 해당하는 남성 시민권자들 중 군복무에서 제외되는 자가 없도록 하겠습니다."

의원들이 한목소리로 찬성을 외쳤다.

폼페이우스는 만족하고 회의를 해산한 뒤 자기 빌라로 돌아갔다. 플랑쿠스 부르사가 잠시 후 폼페이우스를 찾아왔다. 폼페이우스는 앞서 부르사를 향해 고개를 끄덕임으로써 그를 호출한 터였다.

"몇 가지 지시사항이 있네." 폼페이우스가 기분좋게 기지개를 켜며 말했다.

"무엇이든 말씀만 하십시오, 마그누스."

"나는 선거가 열리지 않길 바라네, 부르사. 자네, 섹스투스 클로일리우스를 알지?"

"잘 알지요. 클로디우스의 시신을 화재로 잃은 날 클로일리우스가 군중을 훌륭하게 이끌었습니다. 신사랄 순 없지만 무척 유용한 자입니다."

"좋아. 클로디우스가 죽었으니 교차로단의 사회 불만 세력이 지도자를 잃고 헤매고 있을 거야. 하지만 클로일리우스가 전부터 클로디우스를 대신해 그들을 이끌던 중이었으니, 이제는 그가 내 뜻에 따라 그들을 이끌게 해야겠어."

"그리고요?"

"나는 선거가 열리지 않길 바라." 폼페이우스가 재차 말했다. "클로일리우스에게 그 이상의 요구는 없네. 밀로는 여전히 막강한 후보야. 만일에 밀로가 정말로 집정관에 당선된다면 로마에서 지나치게 큰 권력을 잡게 될 거야. 나는 밀로가 그렇게 크길 바라지 않아. 클라우디우스 가문 사람들이 그렇게 쉽게 살해되어서는 안 되잖아, 안 그런가, 부르사?"

부르사가 요란하게 목청을 가다듬었다. "감히 한 가지 제안해도 될까요, 마그누스? 잘 무장된 강력한 경호대를 조직하시는 게 어떻습니까? 그리고 밀로에게서 위협을 받았다고 말씀하시면요? 다음 희생자가 될지도 모른다는 두려움에 시달리고 있다고 말입니다."

"아, 좋은 생각이로군, 부르사!" 폼페이우스가 기뻐하며 소리쳤다.

"이제든 저제든 밀로는 법정에 세워질 겁니다." 부르사가 말했다.

"물론 그렇지. 하지만 아직은 때가 아니야. 일단 섭정관들이 선거를 못 열면 어떤 상황이 벌어질지 지켜보기로 하세."

1월이 끝나갈 무렵, 두번째 섭정관이 물러나고 세번째 섭정관이 자리를 이어받았다. 로마 시내에 폭력이 지나치게 만연하여 포룸 로마눔 근방 400미터 안에서는 가게나 회사가 문을 열 엄두를 못 냈고, 이는 결국 노동자 해고로 이어졌다. 그리고 이는 다시 새로운 폭력사태를 야기했으며, 마침내 폭력은 도시 전역으로 퍼져나갔다. 호민관들과 협력해 국가를 보살필 권한을 위임받은 폼페이우스는 양팔을 크게 벌리고 한때 그리도 매력적이었던 푸른 눈을 동그랗게 뜨며, 진정한 의미에서의 반란은 일어나지 않았으므로 이 모든 사태의 통제권은 전적으로 섭정관에게 있다고 딱 잘라 말했다.

"독재관이 되고 싶은 거예요." 메텔루스 스키피오가 카토와 비불루스에게 말했다. "말만 안 했지 그런 뜻이죠."

"그럴 순 없어." 카토가 쏘아붙였다.

"그렇게 되지 않을 걸세." 비불루스가 차분히 대꾸했다. "우린 폼페이우스를 기쁘게 할 방법을 찾아서 우리 편으로 만들고 그가 진짜 적을 향해 움직이게 만들 걸세. 바로 카이사르."

카이사르는 방금 폼페이우스가 반기지 않을 방식으로 폼페이우스만의 잘 돌아가는 세상에 침입한 터였다. 1월의 마지막날, 폼페이우스는 이제는 라벤나에 있는 카이사르로부터 편지를 받았다.

조금 전에 푸블리우스 클로디우스가 죽었다는 소식을 전해 들었습니다. 충격적인 일입니다, 마그누스. 로마가 어찌되어가는 걸까요? 당신이 믿을 만한 경호대를 조직했다니 아주 현명한 처사입니다. 암살이 이렇듯 노골적으로 자행되는 시대에는 누구나 희생자가 될 수 있습니다. 더구나 당신은 가장 표적이 되기 쉽지요.

친애하는 마그누스, 당신에게 몇 가지 부탁이 있습니다. 아마 첫번째 부탁은 들어주기 어렵지 않을 겁니다. 내 정보원들을 통해 듣자하니, 당신은 이미 카일리우스가 당신한테 말썽이 될 만한 일을 벌이거나 밀로를 돕는 것을 관두도록 압력을 가해달라고 키케로에게 개인적으로 부탁했다더군요. 거기에 덧붙여 당신이 키케로에게 라벤나로 오라고 부탁해주면—이곳은 날씨가 좋고 힘든 일이 전혀 없습니다—나로선 참으로 고맙겠습니다. 나와 당신이 키케로에게 동시에 부탁하면 키케로는 반드시 카일리우스의 입에 재갈을 물려줄 겁니다.

두번째 부탁은 좀더 복잡합니다. 우리 두 사람이 좋은 친구로 지낸 지 이제 8년이 되었고, 그중 여섯 해는 우리 사랑하는 율리아와 함께하는 기쁨을 누렸지요. 우리 율리아가 세상을 떠난 지도 열일곱 달이 지났습니다. 비록 우리 둘 다 결코 예전과 같아질 수는 없겠지만, 그래도 그 아이가 없는 삶에 어느 정도 적응하는 시간은 되었으리라 생각합니다. 어쩌면 이제는 우리 두 사람의 유대를 가문 간의 혼인 관계로 다시 새롭게 다져야 할 시기가 되지 않았나 싶군요. 이것이야말로 우리가 뜻을 함께한다는 사실을 세상에 공표하는 가장 로마인다운 방식이니까요. 루키우스 피소와 미리 얘기를 나눠봤는

데, 내가 칼푸르니아에게 상당한 재산을 주고 그녀와 이혼하면 어떻겠냐고 물으니 그가 기쁘게 받아들이더군요. 가련한 칼푸르니아는 내 어머니가 돌아가신 후 의지할 사람이나 만나는 사람 없이 관저 여자들의 세계에 완전히 고립되어 생활하고 있습니다. 좋은 남편감을 구하기 어려운 나이가 되기 전에 어서, 그녀와 시간을 함께 보내줄 수 있는 남편을 얻어야지요. 파비아와 돌라벨라가 좋은 본보기입니다.

내가 알기로는 당신의 딸 폼페이아가 파우스투스 술라와 행복한 결혼생활을 하지 못하고 있다고요. 특히 파우스투스 술라와 쌍둥이로 태어난 파우스타가 밀로와 결혼한 이후에 더욱 그렇다고 들었습니다. 푸블리우스 클로디우스가 죽은 뒤로 폼페이아는 자신의 취향이나 아버지의 바람과는 반대되는 사람들과 사교 관계를 맺도록 강요받을 겁니다. 내가 제안하는 것은 폼페이아가 파우스투스 술라와 이혼하고 나와 결혼하는 겁니다. 당신도 잘 알듯이, 아내가 주변으로부터 한 점의 의혹도 받지 않도록 잘 처신하기만 한다면 나는 아내에게 온화하고 올바른 남편입니다. 사랑스러운 폼페이아는 내가 아내에게 바라는 모든 것을 이미 갖추었고요.

이제 지난 열일곱 달간 홀아비로 지내온 당신 차례로군요. 당신에게 기꺼이 내놓을 둘째 딸이 있기를 내가 얼마나 소망했는지요! 안타깝게도 내게는 둘째 딸이 없습니다. 그 대신 내겐 조카딸 아티아가 있지만, 필리푸스에게 편지로 아티아와 이혼하면 어떻겠느냐고 물으니 필리푸스는 아티아가 값을 매길 수 없는 진주라며 지금의 결혼생활을 유지하고 싶다는 뜻을 밝혔습니다. 조카딸이 하나 더 있었다면 그쪽에도 의향을 타진해보았겠지만, 안타깝게도 내게 조카딸은 아티아가 유일합니다. 아티아에게 죽은 전 남편 가이우스 옥타비우스와 함께 낳은 딸이 있긴 하지만, 카이사르의 운은 여기서도 실력을 발휘하지 못했습니다. 이 옥타비아는 이제 겨우 열세 살이니 말입니다. 하지만 가이우스 옥타비우스가 첫번째 아내 앙카리아에게서 얻은 딸이 있습니다. 마침 결혼 적령기가 되었지요. 아주 훌륭하고 탄탄한 원로원 의원 가문 출신입니다. 그리고 옥타비우스 가문은 라티움의 도시 벨리트라이 출신으로 이 가문의 분가에서는 집정관과 법무관을 여럿 배출했습니다. 당신도 모두 아는 사실이지요. 필리푸스와 아티아 둘 다 이 옥타비아를 당신의 신붓감으로 기쁘게 내놓겠다고 합니다.

부디 깊이 고민해보길 바랍니다, 마그누스. 나는 내 사위가 몹시도 그리우니까요! 이번에는 내가 당신의 사위가 되어보는 것도 썩 괜찮지 않겠습니까.

세번째 부탁은 간단합니다. 내 갈리아와 일리리쿰 총독 임기는 내가 집정관 재선에 도전할 선거가 열리기 넉 달여 전에 종료됩니다. 우리 두 사람은 항상 보니파의 표적이 되어왔고, 카토에서 비불루스에 이르기까지 보니파의 모든 구성원을 혐오합니다. 나는 그런 그들에게 나를 기소할 기회를 주고 싶지 않습니다. 일단 기소가 된다면 그들은 법정에서 온갖 조작을 일삼아 나를 곧장 거꾸러뜨리겠지요. 만일 내가 집정관 후보 등록을 선언하고자 신성경계선을 넘어 로마시로 들어가면 내 임페리움은 자동으로 소멸합니다. 내 임페리움이 소멸하면 나는 법정에서 재판을 받아야 하는 처지가 될 테고요. 키케로 때문에 집정관 선거 후보자들은 부재중 출마가 불가능합니다. 하지만 내게는 달리 방법이 없습니다. 일단 집정관에 오르면 나는 보니들이 내게 씌우려고 벼르는 온갖 거짓 혐의들을 곧바로 해결할 것입니다.

하지만 나는 우선 그 넉 달 동안 내 임페리움을 반드시 유지해야 합니다. 마그누스, 듣자하니 당신은 곧 독재관 자리에 오를 것이라더군요. 그 자리를 당신보다 잘 맡을 사람이 있겠습니까. 분명 당신은 술라가 오명으로 물들인 그 자리에 원래의 빛나는 명예를 되돌려줄 것입니다. 훌륭한 폼페이우스 마그누스 치하에서 로마가 공권박탈이나 살인 따위를 두려워할 필요가 없으니까요! 만일 내가 집정관 선거에 부재중 후보로 출마할 수 있도록 당신이 법을 마련해준다면 당신에게 진정 크나큰 감사를 느낄 것입니다.

아까 가이우스 카시우스 롱기누스가 시리아의 상황을 보고한 원로원 공문 사본을 확인했습니다. 탁월한 보고서더군요. 카시우스 라빌라 외에도 카시우스 집안사람 중에 이렇게 글을 잘 쓰는 사람이 또 있을 줄은 미처 몰랐습니다. 가련한 마르쿠스 크라수스가 아르탁사타로 진군한 경위와 두 왕의 궁정에 관해 쓴 마지막 부분을 읽을 때는 비통한 마음을 금할 길이 없었습니다.

친애하는 마그누스, 부디 잘 지내시고 이 편지를 읽는 즉시 답장을 보내주길 바랍니다. 나, 카이사르는 여전히 당신을 가장 아끼는 친구임을 꼭 기억하십시오.

폼페이우스는 부들부들 떨리는 두 손으로 편지를 내려놓은 뒤 자신의 얼굴을 감쌌다. 어떻게 감히! 카이사르 이놈이 스스로 뭐나 되는 줄 알고 감히, 로마에서 가장 출생이 고귀한 여자 셋을 아내로 두었던 내게 안티스티아보다도 못한 여자를 신붓감으로 제안해? 오, 마그누스,

나한테는 둘째딸이 없는데다 필리푸스가—세상에, 필리푸스가!—내 조카딸과 이혼을 못하겠답니다! 그런데 어차피 내 개가 당신네 집 마당에 오줌을 한 번 누었으니, 이 근본 없는 옥타비아와 결혼한들 뭐 어떻습니까? 어쨌든 이 여자애도 율리우스 가문 출신으로 똑같은 변소에서 똥을 싸거든요!

폼페이우스는 이를 부득부득 갈며 주먹을 쥐락펴락했다. 잠시 후 율리아가 살아 있던 동안에는 한 번도 듣지 못했던 무시무시한 소리가 집안에 울려퍼졌다. 폼페이우스 특유의 발악이 시작된 것이다. 방안의 쇠붙이란 쇠붙이는 값어치에 상관없이 모조리 구부러지고, 그릇은 모두 산산조각 났을 것이며, 머리카락 뭉치와 핏자국과 찢긴 옷가지가 여기저기 흩어져 있을 터였다. 오, 저런! 도대체 카이사르의 편지에 무슨 내용이 있었기에?

하지만 일단 발작이 가라앉고 나자 폼페이우스는 기분이 훨씬 나아졌다. 그는 잉크가 쏟아진 책상에 앉아 펜과 찢어지지 않은 종잇조각을 찾은 뒤 카이사르에게 보낼 답장을 휘갈겨 썼다.

미안하네, 친구. 나 역시 자네를 몹시 아끼네만, 안타깝게도 나는 이미 염두에 둔 다른 신붓감이 있고 폼페이아도 파우스투스 술라와 아주 행복하게 잘 살고 있다네. 자네와 칼푸르니아의 문제를 십분 이해하네만 내 입장에선 도저히 어쩔 도리가, 정말이지 도저히 어쩔 도리가 없군. 키케로는 기꺼이 라벤나로 보내겠네. 키케로는 자네 말이라면 들을 거야. 특히 자네한테 빚을 엄청나게 지고 있으니 말이야. 내 말은 통 들으려 하지 않지. 나야 기껏해야 갈리아인의 둥지에 지나지 않는 피케눔 출신의 폼페이우스 집안사람이 아닌가. 부재중 출마에 관한 그 사소한 법은 내 기꺼이 마련해주겠네. 내게 그럴 만한 권한이 생기면 바로 그리할 터이니 걱정 붙들어 매게. 내가 그 법을 통과시켜달라고 호민관 열 명을 전부 설득한다면 거참 대단한 성취가 아니겠나, 안 그래?

두피의 찢긴 상처에서 나온 피가 얼굴로 흘러내리며 폼페이우스에게 자신이 서재를 난장판으로 만들었다는 사실을 상기시켰다. 폼페이우스는 손뼉을 쳐서 집사를 불렀다.

"방을 치우게." 폼페이우스가 명령조로 말했다. 그는 항상 도리스코스를 이름으로 부르지 않았다. "비서를 들여보내게. 이 편지의 깨끗한 필사본이 필요해."

브루투스는 2월 초순에 킬리키아에서 로마로 돌아오자마자 당연히 아내 클라우디아와 어머니 세르빌리아부터 대면해야 했다. 사실 클라우디아보다 클라우디아의 부친과 있는 편이 훨씬 좋았지만, 킬리키아에서 스캅티우스와 함께한 고리대금업이 워낙 잘된 탓에, 그를 계속 재무관으로 쓰겠다는 아피우스 클라우디우스의 제안을 단호히 거절할 수밖에 없었다. 비열한 인간 아울루스 가비니우스가 통과시킨 법에 따라 로마인이 속주의 비시민권자들에게 돈을 빌려주기가 대단히 어려워졌다. 그 때문에 브루투스로서는 불가피하게 로마로 돌아와야만 하는 상황이었다. 이제 그는 원로원 의원인데다 적어도 원로원 구성원의 절반에 든든한 연줄을 대고 있었으므로 마티니우스 · 스캅티우스 사(社)가 가비니우스법을 면제받게 할 원로원 결의를 얻어낼 수 있었다. 마티니우스 · 스캅티우스는 고리대금업자들과 금융업자들의 오래되고 좋은 회사였지만, 그 회계장부 어디에도 회사의 진짜 이름이 브루투스 · 브루투스였어야 한다는 사실은 적혀 있지 않았다. 원로원 의원들은 토지 소유권과 무관한 사업체에 가담하는 것이 금지되었으나, 원로원 의원 반절 이상이 어떤 식으로든 빠져나간 무익한 규정일 뿐이었다. 이 측면에서 대다수 로마인들이 원로원 최악의 범법자로 여긴 인물은 고인이 된 마르쿠스 리키니우스 크라수스였지만, 크라수스가 살아 있었다면 그 점에 관한 한 대다수 로마인들의 착각을 깨줄 수 있었을 것이다. 단연 최악의 범법자는 젊은 마르쿠스 유니우스 브루투스였다. 유언에 의한 입양 덕분에 그는 퀸투스 세르빌리우스 카이피오의, 다시 말해 톨로사의 황금의 상속자이기도 했다. 그렇다고 실제로 황금이 있는 건 아니었다. 황금은 50년도 더 전부터 사라진 터였다. 그 황금은 몽땅 상업 제국을 사들이는 데 들어갔고, 세르빌리아의 유일한 친남동생이 그 재산을 상속받았다. 15년 전에 그가 남자 상속자 없이 죽으면서 브루투스가 그의 상속자가 되었다.

브루투스가 진정으로 좋아한 것은 돈 자체보다도—그건 가엾은 크라수스를 부추긴 죄악이었다—돈에 따라오는 것, 즉 권력이었다. 자신이 가진 빛나는 이름으로도 찬란한 광휘의 중심에 서지 못하는 사람에게는 어쩌면 당연한 일이리라. 로마인들이 인정하는 기준으로 볼 때 브루투스는 키도 크지 않고, 미남도 아니고, 인상적이지도 않고 지적이지도 않았던 것이다. 외모는 그다지 개선될 여지가 없었다. 어린 시절 그의 외모를 망쳐놓았던 지독한 여드름이 나이들고서도 없어지지 않은 때문이었다. 남자들이 예외 없이 말끔하게 면도를 하는 이 시대 이 사회에서도, 여드름으로 뒤덮인 그의 가엾은 얼굴엔 면도칼을 댈 수 없었다. 그는 빽빽이 난 검은 턱수염을 최대한 바짝 자르는 식으로 할 수 있는 한 최선을 다했지만, 눈꺼풀이 두툼해 무척 슬퍼 보이는 그의 커다란 갈색 눈은 수염이 덥수룩한 얼굴 한가운데서 자신의 세상을 바라보았다. 이 사실을 잘 알았고 끔찍이 싫어한 그는 자신이 조롱과 비아냥과 동정의 중심이 될 만한 상황을 모조리 피했다. 그리하여 브루투스는―실은 그의 어머니가 나서서―어찌어찌 병역 의무를 면제받았고, 포룸 로마눔에도 공직생활의 법과 의례 규정을 익히기 위해 아주 잠깐 모습을 보였을 뿐이었다. 이 공직에 관한 부분만은 포기할 수 없는 것이었다. 유니우스 브루투스 가문 사람은 그리할 수 없었다. 브루투스의 혈통은 로마 공화정을 창건한 루키우스 유니우스 브루투스뿐 아니라, 외가로도 군주제 부활을 시도했던 마일리우스를 죽인 가이우스 세르빌리우스 아할라까지 거슬러올라가기 때문이었다.

태어난 후 30년간 브루투스는 간절히 꿈꾸던 유일한 무대에 오를 날만을 기다리며 보냈다. 그 무대는 바로 원로원과 집정관 직이었다. 원로원 안에 편안히 자리잡은 그는 외모가 자신에게 불리하게 작용하지 않으리라는 것을 잘 알았다. 그의 동료 원로원 의원들은 가문의 영향력과 돈을 너무나 중요하게 여겼으므로. 그의 얼굴과 몸매가 그에게 줄 수 없는 것, 그가 자처하는 양젖 더껑이만큼이나 얄팍한 지성주의도 줄 수 없는 것을 권력이 가져다줄 터였다. 하지만 브루투스는 멍청하지 않았다. 물론 브루투스라는 이름이 원래 '멍청하다'는 뜻이기는 했다. 공화정의 창건자는 '멍청한 체'함으로써 로마 마지막 왕의 압제에서 살아남았던 것이다. 그 둘은 아주 큰 차이가 있었다. 그 사실을 누구보다 제대로 이해하는 사람이 브루투스였다.

브루투스는 아내에게 아무 감정도 느끼지 못했다. 혐오감조차 없었다. 클라우디아는 귀여운 여자로 말수가 적고 요구도 많지 않았다. 흡사 루쿨루스가 자기 군대를 통솔하던 방식처럼 시어머니가 냉담하고 확고부동하며 무자비하게 주도하는 집안에서 그녀는 어렵사리 자신만의 작디작은 자리를 만들어냈다. 다행히도 그 자리는 브루투스의 아내에게 전용 거실을 제공해줄 정도는 되었으며, 바로 그곳에 그녀는 베틀과 실패, 그림물감, 애지중지하는 인형들을 가져다놓고 자기만의 공간을 꾸몄다. 클라우디아는 전문 방직공 뺨치는 솜씨로 멋들어지게 실을 자아 옷감을 짰으므로 시어머니로부터 좋은 평가를 얻어냈다. 심지어 세르빌리아의 의상용으로 올이 촘촘하고 안이 비칠 정도로 얇은 원단까지 만들 수 있었다. 클라우디아는 그릇에 꽃을, 접시에 새와 나비를 그려넣은 뒤 벨라브룸으로 보내 유약을 입혔다. 이 그릇들은 더없이 훌륭한 선물이 되었는데, 이는 고모, 삼촌, 사촌, 조카 등 워낙 친척들이 많아 변변찮은 돈주머니로는 제대로 챙겨주기 힘들 정도였던 클라우디우스 풀케르 가문 사람에게는 대단히 중요한 문제였다.

안타깝게도 클라우디아는 브루투스만큼이나 숫기 없는 성격이었던지라, 킬리키아에 갔던 남편이 집에 돌아왔을 때—결혼하고 채 몇 주도 지나지 않아 떠났으니 사실상 남이나 마찬가지였다—그의 관심을 시어머니에게서 빼앗아올 재간이 없었다. 남편은 여태껏 그녀의 작은 침실을 찾은 적이 없었다. 그로 인해 아침마다 그녀의 베개는 눈물로 젖어 있었고, (브루투스가 동석한) 저녁 식탁에서는 그녀가 기껏 할말을 생각해냈다 한들 세르빌리아가 입을 열 기회조차 주지 않았다.

상황이 이렇고 보니, 브루투스가 집안에 발을 들일 때마다 그의 시간과 마음을 독차지한 사람은 세르빌리아였다. 실제로는 브루투스의 소유였음에도 그는 결코 이 집을 자기 것이라 여기지도 않았다.

세르빌리아는 어느덧 쉰두 살이었다. 여러 해가 지났어도 그녀는 거의 변한 게 없었다. 몸매는 풍만하지만 균형이 잘 잡혔고, 허리둘레는 네 아이를 낳기 전에 비해 손가락 한 마디만큼도 늘어나지 않았으며, 길고 풍성하고 검었던 머리카락은 여전히 길고 풍성하고 검었다. 코 양옆에 파인 주름 두 줄이 비밀스럽게 꼭 다문 작은 입가로 죽 이어져 있었지만, 이마에는 주름 하나 없었고 턱 아래 피부도 부러우리만치 팽팽했다. 실제로 카이사르가 그녀를 봤다면 전혀 달라졌다고 느끼지 않았을 터였다. 세르빌리아 또한 그가 로마로 돌아왔을 때 그리 느끼게 할 생각은 결코 없었다.

카이사르는 여전히 그녀의 삶을 장악하고 있었다. 그녀 자신에게조차 인정할 수 없는 사실이었지만. 어떤 때는 달랠 길 없이 지독하고 목마른 갈망 속에 그를 간절히 그리워했고, 또 어떤 때는 그를 증오했다. 어쩌다 그에게 편지를 써 보낼 때나 만찬 자리에서 거론되는 그의 이름을 들을 때 주로 그랬다. 요즘은 그 정도가 점점 더했다. 카이사르는 유명하다. 카이사르는 영웅이다. 카이사르는 남자다. 사회 관습에 얽매이지 않고 얼마든지 자기 하고 싶은 대로 할 수 있는. 클로디아와 클로딜라 자매처럼 관습이라는 것이 억압적이라고 여기기는 세르빌리아도 마찬가지였지만, 그들이 일상적으로 관습을 어기는 것과 달리 세르빌리아는 그러지 않았다. 그러므로 클로디아가 젊은 사내들의 수영 장소인 트리가리움 맞은편의 티베리스 강둑에 새치름하게 앉아 있다가 건너편으로 배를 보내 벌거벗은 매력적인 사내를 유혹한 데 반해, 세르빌리아는 무미건조함과 퀴퀴한 냄새 속에 회계장부와 특별히 입수한 원로원 회의록 전문을 끼고 앉아 책략을 꾸미고 애를 태우며 행동에 나설 날을 염원했다.

하지만 그녀는 왜 그러한 행동을 하나뿐인 아들의 귀환과 결부시켜 생각했던 것일까? 아, 아들은 구제불능이었다! 더 잘생겨지지도 키가 더 자라지도 않았고, 그녀가 끔찍이 싫어하는 이부동생 카토에게 홀딱 빠져 있는 것도 나아지지 않았다. 아니, 오히려 더 나빠지기만 했다. 서른 살이 된 브루투스는 다소 안달복달하는 태도를 드러내고 있었는데,

세르빌리아는 그 모습을 보며 아르피눔 출신의 천한 벼락출세자 마르쿠스 툴리우스 키케로를 뼈아프게 떠올릴 수밖에 없었다. 아들은 어기적거리며 걷지는 않았지만 점잖고 여유롭게 걷지도 않았다. 남자가 토가 차림에서 가장 멋지게 보이려면 어깨를 펴고 여유롭게 걷는 걸음걸이가 필수인데 말이다. 브루투스는 종종걸음으로 걸었다. 꼬장꼬장 유식한 척을 했다. 약간 멍하기도 했다. 그러다 문득 세르빌리아 내면의 눈에 가이우스 율리우스 카이사르의 모습이, 훤칠하고 금빛으로 빛나며 당당하게 아름다운 외모로 힘을 발산하는 그 모습이 가득차면, 그녀는 식사중에 딱딱거리며 브루투스를 닦아세워서 결국 아들이 저 끔찍스러운 노예의 후손인 카토에게 위안을 구하도록 만들곤 했다.

결코 행복한 집안은 아니었다. 사나흘이 지나자 브루투스가 이 집안에서 보내는 시간은 점점 줄어들었다.

경호원에 비싼 돈을 들여야 하는 건 속이 쓰렸지만, 포룸 로마눔 주변을 홀끗 보고 나서 비불루스와 이야기까지 한 다음 브루투스는 그 돈을 쓰는 쪽으로 마음을 굳혔다. 수년 사이에 포룸 로마눔에서 같은 팔이 몇 번이나 부러지는 일을 겪었을 만큼 겁이 없는 카토 외삼촌마저도 최근에 경호원을 고용했다.

"전직 검투사들은 호시절을 맞았지." 카토가 듣기 싫은 목소리로 말했다. "저들 마음대로 골라잡을 수 있잖아. 쓸 만한 자는 2주에 500세스테르티우스를 받는 것도 모자라 휴가까지 숱하게 요구하지. 요즘 나는 머리 나쁜 군인 여남은 명의 뜻대로 놀아나고 있다. 내 재산을 다 먹어치우고, 내가 언제 포룸 로마눔에 가도 되는지도 저들이 정한단 말이야!"

"이해가 안 가요." 브루투스가 이맛살을 찌푸리며 말했다. "지금이 계엄령 치하이고 폼페이우스가 그 책임자라면, 왜 아직까지 폭력사태가 진정되지 않는 거죠? 무슨 조치가 취해지고 있습니까?"

"그 어떤 조치도 취해지고 있지 않다, 조카야."

"왜죠?"

"폼페이우스는 독재관이 되고 싶어하기 때문이지."

"그건 놀랍지 않군요. 이탈리아 갈리아에서 제 아버지를 즉결 처형하던 때부터 쭉 절대 권력을 좇은 사람이니까요. 게다가 불쌍한 카르보의 목을 베기 전에, 혼자 조용히 변을 보게 해달라는 그의 부탁조차 들어주지 않았죠. 폼페이우스는 야만인입니다."

카토의 망가진 외모를 보며 브루투스는 마음이 무너져내렸다. 그는 카토보다 고작 열한 살 아래였고, 그렇기에 카토를 아저씨뻘로 느꼈던 적은 단 한 번도 없었다. 그보다는 현명하고 용감하며 천성이 믿을 수 없을 정도로 강인한 큰형 같은 느낌이었다. 물론 어릴 때부터 청년기까지 브루투스는 카토를 그리 잘 알지 못했다. 세르빌리아가 외삼촌과 조카를 서로 어울리지 못하게 해서였다. 하지만 그날 이후로 모든 것이 바뀌었다. 카이사르가 최고신관 예복을 완전히 차려입고 찾아와서, 율리아를 브루투스의 아버지를 살해한 사람과 결혼시키기 위해 그녀와 브루투스의 약혼을 파기하겠다고 태연히 선언하던 그날. 카이사르가 폼페이우스를 필요로 한다는 이유로.

브루투스의 가슴은 그날 부서졌고, 그후로 다시는 복구되지 못했다. 아, 그는 율리아를 사랑했다! 그녀가 어른이 되기를 기다렸다. 그러다 그녀가 자기 신발의 때를 닦을 걸레로 쓰기에도 모자랄 인간에게 시집가는 걸 지켜봐야 했다. 하지만 때가 되면 그녀도 깨달을 것이다. 이런 생각으로 브루투스는 마음을 다잡고 기다렸다. 여전히 그녀를 사랑하면서. 그런 그녀가 죽었다. 수개월째 그녀를 보지 못했는데, 그녀가 죽어버렸다. 그가 정말로 믿고 싶었던 건 하나뿐이었다. 언젠가 어딘가에서 그녀를 다시 만날 것이고, 그가 그녀를 사랑하는 것만큼 그녀도 그를 사랑할 거라는 생각. 그래서 그녀가 죽은 뒤 그는 플라톤에 빠져들었다. 모든 철학자 중에서도 가장 고결하고 다정한 철학자. 플라톤이 한 말들이 진정 무슨 의미였는지 그녀가 죽고 나서야 깨달은 그였다.

그리고 지금, 카토를 가만히 바라보는 브루투스는 외삼촌이 어떤 세월을 보내고 있는지를 카토와 가까운 다른 어떤 사람도 결코 이해할 수 없을 방식으로 이해했다. 그가 보고 있는 것은 사랑하는 사람을 다른 이에게 뺏긴 사람, 사랑하지 않을 방법을 찾지 못한 사람이었기 때문이다. 슬픔이 브루투스를 엄습해와 그는 고개를 떨궈야 했다. 그는 크게 외치고 싶었다. 아, 카토 외삼촌, 저는 이해해요! 우리 둘은 황폐한 영혼 속 쌍둥이이고, 평온의 정원으로 가는 길을 찾을 수 없어요. 문득 궁금해져요, 카토 외삼촌. 우리는 죽는 순간에도 그들을 떠올릴까요? 외삼촌은 마르키아를, 저는 율리아를? 이 고통이 사라지는 날이 오기는 할까요? 그 기억들이, 이 헤아릴 수 없는 상실감이?

그러나 브루투스는 이런 생각을 한마디도 입 밖에 꺼내지 않았다. 그저 눈물이 가실 때까지 무릎께의 토가 주름만 쳐다볼 뿐이었다.

그는 마른침을 삼킨 뒤 들릴 듯 말 듯한 목소리로 말했다. "앞으로 무슨 일이 일어날까요?"

"일어나지 않을 일은 하나 있다, 브루투스. 폼페이우스는 절대로 독재관이 되지 못하리라는 거지. 그 꼴을 볼 바엔 포룸 로마눔 한가운데서 검을 꺼내 내 심장을 멈추게 할 거다. 우리 공화국에 폼페이우스 같은 자를 위한 자리는 없어. 카이사르 같은 자도 마찬가지고. 그들은 다른 모든 이들보다 우월해지고 싶어하고, 우리를 자기들 그림자에 가려진 피그미로 만들고 싶어해. 마치, 마치 유피테르처럼 되고 싶어하지. 그러면 우리 로마의 자유인들은 결국 그들을 신으로 숭배하게 되는 거야. 하지만 이 로마인은 그리되지 않아! 그전에 죽고 말지. 이건 괜히 하는 말이 아니다." 카토가 말했다.

브루투스는 또다시 마른침을 삼켰다. "믿어요, 외삼촌. 하지만 우리가 이 같은 병폐를 고칠 수 없다면, 적어도 이 병폐가 어떻게 시작되었는지는 알 수 있나요? 정말이지 골칫거리예요! 제 평생 보아온 것 같은데 갈수록 더 심해지고 있어요."

"그라쿠스 형제가 시작이었지. 특히 가이우스 그라쿠스. 그다음엔 마리우스로, 킨나와 카르보로, 술라로, 그리고 이젠 폼페이우스로 이어졌어. 하지만 내가 두려운 건 폼페이우스가 아니다, 브루투스. 그자는 두려웠던 적이 없지. 두려운 건 카이사르다."

"저는 술라에 대해 전혀 모르지만, 사람들 말로는 카이사르가 꼭 술라 같다더군요." 브루투스가 느릿하게 말했다.

"바로 그거야." 카토가 대꾸했다. "술라. 언제나 처음부터 권리를 타고난 사람에게로 되돌아가지. 바로 그 때문에 마리우스 시대에 아무도 그를 두려워하지 않았던 거고, 지금도 아무도 폼페이우스를 두려워하지 않는 거야. 파트리키면 더 유리하지. 우리는 그 문제를 근절할 수 없어. 내 증조부이신 감찰관 카토가 스키피오 아프리카누스와 스키피오 아시아게누스를 상대했던 것처럼 하지 않는 한. 그들을 무너뜨리는 것 말이다!"

"하지만 비불루스에게 듣기로는 보니파가 폼페이우스에게 구애하고 있다던데요."

"아, 그래. 그리고 나도 거기에 찬성한다. 도둑들의 왕을 잡고 싶다면 도둑들의 왕자로 덫을 놓아야 해. 우리는 폼페이우스를 이용해서 카이사르를 끌어내릴 거다."

"포르키아가 비불루스와 결혼할 거라는 얘기도 들었어요."

"그래, 맞다."

"포르키아를 만나봐도 될까요?"

카토는 급격히 흥미를 잃으며 고개를 끄덕였다. 한 손이 자기도 모르게 책상 위 포도주 병으로 향했다. "자기 방에 있다."

브루투스는 자리에서 일어나 작고 소박한 주랑정원으로 통하는 문을 열고 서재에서 나갔다. 정원의 기둥들은 지나치게 수수한 도리스 양식이었고 연못이나 분수는 단 하나도 없었다. 벽 역시도 프레스코화 장식이나 그림 한 점 걸려 있지 않았다. 정원의 한쪽 면으로는 카토와 아테노도로스 코르딜리온, 스타틸로스의 방이 죽 이어져 있었다. 반대편에 있는 방들은 포르키아와 그녀의 사춘기 남동생 마르쿠스 2세의 공간이었다. 그 너머로 욕실과 변소가 있고, 부엌과 하인용 공간은 맨 끝에 위치했다.

외사촌 포르키아를 마지막으로 본 것은 지금으로부터 6년 전, 그가 그애 아버지와 함께 키프로스로 떠나기 전이었다. 카토는 자기를 만나러 온 사람들과 포르키아를 어울리게 하지 않기 때문이었다. 브루투스의 기억으로는 마르고 키가 멀쑥한 여자아이였다. 하지만 떠올리려 애쓸 필요가 뭔가? 이제 곧 보게 될 텐데.

포르키아의 방은 아주 작고 놀랍도록 어수선했다. 두루마리와 책 들통, 각종 서류가 말 그대로 사방에 널린 채 전혀 정리되어 있지 않았다. 그녀는 탁자 앞에 앉아 펼쳐진 책에 고개를 박고서 웅얼웅얼 글을 읽고 있었다.

"포르키아?"

그녀는 고개를 들어 헉하고 숨을 내쉬더니 느릿느릿 일어났다. 종이 열댓 장이 펄럭이며 테라초 바닥으로 떨어지고, 잉크병이 날아갔으며, 두루마리 넉 장은 탁자 뒤 틈새로 사라져버렸다. 이곳은 스토아주의자의 은신처였다. 우중충하고 밋밋했으며 몸이 얼도록 추웠고 여성스러운 느낌과는 거리가 멀었다. 포르키아의 거처에는 베틀이나 화려한 장식이라곤 없었다!

그렇지만 포르키아부터가 우중충하고 밋밋했으며 여성스러운 구석이 별로 없었다. 다만 누구도 그녀를 차갑다고 말할 수는 없을 터였다. 그녀는 너무나 컸다! 거의 카이사르 키만큼 되겠군, 하고 브루투스는 목을 위로 쭉 빼며 생각했다. 불타는 듯 새빨간 머리카락은 다소 심한 곱슬이었고, 창백하지만 주근깨 없는 피부에 빛나는 회색 눈과 아버지보다도 더 커질 가망이 커 보이는 코가 자리잡고 있었다.

"브루투스! 이런 세상에, 브루투스!" 그녀는 이렇게 외치며 그를 껴안았다. 어찌나 세게 안았는지 브루투스는 숨이 막힐 지경이었고 발가락을 바닥에 내려놓기도 힘들었다. "아, 아빠가 선한 사람과 가족의 일원을 사랑하는 건 올바른 행동이라고 말씀하셨으니까 나는 오빠를 사랑할 수 있어요! 브루투스, 이렇게 만나니 너무나 좋아요! 들어와요, 들어와요!"

다시 바닥으로 철퍼덕 내려진 브루투스는 외사촌이 이리저리 허둥대며 두루마리 더미와 들통들을 오래된 의자 뒤로 치우더니, 방바닥이 그의 토가에 온통 회색 얼룩을 남길 가능성을 줄여보겠다고 먼지떨이를 찾아 헤매는 모습을 내내 지켜보았다. 그러다 어느 순간 그의 우울해 보이는 입꼬리에 서서히 미소가 떠오르기 시작했다. 그녀는 정말이지 코끼리 같았다! 뚱뚱하기는커녕 굴곡 있는 몸도 아닌데도 말이다. 가슴은 납작하고 어깨는 떡 벌어졌으며 엉덩이는 좁았다. 거기다 세르빌리아가 봤다면 아기 똥 색깔이라고 불렀을 갈색 캔버스 천으로 된 끔찍한 옷차림이었다.

그러나 그녀가 온갖 머리를 써서 이리저리 치운 끝에 두 사람 다 의자에 앉을 수 있게 되었을 즈음 브루투스가 그녀에 대해 내린 판단은 달라져 있었다. 포르키아는 전혀 우중충하고 밋밋하지 않았으며, 저렇게 남자 같은 체격에도 불구하고 남성적인 인상도 풍기지 않았다. 그녀는 생동감으로 가득차 있었고 그로 인해 어떤 묘한 매력이 더해졌는데, 브루투스의 생각으론 대부분의 남자들은 처음 봤을 때의 충격만 극복하고 나면 그 매력을 알아볼 것이었다. 머리카락은 환상적이었다. 눈 역시 그랬다. 입매는 사랑스러웠고 기분좋은 입맞춤을 선사할 것 같았다.

그녀는 크게 한숨을 내쉬더니 양손으로 무릎을 철썩 쳤고(양 무릎이 크게 벌어져 있었지만 자신도 그 사실을 모르는 듯했다) 순전히 기쁜 얼굴로 그를 향해 활짝 웃었다. "아, 브루투스! 하나도 안 변했군요."

브루투스는 우울한 표정이었지만, 포르키아는 거기에 조금도 개의치 않았다. 포르키아에게 그는 있는 그대로의 그일 뿐, 그런 것은 전혀 약점이 아니었다. 여섯 살 때 어머니를 빼앗긴 후로 마르키아(의붓딸에겐 관심을 주지 않았다)와 두 해 같이 지낸 것 외엔 여자들의 영향에 전혀 노출되지 않은 상당히 이상한 환경에서 자란 그녀는, 아름다움이나 추함이나 그 밖의 추상적인 어떤 상태에 대해 내재된 개념을 가지고 있지 않았다. 포르키아에게 브루투스는 대단히 친애하는 고종사촌이었고, 그러므로 아름다운 사람이었다. 어떤 그리스 철학자에게 물어보든 그렇게 말할 테니까.

"부쩍 컸구나." 브루투스는 이렇게 말해놓고서 곧바로 이 말이 그녀에게 어떻게 들릴지 깨달았다. 아, 브루투스, 생각을 좀 해! 저애도 껑다리 못난이잖아!

하지만 포르키아는 그의 말을 문자 그대로 받아들인 게 분명했다. 그녀는 카토와 똑같이 히힝거리는 말 울음 소리를 내며 웃었고, 카토와 똑같이 살짝 튀어나온 커다란 앞니를 드러내 보였다. 목소리 역시 카토처럼 귀에 거슬리는 크고 단조로운 소리였다. "천장을 뚫겠다고 아빠가 그러시죠! 아빠도 큰 편이신데 아빠보다도 꽤 큽니다. 사실," 그녀는 히힝 소리를 냈다. "나는 이렇게 큰 게 무척 좋아요. 덕분에 권위가 아주 커지는 것 같거든요. 참 희한하죠, 사람들이 우연히 타고난 것에 경외감을 느낀다는 게요. 그래도 실제로 그렇더라고요."

더없이 기이한 이미지가 브루투스의 머릿속에 그려지고 있었다. 그가 쉽게 떠올릴 만한 종류의 이미지도 아니었다. 하지만 백발의 작디작은 비불루스가 이 활활 타오르는 불기둥을 덮으려 용을 쓰는 모습이 도저히 억누를 수 없이 떠오르는 것이었다. 그는 이 커플이 얼마나 서로 안 어울리는지를 떠올렸던 것일까?

"외삼촌 말씀으론 너랑 비불루스가 혼인할 거라던데."

"아, 맞아요. 정말 멋지지 않아요?"

"넌 좋니?"

멋진 회색 눈이 찌푸려졌다. 화가 났다기보단 어리둥절한 기색이었다. "안 좋을 이유라도 있어요?"

"글쎄, 비불루스는 너보다 나이가 훨씬 많잖아."

"서른두 살 많죠." 그녀가 대꾸했다.

"그 정도면 차이가 꽤 크지 않아?" 그는 진땀을 빼며 물었다.

"그런 건 상관없어요." 포르키아가 말했다.

"그러면, 그러면 그가 너보다 30센티미터는 작은 것도 괜찮아?"

"그것도 상관없어요." 포르키아가 말했다.

"그를 사랑해?"

포르키아가 정확히 그리 말하진 않았지만, 그것이야말로 가장 상관없는 요소임이 너무나 분명했다. 그녀는 이렇게 말했다. "나는 선한 사람은 모두 사랑하고, 비불루스는 선해요. 결혼이 정말 고대돼요, 정말로요. 생각해봐요, 브루투스! 지금보다 훨씬 큰 방을 갖게 될 거라고요!"

세상에, 이애는 여전히 어린아이로구나! 브루투스는 놀라워하며 생각했다. 결혼에 대해 아무것도 모르고 있어. "비불루스에게 이미 아들이 셋 있는 건 괜찮아?" 그가 물었다.

또다시 히힝거리는 웃음이 터졌다. "그에게 딸이 없어서 다행일 뿐이에요!" 웃음이 잦아들자 그녀가 간신히 대답했다. "여자애들과는 잘 못 지내서요. 여자들은 워낙 바보 같으니까. 다 큰 둘인 마르쿠스와 나이우스도 괜찮지만, 막내인 루키우스는, 아, 정말 너무 좋아요! 우리 둘이 있으면 얼마나 재미있는지 몰라요. 그애에겐 끝내주는 장난감들이 있거든요!"

브루투스는 포르키아에 대해 몹시 걱정하면서 집으로 돌아갔지만, 어머니에게 그 얘기를 꺼냈다가 본전도 찾지 못했다.

"그애는 저능아야!" 세르빌리아는 냅다 쏘아댔다. "하지만 당연한 결과 아니겠니? 주정뱅이와 멍청한 그리스인들 틈바구니에서 자란걸! 그

패거리들이 웃이며 예절이며 좋은 음식이며 좋은 대화 같은 걸 경멸하
게끔 가르쳐놨어. 그애는 고행자들이나 입는 셔츠를 입고 아리스토텔
레스 책에 고개를 처박고 돌아다니지. 비불루스만 안됐지 뭐니."

"괜한 동정심 낭비 마세요, 엄마." 요즘 들어 어머니의 신경을 긁는
법을 터득한 브루투스가 말했다. "비불루스는 포르키아에 대해 아주 만
족해하고 있으니까요. 그는 루비보다도 더 귀한 상을 받은 거예요. 완
벽하게 순수하고 때묻지 않은 여자를 얻었으니까요."

"하!" 세르빌리아가 내뱉었다.

로마에서 일어난 폭동은 여전히 수그러들 기미가 없었다. 짧은 달인
2월이 순식간에 지나고, 이어서 메르케도니우스가 왔다. 폼페이우스의
부추김에 대신관단이 추가로 끼워넣은 22일의 윤달이었다. 닷새마다
새로운 섭정관이 취임하여 선거를 준비하려 애썼지만 매번 실패로 끝
났다. 모두가 불평했지만, 불평을 해서 뭐라도 성과를 거둔 이는 아무
도 없었다. 아주 가끔씩 폼페이우스가 자신이 어떤 일을 원하면 필히
실현된다는 것을 입증하기는 했다. 가령 그가 낸 10인 호민관법이 그
랬다. 그 험악했던 2월 중에 통과된 이 법으로 카이사르는 4년 후에 부
재중 후보로 집정관 선거에 출마할 수 있게 되었다. 카이사르는 안전했
다. 직접 후보 등록을 하기 위해 로마의 신성경계선을 넘어옴으로써 임
페리움을 포기하는 것도, 그로 인해 기소당할 상황을 만드는 것도 피할
수 있게 되었다.

밀로는 집정관 선거 운동을 지속했지만, 그를 기소하려는 압력은 커
지고 있었다. 아피우스 클라우디우스 가문의 두 청년은 그들의 죽은 숙
부 푸블리우스를 대신해 포룸 로마눔에서 끝없이 선동을 일삼았다. 그

들이 가장 크게 제기한 문제는 밀로가 그의 노예들을 해방시켰으며 이 노예들이 보이지 않는 안개 속으로 사라졌다는 사실이었다. 불행히도 밀로는 살해 직후에 누렸던 카일리우스의 지지를 더는 받지 못하고 있었다. 키케로가 고분고분 라벤나로 갔다가 돌아와서 카일리우스의 입을 틀어막는 데 성공한 것이다. 불안한 밀로에게는 좋은 징조가 아니었다.

폼페이우스 역시 불안해하고 있었다. 원로원에서 그의 독재관 지명에 대한 반대가 어느 때보다 강했기 때문이다.

"자네는 보니파의 핵심 인사네." 폼페이우스는 메텔루스 스키피오에게 말했다. "그리고 자네는 내가 독재관이 되는 데 반대하지 않는다는 걸 알고 있네. 아, 그렇다고 내가 그 자리를 바라는 건 아닐세! 내가 하려는 말은 그게 아니야. 다만 카토와 비불루스가 왜 그걸 용납하지 못하는지 이해가 안 가서 말이네. 루키우스 아헤노바르부스도 그렇고. 그밖의 다른 사람들도 그렇고. 어떤 값을 치르더라도 안정을 얻는 편이 낫지 않은가?"

"대부분의 값이라면 그렇지요." 메텔루스 스키피오가 조심스레 대답했다. 그는 임무를 부여받은 터였고, 카토와 비불루스와 함께 사전연습을 하는 데만 수 시간이 걸렸다. 그렇다고 그의 의도가 카토와 비불루스가 생각하듯이 마냥 순수한 것은 아니었다. 메텔루스 스키피오 역시 불안해하고 있었던 것이다.

"대부분의 값이란 게 뭔가?" 폼페이우스가 쏘아보며 따져 물었다.

"음, 답이 있긴 합니다. 그걸 당신에게 말씀드리는 일을 내가 맡았고요, 마그누스."

마법 같은 일이 일어났다! 메텔루스 스키피오가 그를 '마그누스'라

부르고 있는 것이다! 아, 기쁘구나! 아, 달콤한 승리로구나! 폼페이우스의 얼굴은 눈에 띄게 환해지고 미소가 번져갔다.

"그러면 내게 말해보게, 스키피오." 더는 '메텔루스'가 붙지 않았다.

"원로원에서, 당신이 동료 없는 집정관이 되는 데 동의한다면 어떻겠습니까?"

"단독 집정관 말인가? 다른 사람은 없이?"

"네." 메텔루스 스키피오는 자기에게 주어진 대본을 기억해내느라 인상을 쓰면서 말을 이었다. "독재관을 두는 데 모두가 반대하는 지점은 독재관 직이 가진 난공불락의 성격입니다, 마그누스. 독재관으로 있는 동안 어떤 법을 제정하든 책임을 물을 수가 없습니다. 게다가 술라를 겪은 뒤로 아무도 이 직책을 신뢰하지 않지요. 보니만 반대하는 게 아니에요. 18개 상급 백인조 기사들의 반대가 훨씬 심합니다, 정말로요. 그들이야말로 술라의 영향력을 직접 맛본 이들입니다. 1천600명의 기사들이 술라의 공권박탈 조치로 죽었으니까요."

"하지만 내가 뭣하러 누군가의 공권을 박탈하겠나?" 폼페이우스가 물었다.

"그럼요, 동감입니다! 안타깝게도 동감하지 않는 사람이 많지만요."

"대체 왜? 나는 술라가 아닌데!"

"네, 나야 알지요. 하지만 그 자리에 앉는 사람이 아니라 그 자리 자체가 문제라고 확신하는 사람들이 있습니다. 무슨 말인지 이해가 가세요?"

"아, 물론이네. 누구든 독재관이 되면 그 직위의 권력으로 미치게 된다는 거로군."

메텔루스 스키피오는 몸을 뒤로 기댔다. "바로 그겁니다."

"나는 그런 사람이 아니네, 스키피오."

"알아요, 압니다! 하지만 나를 탓하진 마세요, 마그누스! 비불루스나 카토 못지않게 18개 백인조의 기사들이 또다른 독재관을 거부하고 있습니다. '공권박탈'이라는 말만 꺼냈다 하면 사람들의 얼굴이 하얗게 질리는 거죠."

"그에 반해," 폼페이우스가 생각에 잠기며 말했다. "단독 집정관은 어쨌든 제도의 제약을 받지. 임기가 끝난 뒤에 법정으로 끌려나올 수도 있고, 책임을 져야 할 수도 있고."

메텔루스 스키피오가 받은 지시는 이다음 말을 마치 당연한 일인 양 슬쩍 덧붙이는 것이었고, 그는 잘해냈다. 마치 대수롭지 않다는 듯 이렇게 말한 것이다. "당신에겐 어려운 일도 아니죠, 마그누스. 법정에서 책임질 만한 게 없으니."

"그건 그렇지." 폼페이우스의 얼굴이 환해졌다.

"더구나 동료 없는 집정관이라는 개념 자체가 처음이지요. 그러니까, 이전에도 두세 달간 집정관 한 명이 동료 집정관 없이 일한 적이 있긴 했지만요. 재임중에 사망했는데 징조가 불길하게 나와서 보결 집정관을 한 명 이상 임명할 수 없어서였지요. 예컨대 퀸투스 마르키우스 렉스가 재임한 해가 그랬죠."

"율리우스와 카이사르가 집정관이던 해도 그랬지!" 폼페이우스가 크게 웃으며 말했다.

당시 카이사르의 동료 집정관은 카이사르와 함께 통치하기를 거부한 비불루스였으므로, 이것은 메텔루스 스키피오에게 썩 듣기 좋은 발언이 아니었다. 그렇지만 그는 속내를 억누르고 그냥 넘어갔다. "동료 없는 집정관은 지금까지 당신에게 주어진 그 모든 특별 직권 중에서도 가장 특별한 것이라 할 수 있을 겁니다."

"정말로 그렇게 생각하나?" 폼페이우스가 열성적으로 물었다.

"아, 그럼요. 의심할 여지가 없죠."

"그렇다면 안 될 게 있겠나?" 폼페이우스는 오른손을 내밀었다. "그렇게 하세, 스키피오. 그렇게 해!"

두 사람은 악수를 나누었고, 메텔루스 스키피오는 재빨리 자리에서 일어났다. 비불루스가 충분히 만족할 만큼 맡은 역을 잘해내서 크게 안도함과 동시에, 폼페이우스가 그가 암기한 목록에 없는 질문을 하기 전에 얼른 자리를 떠야겠다는 생각에서였다.

"표정이 별로 좋지가 않군, 스키피오." 문 쪽으로 향하던 폼페이우스가 말했다.

이 말에 어떻게 답을 해야 하지? 이거 위험한 상황인가? 치열한 고민 끝에 메텔루스 스키피오는 솔직하게 말하기로 결정했다. "기분이 좋지 않습니다." 그가 말했다.

"왜 그런가?"

"플랑쿠스 부르사가 집정관 선거 유세중 뇌물수수 혐의로 나를 기소하겠다고 공공연히 떠들고 있어서지요."

"정말인가?"

"유감스럽게도 그렇습니다."

"저런, 저런!" 알을 품은 암탉처럼 걱정스러운 목소리로 폼페이우스가 외쳤다. "그렇게 둘 수는 없지! 음, 스키피오, 내가 동료 없는 집정관이 되면 말일세, 그 문제를 손보는 건 일도 아닐 걸세."

"그럴까요?"

"전혀 어렵지 않아, 내 장담함세! 우리 친구 플랑쿠스 부르사에 대해서는 흠잡을 거리가 조금 있다네. 아, 정말로 그가 친구라는 건 아니야. 알아서 잘 이해했겠지만."

메텔루스 스키피오의 어깨에서 커다란 짐이 내려졌다. "마그누스, 영원히 당신의 친구가 되겠습니다!"

"좋아," 폼페이우스는 흡족하게 말하며 손수 현관문을 열었다. "그나저나, 스키피오, 내일 오후에 식사하러 오지 않겠나?"

"기꺼이 오겠습니다."

"가엾은 코르넬리아 메텔라도 자네와 같이 오려고 할 것 같은가?"

"아주 좋아할 것 같습니다."

손님이 나간 뒤 폼페이우스는 문을 닫고 서재로 되돌아왔다. 그의 말을 잘 듣는 호민관이라고 아무도 의심하지 않으면서 말 잘 듣는 호민관이 있으니 얼마나 유용한지! 플랑쿠스 부르사는 그에게 들어간 단돈 1세스테르티우스까지 값어치를 했다. 뛰어난 사람이다. 뛰어나!

그의 눈앞에 코르넬리아 메텔라의 모습이 불쑥 떠올랐다. 그는 한숨이 나오려는 걸 참았다. 그녀는 율리아가 아니었다. 게다가 정말이지 낙타와 닮은꼴이었다. 못생긴 건 아니지만 거만함이 참아줄 수 없는 수준이었다! 그녀는 쉴새없이 떠들어댔지만 대화는 불가능했다. 다루는 얘기는 제논이나 에피쿠로스가 아니면(그녀는 이 둘의 사상 모두를 못마땅해했다) 플라톤이나 투키디데스 쪽이었다. 익살극과 광대극, 심지어 아리스토파네스풍의 희극도 경멸했다. 뭐, 그래도…… 그 여자 정도면 괜찮겠지. 그렇다고 그녀를 달라고 청할 생각은 없었다. 메텔루스 스키피오가 그에게 청해야 할 터다. 율리우스 카이사르 가문 사람이 충분하다고 생각한 인물이면 메텔루스 스키피오 가문 사람에겐 당연히 충분할 것이다.

카이사르. 그에겐 다른 딸이나 조카딸이 없었다. 아, 그 요청은 무모한 짓이었다! 그리고 동료 없는 집정관이야말로 남에게 발을 걸어 쓰러뜨려줄 수 있는 사람이다. 카이사르는 10인 호민관법을 얻었지만 그렇다고 앞으로도 그의 삶이 잘 굴러가리라는 뜻은 아니다. 법은 폐지될 수 있다. 혹은 뒤에 나온 다른 법으로 쓸모없어질 수도 있다. 하지만 지금 당장은 카이사르가 편히 앉아 자기가 안전하다고 여기게 내버려두자.

메르케도니우스 윤달의 18일, 비불루스는 마르스 평원에서 열린 원로원 회의 도중 자리에서 일어나 나이우스 폼페이우스 마그누스를 집정관 후보로 나서게 하되 동료 없는 단독 집정관으로 하자고 제안했다. 이때 섭정관을 맡고 있던 사람은 저명한 법률가 세르비우스 술피키우스 루푸스로, 너무나 유명한 재판관답게 엄숙한 태도로 원로원의 반응을 경청했다.

"이건 그야말로 위헌입니다!" 호민관석에서 카일리우스가 일어나는 시늉도 없이 소리쳤다. "세상에 동료 없는 집정관이라는 건 없습니다! 차라리 그냥 폼페이우스를 독재관으로 만들고 끝내지 그럽니까?"

"종류야 어떻든 법적으로 타당한 통치 체제라면 통치 체제가 아예 없는 것보다는 낫습니다. 거기서 나오는 모든 행위에 대해 법적으로 책임질 수 있다는 전제하에 말이죠." 카토가 말했다. "저는 이 조치에 찬성합니다."

"원로원 표결을 실시하겠습니다." 세르비우스 루푸스가 말했다. "나이우스 폼페이우스 마그누스의 동료 없는 집정관 입후보 허용에 찬성하는 분들은 모두 제 오른쪽으로 서주십시오. 이 안건에 반대하는 분들은 모두 제 왼쪽으로 서주십시오."

세르비우스 루푸스의 왼쪽에 선 몇 안 되는 사람 중에는 원로원 회의에 처음 참석한 브루투스도 끼어 있었다. "내 부친을 살해한 사람에게 찬성표를 던질 수는 없습니다." 그는 턱을 치켜든 채 큰 소리로 말했다.

"좋습니다." 세르비우스 루푸스가 자기 오른쪽에 거의 다 몰려 있는 원로원 의원들을 살펴보며 말했다. "선거 개최를 위해 백인조회를 소집하겠습니다."

"귀찮게 뭐하러 그럽니까?" 밀로가 외쳤다. 그 역시 왼쪽에 서 있었다. "다른 집정관 후보인 우리가 출마할 수나 있는 겁니까? 똑같이 동료 없는 집정관 자리에요?"

세르비우스 루푸스는 양쪽 눈썹을 치켜세웠다. "물론입니다, 티투스 안니우스."

"시간이나 돈이나 가설투표소까지 걸어가는 수고까지 아끼는 게 어떻습니까?" 밀로는 계속해서 통렬히 비꼬았다. "결과가 어떨지는 다들 아는 사실인데요."

"나는 원로원이 허락한다고 해서 그 직권을 수락하지 않겠습니다." 폼페이우스가 위엄 넘치는 목소리로 말했다. "선거를 개최합시다."

"정무직 연한법보다 우선하는 법도 있어야 합니다!" 카일리우스가 외쳤다. "앞선 집정관 임기 이후 10년이 지나기 전에 또다시 집정관 선거에 출마하는 것은 불법입니다. 폼페이우스가 두번째로 집정관을 지냈던 때는 고작 2년 전입니다."

"맞는 말씀이군요." 세르비우스 루푸스가 말했다. "원로원 의원 여러분, 나이우스 폼페이우스 마그누스의 집정관 출마를 허용하는 내용의 카일리우스법을 결의 형태로 트리부스회에 권고하는 동의에 대해 한 번 더 표결을 실시하겠습니다."

이로써 카일리우스는 되레 보기 좋게 당하고 말았다.

3월 초, 위대한 폼페이우스는 동료 없는 집정관이 되었고 갖가지 일들이 일어나기 시작했다. 카푸아에는 시리아로 갈 예정인 1개 군단이 대기하고 있었다. 폼페이우스는 이 군대를 로마로 불러들여 거리의 전쟁을 진압했다. 많은 노력이 필요하지도 않았다. 백인조회에서 폼페이우스를 선출하자마자, 섹스투스 클로일리우스는 그의 개들을 철수시키고 폼페이우스에게 보고하여 기꺼이 지불된 두둑한 수고비를 챙겼다.

나머지 선거들도 실시되었다. 이는 곧 마르쿠스 안토니우스가 공식적으로 카이사르의 재무관으로 임명된다는 뜻이었다. 또 법무관들이 취임해서, 법정을 열고 엄청나게 쌓여 있던 사건들의 심리를 시작했다는 뜻이기도 했다. 작년 법무관들이 재직한 다섯 달 동안 폭력사태가 만연했던 탓에 재작년 말 이후로 단 한 건의 재판도 열리지 않았다. 그래서 반역 혐의에 대해서는 무죄판결을 받았지만 아직 부당취득죄 혐의를 받고 있는 시리아의 전 총독 아울루스 가비니우스 같은 사람들이 마침내 법정에 서게 되었다.

성난 알렉산드리아인들에 의해 쫓겨났던 이집트의 프톨레마이오스 아울레테스를 복위시키는 임무를 수락한 사람이 가비니우스였다. 원로원 의원으로서의 임무가 아니라 제안과 기회를 붙잡은 것에 가까웠다. 소문에 따르면 은 1만 탈렌툼에 이르는 대가를 노린 것이었다. 원래 합의한 대가는 그 금액이 맞았겠지만, 확실한 건 가비니우스가 그런

돈을 결코 받지 못했다는 점이었다. 하지만 이 사실이 부당취득죄 법정에 별다른 인상을 주지는 못했다. 키케로가 건성으로 변호한 가운데 가비니우스는 유죄판결과 벌금 1만 탈렌툼을 선고받았다. 이 엄청난 금액의 10분의 1도 구할 수 없었던 가비니우스는 추방을 택했다.

그러나 키케로는, 이집트 왕이 다시 왕좌에 앉은 직후 이집트 재정을 개편했던 자그마한 은행가 가이우스 라비리우스 포스투무스의 변호는 더 잘해냈다. 포스투무스가 원래 맡은 임무는 프톨레마이오스가 로마의 일부 원로원 의원들(가비니우스도 그중 하나였다)에게 부탁의 대가로 진 빚과 추방중에 그를 지지하는 데 막대한 금액을 출연한 일부 로마인 대금업자들에게 진 빚을 회수하는 것이었다. 땡전 한푼 없이 로마로 돌아온 포스투무스는 카이사르에게 대출을 받아 다시 회복되었다. 또 수년 전 가이우스 베레스를 기소했을 때 못지않게 사실관계와 꼼짝달싹할 수 없는 증거로 가득했던 키케로의 변호 덕에 무죄를 선고받았다. 이제 포스투무스는 카이사르의 대의를 위해 전력을 쏟을 수 있게 되었다.

키케로와 아티쿠스의 불화는 당연히 오래가지 않았다. 다시 화해한 두 사람은 아티쿠스가 사업차 멀리 떠나 있을 때마다 편지를 주고받았고, 어쩌다 둘 다 로마에 있거나 같은 도시에 가 있을 때면 서로 꼭 붙어다녔다.

"온갖 법들이 쏟아지고 있어." 아티쿠스가 인상을 쓰며 말했다. 그는 폼페이우스의 열렬한 지지자가 아니었다.

"몇 개는 우리 쪽에서도 아무도 좋아하지 않아." 키케로가 말했다. "하물며 늙은 호르텐시우스까지 강력히 맞서기 시작했다네. 비불루스와 카토는, 놀라운 일도 아니고. 애초에 그들이 마그누스를 동료 없는 집정관으로 선출시키자는 제안을 내놓았단 게 진짜 놀라운 거지."

"아무래도," 아티쿠스가 생각에 잠겨 말했다. "폼페이우스가 법을 빌리지 않고 원로원을 장악할까봐 두려웠던 것 같네. 술라가 한 일이 바로 그거니까."

"음, 어쨌든," 환한 얼굴의 키케로가 말했다. "카일리우스와 나는 이모든 일의 주동자들을 힘들게 해줄 생각이라네. 플랑쿠스 부르사와 폼페이우스 루푸스가 호민관 임기를 마치는 즉시 그들을 폭력 선동 혐의로 기소할 작정이야." 그는 얼굴을 찡그렸다. "마그누스가 새로운 폭력법을 서판에 새겨넣었으니 그걸 활용하는 게 좋겠지."

"우리의 동료 없는 새 집정관에 대해 썩 기뻐하지 않을 사람을 하나는 댈 수 있네." 아티쿠스가 말했다.

"카이사르 말인가?" 카이사르를 좋아하지 않는 키케로는 활짝 웃었다. "아, 아주 보기 좋게 처리됐어! 그 일을 해낸 마그누스가 예뻐 죽겠네!"

그러나 더 이성적으로 카이사르를 보는 아티쿠스는 머리를 내저었다. "전혀 보기 좋게 처리되지 않았네." 그의 어조는 단호했다. "그리고 언젠가 그 때문에 문제를 겪게 될지도 몰라. 폼페이우스가 카이사르를 부재중 후보로 집정관에 출마하지 못하게 할 생각이었다면, 호민관 열명을 시켜 그것을 허용하는 법은 왜 통과시킨 건가? 이제 그는 누구든 부재중 후보 출마를 금하는 새로운 법을 제정하고 있네. 카이사르도 포함해서 말이야."

"하! 카이사르의 졸개들이 충분히 시끄럽게 소리쳤다네."

아티쿠스도 소리쳤던 사람들 중 하나였기에 하마터면 버럭 성질을 낼 뻔했지만, 꾹 참고 입을 닫았다. 그래봐야 무슨 소용인가? 역사적인 변호인들 전부가 와도 카이사르의 입장에서 좀 보라고 키케로를 설득할 수는 없을 텐데. 카틸리나 사건이 있은 뒤로는 안 될 일이었다. 그리고 대부분의 시골 출신들이 그렇듯 키케로가 한번 앙심을 품으면 그건 끝까지 갔다. "그래, 다 좋아." 아티쿠스가 말했다. "나쁠 게 뭐 있겠나? 누구나 로비를 하는데. 하지만 '이런! 깜빡했네!'라면서 카이사르를 면제해주는 추가 조항을 법에 붙여놓고선 그 조항을 동판에 새기지 않는다는 건 부끄러운 일이야. 교활하고 야비한 짓이지. 만약 그저 어깨를 으쓱하면서 '카이사르에겐 안됐지만 그냥 받아들이게 해야지!'라고 했다면 차라리 그자가 더 마음에 들었을 걸세. 폼페이우스는 자만심이 가득하고 너무 많은 권력을 지녔네. 그가 현명하게 쓰지도 않는 권력을 말이야. 한 번도 권력을 현명하게 쓴 적이 없기 때문이지. 술라가 로마를 짓밟는 걸 도우려고 고작 스물두 살로 3개 군단을 이끌고 플라미니우스 가도로 내려오던 때부터 단 한 번도. 폼페이우스는 변한 게 없어. 그냥 나이 먹고 몸이 불고 술책이 늘었을 뿐이야."

"술책은 필요하네." 키케로가 두둔하며 말했다. 그는 예전부터 변함없이 폼페이우스의 사람이었다.

"그 술책이 거기에 속아넘어갈 사람을 겨냥했을 때나 그렇지. 키케로, 나는 카이사르가 표적으로 고르기에 적당한 사람이라고 생각지 않네. 카이사르의 새끼손가락에 든 술책만도 폼페이우스의 온몸에 든 술책보다 많을 거야. 그가 더 합리적으로 술책을 사용한다는 이유만으로도 말일세. 하지만 카이사르의 문제는 그가 내가 아는 중에 가장 직설적인 사람이기도 하다는 점이네. 카이사르에 관한 한 술책은 습관이 되지 않아. 불가피한 것일 뿐. 폼페이우스는 누구를 속이려 할 때 스스로 거미줄 속에 뒤엉키네. 그래, 그가 거미줄들을 잘 다루기는 하지. 그래도 거미줄은 거미줄이야. 그에 반해 카이사르는 태피스트리를 짜지. 아직 그게 무슨 무늬인지는 모르겠지만, 나는 그가 두렵네. 자네가 두려워하는 이유 때문은 아니야. 하지만 나는 그가 두렵네!"

"말도 안 되는 소리!" 키케로가 소리쳤다.

아티쿠스는 눈을 감으며 한숨을 쉬었다. "밀로가 재판에 회부될 것 같다고. 그러면 양쪽 사이에서 어떻게 절충할 건가?"

"다른 말로 하면 마그누스는 밀로가 풀려나길 원치 않는다는 뜻이군." 키케로가 불안한 듯 말했다.

"그는 밀로가 풀려나길 원치 않네."

"나는 그가 어떻게 되든 상관 안 할 것 같은데."

"키케로, 철 좀 들게! 당연히 상관하지! 그가 밀로를 부추겼다는 걸 알아야 해!"

"나는 모르겠네."

"자네 마음대로 하게. 밀로를 변호할 건가?"

"파르티아인과 아르메니아인 들을 합쳐놔도 날 막진 못할 거야!" 키케로는 분명히 말했다.

밀로의 재판은 한겨울에 열렸다. 달력상으로는 (추가로 22일을 끼워넣었음에도 불구하고) 4월 4일이었다. 법정의 재판장은 전직 집정관 루키우스 도미티우스 아헤노바르부스였고, 기소인단은 아피우스 클라우디우스 가문의 두 청년에 파트리키 발레리우스 가문 사람 두 명과 네포스, 레오, 늙은 헤렌니우스 발부스가 보조로 참여했다. 변호인단은 호르텐시우스, 마르쿠스 클라우디우스 마르켈루스(클로디우스의 가문이 아닌 평민 클라우디우스 가문 사람), 마르쿠스 칼리디우스, 카토, 키케로, 밀로의 처남인 파우스투스 술라 등 면면이 어마어마했다. 가이우스 루킬리우스 히루스가 밀로 곁을 맴돌았지만, 그는 폼페이우스의 가까운 친척이었으므로 곁에서 맴도는 것 이상은 할 수 없었다. 그리고 브루투스가 나서서 자문 역할을 맡았다.

폼페이우스는 자신의 폭력법하에 진행되고 있는 이 중대한 과제를 어떻게 실행할지를 두고 매우 신중히 고민했다. 누구도 실제 살해 장면을 보지 못했으니 살인 혐의는 아닐 터였다. 그 법에는 바뀐 내용이 몇 가지 있었다. 그중 하나가 소송 마지막날까지 배심원단을 선정하지 않는다는 것이었다. 폼페이우스가 직접 여든한 명을 추첨으로 뽑았고, 이들 중 쉰한 명만 실제 배심원으로 참여하게 되어 있었다. 최종 쉰한 명이 추첨으로 추려졌을 때는 그들에게 뇌물을 먹이기엔 너무 늦을 것이다. 사흘 연속 증인들의 증언을 들은 뒤 넷째 날에 증언 내용을 조사할 예정이었다. 모든 증인은 반대신문을 받게 되어 있었다. 넷째 날 마지막에 법정 전체와 전체 배심원 후보 여든한 명은 자기 이름이 작은 나무 공에 새겨지는 과정을 지켜보고, 그런 다음 이 공들을 사투르누스 신전 아래 보관실에 안전하게 넣어둘 터였다. 그리고 닷새째 새벽에 쉰한 명의 이름이 뽑히는데, 기소인측과 변호인측 모두 뽑힌 사람들 중 열다섯 명을 거부할 수 있는 권한이 있었다.

노예 증인들은 극소수였고, 밀로측의 노예 증인은 한 사람도 없었다. 재판 첫날 기소인측의 주요 증인들은 아티쿠스의 친척인 폼포니우스와 가이우스 카우시니우스 스콜라로, 둘 다 현장에 같이 있었던 클로디우스의 친구들이었다. 마르쿠스 마르켈루스가 변호인측의 반대신문을 도맡아 아주 훌륭하게 해냈다. 그가 스콜라의 반대신문을 시작할 때쯤 섹스투스 클로일리우스의 불량배 패거리 몇 명이 시끄럽게 소동을 일으키는 바람에 법정이 진술을 들을 수 없었다. 폼페이우스는 법정에 나오지 않았다. 그는 포룸 로마눔 낮은 구역 저쪽 끝에 있는 국고위원회 출입문 밖에서 국고와 관련된 사건들을 심리하고 있었다. 아헤노바르부스는 이런 상황에서는 도저히 재판 진행을 못하겠다고 불평하는 전갈을 폼페이우스에게 보낸 뒤 재판을 중단했다.

"꼴사나웠소!" 집에 돌아간 키케로가 테렌티아에게 말했다. "진심으로 마그누스가 이 문제를 어떻게 해결해줬으면 좋겠어요."

"분명 그렇게 하겠죠." 테렌티아가 멍하니 대꾸했다. 그녀의 머릿속에는 딴생각이 들어차 있었다. "툴리아가 마음을 먹었어요, 마르쿠스. 당장 크라시페스와 이혼할 거예요."

"아아, 어째서 일은 꼭 한꺼번에 터지는 거요? 내 사건을 끝내기 전까진 네로와 협상을 시작할 엄두조차 못 내는데! 게다가 어서 협상을 시작하는 게 중요해요. 네로가 클라우디아 풀크라 무리 중 하나와 결혼을 생각하고 있다는 소문을 들었소."

"한 번에 하나씩 해요." 테렌티아가 수상쩍게 다정한 목소리로 말했다. "지금 관계를 끝내자마자 바로 재혼하라는 말을 툴리아가 들을 것 같진 않아요. 그애가 네로를 좋아하는 것 같지도 않고요."

키케로는 도끼눈을 떴다. "시키는 대로 해야지!" 그가 쏘아붙였다.

"그애가 원하는 대로 해야 해요!" 다정함은 치워버리고 테렌티아가 소리를 질렀다. "그앤 더이상 열여덟 살이 아니에요, 키케로. 스물다섯이라고요. 당신이 출세하고 싶다는 야망 때문에 그애를 계속 사랑 없는 결혼으로 몰아넣을 순 없어요!"

"나는," 키케로는 저녁도 먹지 않고 서재 쪽으로 급히 걸어가며 말했다. "밀로의 변론 연설을 쓸 거요!"

사실 고도로 숙련된 전문 변호인인 키케로가 밀로를 위한 연설에 쓴 것만큼 누군가를 변호하는 연설에 시간과 정성을 들인 경우는 극히 드물었다. 그 글은 심지어 초고 때부터 그의 최고의 연설 중 하나로 꼽을 만했다. 그래야 할 필요도 있었다. 변호인단의 다른 구성원들이 그들에게 할당된 시간 전부를 키케로에게 내주는 데 동의했던 것이다. 따라서 빼어난 연설로 배심원단의 압솔보(무죄) 평결을 이끌어낼 모든 책임이 키케로에게 있었다. 그는 올리브와 달걀, 속을 채운 오이가 담긴 접시를 곁에 두고 한입씩 먹으면서 상당히 즐거운 마음으로 몇 시간 동안 글을 쓴 뒤, 연설문이 잘 준비되고 있다는 만족스러운 기분으로 잠자리에 들었다.

그렇게 다음날 아침 포룸 로마눔으로 나간 그는, 폼페이우스가 이 상황을 효율적으로—다소 극단적일지는 몰라도—처리한 것을 알게 되었다. 아헤노바르부스가 법정을 설치한 포룸 로마눔 낮은 구역의 공터 주변에 병사들 한 무리가 서 있고, 그 병사들 너머로는 순찰대가 끊임없이 움직이고 있었다. 불량배가 있는 것같이 보이진 않았다. 아주 좋군! 키케로는 기뻐하며 생각했다. 완벽하게 평화롭고 조용한 환경에서 재판을 치를 수 있겠구나.

마르쿠스 마르켈루스가 스콜라를 크게 박살내지는 못했다 해도, 그의 증언을 제대로 헝클어놓은 것만은 분명했다. 사흘 동안 증인들은 증거를 내놓았고 반대신문을 견뎌냈다. 넷째 날 그들은 증언 선서를 했고, 법정이 지켜보는 가운데 작은 나무 공 여든한 개에 원로원 의원과 기사 들의 여든한 개 이름이 새겨졌다. 거기엔 마르쿠스 포르키우스 카토의 이름도 들어 있었다. 그는 변호인단으로 활약하면서 동시에 배심원이 될 가능성도 있었다.

키케로의 연설문은 완벽했다. 그가 이번만큼 잘 쓴 연설문도 드물었다. 게다가 이번처럼 공동 변호인들이 자기네 시간을 그에게 아낌없이 양보한 경우는 많지 않았다. 기소인측에 두 시간의 마무리 발언 시간이 주어진 다음 변호인측에 세 시간이 주어질 터였다. 세 시간이 온전히 그의 것이었다! 아, 이걸 어떻게 쓸까! 키케로는 더없이 기쁜 마음으로 연설의 대성공을 고대했다.

키케로 같은 지위를 가진 전직 집정관이 집으로 걸어가는 길은 항상 행렬을 이루는 법이었다. 그의 피호민들이 떼 지어 와 있고, 개중에 키케로의 재담을 수집하는 두세 명은 그가 재치 있는 말을 뱉을 때를 대비해 항상 밀랍 서판을 준비한 채로 주위를 맴돌았다. 그를 찬양하는 팬들은 한데 모여 대화를 나누며 내일 그가 무슨 말을 할지 이런저런 예상을 쏟아냈다. 한편 키케로는 큰 소리로 웃고, 열변을 늘어놓고, 수집가 두세 명이 미친듯이 받아 적을 만한 명언을 생각해내려 애를 썼다. 은밀한 전갈을 전하기에 좋은 때는 아니었다. 하지만 키케로가 숨을 조금 헐떡이며 베스타 계단을 막 오르려는 찰나, 누군가가 그의 곁을 스치듯이 지나가며 슬그머니 쪽지 하나를 쥐여주었다. 참으로 이상한 일이었다! 다만 왜 그때 그 자리에서 쪽지를 꺼내 읽어보지 않았는지는 그도 정확히 알 수 없었다. 어떤 예감이었을 뿐.

그는 혼자 서재에 들어가서야 쪽지를 펼쳤고, 내용을 정독한 뒤 이맛살을 찌푸리며 자리에 앉았다. 폼페이우스가 보낸 쪽지였다. 그날 저녁 마르스 평원에 있는 폼페이우스의 빌라로 오라는 내용이 전부였다. 게다가 다른 사람 없이 혼자 오라는 부탁까지. 저녁식사가 준비되었다고 집사가 알려왔다. 그는 혼자 저녁을 먹었지만, 테렌티아가 그에게 짜증이 나 있다는 게 아쉽진 않았다. 폼페이우스는 대체 뭘 원하는 걸까? 게다가 왜 이리 은밀한 걸까?

식사를 마친 그는 가장 짧은 지름길을 택해 폼페이우스의 빌라로 향했다. 포룸 로마눔과는 전혀 동떨어진 길이었다. 그가 빠른 걸음으로 카쿠스 계단을 내려가 포룸 보아리움으로 들어서자 바로 플라미니우스 경기장이 나왔다. 이 경기장 뒤에 폼페이우스 극장과 100개의 기둥이 세워진 주랑, 원로원 회의장, 그리고 빌라가 있었다. 이 빌라를 요트 뒤에 달린 꼬마 돛단배에 비유했었지, 하고 그는 미소를 지으며 생각했다. 사실이 그랬다. 그냥 작은 게 아니라 거인 앞 난쟁이 격이었다.

폼페이우스는 혼자 있다가 기분좋게 키케로를 반겼으며, 끝내주는 백포도주에 특별한 샘물을 섞어서 그에게 건넸다.

"내일 준비는 다 됐나?" 위인이 그에게 물었다. 긴 의자에서 반대쪽 끝에 있는 키케로가 보이도록 옆을 돌아보면서.

"그 어느 때보다도 잘됐네, 마그누스. 멋진 연설문이야!"

"밀로를 확실히 풀어줄 만큼?"

"그렇게 되는 데 큰 도움이 될 거야, 그래."

"그렇군."

한참 동안 폼페이우스는 아무 말도 하지 않았다. 키케로의 어깨 너머, 까치발 탁자 위에 유대인 아리스토불로스에게 받은 황금 포도송이가 놓인 곳만 뚫어져라 보고 있었다. 이윽고 그는 키케로 쪽으로 눈길을 돌려 그를 골똘히 쳐다보았다.

"그 연설을 하지 않았으면 하네." 폼페이우스가 말했다.

키케로의 입이 딱 벌어졌다. "뭐라고?" 그는 멍하게 물었다.

"그 연설을 하지 않았으면 하네."

"하지만……. 하지만……. 나는 해야 하네! 변호인측 마무리 변론에

할당된 세 시간을 전부 내가 받았단 말일세!"

폼페이우스는 자리에서 일어나 서재와 주랑정원을 연결하는 커다란 닫힌 문 쪽으로 걸어갔다. 청동 주물로 만들어진 문은 라피타이족과 켄타우로스족의 싸움을 묘사한 판으로 멋지게 장식되어 있었다. 물론 파르테논 신전을 본뜬 복제품이었다. 대리석에 얕은 돋을새김을 한 것은 원본 하나뿐이었다.

그는 왼쪽 문을 향해 말했다. "그 연설을 하지 않았으면 하네, 마르쿠스." 벌써 세번째였다.

"왜인가?"

"정말로 밀로가 풀려날지도 모르니까." 폼페이우스가 켄타우로스족을 보며 말했다.

키케로의 얼굴 전체가 따끔거렸다. 목덜미를 따라 땀방울이 흐르는 게 느껴졌고, 두 손이 떨리고 있는 게 느껴졌다. 그는 입술을 축였다. "무슨 설명이라도 해주면 고맙겠네, 마그누스." 그는 최대한 위엄을 짜내어 말하며 떨림을 멈추려 양손을 꽉 움켜쥐었다.

"나라면," 폼페이우스는 혈관이 불거져나온 켄타우로스족의 후반신을 향해 무심히 내뱉었다. "답은 뻔하다고 생각했을 텐데. 밀로가 풀려나면 그는 최소한 로마의 절반에게 영웅이 될 거네. 그러면 내년에 집정관에 당선되겠지. 그리고 밀로는 더이상 나를 좋아하지 않네. 내가 임페리움을 내려놓는 3년 뒤가 되자마자 나를 기소할 거야. 평판도 있고 혐의도 벗은 전직 집정관이니 영향력이 따라오겠지. 내 여생을 카이사르가 그의 여생 동안 겪게 될 일에 써버리고 싶지 않네. 반역부터 부당취득에 이르기까지 악의적으로 꾸며낸 온갖 혐의의 기소를 피해 다니는 것 말이네. 반면 밀로가 유죄판결을 받으면 그는 돌이킬 수 없는 추방을 당할 걸세. 나는 안전해질 테고. 이게 이유네."

"하지만……. 하지만……. 마그누스, 나는 그럴 수 없네!" 키케로는
숨을 몰아쉬었다.

"그럴 수 있네, 키케로. 게다가 말이지, 그리할 걸세."

키케로의 심장이 요상하게 굴고 있었다. 눈앞에 피막 같은 안개가
서렸다. 그는 눈을 감고 앉은 채 깊고 거친 한숨을 연거푸 내쉬었다. 그
는 소심한 사람이기는 해도 마음속으론 결코 겁쟁이가 아니었다. 부당
하다는 생각과 상처가 일단 마음속에 자리잡고 나자, 그는 놀라운 강인
함을 끌어낼 수 있게 되었다. 그리고 강철 같은 마음이 그의 안으로 들
어간 순간 그는 눈을 떠서 얇은 튜닉으로 덮인 폼페이우스의 살찐 등
을 빤히 쳐다보았다. 방안은 따뜻했다.

"폼페이우스, 지금 자네는 내게 피호민을 위해 최선을 다하지 말라
고 하고 있네." 그가 말했다. "이유는 알겠네, 정말로. 하지만 마치 우리
가 경기장에서 전차를 몰고 있는 것처럼 경주를 조작하는 것에는 동의
할 수 없네! 밀로는 내 친구일세. 결과가 어찌되든 그를 위해 최선을 다
할 것이네."

폼페이우스는 또다른 켄타우로스족에게로 시선을 옮겼다. 이번 켄
타우로스는 사람과 같이 생긴 가슴에 라피타이족이 휘두른 창이 꽂혀
있었다. "자네는 사는 게 좋은가?" 그는 평소 대화할 때와 같은 어조로
물었다.

떨림이 더 심해졌다. 키케로는 토가 주름으로 이마를 닦아야 했다.
"그래, 사는 게 좋네." 그가 속삭이듯 대답했다.

"그럴 것 같았네. 따지고 보면 아직 두번째 집정관 직도 얻지 못했고
감찰관 직도 남아 있잖은가." 상처 입은 켄타우로스는 확실히 흥미로웠

다. 폼페이우스는 몸을 구부려 창이 꽂힌 자리를 찬찬히 들여다보았다. "자네에게 달렸네, 키케로. 자네가 내일 연설을 잘해서 밀로가 풀려난다면 모든 게 끝이네. 자네의 다음번 잠은 영원한 잠이 될 거야."

폼페이우스는 한쪽 손잡이를 잡아당겨 문을 반쯤 열더니 밖으로 나갔다. 키케로는 긴 의자에 앉은 채 숨을 헐떡였다. 아랫입술을 꽉 깨물었고 무릎은 후들거렸다. 시간이 흘렀지만 얼마나 흘렀는지 알 수 없었다. 그러나 마침내 그는 두 손을 긴 의자에 놓고 그걸 지렛대 삼아 몸을 일으켰다. 다리가 버텨주었다. 그는 한 발을 뻗었다가 걷기 시작했다. 그리고 그대로 계속 걸었다.

팔라티누스 언덕 아래에 이르러서야 그는 좀 전에 무슨 일이 있었는지 온전히 이해할 수 있었다. 폼페이우스가 한 말이 실제로 무슨 의미인지를. 푸블리우스 클로디우스가 그의 명령으로 죽었다는 것, 밀로가 그의 도구였다는 것, 그 도구의 유효기간은 이제 지났다는 것, 그리고 나, 마르쿠스 툴리우스 키케로가 그가 말한 대로 따르지 않으면 푸블리우스 클로디우스처럼 죽게 될 거라는 뜻이었다. 누가 폼페이우스를 위해 그 일을 할까? 섹스투스 코일리우스? 아, 온 세상이 폼페이우스의 도구로 가득하구나! 하지만 그가 원한 건 무엇인가, 이 피케눔 출신의 폼페이우스가? 그리고 이 모든 일에서 카이사르는 어디 있을까? 그래, 카이사르가 있었다! 클로디우스가 살아서 법무관이 되는 건 용납될 수 없었다. 그 두 사람이 함께 결정한 것이었다.

캄캄한 침실에서 그는 흐느껴 울기 시작했다. 테렌티아가 뒤척이며 뭐라고 중얼거리다가 옆으로 돌아누웠다. 키케로는 두꺼운 담요로 몸을 감싼 채 방을 빠져나가 얼음장 같은 주랑정원으로 갔다. 그리고 그곳에서 자신뿐만이 아니라 폼페이우스 때문에 울었다. 키케로가 폼페이우스 스트라보 밑에서 복무했던 이탈리아 내전 당시 피케눔에서 만났던, 활기차고 유능하며 희한하게 거만하던 열일곱 살 소년은 오래전에 사라지고 없었다. 그 옛날부터 그는 언젠가 이 한심한 소년 키케로가 자기 도구로 필요해질 것을 알았을까? 그래서 그렇게도 친절했던 걸까? 그래서 그 한심한 소년 키케로의 목숨을 구해줬던 걸까? 언젠가 먼 훗날에, 그때껏 지켜왔던 걸 없애버리겠다고 위협하려고?

새벽녘에 로마는 부산하게 움직이며 웅성거리는 소리에 잠에서 깼다. 물론 황소가 끄는 바퀴 달린 무거운 수레들이 밤새도록 좁은 길을 느릿느릿 다니며 물건을 나르기는 했지만. 로마가 하품을 하며 일어나 중요한 돈벌이를 시작하는 새벽이 오면 물건들은 진열되거나, 어느 공장이나 주물공장에서 작업에 투입되었다.

그러나 루키우스 아헤노바르부스의 특별 소집된 폭행 법정에서 열린 밀로의 재판 다섯째 날, 해가 조금씩 하늘로 올라가자 로마는 겁먹으며 몸을 웅크렸다. 폼페이우스가 말 그대로 이 도시를 닫아버렸다. 세르빌리우스 성벽 안에서는 아무런 활동도 시작되지 않았다. 거리로 난 미닫이문을 열고 아침식사를 파는 간이식당도, 셔터를 올리는 선술집도, 화덕에 불을 붙이는 빵집도, 시장에 설치되는 가판대도, 조용한 길모퉁이에서 문을 연 학교도, 주판을 놓는 은행이나 중개회사도, 문을 연 책이나 보석 업체도, 일터로 가는 노예나 자유인도, 휴일에 모인 교차로 형제단이나 동호회 같은 단체도 없었다.

침묵은 무섭도록 엄청났다. 포룸 로마눔으로 이어지는 길목마다 뚱하고 말수 없는 병사들이 막아서서 출입을 통제했으며, 포룸 로마눔 안에는 시리아 군단의 투구에서 흔들리는 말총 장식 위로 필룸창들이 솟아 있었다. 그 꽁꽁 얼도록 추운 4월 9일에, 포룸 로마눔에만 2천 명의 병사들이 배치되었고 도시 전역에는 3천 명이 더 배치되었다. 밀로의 재판에 참석하라는 명령을 받은 100여 명의 남자와 몇 안 되는 여자는 몽유병 환자 같은 걸음걸이로 추위에 떨고 불안하게 두리번거리며 모여들었다.

폼페이우스는 사투르누스 신전 아래 국고위원회 출입문 바깥에 벌써 자신의 재판소를 세워놓고는 거기 앉아 국고 관련 심리를 열고 있었다. 다른 한편에서 아헤노바르부스는 릭토르들을 시켜 보관실에서 나무 공들을 꺼내고 추첨용 단지를 가져왔다. 마르쿠스 안토니우스는 기소인측 배심원들에 대해, 마르쿠스 마르켈루스는 변호인측 배심원들에 대해 이의를 제기했다. 그러나 카토의 이름이 뽑혔을 땐 양측 다 고개를 끄덕였다.

마무리 변론을 청취할 쉰한 명을 고르는 데 두 시간이 걸렸다. 이어서 기소인단이 두 시간 동안 연설을 했다. 아피우스 클라우디우스 집안의 두 사람 중 나이 많은 쪽과 마르쿠스 안토니우스(그는 이 재판에 참석하기 위해 로마에 남아 있었다)가 각각 반시간씩 발언했고, 푸블리우스 발레리우스 네포스가 한 시간을 얻었다. 썩 괜찮은 연설이었지만 키케로와는 비교가 되지 않았다.

키케로가 두루마리를 들고 앞으로 걸어나오자 접의자에 앉아 있던 배심원단은 몸을 앞으로 쭉 뺐다. 두루마리는 단지 효과를 위한 장치일 뿐, 그걸 보는 경우는 한 번도 없었다. 키케로가 연설을 할 때면 마치 즉석에서 말을 만들어내는 것처럼 보였다. 그의 연설은 매끄럽고 생생했으며 마술 같았다. 가이우스 베레스의 유죄를 주장한 연설이나 카일리우스, 클루엔티우스, 아메리아의 로스키우스를 위한 그의 변론을 그

누가 잊을 수 있을까? 살인자나 불한당이나 괴물이나 모두 구분 없이 키케로에게는 좋은 돈벌이감이었다. 그 지독한 악인 안토니우스 히브리다조차 그는 모든 어머니가 꿈꾸는 이상적인 아들인 양 탈바꿈시켰다.

"루키우스 아헤노바르부스, 배심원 여러분, 저는 훌륭하고 선량한 티투스 안니우스 밀로를 대변하기 위해 이 자리에 섰습니다."

키케로는 잠시 말을 멈추고 기대에 들뜬 밀로를 가만히 쳐다보다가 마른침을 삼켰다. "병사들로 이루어진 청중을 보니 이 어찌나 묘한 기분인지요! 평상시 가게들의 쟁그랑거리는 소리가 어찌나 그리운지요……." 그는 말을 멈추고 마른침을 삼켰다. "하지만 집정관 나이우스 폼페이우스는 현명하게도 그 어떤 부적절한 일도 발생하지 않았던…… 발생하지 않도록 조치했습니다……." 그는 말을 멈추고 마른침을 삼켰다. "우리는 안전하게 보호받고 있습니다. 우리는 두려워할 필요가 없으며, 누구보다도 제 친애하는 친구 밀로야말로 두려워할 필요가 없습니다……." 그는 말을 멈추고 괜히 두루마리를 흔들다가 마른침을 삼켰다. "푸블리우스 클로디우스는 제정신이 아니었습니다. 그는 방화와 약탈을 일삼았습니다. 불에 탔지요. 우리의 소중한 원로원 의사당, 포르키우스 회당 같은 곳들을 보십시오……." 그는 말을 멈추고 얼굴을 찌푸리더니 한 손의 손가락으로 양쪽 눈을 꾹 눌렀다. "포르키우스 회당은……. 포르키우스 회당은……."

이때쯤엔 어찌나 침묵이 깊었던지 필룸창이 칼집에 살짝 닿는 소리가 마치 건물이 무너지는 소리처럼 들릴 정도였다. 밀로는 넋 놓고 그를 쳐다보고 있었고, 저 혐오스러운 마르쿠스 안토니우스는 빙그레 웃고 있었다. 떠오르는 해는 눈밭에 눈부시게 반사되듯 루키우스 아헤노바르부스의 번들거리는 대머리에 반사되었다. 아아, 내 머리가 왜 이러는 거지? 왜 저런 게 눈에 보이는 건가?

그는 다시 시도했다. "우리는 끝없는 고통 속에 살아가야 할까요? 아닙니다! 푸블리우스 클로디우스가 불탄 후로 그렇지 않습니다! 푸블리우스 클로디우스가 죽던 날, 우리는 더없이 귀한 선물을 받았습니다! 지금 우리 눈앞에 있는 이 애국자는 그저 스스로를 지켰고 자기 생명을 위해 싸운 것뿐입니다. 그는 항상 진정한 애국자들과 공감했으며 그의 분노는 선동 정치가들의 저속한 수법을 향하고 있었습니다……." 그는 말을 멈추고 마른침을 삼켰다. "푸블리우스 클로디우스는 밀로를 죽일 음모를 꾸몄습니다. 이 점에는 의심의 여지가 없습니다. 의심의 여지가 전혀……. 의심의 여지가 전혀……. 의심의 여지가, 의심의 여지……. 의심의 여지……."

걱정으로 얼굴이 일그러진 카일리우스가 법정을 가로질러 키케로가 혼자 서 있는 곳으로 다가왔다. "키케로, 몸이 좋지 않으신 것 같습니다. 포도주를 좀 가져다드릴게요." 그가 근심스러운 듯 말했다.

그를 쳐다보는 갈색 눈에는 초점이 없었다. 카일리우스는 그 눈이 자기를 보고 있는지조차 의심스러웠다.

"고맙네, 나는 괜찮네." 키케로는 이렇게 말한 후 또다시 시도했다. "밀로는 본인이 싸움을 부추겼다는 혐의는 부인하지만 아피우스 가도에서 싸움이 일어났다는 점은 부인하지 않습니다. 그가 클로디우스를 죽였다는 혐의는 부인하지만 클로디우스가 죽었다는 사실을 부인하지는 않습니다. 이 모두는 실체가 없습니다. 정당방위는 범죄가 아닙니다. 절대 범죄가 아니죠. 범죄는 사전에 계획되는 것입니다. 클로디우스가 그런 사람이었습니다. 그것이 계획범죄였습니다. 푸블리우스 클로디우스. 그 사람이. 밀로가 아니라. 아니, 밀로가 아니라…….”

카일리우스가 다시 그에게 왔다. “키케로, 포도주 좀 드십시오, 제발요!”

“아니, 나는 멀쩡해. 정말로, 나는 멀쩡하네. 고맙네……. 당시 밀로의 일행을 좀 보십시오. 이륜마차. 아내. 저명한 퀸투스 푸피우스 칼레누스. 짐. 많은 하인들. 이것이 살인을 모의하는 사람의 모습입니까? 클로디우스는 부인과 함께 있지 않았습니다. 이것만으로도 미심쩍지 않습니까? 클로디우스는 부인과 따로 다닌 적이 없었으니까요. 클로디우스에겐 짐도 없었습니다. 클로디우스는 방해가 되는……. 방에 없이……. 방……. 방해 없이…….”

폼페이우스는 자기 재판소에 앉아 국고위원회를 상대로 한 소송사건을 심리하고 있었다. 아헤노바르부스의 법정이 아예 존재하지도 않는다는 듯이. 나는 지금껏 저 사람에 대해 모르고 있었다. 아, 유피테르 신이시여, 그가 저를 죽일 겁니다! 그가 저를 죽일 거예요!

“밀로는 분별 있는 사람입니다. 그 사건이 기소인측이 주장하는 식으로 일어났다면, 지금 우리는 미친 사람을 보고 있는 겁니다. 하지만 밀로는 미치지 않았습니다. 미친 것은 클로디우스였습니다! 클로디우스가 미쳤다는 건 모두가 아는 사실이었습니다! 모두가!”

그는 말을 멈추고 눈에서 땀을 닦아냈다. 그의 눈앞에서 어머니 셈프로니아와 같이 앉아 있는 풀비아가 빙빙 돌았다. 저들과 같이 서 있는 사람은 누구였지? 아, 쿠리오. 그들은 웃고 있었다. 웃고, 또 웃고. 키케로는 죽는데, 죽는데, 죽는데.

“죽었습니다. 죽었습니다. 클로디우스는 죽었습니다. 누구도 그것을 부정하지 않습니다. 우리는 모두 죽어야 합니다. 하지만 죽고 싶은 사람은 아무도 없습니다. 클로디우스는 죽었습니다. 클로디우스는 죽음을 자초했습니다. 밀로는 그를 죽이지 않았습니다. 밀로는, 밀로는……."

끔찍했던 반시간 동안 키케로는 계속 싸웠다. 더듬거리고, 말을 멈추고, 머뭇거리고, 간단한 단어에도 실수를 하면서. 그러다 결국 그의 시야는 사투르누스 신전 밖에서 국고 관련 소송을 심사하는 나이우스 폼페이우스 마그누스의 모습으로 가득 채워졌고, 그는 마지막으로 말을 멈췄다. 다시 시작할 수가 없었다.

밀로의 편에 있는 그 누구도 화를 내지 않았다. 밀로마저 그랬다. 충격이 너무 컸고 키케로의 건강상태가 너무도 의심스러웠기 때문이다. 아마도 머릿속에 섬광이 번쩍이게 하는 끔찍한 두통 때문이 아닐까? 심장 문제는 아니었다. 안색이 납빛이 아니었다. 위장 문제도 아니었다. 대체 무슨 문제인 걸까? 뇌졸중을 일으킨 걸까?

마르쿠스 클라우디우스 마르켈루스가 앞으로 나왔다. "루키우스 아헤노바르부스, 마르쿠스 툴리우스가 연설을 계속할 수 없는 상태임이 분명해 보입니다. 안타까운 일이 아닐 수 없습니다. 우리 모두 그에게 시간을 다 몰아주기로 했기 때문이죠. 우리 중 누구도 연설을 준비해오지 않았습니다. 본 법정과 배심원들께 마르쿠스 툴리우스가 항상 보여주던 식의 연설을 떠올려주십사 부탁드려도 될까요? 오늘 그는 몸이 편치 않습니다. 그래서 그런 연설을 들을 수가 없습니다. 하지만 우리가 기억해낼 수는 있습니다. 그리고 배심원단 여러분, 부디 마음에 새겨주십시오. 이 유감스러운 사건의 책임이 진정 어디에 있는지 전혀 의심할 여지없이 보여주었을, 들려드리지 못한 연설을 말입니다. 이상입니다."

아헤노바르부스가 앉은 자리에서 몸을 틀었다. "배심원단 여러분, 표결을 요청합니다."

배심원단은 작은 서판에 분주히 글자를 새겨넣었다. 압솔보(ABSOLVO)이면 A, 콘뎀노(CONDEMNO)이면 C였다. 아헤노바르부스의 릭토르들이 서판을 수거해 오자, 증인들이 어깨 너머로 지켜보는 가운데 아헤노바르부스가 개수를 셌다.

"38표 대 13표로 콘뎀노(유죄)입니다." 아헤노바르부스는 차분한 목소리로 선언했다. "티투스 안니우스 밀로, 당신의 벌금을 정할 손해배상액 산정 위원회를 지명하겠지만, 폼페이우스 폭력법에 의하면 콘뎀노에는 추방형이 따라옵니다. 내 책무에 따라 로마에서 반경 750킬로미터 내에서 불과 물의 사용이 금지됨을 알려드립니다. 당신에 대해 제기된 세 건의 혐의가 더 있다는 점을 숙지하기 바랍니다. 아울루스 만리우스 토르콰투스의 법정에서는 선거 뇌물수수 혐의로 재판을 받을 것입니다. 마르쿠스 파보니우스의 법정에서는 율리우스·마르키우스 법에 따라 금지된 단체의 회원들과 불법적으로 어울린 혐의로 재판을 받게 됩니다. 루키우스 파비우스의 법정에서는 플라우티우스 폭력법에 의거한 폭행 혐의로 재판을 받을 것입니다. 이만 폐정합니다."

카일리우스는 거의 몸도 가누지 못하는 키케로를 밖으로 데리고 나갔다. 무죄표를 던졌던 카토는 밀로 쪽으로 다가갔다. 아주 이상한 일이었다. 저 성미 사나운 풀비아조차도 승리의 기쁨을 외치지 않았다. 사람들은 마비라도 된 듯 조용히 해산했다.

"참으로 유감이오, 밀로." 카토가 말했다.

"정말이지, 나만큼 유감스럽진 않을 거요."

"나머지 법정에서도 패하지 않을까 염려스럽군요."

"당연히 그렇겠지요. 하지만 나는 여기 남아 스스로를 변호하고 있지 않을 거요. 오늘 마실리아로 떠날 거요."

이 순간만큼은 카토도 큰 소리로 말하지 않았다. 그의 목소리는 나지막했다. "패할 경우를 대비해뒀다면 별문제 없을 거요. 루키우스 아헤노바르부스가 자택 감금이나 재산 압류 명령을 내리진 않았다는 걸 눈치채셨길 바라오."

"감사하고 있소. 준비도 되어 있고요."

"키케로 때문에 벼락을 맞은 기분이오."

밀로는 미소를 짓더니 고개를 흔들었다. "불쌍한 키케로!" 그가 말했다. "내 생각엔 그가 막 폼페이우스의 비밀을 좀 알게 된 것 같소. 카토, 부디 폼페이우스를 주시하시오! 보니파가 그에게 구애하고 있는 건 알고 있소. 이유도 이해가 가. 하지만 종국에는 카이사르 편을 드는 게 더 이로울 거요. 적어도 카이사르는 로마인이니까."

그러나 카토는 격분하며 몸을 꼿꼿이 폈다. "카이사르라고? 그럴 바엔 차라리 죽고 말겠소!" 그는 버럭 소리친 뒤 성큼성큼 나가버렸다.

그리고 4월 말에 결혼식이 열렸다. 나이우스 폼페이우스 마그누스는 메텔루스 스키피오의 스무 살 된 딸로 남편과 사별한 코르넬리아 메텔라와 결혼했다. 플랑쿠스 부르사가 메텔루스 스키피오를 고발하겠다고 위협하던 혐의는 결국 하나도 제기되지 않았다.

"걱정 말게, 스키피오." 소규모로 열린 결혼식 만찬 자리에서 신랑이 다정하게 말했다. "때맞춰 7월에 선거를 실시할 생각인데, 금년 남은 기간 동안 자네를 내 차석 집정관으로 선출되게 해주겠네. 여섯 달간 동료 없이 일했으면 충분해."

메텔루스 스키피오는 그를 차줘야 할지 그에게 입맞춰야 할지 알 수가 없었다.

며칠간 집안에만 처박혀 있긴 했어도 키케로는 회복되었고, 자기 마음속에서조차 그런 일이 아예 일어난 적도 없는 척했다. 폼페이우스는 언제나와 똑같은 폼페이우스였다. 그래, 갑자기 두통이 온 거야. 아주 고약한 놈이 오는 바람에 머리가 뒤엉키고 혀가 꼬인 거야. 이것이 그가 카일리우스에게 내놓은 설명이었다. 세상 사람들에게는 군부대가 와 있는 걸 보고 크게 당황했노라고 해명했다. 그렇게 적막이 감돌고 무장한 군인들이 와 있는 분위기에서 누군들 집중할 수 있겠냐고 물으면서. 키케로가 그보다 더한 일에도 당황한 기색 없이 견뎌냈던 걸 기억한 사람들이 있었다 해도, 그들은 입을 다물고 있었다. 키케로가 나이들어서겠지.

밀로는 마실리아 추방지에 자리를 잡았다. 다만 파우스타는 로마에 있는 오빠에게로 돌아갔다.

마실리아에 있는 밀로에게 전령이 선물을 들고 왔다. 키케로가 준비했던 연설문에 군인들 무리와 동료 없는 집정관에 대한 현란한 언급을 포함해 수정한 사본이었다.

"고맙습니다." 밀로는 키케로에게 보내는 편지에 이렇게 적었다. "친애하는 키케로, 당신이 이대로 연설할 만큼 강심장이었다면 지금 이 순간 나는 마실리아의 수염숭어를 즐길 수 없었을지도 모릅니다."

〈2권에 계속〉

갈리아 Gaul 로마인은 켈트족을 갈리아인이라고 불렀으며, 갈리아인이 사는 지역은 지리상 아나톨리아에 속한다고 해도(갈라티아) 갈리아로 불렸다. 카이사르가 정복하기 전에 알프스 너머 갈리아(이탈리아 알프스 서쪽의 갈리아)는 정식 명칭이 갈리아 트란살피나였고 대략 두 지역으로 나뉘었다. 한 곳은 그리스와 로마의 영향을 받지 않은 장발의 갈리아(갈리아 코마타)였고, 다른 곳은 로다누스 강 계곡을 따라 튀어나온 연안 지역이자 그리스와 로마의 영향을 받은, 로마인들이 '프로빙키아(속주)'라고 부르던 로마령이었다. 한편 갈리아 키살피나는 저자가 이탈리아 갈리아라고 칭한 알프스의 이탈리아 쪽에 있었고 역시 파두스 강에 의해 두 지역으로 나뉘었는데, 저자는 이 두 곳을 '파두스 강 이북의 이탈리아 갈리아'와 '파두스 강 이남의 이탈리아 갈리아'라고 칭했다. 갈리아인은 인종적으로 로마인과 매우 가까웠고 비슷한 언어와 기술을 사용했지만, 로마가 갈리아를 최대한 희생시키면서 부강해진 것은 다른 지중해 문화들에 수세기 동안 노출되었기 때문이다.

— **알프스 너머 갈리아(갈리아 트란살피나) Gallia Transalpina**
기원전 120년 직전에 나이우스 도미티우스 아헤노바르부스가 로마 영토로 만들었다. 이탈리아와 히스파니아를 잇는 로마군용 육로를 보호하기 위해서였다. 알프스 너머 갈리아는 리구리아에서 피레네 산맥까지의 좁고 길쭉한 연안 지역이지만 내륙으로 들어간 곳이 두 군데 있었는데, 한 곳은 아퀴타니아의 톨로사까지, 한 곳은 로다누스 계곡을 따라 무역도시 루그두눔까지 들어가는 곳이었다.

— **이탈리아 갈리아(갈리아 키살피나) Gallia Cisalpina**
갈리아 키살피나, 즉 '알프스 이쪽 갈리아'. 저자는 혼동을 피하기 위해 '이탈리아 갈리아'라는 표현을 썼다. 아르누스 강과 루비콘 강 북쪽의 모든 지역으로, 이탈리아 및 이탈리아 갈리아를 나머지 유럽 지역과 구분하는 거대한 반원형 고산지대의 이탈리아 쪽에 있었다. 서에서 동으로 흐르는 광대한 파두스 강이 이탈리아 갈리아를 양분했는데, 강의 남쪽은 로마의 영향을 크게 받아 주민 대부분이 라티움 시민권을 보유하고 있었다. 반면 강의 북쪽은 로마인보다 켈트족에 가까웠고, 라틴어는 사용되지 않거나 제2언어에 불과했다.

─ 장발의 갈리아(갈리아 코마타) Gallia Comata
'알프스 너머 갈리아'에서 로마 속주를 제외한 지역으로 오늘날의 프랑스와 벨기에, 네덜란드의 라인 강 남부를 포함했다(라인 강 전체 구간이 갈리아와 게르마니아의 국경이었다). 라인 강에서 떨어진 지역 주민들은 드루이드 켈트족이었으며, 라인 강 부근 주민들은 게르만족의 연이은 침략으로 피가 섞였다. 장발의 갈리아라고 불린 것은 이곳 남자들이 머리카락을 자르지 않았기 때문이다.

계급 classes 재산이나 지속적 수입이 있는 로마 시민을 다섯 경제 집단으로 나눈 것. 1계급이 가장 부유했고 5계급이 가장 가난했다. 최하층민(capite censi)은 다섯 계급에 속하지 않았고 따라서 백인조회에서 투표할 수 없었다. 사실 4계급, 5계급은 물론 3계급도 백인조회에서 투표하는 일이 드물었다.

공공의 적 hostis 로마 원로원과 인민이 어떤 개인을 법익 박탈자, 사회의 적으로 천명할 때 쓰인 용어.

공권박탈 proscription 특정 인물을 명단에 올려 그에게서─종종 목숨을 비롯한─모든 것을 빼앗는 행위를 일컫는다. 그 과정에 법적 절차는 필요하지 않았고, 공권박탈자에게는 재판받을 권리, 무죄 입증용 증거를 제출할 권리, 청문회를 통해 결백을 주장할 권리가 허락되지 않았다. 독재관 술라의 시절에 공권박탈 조치는 악명을 떨쳤다. 술라는 원로원 의원 40명과 상급 기사 1

천600명을 공권박탈자 명단에 올렸고, 그들은 대부분 살해당했다. 그들의 재산은 텅 빈 국고를 채우는 데 사용되었다. 술라 시대 이후 로마인들은 '공권박탈'이라는 말이 언급되기만 해도 완전히 겁에 질렸다.

관직의 사다리(쿠르수스 호노룸) cursus honorum 직역하면 '명예의 길'이라는 뜻. 집정관이 되려는 사람은 특정 단계들을 거쳐야 했다. 우선 원로원에 들어가야 했다(마리우스와 술라 시대에 원로원 의원은 감찰관들이 지명하거나 호민관으로 선출되어야 했으며, 재무관이 된다고 해서 자동적으로 원로원 의원이 될 수는 없었다). 그리고 원로원 입회 전후에 재무관을 역임해야 했다. 원로원에 들어간 후 최소 9년이 지나면 법무관으로 선출되어야 했다. 법무관을 역임한 후 2년이 지나면 마침내 집정관 직에 입후보할 수 있었다. 원로원 의원, 재무관, 법무관, 집정관이라는 네 단계가 바로 관직의 사다리였다.

군무관 tribune of the soldiers 매년 트리부스회는 25~29세 청년 스물네 명을 군무관으로 선출했다. 군무관은 트리부스회에서 선출되었기 때문에 진정한 의미의 정무관이었다. 집정관의 4개 군단에 여섯 명씩 배치되어 전반적인 지휘관 역할을 했다. 전장에서 집정관의 군단이 4개 이상일 경우에는 준비된 군단이 아무리 많더라도 모든 군단에 군무관이 고루 배치되었다.

권위(아욱토리타스) auctoritas 로마 특유의 개념으로, 타인을 능가하는 탁월함, 정치권력, 지도력, 공적·사적 영역에서의 존재감, 무엇보다 공적 또는 개인적 명성을 활용해 사회에 영향을 발휘하는 능력을 모두 아우른다. 로마의 모든 정무직에는 아욱토리타스가 기본적으로 따랐지만, 그렇다고 정무관들에게만 아욱토리타스가 있었던 것은 아니다. 원로원 최고참 의원, 최고신관, 제사장, 전직 집정관, 심지어 일개 개인도 권위를 쌓을 수 있었다.

기사(에퀴테스) equites 왕정 시대에 로마 최고의 시민들로 특별 기병대를 임명하면서 만들어졌다. 당시 이탈리아에서 훌륭한 품종의 말은 귀하고 비쌌기 때문에, 18개 백인대를 구성하는 기사 1천800명에게는 공마가 한 필씩 지급

되었다. 기원전 2세기 즈음부터는 기병대를 국가 차원에서 관리하지 않았고, 기사계급은 군대와 별 관련이 없는 사회·경제 집단으로 바뀌었다. 포룸 로마눔의 특별 심사장에서 열리는 인구조사에서 40만 세스테르티우스 이상의 재산이나 수입을 감찰관에게 증명하면 기사로 인정받아 자동으로 1계급이 되었다.

노나이 Nonae 한 달에서 특별히 취급되는 세 날(칼렌다이, 노나이, 이두스라는 고정된 지점들을 기준으로 하여 거꾸로 날짜를 표현했다) 중 두번째. 긴 달에는(3월, 5월, 7월, 10월) 7일이었고 다른 달에는 5일이었다. 유노 여신에게 바쳐진 날이었다.

드루이드 Druid 드루이드교의 사제. 켈트족과 벨가이족을 막론하고 갈리아인들의 정신적(그리고 종종 세속적) 사고를 지배했다. 당시부터 의식과 법까지 필요한 모든 것을 암기해야 하는 드루이드가 되기 위한 수련 기간은 20년이었다. 기록으로 전승하는 것은 아무것도 없었다. 일단 드루이드로 축성되면 평생 동안 직위를 유지했고, 결혼할 수 있었다. 사고의 관리자로서 드루이드는 세금도 십분의일세도 내지 않았으며 군역의 의무도 없었고 집과 음식도 부족이 제공했다. 드루이드는 사제이자 법률가, 의사로서 기능했다.

루비콘 강 Rubicon River 루비코(Rubico) 강으로도 알려져 있다. 아펜니누스 산맥 동편에서 이탈리아 갈리아와 이탈리아 반도의 경계선으로 이용되었다(서쪽 경계선은 아르누스 강이었다). 많은 학자들은 오늘날 루비콘(Rubicone)이라 불리는 아주 짧고 보잘것없는 강이 고대의 루비콘 강이라 주장하지만, 저자는 이에 동의하지 않는다. 고대에는 눈에 잘 띄는 지형지물이 경계선으로 이용되었다. 그렇지 않다면 왜 이탈리아 갈리아의 경계선이 아르누스 강을 따라 크게 구부러져 있겠는가? 루비콘 강은 아마도 아펜니누스 산맥 높은 곳에서 시작되는 유량이 풍부하고 긴 하천으로 아르누스 강과 발원지가 가까울 것이다. 그리하여 선택한 것이 오늘날의 론코 강이다. 론코 강은 라벤나와 리미니 사이를 지나 아드리아 해로 흐르는 동시에 아르누스 강과도 아주 가까이 있다. 합리적인 로마인들이 왜 바로 옆의 크고 긴 강을 두고 보잘것없는 연안 하천을 지역 경계선으로 삼았겠는가? 하지만 라벤나 주변에서 수백 년에 걸쳐 대대적인 배수 및 수로 공사가 이루어진 점을 감안하면, 이는 단언할 수 없는 문제다.

릭토르 lictor 고등 정무관이 공식 업무를 보러 다닐 때 격식을 갖추어 수행하던 사람들. 파스케스를 왼쪽 어깨에 얹고 다녔다. 고관 앞에서 일렬종대로 걸으며 길을 텄고, 고관이 물리적인 제지나 매질을 해야 할 때 동원되기도 했다.

메르케도니우스 Mercedonius 로마 달력의 계절과 실제 계절의 차이를 조절하기 위하여 2월 끝자락에 추가하던 20일을 의미한다.

모스 마이오룸 mos maiorum 뜻을 풀자면 기성 질서. 정부와 공공기관의 관습을 설명할 때 이용하는 말이었다. 모스 마이오룸은 로마에서 불문법이나 다름없었다. '모스'는 '이미 굳어진 관습'을 의미했고, '마이오룸'은 이 경우 '선조'나 '조상'을 의미했다. 다시 말해, 모스 마이오룸은 모든 일이 이전부터 처리되어 오던 방식을 뜻했고, 앞으로도 그런 식으로 처리되어야 함을 의미했다.

민회(코미티아) comitia 로마인들이 통치, 입법, 선거와 관련된 사안을 다루기 위해 소집한 모든 회합을 통칭하는 말. 공화정 시대에는 실질적으로 백인조회, 트리부스회, 평민회 세 종류의 민회가 있었다.

── **백인조회 Comitia Centuriata**
인민 즉 파트리키와 평민 모두 참여하는 민회로, 재산 평가에 따라 계급이 구분되는 사실상 경제계급 모임이었다. 집정관, 법무관, 감찰관을 선출했고 대반역죄 재판을 열거나 법안을 통과시킬 권한이 있었다. 본래 군사 단체였기 때문에 백인조 단위로 모였고, 보통 마르스 평원의 가설투표소에서 열렸다.

— 트리부스회 Comitia Populi Tributa

'트리부스 인민회'라고도 한다. 35개 트리부스 단위로 모였다. 파트리키의 참여를 허용했고, 집정관이나 법무관이 소집했다. 보통 민회장에서 열렸다. 고등 조영관, 재무관, 군무관을 선출했고 법안을 제출·의결할 수 있었다. 마리우스 시대에는 재판권도 있었다.

— 평민회 Comitia Plebis Tributa 또는 Concilium Plebis

'트리부스 평민회'라고도 한다. 35개 트리부스 단위로 모였지만 파트리키는 참여할 수 없었다. 평민회 소집 권한이 있는 정무관은 호민관뿐이었다. 보통 민회장에서 열렸다. 법(평민회 결의)을 제정하고 평민 조영관과 호민관을 선출했다. 평민회 역시 마리우스 시대에는 재판권이 있었다.

발리스타 ballista 로마 공화정 시대에 사용된 투석용 포. 탄환을 얹은 숟가락 모양의 지렛대에 팽팽하게 감은 밧줄 스프링을 이용해 극심한 장력을 가했다가 일시에 힘을 풀면, 지렛대가 공중으로 들어올려졌다가 두터운 패드에 부딪히고 탄환이 (탄환이나 기계의 크기에 따라 각기 다르지만) 상당히 먼 거리를 날아갔다.

방탄벽 mantlet 헛간 형태의 방호벽. 보통 동물의 가죽을 덧댄 지붕과 벽으로 이루어져 있었고, 적의 포탄이나 화살로부터 로마 병사들을 보호해줬다.

백인대장 centurion 로마 시민 군단과 보조부대 모두에 있던 정규 직업군관. 현대의 하사관과 같이 생각해서는 안 된다. 이들은 오늘날 우리의 사회적 구별을 적용받지 않는 지위를 누린 완벽한 전문가였다. 공화정 시대에는 사병이 진급을 통해 백인대장이 되었다. 백인대장 사이에도 계급이 존재했다. 가장 낮은 계급의 백인대장은 군단병 80명과 비전투원 20명으로 이루어진 백인대를 통솔했다. 마리우스가 재편한 공화정 로마군의 보병대대는 백인대 6개로 구성되었는데, 백인대장(켄투리오, centurio)들 중 가장 높은 선임 백인대장(필루스 프리오르, pilus prior)은 대대 전체를 통솔하는 동시에 소속 보병대

대의 선임 백인대를 이끌었다. 하나의 군단을 구성하는 보병대대 10개를 통솔하는 선임 백인대장들 10명 사이에도 계급이 존재했다. 군단의 최고참 백인대장(프리무스 필루스primus pilus, 나중에 프리미필루스primipilus로 축약됨)은 소속 군단의 사령관(선출직 군무관이나 총사령관의 보좌관)의 명령에만 따랐다. 백인대장은 쉽게 알아볼 수 있었다. 그들은 정강이받이를 착용하고 쇠사슬 갑옷 대신 쇠미늘 갑옷을 입었으며, 투구의 깃털 장식은 앞뒤가 아닌 양옆으로 튀어나와 있었다. 또한 튼튼한 포도나무 투봉을 들고 다녔고 훈장도 많이 달고 있었다.

법무관 praetor 로마 정무관 중 두번째로 높은 직급(감찰관 직은 특별한 경우이므로 생략). 공화정 초기에는 가장 지위가 높은 정무관 두 명을 가리켰지만, 기원전 4세기 말경 가장 높은 정무관을 지칭하는 '집정관'이라는 말이 생겼다. 이후 수십 년 동안 법무관은 매년 한 명씩 선출되었다. 이 법무관은 두 집정관이 로마 밖에서 벌어지는 전쟁을 지휘하는 동안 로마 내에서 발생하는 사건에만 관여했기 때문에 수도 담당 법무관에 가까웠다. 기원전 242년부터는 두번째 법무관, 즉 외인 담당 법무관을 뽑아 로마보다는 외국인 및 이탈리아와 관계된 업무를 맡겼다. 이후 로마가 통치해야 할 속주가 늘어나면서 법무관 임기를 마친 후 권한대행으로서가 아니라 임기중에 속주로 파견되는 법무관 직이 추가로 생겨났다.

베르고브레투스 vergobret 갈리아인들의 정무관. 각 부족은 지도자 역할을 맡을 베르고브레투스 두 명을 일 년 임기로 선출했다. 이 공직 제도는 벨가이계 부족보다 켈트계 부족 사회에서 적극적으로 채택되었다. 다만 트레베리족은 벨가이계임에도 베르고브레투스를 선출했다.

벨가이족 Belgae 켈트족과 게르만족의 혼혈로 구성된 갈리아 부족. 종교는 드루이드교였지만 종종 매장보다 화장을 선호했다. 트레베리족을 비롯한 일부 부족은 베르고브레투스라는 정무관을 매년 선출하는 단계로까지 발전했지만, 대개는 여전히 왕의 지배를 받았다. 왕좌는 세습되지 않고 전투 또는 다른 힘의 대결을 통해 획득되었다. 벨가이족은 장발의 갈리아(갈리아 코마타)의 벨기카 지역에 거주했다. 벨기카의 경계는 대체로 세콰나 강(오늘날 프랑스 센 강)의 북쪽에서 시작해 동쪽으로 더 뻗어서 만두비족의 영토 북쪽에 위치한 레누스 강(오늘날 독일 라인 강)까지 이어졌을 것으로 여겨진다.

보니 boni '선량한 사람들'이라는 뜻. 플라우투스의 희곡 「포로들」에 맨 처음 등장한 이 표현은 가이우스 그라쿠스 시대부터 정치적 맥락에서 사용되었다. 가이우스 그라쿠스가 자기 추종자들을 묘사하는 말로 가장 먼저 썼지만 그의 정적 드루수스와 오피미우스도 이 단어를 사용했다. 이후 점차 일반적으로 사용하는 표현이 되었고, 키케로 시대에는 정치 성향이 강경보수인 자들을 일컫는 말로 사용되었다.

사굼 sagum 병사들의 악천후용 망토. 방수 기능을 최대화하기 위해 기름을 바른 양모를 사용했다. 천을 둥글게 잘라 가운데에 머리가 들어갈 구멍을 냈으며, 몸을 최대한 보호할 수 있도록 아래로 길게 내려오게 만들었다. 병사가 등에 멘 장비까지 덮을 만큼 크기가 넉넉했다. 리구리아산의 품질이 최고였는데, 이곳에서 생산된 양모가 사굼에 적합했기 때문이다.

삼프시케라모스 Sampsiceramus 키케로의 말을 믿자면, 강력한 동방 통치자의 전형이다. 언어를 잘 다루는 사람답게 키케로는 '삼프시케라모스'라는 발음에 매료되었던 것 같다. 삼프시케라모스는 시리아의 한 도시 에메사의 왕이었다는 점에서, 막강한 권력은 고사하고 재산이 많았다고도 볼 수 없다. 실제로 그는 자신이 가진 부를 더없이 특이한 방식으로 과시했던 점에서 남달랐다고 전해진다. 폼페이우스가 전설적인 인물이 된 후로, 키케로는 둘 사이가 틀어질 때마다 그를 삼프시케라모스라고 불렀다.

세리카 Serica 오늘날 중국에 해당하는 신비에 싸인 땅. 카이사르 시대는 아직 실크로드가 생기기 전이었다. '실크'는 에게 해 코스 섬에 서식하는 나방에서 채취한 고치솜을 가리켰다.

시민관(코로나 키비카) Corona Civica 로마의 군사 훈장 중 두번째로 귀한 것. 떡 갈나무 잎으로 만든 시민관은 전투 내내 전우들을 구하고 물러서지 않은 군인에게 주어졌는데, 그가 구해준 군인들이 장군 앞에서 그런 일이 있었다고 정식으로 맹세해야만 받을 수 있었다.

아콰이 섹스티아이 Aquae Sextiae 갈리아 지역 로마 속주(프로빙키아)의 도시. 기원전 102년 이 부근에서 가이우스 마리우스가 게르만계 테우토네스족을 상대로 대승을 거두었다. 오늘날 프랑스 남부 엑상프로방스.

원로원 Senatus 로마인들은 로물루스가 원로원을 세웠다고 믿었지만 실은 로마 왕정 후기의 왕들이 설립한 자문기구였을 가능성이 크다. 왕정이 끝나고 공화정이 시작된 후에도 원로원은 파트리키 300명 규모로 존속되었다. 몇 년 지나지 않아 평민도 원로원 의원이 되었으나, 그들이 고위 정무관 직을 차지하기까지는 좀더 많은 시간이 걸렸다.

원로원은 워낙 오래된 조직이었기 때문에 그 권리와 권력, 의무에 관한 법적 정의가 거의 존재하지 않았다. 원로원 의원들은 행정부에서 그들의 우위를 지키려고 항상 맹렬히 싸웠다. 공화정 중기부터 재무관에 선출되면 곧이어 원로원 의원이 되는 것이 규정이었지만, 재무관 직을 통하는 길 외에는 원로원에 들어갈 수 없도록 술라가 조치하기 전까지는 원로원 의원 지명에 관한 재량권이 감찰관에게 있었다. 아티니우스법에 따라 호민관은 당선과 동시에 원로원 의원이 되었다. 원로원 의원의 자격 요건으로 자산 조사가 행해졌지만 이는 전적으로 비공식적인 관례였다.

원로원 회의에서 발언이 허락되는 의원들 사이에는 엄격한 위계질서가 존재했다. 평의원들은 투표권만 있고 발언은 할 수 없었다. 안건이 중요하지 않거나 만장일치인 경우 구두 또는 거수 표결로 처리할 수 있었다. 반면 공식 투표는 의원들이 자기 자리에서 나와서 가부 의견에 따라 고관석 단상 양쪽에 선 뒤 각각의 인원수를 세는 방식으로 진행되었다. 입법기관이 아닌 자문기관이었던 원로원은 결의를 통해 다양한 민회에 요구사항을 전달했다. 중

대한 안건이 상정된 경우 정족수가 차야 투표를 실시할 수 있었다.

원로원 최종 결의 Senatus Consultum Ultimum 이 시리즈의 배경이 되는 시대에 '공화국 수호를 위한 원로원 결의'를 가리켜 흔히 사용된 약칭. 키케로가 사용한 것은 확실하다. 저자는 키케로를 이 표현의 원조로 그렸으나 이는 추측에 불과하다.

이두스 Idus 한 달 중 특별히 취급되는 세 날(칼렌다이, 노나이, 이두스라는 고정된 지점들을 기준으로 하여 거꾸로 날짜를 표현했다) 중 세번째. 긴 달에는(3월, 5월, 7월, 10월) 15일이었고 다른 달에는 13일이었다. 유피테르 옵티무스 막시무스 신을 위한 날로, 유피테르 대제관이 카피톨리누스 언덕의 아룩스에서 양을 산 제물로 바쳤다.

인민 People 엄밀히 말해서 원로원 의원을 제외한 모든 로마인을 포괄하는 용어다. 평민부터 파트리키까지, 1계급부터 최하층민까지를 모두 포함한다.

임페리움 imperium 고등 정무관이나 정무관 권한대행에게 주어진 권한의 정도이다. 임페리움이 있다는 것은 그 사람이 해당 관직의 권한을 보유했으며, 본인의 임페리움과 처신을 규정하는 법에 따라 행동하는 한 그 권한을 부정할 수 없다는 의미였다. 임페리움은 쿠리아타법에 의해 주어졌으며 원칙적으로 1년간 지속되었다. 임기가 연장된 총독의 임페리움 연장은 원로원 또는 트리부스회의 비준을 받아야 했다. 임페리움을 보유한 사람은 파스케스를 든 릭토르단을 거느렸는데, 릭토르와 파스케스 수가 많을수록 더 높은 임페리움의 보유자였다.

임페리움 마이우스 imperium maius 아주 강력한 임페리움으로, 임페리움 마이우스 보유자는 그해 집정관들보다 우월한 위치를 차지했다.

재무관 quaestor '관직의 사다리'에서 가장 낮은 단계. 선출직이었다. 마리우스 시대에는 재무관으로 뽑힌다고 해서 자동으로 원로원 의원이 되지는 않았지만, 감찰관들이 재무관을 원로원 의원으로 받아들이는 것이 관례였다. 독재관 술라가 원로원 의원이 되려면 반드시 재무관 직을 거쳐야 한다는 법을 만들기 전까지는 재무관을 지내지 않은 사람도 원로원 의원이 될 수 있었다. 술라는 재무관의 정원을 12명에서 20명으로 증원했고, 30세 전에는 재무관 후보로 출마할 수 없다고 명시했다. 이는 원로원 의원이 되기에 적당한 나이이기도 했다.

주요 임무는 재정 업무였다. 추첨을 통해 로마 내에서 국고를 관리하거나 이탈리아에서 관세, 항구세, 임대료를 수금하거나 속주 총독의 재산을 관리하는 임무 등을 맡았다. 속주 총독으로 파견되는 사람은 자신이 데려갈 재무관을 지명할 수 있었다. 일반적으로 임기는 1년이었으나, 지명받은 경우 모시는 총독의 임기가 끝날 때까지 속주에 남아 임무를 수행했다. 취임일은 12월의 다섯째 날이었다.

정무관 magistrates 투표로 선출되어 행정부를 구성하는 로마 원로원과 인민의 대표자들. 재무관에서 법무관을 거쳐 집정관까지 오르는 코스를 '관직의 사다리'라 칭했다. 감찰관, 두 가지 조영관(평민 조영관, 고등 조영관), 호민관은 관직의 사다리에 직접적으로 속하지 않고 보조 역할을 하는 직책이었다. 감찰관을 제외한 모든 정무관의 임기는 1년이었다. 독재관은 특별한 경우에 해당한다.

제관 flamen 최소한 왕정 시대까지 거슬러올라가는 로마의 가장 오래된 신관 집단. 총 15명으로 그중 3명은 대제관이었다. 대제관들은 각각 유피테르, 마르스, 퀴리누스 신을 섬겼다. 이중 유피테르 대제관이 가장 지켜야 할 금기가 많아서 힘든 자리였다. 대제관 세 명은 국가의 녹을 받고 국가에서 제공하는 집에서 살았으며 원로원 의원이 되었다.

조영관 aedille 평민 조영관 2인과 고등 조영관 2인의 총 4인이었으며 업무 영역은 로마 시내로 한정되었다. 이 직책이 신설된 애초 목적은 기본적으로 호민관 지원, 좀더 구체적으로는 포럼 보아리움에 자리한 평민 본부 케레스 신전에 대한 평민의 권리를 보호하는 데 있었다. 기원전 494년에 먼저 생겨난 평민 조영관은 평민회에서 선출했는데, 로마 시내의 건물을 총괄 관리하고 평민회에서 통과된 법안(평민회 결의) 및 그 법안의 처리를 명하는 원로원 결의를 공문서로 보존하는 업무를 맡았다. 한편 기원전 367년에 트리부스회에서 선출하는 고등 조영관이 신설되어 공공건물 관리 및 공문서 보존 권한을 파트리키 귀족도 나누어 갖게 되었지만, 얼마 지나지 않아 제도가 바뀌어 파트리키가 아닌 평민도 고등 조영관 직을 맡을 수 있게 되었다. 기원전 3세기부터는 조영관 4인이 역할 구분 없이 로마 시가지, 상하수도, 교통, 공공건물, 기념물이나 편의시설, 시장, 도량형(표준 도량형기가 카스토르·폴룩스 신전 지하에 보관되어 있었다), 경기대회, 공공 곡물 공급을 관리했다. 조영관은 관련 규정을 위반한 자에게 시민권자이든 비시민권자이든 상관없이 벌금을 부과할 권한이 있었고, 그 돈은 금고에 보관해두었다가 경기대회 자금으로 썼다. 조영관 직은 '관직의 사다리'에 포함되지는 않았지만, 경기대회 자금을 관리한다는 점에서 법무관 선거 출마를 앞둔 이들에게 유용한 정무직으로 꼽혔다.

조점관 augur 점술을 보는 신관. 조점관은 점괘를 자의적으로 해석하거나 미래를 예언하는 자가 아니었다. 그보다는 집회, 전쟁, 신규 법안, 선거와 같은 국가 행사와 시국적 사안에 대한 신의 승인 여부를 확인하기 위해 특정한 사물이나 징조를 면밀하게 관찰했다. 표준 지침서에 따라 '책에 나온 대로' 점괘를 해석했으며, 토가 트라베아를 입고 리투우스라는 굽은 지팡이를 들고 다녔다.

존엄(디그니타스) dignitas 로마 특유의 개념으로 개인의 고결함, 긍지, 가문, 말, 지성, 행동, 능력, 지식, 사람으로서의 가치의 총체였다. 공적이라기보다 사적인 입지였으나, 훌륭한 존엄은 공적인 입지를 크게 강화시켰다. 로마 귀족은 소유한 모든 자산 중 디그니타스에 대해 가장 민감했다. 디그니타스를 지키기 위해서라면 그는 전쟁에 나가거나 망명길에 오르고, 자살을 하고, 아내나 아들을 죽일 수도 있었다.

최고신관 Pontifex Maximus 국가 종교의 수장으로, 신관 중에 가장 지위가 높다. 로마 초기에 처음 만들어진 지위로 보이며, 타인의 감정을 자극하지 않으면서 장애물을 피해 가는 데 능숙했던 로마인의 특징을 잘 보여준다. 애초에는 로마의 왕에게 주어지는 직위인 제사장이 가장 높은 신관 역할을 맡고 있었다. 원로원을 통해 로마를 통치하게 된 새로운 지배자들은 제사장을 폐지하여 민심을 건드리는 대신 더 높은 신관 직을 만들어냈는데 그것이 바로 최고신관이었다. 최고신관은 다른 구성원들의 동의가 아니라 선거로 선출되었다는 점에서 정치인과 비슷했다. 초기에는 파트리키만 최고신관이 될 수 있었으나 공화정 중기에 이르러서는 평민에게도 허락되었다. 대신관, 조점관, 벨로나 신관, 베스타 신녀를 비롯한 모든 신관들을 관리하고 감독했다. 최고신관은 가장 훌륭한 관저를 제공받았으며 그곳을 베스타 신녀들과 반반씩 나눠서 이용했다. 최고신관의 공식 집무실은 신전으로 분류되었는데, 포룸 로마눔 내 최고신관의 관저 바로 맞은편에 위치한 작고 오래된 레기아였다.

카타풀타 catapulta 공화정 시기에 큰 화살(아주 큰 화살 같은 나무 소재의 던지는 무기)을 쏘기 위해 제작된 무기. 원리는 석궁과 비슷했다. 카이사르의 『갈리아 전기』에 따르면 정확하고 치명적이었다고 한다.

칼렌다이 Kalendae 한 달에서 특별히 취급되는 세 날(칼렌다이, 노나이, 이두스라는 고정된 지점들을 기준으로 하여 거꾸로 날짜를 표현했다) 중 첫번째 날. 매달 1일이었다. 유노 여신에게 바쳐진 날로, 본래 새 달이 뜨는 날과 일치하도록 정했다.

켈트족 Celtae 장발의 갈리아의 순수 켈트 부족들. 세콰나 강 남쪽에 나라가 있었고 인구는 벨가이족의 두 배인 400만이었다. 드루이드의 종교적 관행을 따라서, 시신을 화장하지 않고 매장했다. 오늘날의 브르타뉴 지역에 살던 이 켈트 부족들은 다수의 아퀴타니 부족들처럼, 다른 켈트족 사람들보다 훨씬 몸집이 작고 피부색과 모발색이 짙었다. 일부 켈트 부족들은 족장회가 선출하는 왕을 두었지만 나머지 대다수 부족들은 해마다 두 명의 베르고브레투스를 선출하는 쪽을 선호했다.

코그노멘 cognomen 이름(프라이노멘) 및 씨족명(노멘)이 같은 사람들과의 차별화를 위해 로마 남성이 붙였던 세번째 이름. 폼페이우스의 코그노멘인 마그누스처럼 개인이 직접 정할 수도 있었고, 율리우스 가문의 카이사르 분가처럼 집안 대대로 유지하는 코그노멘도 있었다. 일부 가문에서는 하나 이상의 코그노멘이 필요하게 되었다. 코그노멘은 튀어나온 귀, 평발, 곱사등, 부은 다리 같은 신체 특징을 묘사하거나 위대한 업적을 기리는 경우가 많았으며, 최고의 코그노멘은 극히 풍자적이거나 매우 익살맞았다.

투아타 Tuatha 드루이드교에서 믿는 신들의 총체.

트리부스 tribus 공화정이 시작될 무렵 로마인에게 트리부스는 자신이 속한 종족 집단 분류가 아니라 국가에만 유용한 정치 집단 분류로 인식되었다. 로마에는 모두 35개 트리부스가 있었는데 31개는 지방 트리부스였고 단 4개만 수도 트리부스였다. 유서 깊은 16개 트리부스는 다양한 파트리키 씨족의 이름을 지니고 있었다. 이는 해당 트리부스에 속하는 시민들이 그 파트리키 씨족의 구성원이거나 그 씨족의 소유지에 살았던 사람임을 의미했다. 공화정 초기와 중기 동안 로마가 이탈리아 반도에서 영토를 늘려감에 따라 새로운 시민들을 수용하기 위해 여러 트리부스가 추가되었다. 각 트리부스의 모든 구성원에게는 트리부스회에서 투표할 권리가 있었지만, 한 트리부스 전체가 한 표를 행사하는 방식이었기 때문에 이 표 자체는 큰 의미가 없었다.

파스케스 fasces 자작나무 가지들을 의식에 따라 붉은 가죽끈을 X자로 엇갈리게 하여 묶은 것. 원래 에트루리아 왕들의 상징이었으나 신생 로마의 관습으로 전해졌고 공화정 시대부터 제정 시대까지 로마의 공적 생활에 쭉 존재했다. 릭토르단은 파스케스를 들고 고위 정무관(혹은 집정관 및 법무관 권한대행) 앞에서 걸으며 해당 정무관에게 임페리움이 있음을 알렸다. 신성경계선 안에서는 나뭇가지들만 묶은 파스케스를 들어 고위 정무관에게 태형을 가할 권한만 있음을 알렸으며, 신성경계선 밖에서는 나뭇가지들 속에 도끼를 넣어 고위 정무관에게 사형을 내릴 권한도 있음을 알렸다. 신성경계선 안에서 파스케스에 도끼를 넣을 수 있는 사람은 독재관뿐이었다. 파스케스 수는 임페리움의 정도를 의미했다. 독재관은 24개(술라 이전에는 12개), 집정관과 집정관 권한대행은 12개, 법무관과 법무관 권한대행은 6개, 조영관은 2개를 보유했다.

파트리키 patricii 로마 구귀족. 왕정이 수립되기 이전부터 유명했던 시민들로 계속 이 칭호를 유지했다. 초반에는 집정관을 배출해 신귀족으로 부상한 평민들에게도 허락되지 않는 명성과 특권을 누렸다. 하지만 공화정이 발전하고 평민의 부와 권력이 커지자 특권이 점점 약화되었고, 마리우스 시대에는 파트리키 가문이 평민 출신의 신귀족 가문보다 오히려 가난해지기도 했다. 제사장과 유피테르 대제관 같은 일부 신관 직, 섭정관과 최고참 의원 같은 일부 원로원 의원 직은 파트리키에게만 허용되었다.

평민 plebs 파트리키가 아닌 모든 로마 시민. 공화정 초기에는 평민에게 신관 직, 고위 정무관 직, 원로원 의원 직조차 허락되지 않았다. 하지만 얼마 지나지 않아서 파트리키에게만 허락되던 직위들을 평민들이 하나씩 차지하기 시작했다. 마리우스 시대에는 정치적으로 그리 중요하지 않은 몇 가지 직책만이 파트리키 고유의 영역으로 남아 있었다.

포룸 로마눔 Forum Romanum 로마의 공적 생활 중심지였던 이 기다란 공터는 주위의 건물들과 마찬가지로 대부분 정치·법·업무·종교 활동에 쓰였다. 주변보다 지대가 낮아서 비교적 습하고 춥고 해가 들지 않았지만 공적 활동이 매우 활발하게 이루어졌다. 포룸 로마눔의 절반 정도를 차지하는 낮은 구역에서 늘 법과 정치 업무가 진행중이었다는 설명들로 볼 때, 이곳은 항상 노점과 매대, 손수레로 북적이지는 않았을 것이다. 포룸 로마눔의 에스퀼리누스 언덕 쪽 구역에 일련의 건물들로 구분된 매우 큰 시장이 두 개 있었는데, 이곳에 대부분의 매대와 노점이 있었을 것이다.

포르투나 Fortuna 운명의 여신. 가장 열렬히 숭배되던 로마의 신들 가운데 하나. 로마인들은 내심 운을 믿었지만, 운에 대해 지금의 우리와는 다른 생각을 갖고 있었다. 사람은 스스로 자신의 운을 개척하는 것이기도 했지만, 술라나 카이사르처럼 매우 지적인 사람들조차 미신을 신봉하는 것은 물론, 포르투나의 노여움을 사지 않으려고 매우 조심했다. 누군가가 포르투나의 총애를 받는다는 건 그 사람이 옹호하는 것들이 정당하다는 뜻으로 간주되었다.

피케눔 Picenum 이탈리아 반도의 동부에 위치한 지역으로, 장화처럼 생긴 땅에서 종아리 부분에 해당한다. 서쪽 경계는 험준한 아펜니누스 산맥이며 동쪽으로는 움브리아, 남쪽과 서쪽으로는 삼니움이 있었다. 아드리아 해와 맞닿아 항구가 많았고 그중에 앙코나와 피르뭄 피케눔이 가장 분주한 항구도시였다. 주요 내륙도시는 아스쿨룸 피켄툼이었다. 원주민은 남부 이탈리아의 고대 그리스 식민지 주민과 일리리아인이었다. 아펜니누스 산맥 반대편에 살던 사비니족이 이주해오면서 그들의 수호신인 피쿠스가 전해졌는데, 딱따구리를 의미하는 '피쿠스'에서 '피케눔'이라는 지명이 유래했다는 설도 있다. 기원전 390년 첫번째 브렌누스 왕이 이탈리아를 침략했을 당시 세노네스라는 갈리아 부족이 이 지역에 정착하기도 했다. 정치적으로 북부와 남부로 양분되었는데 북부 피케눔은 남부 움브리아와 밀접한 관계였고 폼페이우스 가문의 영향권에 있었다. 반면 플로시스 강 이남의 피케눔은 삼니움과 끈끈한 관계를 맺고 있었다.

피호민 cliens 보호자(파트로누스, patronus)에게 입회를 약속한 자유인이나 해방노예를 뜻한다. 꼭 로마 시민일 필요는 없었다. 가장 엄숙하고 도덕적인 구속력 있는 방식을 통해, 보호자의 이익을 도모하고 그의 지시에 따를 것을 약속하는 대신 여러 가지 원조(일반적으로 돈이나 직위, 법률적인 도움)를 받았다. 해방노예는 자동으로 전 주인의 피호민이 되었고, 이러한 관계는 의무를 면제받는 날까지 지속되었다(그러나 그런 경우는 거의 없었다). 피호민인 동시에 보호자인 사람도 있었다. 이러한 경우 그는 최종 보호자가 아니었으며 그의 피호민은 그의 보호자의 피호민이기도 했다. 공화정 시대에는 피호민과 보호자의 관계에 관한 공식적인 법이 없었다. 필요가 없었기 때문이다. 어느 쪽이건 이 중요한 관계에서 불명예스럽게 처신하면 사회적인 성공은 기대할 수 없었다. 외국의 피호민과 보호자 관계를 다스리는 법도 있었다. 다시 말해 개인만이 아니라 도시나 국가 전체도 피호민이 될 수 있었다.

호민관 tribune of the plebs 공화정이 수립되고 오래지 않아 평민과 파트리키 귀족의 갈등이 극에 달했을 때 생긴 관직. 평민들로 구성된 트리부스 기구인 평민회에서 선출된 호민관은 평민계급 구성원들의 생명과 재산을 수호하고 정무관(당시에는 파트리키)의 손아귀로부터 그들을 구하겠다는 선서를 했다. 호민관은 트리부스회에서 선출되지 않았기 때문에 로마의 불문헌법 하에서 실질적 권한이 없었으며 군무관이나 재무관, 고등 조영관, 법무관, 집정관, 감찰관과 같은 종류의 정무관이 아니었다. 호민관은 평민들의 정무관이었고, 이들의 직무 권한은 자신들이 선출한 관리의 신성불가침성을 지켜주겠다는 평민계급의 서약에서 비롯되었다. 호민관에게는 임페리움이 없었고 부여된 직권은 첫번째 마일 표석 내에서만 행사할 수 있었다.
호민관의 진정한 권력은 국가의 거의 모든 조치에 거부권을 행사할 수 있는 권리에서 나왔다. 따라서 호민관의 역할은 새로운 제도의 도입보다 의사진행 방해로 나타나는 경우가 많았다. 마리우스와 술라 시대에 이들은 파트리키만이 아니라 원로원에 있어서도 눈엣가시 같은 존재였다.

히페르보레오이 Hyperboreans '보레아스(북풍)의 고향 너머에 사는 사람들'. 신화 속의 민족인 그들은 아폴론 신만을 숭배했으며 목가적 생활을 했다. 고대인들은 히페르보레오이의 땅이 먼 북쪽 어딘가에 틀림없이 존재한다고 생각했다.

카이사르 1

1판 1쇄 인쇄 2017년 6월 16일
1판 2쇄 발행 2017년 7월 27일

지은이 콜린 매컬로 | 옮긴이 강선재 신봉아 이은주 홍정인 | 펴낸이 염현숙
편집인 신정민

편집 신정민 신소희 | 디자인 고은이 이주영
마케팅 방미연 최향모 오혜림 | 홍보 김희숙 김상만 이천희
저작권 한문숙 김지영 | 모니터링 서승일 이희연 전혜진
제작 강신은 김동욱 임현식 | 제작처 한영문화사

펴낸곳 (주)문학동네
출판등록 1993년 10월 22일 제406-2003-000045호
임프린트 교유서가

주소 10881 경기도 파주시 회동길 210
문의전화 031) 955-1935(마케팅), 031) 955-3583(편집)
팩스 031) 955-8855
전자우편 gyoyuseoga@naver.com

ISBN 978-89-546-4587-4 04840
      978-89-546-4586-7 (세트)

www.munhak.com